CORAJOSOS

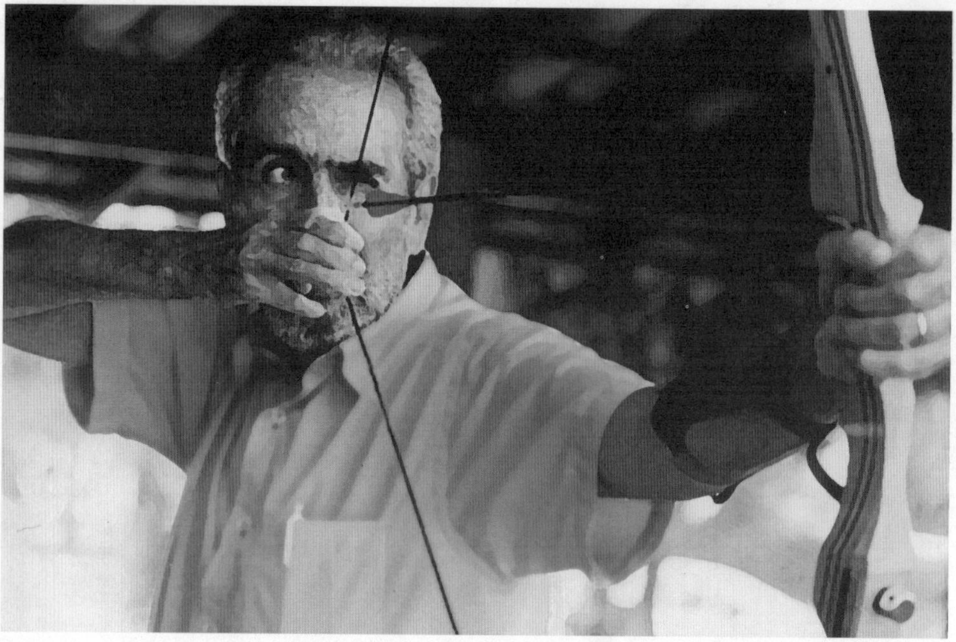

O ARQUEIRO

GERALDO JORDÃO PEREIRA (1938-2008) começou sua carreira aos 17 anos, quando foi trabalhar com seu pai, o célebre editor José Olympio, publicando obras marcantes como *O menino do dedo verde*, de Maurice Druon, e *Minha vida*, de Charles Chaplin.

Em 1976, fundou a Editora Salamandra com o propósito de formar uma nova geração de leitores e acabou criando um dos catálogos infantis mais premiados do Brasil. Em 1992, fugindo de sua linha editorial, lançou *Muitas vidas, muitos mestres*, de Brian Weiss, livro que deu origem à Editora Sextante.

Fã de histórias de suspense, Geraldo descobriu *O Código Da Vinci* antes mesmo de ele ser lançado nos Estados Unidos. A aposta em ficção, que não era o foco da Sextante, foi certeira: o título se transformou em um dos maiores fenômenos editoriais de todos os tempos.

Mas não foi só aos livros que se dedicou. Com seu desejo de ajudar o próximo, Geraldo desenvolveu diversos projetos sociais que se tornaram sua grande paixão.

Com a missão de publicar histórias empolgantes, tornar os livros cada vez mais acessíveis e despertar o amor pela leitura, a Editora Arqueiro é uma homenagem a esta figura extraordinária, capaz de enxergar mais além, mirar nas coisas verdadeiramente importantes e não perder o idealismo e a esperança diante dos desafios e contratempos da vida.

RANDY ALCORN

baseado no roteiro de ALEX KENDRICK & STEPHEN KENDRICK

A HONRA COMEÇA EM CASA

CORAJOSOS

ARQUEIRO

Título original: *Courageous: A Navelization*

Publicado mediante permissão de Tyndale House Publishers, Inc.

tradução: José Roberto O'Shea
preparo de originais: Alice Dias
revisão: José Tedin e Rebeca Bolite
projeto gráfico e diagramação: Valéria Teixeira
adaptação de capa: Ana Paula Daudt Brandão
impressão e acabamento: Associação Religiosa Imprensa da Fé

CIP-BRASIL. CATALOGAÇÃO-NA-FONTE
SINDICATO NACIONAL DOS EDITORES DE LIVROS, RJ

K43c Kendrick, Alex, 1970-
Corajosos / Randy Alcorn; baseado no roteiro de Alex Kendrick e Stephen Kendrick [tradução de José Roberto O'Shea];
São Paulo: Arqueiro, 2012.
288 p.; 16x23cm

Tradução de: Courageous
Baseado na obra de Alex Kendrick e Stephen Kendrick
ISBN 978-85-8041-105-8

1. Ficção americana. I. I. Alcorn, Randy C., 1954-
II. Kendrick, Stephen, 1973- III. O'Shea, José Roberto, 1953-.
IV. Título.

CDD 813
12-5952 CDU 821.111(73)-3

Editora Arqueiro Ltda.
Rua Funchal, 538 – conjuntos 52 e 54 – Vila Olímpia
04551-060 – São Paulo – SP
Tel.: (11) 3868-4492 – Fax: (11) 3862-5818
E-mail: atendimento@editoraarqueiro.com.br
www.editoraarqueiro.com.br

RANDY DEDICA ESTE LIVRO A:
Minha querida esposa, Nanci,
minhas filhas maravilhosas, Karina e Angela,
meus genros extraordinários, Dan Franklin e Dan Stump,
e meus netos amados, Jake, Matt, Tyler e Jack.
Nenhum homem poderia ser mais grato a Deus do que
eu pela graça de cada um de vocês, minha família.

ALEX E STEPHEN DEDICAM ESTE LIVRO A:
Nossas esposas, Christina e Jill – o amor e o apoio de vocês incentivam nossa busca pelo chamado de Deus. Vocês são um tesouro incrível! Que Deus continue nos abençoando, ensinando, nos aproximando de vocês e Dele. Nós as amamos e precisamos demais de vocês.

Igreja Batista de Sherwood – que o amor de vocês a Deus e ao próximo continue a brilhar mais a cada ano. Continuem rezando, servindo, doando e crescendo. Tudo já valeu a pena, mas a maior recompensa ainda está por vir. Que o mundo saiba que Jesus Cristo é o seu Senhor! Dele seja a glória!

CAPÍTULO UM

Uma picape Ford F-150, modelo SuperCrew, vermelho-vivo, seguia pelas ruas de Albany, no estado da Geórgia. O motorista estava tão animado que não poderia prever o que em breve aconteceria em sua cidade natal.

A vida vai ser boa aqui, disse Nathan Hayes consigo mesmo. Aos 37 anos, depois de passar oito anos morando em Atlanta, Nathan voltara alguns dias antes para Albany com a esposa e os três filhos. Novo emprego. Nova casa. Novo começo. Até uma nova picape.

Com as mangas da camisa arregaçadas e as janelas do carro abertas, Nathan aproveitava o sol da Geórgia. Tinha saído para dar uma volta pela cidade e, antes de ir para casa, parou num posto de gasolina, uma versão reformada do posto em que havia estado vinte anos antes, assim que tirou a carteira de motorista. Ainda se lembrava de como ficara inseguro na época, pois aquela não era sua área: ali os brancos eram maioria, e ele conhecia poucos brancos. Mas o combustível era barato e o caminho até o posto, muito bonito.

Nathan saiu do carro e deu uma longa espreguiçada. Inseriu o cartão de crédito na máquina e acionou a bomba de gasolina, cantarolando, feliz da vida. Aquela era a terra de Ray Charles, "Georgia on My Mind", e da melhor culinária da galáxia. Com um terço da população branca, dois terços negra e 25% do povo abaixo da linha de pobreza, Albany sobrevivera a várias enchentes do rio Flint e a conflitos raciais. Mas, com todos os defeitos e qualidades, era a sua terra natal.

Nathan encheu o tanque, entrou na picape, girou a chave e só então se lembrou de que o vidro estava todo sujo por causa do enxame de besouros que havia batido no para-brisa.

Desceu do carro e mergulhou um rodo dentro de um balde, mas estava seco.

Enquanto olhava em volta à procura de outro balde, ele reparou nas pessoas que estavam no posto: um senhor que manobrava cuidadosamente seu Buick em direção à Newton Road, uma mulher de meia-idade que digitava uma mensagem de texto e um sujeito de bandana encostado num impecável Denali prateado.

Nathan havia deixado o carro ligado e a porta aberta. Só dera as costas por alguns segundos – ao menos foi essa a impressão que ele teve –, quando ouviu a porta se fechar. Virou-se no momento em que a picape se afastava da bomba de gasolina.

A adrenalina fluiu em seu corpo. Nathan correu em direção à janela do motorista enquanto o carro cantava pneus rua abaixo.

– Ei! Pare! Não!

O talento que Nathan desenvolveu quando jogava futebol americano na época da escola entrou em ação. Ele deu um pulo, enfiou o braço direito pela janela aberta, agarrou o volante e passou a correr ao lado da picape em movimento.

– Pare o carro! – gritou Nathan. – Pare o carro!

O ladrão, TJ, tinha 28 anos e era líder de uma das maiores gangues da cidade, a Nação Gângster.

– Qual é o seu problema, cara? – perguntou TJ. Ele era musculoso e pesava quase 30kg a mais que Nathan. E não tinha a menor intenção de desistir de seu passeio.

TJ acelerou em direção à via principal e deu um golpe de direita no rosto de Nathan. Depois deu um soco nos dedos dele para que se soltassem do volante.

– Você vai morrer, cara! Você vai morrer!

Os dedos dos pés de Nathan estavam em frangalhos, e seu tênis de corrida Mizuno não resistia ao atrito com o asfalto. Após alguns momentos, ele apoiou o pé direito no estribo do carro, um breve alívio, mas perdeu o equilíbrio quando recebeu mais um golpe na cabeça. Enquanto uma das mãos agarrava o volante, a outra fincava as unhas no ladrão. A picape serpenteava pela estrada. Ao se inclinar para trás a fim de se esquivar dos socos, Nathan se deu conta do tráfego que vinha no sentido contrário.

TJ também viu os carros passando e se aproximou da faixa central da rua, na esperança de que um deles arrastasse aquele maluco.

Primeiro, um Toyota prateado tirou um fino da picape, depois foi a vez de um Chevrolet branco; ambos desviaram bruscamente para evitar uma batida. Nathan Hayes estava pendurado na janela como um dublê de filme de Hollywood.

– Solte o volante, seu idiota!

Finalmente, Nathan conseguiu apoiar bem o pé no estribo e usou as últimas forças que lhe restavam para dar um puxão no volante. A picape ficou desgovernada e saiu da estrada. Nathan rolou pelo cascalho e pelo mato.

A picape se chocou contra uma árvore e o air bag explodiu no rosto de TJ, que ficou todo ensanguentado. O líder da gangue cambaleou para fora do carro, zonzo e sangrando, trocando as pernas. Ele queria dar o troco no sujeito que ousara desafiá-lo, mas mal conseguia dar dois passos sem tropeçar.

O Denali prateado que estava no posto de gasolina parou com uma freada brusca a poucos metros do ladrão.

– Vamos, cara! – gritou o motorista para TJ. – Não vale a pena. Entra aí. Vamos embora!

TJ entrou cambaleando no Denali, que saiu em disparada.

Atordoado, Nathan foi se arrastando até a picape. Seu rosto estava vermelho e ralado, a camisa xadrez azul, toda manchada. A calça *jeans* fora rasgada, o pé esquerdo do tênis estava furado e a meia, suja de sangue.

Uma mulher de cabelos ruivos, usando uma calça preta de ginástica, saltou do banco do carona de um Acádia branco e correu na direção de Nathan.

– O senhor está bem?

Nathan a ignorou e continuou tentando alcançar a picape.

Uma mulher loura, que dirigia um utilitário, telefonara para os bombeiros informando o local do acidente.

– O senhor precisa ficar parado – disse a ruiva.

Nathan continuou a se arrastar, desorientado mas decidido.

– Não se preocupe com o carro – insistiu ela.

Ainda avançando, Nathan disse:

– Não estou preocupado com o carro.

Apoiando-se no pneu, ergueu seu corpo o suficiente para abrir a porta traseira da picape. Um grito estridente ecoou lá de dentro. O garotinho saíra do estado de choque e libertara o pavor reprimido ao ver o pai de joelhos, suado e sangrando. Nathan esticou o braço para consolá-lo.

Enquanto as sirenes se aproximavam, a ruiva ficou observando Nathan e o menino, que vestia um macacãozinho de algodão. Aquele homem não era obcecado por um bem material. Também não era louco.

Era um herói: um pai que arriscara a vida para salvar o filho.

CAPÍTULO DOIS

O cabo Adam Mitchell se aproximou do pai-herói que estava sentado no para-choque traseiro de uma ambulância enquanto um paramédico cuidava de seu pé ferido. Shane Fuller, parceiro de Adam e mais jovem do que ele, o seguia de perto. Outros dois policiais interrogavam uma das mulheres que tinham parado para ajudar. O homem segurava o bebê junto ao peito e passava a mão pelos cabelos pretos e macios da criança.

Adam dirigiu-se ao paramédico.

– Que tal levarmos a criança até ali? Alguém cuidará dela enquanto fazemos algumas perguntas a este senhor.

– Não, obrigado – intrometeu-se Nathan. – Eu tirei os olhos dele uma vez e... quase o perdi.

Adam parou, passou a mão pelos cabelos castanhos e ralos, e então perguntou:

– O senhor consegue descrever o sujeito que roubou a sua picape?

– Era negro, como eu. Tinha bíceps enormes e um baita soco – Nathan tocou o maxilar delicadamente. – Não me lembro muito bem da cara dele, mas posso descrever o punho com perfeição: duro como pedra. Um anel de ouro enorme. Uns vinte e tantos anos. E uma corrente de ouro gigante no pescoço.

– Reparou em alguma outra coisa? Ele tinha tatuagens, por exemplo?

– Não, foi tudo muito rápido. Acho que ele estava usando uma bandana preta. Mas eu estava com os olhos pregados no volante e nos carros que vinham no sentido contrário.

Shane friccionou os dedos nas bolsas formadas em suas olheiras.

– E o motorista do carro no qual o sujeito fugiu?

– Não cheguei a vê-lo. Eu só pensava no meu filho.

– O senhor teve sorte de não ser arremessado na rua. Foi incrível aquela maluquice ter dado certo.

– Eu tive sorte. Mas não sou maluco. O que mais eu poderia ter feito?

– Por que o senhor não deixou a polícia ir atrás do sujeito? É o nosso trabalho!

– E o que aquele marginal faria com meu filho? Jogaria o menino no mato, quando ele chorasse? Eu não soltaria aquele volante de jeito nenhum. Jackson é *minha* responsabilidade.

– O senhor sabe que poderia ter perdido a vida?

– Sei, sim, senhor – disse ele, abraçando a criança. – Mas não podia arriscar perder o meu filho.

Concentrado em seus pensamentos, Adam parou de fazer anotações.

Então Nathan disse:

– Minha intenção era conhecer vocês em circunstâncias melhores na segunda-feira.

– Como assim? – perguntou Shane.

– Eu começo a trabalhar com vocês na semana que vem.

Adam olhou para suas anotações.

– *Nathan Hayes*. Sim, foi por isso que reconheci seu nome. – Ele estendeu a mão para um cumprimento. – Adam Mitchell. Prazer em conhecê-lo, Hayes.

– Shane Fuller – apresentou-se o outro policial.

– É um prazer conhecê-los – falou Nathan.

– Por que Albany? – perguntou Shane.

– Eu queria proporcionar à minha família uma vida mais tranquila. Cresci aqui. Estudei na Dougherty. A vida em Atlanta não era muito boa para nós.

Adam avaliou a picape de Nathan.

– Eu também tenho uma F-150. Conheço uma boa oficina de lanternagem. Vou lhe dar o endereço.

– Obrigado.

O paramédico interrompeu o diálogo.

– Já acabei o curativo neste pé. O senhor será examinado no hospital. Agora preciso que entre na ambulância. Vamos colocar a cadeirinha de seu filho no assento.

– Eu quero que Jackson fique onde eu possa vê-lo.

Adam olhou para Nathan.

– Eu gostaria de dizer "bem-vindo a Albany", mas fica difícil, depois de um dia tão ruim.

– Ora! Meu filho está bem. Portanto, ainda posso dizer que foi um bom dia. – Ele sorriu para o menino e continuou a embalá-lo delicadamente.

◆◆◆

De dentro da viatura, Adam ficou observando a cena, enquanto os paramédicos fechavam a porta da ambulância e levavam o pai corajoso e seu filho.

– Você teria agarrado o volante? Teria aguentado firme enquanto era esmurrado? – perguntou Adam a Shane, dando partida no carro.

Shane Fuller virou-se e refletiu durante alguns instantes.

– Bem, ele poderia ter morrido. Mas, por mais que tenha sido uma loucura, ele salvou a vida do filho.

– Então, você teria agarrado o volante ou não? – insistiu Adam.

– Sinceramente? Não sei. Você teria?

Adam ficou pensativo, mas não respondeu.

Perturbava-lhe o fato de não ter certeza da resposta.

◆◆◆

Cheio de pastas na mão, Adam entrou pela porta dos fundos de sua casa e contemplou o grande cartaz pendurado na parede da sala de estar. Era um pôster autografado do maior jogador dos Falcons de Atlanta de todos os tempos: Steve Bartkowski. Adam saudou seu ídolo de infância com um meneio de cabeça e seguiu até a cozinha, onde sua esposa acabava de lavar a louça.

– Adam, são 8h15! Onde você esteve?

Vitória tinha usado *aquele tom*; portanto, Adam lançou-lhe *aquele olhar*.

– Estava trabalhando nos relatórios. Estou tentando não perder mais prazos. Desculpe pelo jantar.

Ele mal acabara de cruzar a porta e já precisava se defender. Nem notara os pesados cachos negros de Vitória caídos sobre o novo suéter azul. Às vezes, mesmo depois de 18 anos de casamento, Adam se surpreendia com a beleza dela. Mas naquela noite ele ficara na defensiva, e os pensamentos românticos evaporaram.

– Você perdeu o recital de piano da Emily.

Adam fez uma careta.

– Esqueci completamente.

– Nós falamos sobre isso na semana passada, ontem e hoje de manhã. Você se lembraria, se tivesse chegado em casa a tempo de jantar.

– Tive um dia louco. Tem muita coisa acontecendo.

– O que pode ser mais importante que seus filhos?

Adam estampou no rosto sua melhor expressão do tipo "ninguém entende um policial".

Vitória contraiu o maxilar e então suavizou o tom de voz.

– Emily pediu que a deixasse ficar acordada até você chegar em casa. – Ela parou, à procura de palavras. – Dylan saiu para dar uma corrida. Quando voltar, ele vai perguntar novamente sobre a tal corrida de 5Km.

– E eu vou dizer não novamente.

– Já tentei falar isso para ele. Mas Dylan tem certeza de que vai fazer você mudar de ideia.

A porta dos fundos se abriu. Adam suspirou.

– E lá vamos nós.

Dylan Mitchell, um adolescente de 15 anos, magro e de cabelos castanhos, usando uma regata preta suada e uma bermuda vermelha, entrou pela porta, ofegante.

Adam olhou para a correspondência que o garoto trazia na mão.

– Pai, posso falar com você?

– Desde que não seja sobre a corrida.

– Por que não? Um monte de gente vai participar com o pai.

Adam finalmente ergueu os olhos para Dylan. *Como ele estava crescido!*

– Você já está na equipe de atletismo! Não precisa de mais uma corrida.

– Quase nunca me deixam correr porque sou calouro. Só posso me inscrever nessa corrida se você for comigo.

– Dylan, não me incomodo que você goste de correr. Mas haverá outras corridas.

Dylan franziu o cenho, virou-se e saiu pisando duro em direção ao quarto.

Vitória secou as mãos num pano de prato e aproximou-se do marido.

– Acho que você deveria passar mais tempo com ele.

– Ele só quer saber de jogar video game e correr.

– Então corra com ele. São só cinco quilômetros!

– Você sabe que não gosto de correr. Se fosse futebol ou basquete, tudo bem, mas corrida não dá. Ele não gosta de nada que eu gosto. Eu tenho 40 anos. Deve haver um jeito de ficar perto dele que não seja uma tortura para mim.

– Bem, você precisa fazer alguma coisa.

– Ele pode me ajudar a construir o galpão no quintal. Vou tirar uns dias de folga na semana que vem.

– Na visão dele, esse projeto só interessa a você. Além disso, ele estará na escola a maior parte do tempo. Com os treinos de atletismo, ele só chega em casa quase na hora do jantar, mas você não sabe disso, pois raramente está aqui nesse horário. Adam, você precisa se aproximar do seu filho.

– Lá vem você de novo com seus sermões!

Vitória virou de costas e jogou o pano de prato na pia. Adam duvidou que ela tivesse consciência do simbolismo desse gesto.

– Oi, pai!

Emily, de 9 anos, entrou na cozinha e se encostou no armário, sorrindo para o pai. Com os cabelos negros encaracolados iguais aos da mãe, ela estava linda, vestindo um pijama das princesas dos desenhos animados.

– Oi, querida. Desculpe por eu ter perdido o seu recital hoje.

– Tudo bem. – Ela ergueu os olhos grandes e pretos de elfa. – Eu errei três vezes.

– Foi mesmo?

– Foi. Mas a Hannah errou quatro vezes; daí, eu não me senti tão mal.

Adam sorriu e brincou com o narizinho dela.

– Sua danadinha!

Emily riu.

Adam deu a volta na bancada da cozinha e abraçou a filha. Ele se deu conta de como estavam as relações no lar dos Mitchell. Dylan dava muito trabalho e pouco retorno. Em seguida, vinha Vitória. Ainda a amava, mas a vida com ela andava instável: num minuto as coisas iam bem, no minuto seguinte, tudo ia muito mal. Os momentos mais difíceis geralmente tinham a ver com Dylan.

Depois de um dia inteiro de trabalho duro, Adam não queria voltar para casa e continuar se sentindo sobrecarregado. Emily era a única que não lhe dava essa sensação. Era uma doçura.

– A Emily foi convidada para a festa de aniversário da Hannah – disse Vitória.

– Verdade? – Ele abraçou a filha.

– A mãe da Hannah se ofereceu para levá-la para casa dela depois da escola. Mas eu disse a Emily que ela precisava pedir a você primeiro.

Emily girava como um pião. Adam adorava ver a alegria que ela demonstrava diante das coisas mais simples.

– Ah, por favor, pai! Por favor, deixa eu ir! Prometo ajudar a mamãe em casa e fazer as tarefas da escola. Por favor!

Ela tinha um sorriso largo, covinhas perfeitas e um entusiasmo que iluminava todo o recinto.

Adam perguntou a Vitória:

– Ela cometeu algum crime ou contravenção recentemente?

– Não, ela tem sido muito boazinha. Até arrumou o quarto sem que eu precisasse pedir.

– Ótimo, mas você não socou tudo dentro do armário, não é, Emily?

A menina sorriu com meiguice.

– Ah, tudo bem. Mas você está me devendo um abraço apertado.

Emily deu um gritinho e esticou os braços.

– Obrigada, papai!

No momento em que Emily lançava os braços em volta do pescoço de Adam, Dylan entrou na cozinha para pegar uma maçã. Olhou para o pai enquanto ele abraçava sua irmã. Emily era sempre o centro das atenções. Dylan trincou os dentes. *Ele sempre dá tudo o que ela quer. E não faz nada por mim, nem mesmo participar de uma corrida.*

Dylan sabia que era invisível para o pai, mas viu que a mãe olhava para ele. Ela costumava prestar atenção nele. O pai nunca o fazia, a não ser para repreendê-lo.

Dylan deu as costas para eles e voltou para o quarto.

Não bateu a porta. Se o tivesse feito, a casa tremeria.

CAPÍTULO TRÊS

Às 7h10 da manhã de segunda-feira, Adam entrou na cozinha e foi direto procurar a garrafa térmica. *O problema da manhã é que ela começa antes da minha primeira xícara de café,* pensou.

De um modo geral, os domingos costumavam ser tranquilos, mas aquele tinha sido tenso. Dylan não quis ir à igreja, Adam foi obrigado a insistir, e o garoto ficou emburrado o tempo todo. Adam repreendeu-o duramente. Mais tarde, quando Vitória ficou a sós com o marido, reclamou da sua atitude, mas Adam argumentou que o menino precisava amadurecer e parar de ficar de cara feia quando era contrariado. Vitória tinha certeza de que as crianças tinham escutado a discussão. Um vento frio soprou no lar dos Mitchell durante toda aquela noite.

Agora Vitória estava sentada à mesa da cozinha bebericando seu café. O sorriso amarelo denunciava que ela ainda estava triste, mas provavelmente não falaria mais sobre o assunto.

Adam comeu uma torrada e um prato de cereal e, ao passar pela sala de estar, fez sua habitual saudação a Steve Bartkowski. Steve era imortal. Não exigia nada e ainda fazia com que Adam se lembrasse de suas fantasias de infância. Quando jovem, Adam sonhava ser jogador de futebol ou astronauta. Enquanto tirava o carro da garagem, pensou nos meninos que desejavam ser policiais e acabaram se tornando empresários. Talvez, quando o viam de farda, eles achassem que Adam tinha conseguido realizar o seu sonho.

O trabalho de policial não era fácil. Mas ser marido e pai parecia ser ainda mais difícil.

O burburinho de sempre enchia a sala ao lado do gabinete do delegado, entrecortado pelas risadas dos oficiais, que contavam e recontavam velhas histórias enquanto aguardavam a reunião que daria início ao plantão. Na sala, construída de blocos de concreto brancos, havia duas fileiras com 14 mesas dobráveis, um corredor estreito e um estrado à frente. Ninguém jamais confundiria aquilo com uma sala de reunião de uma grande empresa.

No entanto, a camaradagem entre os policiais era reconfortante. Quando entrou ali, Adam se sentiu mais à vontade do que se sentira no dia anterior, quando estava em casa com a família.

Adam e Shane sentaram-se lado a lado, como faziam há 13 anos, tendo à frente copos de isopor, blocos de anotações e canetas. Mais à frente, à esquerda, estava David Thomson, com seus 23 anos, mais parecendo um universitário brincando de policial. Outros dez oficiais – oito homens e duas mulheres – sentaram-se em torno deles, dois em cada mesa.

Adam disse a Shane:

– Vou fazer um churrasco lá em casa no sábado. Quer ir?

– Claro, vou dar uma passada lá.

– É assim que se fala! – Adam se inclinou para a frente. – David, por que você não aparece também? Você não tem vida social, cara.

– Eu tenho vida social.

– É? E o que vai fazer no fim de semana?

– Eu... é... bem... depende do tempo.

– Certo. Até sábado, então.

Adam e Shane riram. David sorriu timidamente.

O sargento Murphy, veterano troncudo e experiente, iniciou a chamada.

– Ok. Vamos começar pelas novidades do dia. Primeiro, gostaria de dizer que o soldado David Thomson sobreviveu a um ano como recruta.

Ouviu-se uma salva de palmas. Adam ergueu uma das mãos para saudar o jovem. David sorriu encabulado e levantou a mão em resposta.

– Você sabe o que isso significa – disse Shane. – Agora você pode usar balas de verdade!

Todos riram. Nesse momento, um homem uniformizado entrou na sala e foi reconhecido apenas por Adam e Shane.

– Agora – disse Murphy – quero apresentar a vocês o parceiro de Thomson: Nathan Hayes. Ele vai ficar no nosso turno. Nathan tem oito anos de experiência na delegacia do Condado de Fulton, em Atlanta, mas foi criado aqui em Albany. Vamos dar-lhe as boas-vindas.

Os policiais aplaudiram Hayes, que acenou para eles, sentou-se na cadeira ao lado de David e estendeu a mão para cumprimentá-lo.

– Infelizmente – disse o sargento –, Hayes já teve um probleminha com uma de nossas gangues. Vocês já devem ter ouvido a história. Desconheço as práticas das delegacias de Atlanta, Hayes, mas em Albany recomendamos ao policial que permaneça *dentro* do veículo numa autoestrada.

– Vou tentar me lembrar disso.

– Temos duas ordens de prisão para hoje: Clyde e Jamar Holloman. Dois contraventores reincidentes que abriram um ponto de drogas no quarteirão 600 da Sheffield. Quero que as duas equipes de apreensão se encarreguem dessa operação. Os demais devem fazer as rondas de rotina. Agora o delegado tem algo a nos dizer. Por favor, delegado!

Um sujeito uniformizado, alto e de cabelos claros, entrou na sala. Sua aparência denunciava que ele era um fuzileiro naval. Os olhos azuis e frios pareciam cansados. Como o delegado Brandon Gentry raramente aparecia na sala de reunião, os oficiais concluíram que se tratava de algo importante.

– Recebi um e-mail com informações que gostaria de compartilhar com vocês. Recentemente, foi realizado um estudo sobre o aumento da ação violenta das gangues. De acordo com essa pesquisa, os casos quase sempre têm um ponto em comum. Os jovens abandonam a escola, fogem de casa, se viciam em drogas e acabam presos.

O delegado fez uma pausa e olhou para o papel que tinha na mão.

– O ponto em comum é que a maioria deles vem de lares sem a figura paterna. Isso quer dizer que nosso maior problema, e a fonte de milhares de outros, são os jovens que crescem sem a presença do pai. Segundo esse estudo, quando o pai está ausente, a probabilidade de um jovem cometer suicídio é cinco vezes maior, de fazer uso de drogas é dez vezes maior, de cometer estupro é 14 vezes maior, e de acabar na cadeia é vinte vezes maior.

Ele passou os olhos pelos oficiais antes de prosseguir.

– O estudo conclui: "Como o número de pais que abandonam o lar é cada vez maior, esses percentuais continuam a subir, provocando o aumento da violência e da criminalidade."

O delegado baixou o papel.

– Talvez vocês estejam pensando: "Por que ele está nos dizendo isso, já que, quando confrontamos o problema nas ruas, em geral já é tarde demais?" A resposta é algo que já comentamos com vocês dezenas de vezes: o índice de divórcios de policiais é elevado. Eu sei que o trabalho de vocês é duro. Mas a questão é a seguinte: ao terminarem seus turnos, dirijiam-se às suas casas, deem amor e atenção às suas famílias. É isso. Estão dispensados. Podem ir.

O delegado se retirou, e os oficiais se levantaram.

– "Vão para casa e deem amor à sua família"? – resmungou o sargento Brad Bronson, dirigindo-se a Murphy. – Antigamente, eles nos diziam: "Façam seu trabalho e prendam os bandidos!"

– É, mas a maioria dos policiais está se divorciando, inclusive você e eu. O delegado está apenas tentando nos ajudar. Você deveria demonstrar mais respeito.

– Ele não sabe de nada – disse Bronson, aumentando o tom de voz. – Vive na moleza.

Adam olhou para Brad Bronson. Com 1,98m de altura e mais de 130kg maldistribuídos pelo corpo, ele era todo flácido, parecia um imenso marshmallow de calças, mas ainda assim intimidava. Os cabelos, que antigamente cobriam sua enorme cabeça, agora existiam apenas perto das orelhas. A testa era cinzenta como uma folha de jornal borrada e trazia as marcas de algumas artérias rompidas devido ao velho hábito de dar cabeçadas nos marginais que não cooperavam. Pescoçudo e sem queixo, Bronson recendia a fumaça de charuto. Ele acreditava que os "idiotas" não mereciam viver.

– Muito bem, rapazes – disse Bronson, com um rosnado –, eu garanto a segurança nas ruas enquanto vocês levam suas damas ao balé.

– Para onde o senhor vai hoje, sargento? – perguntou Adam.

– Para a pior área da cidade. É lá que eu sempre posso ser encontrado.

Bronson então lançou a Adam seu olhar demolidor, um olhar que faria Clint Eastwood se encolher de medo. Ele pigarreou, e o som que saiu de sua garganta parecia o de um misturador de cimento.

Bronson fazia o tipo linha-dura, mas Adam enxergava além das aparências. Nos 12 anos que Adam o conhecia, Bronson se casara duas vezes e tivera quatro filhos. Ele era uma constante dor de cabeça para seus superiores e havia conquistado, sobretudo, a antipatia da oficial encarregada das relações públicas da corporação, que o vivia repreendendo por seu comportamento e pela maneira como tratava a imprensa.

Na saída da reunião, vários oficiais apertaram a mão de Nathan e conversaram sobre trivialidades.

– Adam, espere um minuto – pediu Shane, afastando-se para falar com Riley Cooper.

Adam caminhou em direção ao parceiro de Cooper, Jeff Henderson, que estava a cerca de dez metros, de pé, ao lado da viatura. Aos 65 anos, o veterano Jeff fizera carreira iniciando os novatos, conforme fizera com Adam 17 anos antes. No ano anterior, depois da formatura do filho caçula, sua esposa havia pedido o divórcio e se mudado para a Califórnia, a fim de morar perto dos filhos e dos netos.

O maxilar de Jeff ainda demonstrava força, mas as bochechas estavam flácidas e os olhos azuis pareciam um tanto esmaecidos. Adam estendeu a mão. Jeff a apertou, agora com menos vigor que no passado.

– Está tudo bem?

Jeff deu de ombros.

– Não tenho do que me queixar. De nada adiantaria se eu me queixasse.

A voz soava tão fraca quanto o aperto de mão. Ele sorriu com os lábios fechados.

– Como vai o Jeff Jr.? – perguntou Adam.

– Vai bem, eu acho. Faz um ano que ele não fala comigo. Ele e a irmã ficaram do lado da mãe. O Brent está fazendo faculdade fora de Albany.

– Sinto muito, cara.

– A vida é assim mesmo.

– E como vai a barriga?

– Tem dia que está bem, e tem dia que... parece que tudo aconteceu ontem.

"Tudo" tinha acontecido 14 anos antes, quando Jeff e Adam perseguiam um ladrão que fugira de uma loja. Jeff derrubou o sujeito na calçada, mas levou uma facada na barriga. A lâmina perfurou o intestino delgado. Jeff fora submetido a duas cirurgias e a um longo tratamento, mas sua saúde nunca mais foi a mesma.

Supostamente, o tempo deveria curá-lo, mas não curou. Apenas o envelheceu. Alguns policiais conseguiam se manter em forma, mas muitos entravam em decadência física. Jeff se limitava a cumprir o expediente, fazendo seu trabalho com menos dedicação. Ele tinha agora outro parceiro jovem, Riley Cooper, tão motivado quanto Adam havia sido. Mas Jeff não era mais aquele mentor cheio de energia. Tinha muito a oferecer, mas já não o fazia. Lamentavelmente, pensou Adam, a perda não era apenas de Riley, mas também do próprio Jeff.

Enfim, fosse por causa das dores constantes, fosse por causa do trauma, o fato é que Jeff não era mais o mesmo. Emma era um modelo de esposa de policial, apoiava o marido e sempre tentava ajudá-lo. Mas ele não permitia que ela atuasse. Um dia, 13 anos antes, Adam foi à casa de Jeff para buscá-lo. Antes que Adam chegasse na varanda, Jeff saiu enfurecido e bateu a porta atrás de si. Pela janela, Emma gritou: "Pare de culpar sua família! Não fomos nós que enfiamos aquela faca em você!"

Adam jamais esquecera aquele momento constrangedor. Jeff também não, embora nunca o admitisse.

Jeff olhou para Adam como se estivesse olhando através de um nevoeiro.

– Tudo bem com a sua família? – perguntou o velho parceiro.

– Tudo bem. Você sabe, aquela coisa de sempre. Mas vamos bem.

Jeff assentiu com um meneio de cabeça. Para Adam, eles pareciam dois idosos sentados em suas cadeiras de balanço e dizendo "Pois é, amigo" um para o outro, sem terem sobre o que falar. Pensou em convidar Jeff para pescar ou para assistir a uma partida de futebol. Mas, se não conseguiam manter uma conversa viva durante cinco minutos, por que ficariam lado a lado durante horas?

– Tudo pronto, Adam! – gritou Shane, no momento em que Riley Cooper, de óculos escuros, cheio de energia e entusiasmo juvenil, aproximava-se da viatura de Jeff.

– Até mais, amigo – despediu-se Adam.

– Até mais.

Ao caminhar em direção a Shane, Adam refletiu sobre o conselho do delegado para que os policiais deixassem o trabalho de lado quando o expediente acabasse. Quantas vezes já escutara tal conselho? Dezenas? Mas quantas vezes o havia posto em prática? Meia dúzia?

Agora Adam Mitchell tinha de ir atrás daqueles dois jovens sem pai aos quais o delegado se referira. E, se ele não tomasse cuidado, os dois poderiam transformar seus próprios filhos em órfãos também.

◆◆◆

Derrick Freeman caminhou dos trilhos do trem até a esquina da Washington com a Roosevelt. Alto e magro, com 17 anos, ele vestia uma camisa de xadrez roxa por cima de uma camiseta e uma bermuda comprida de algodão. Ele se aproximava de um depósito abandonado, com o celular grudado no ouvido.

– Não posso fazer isso agora, vó! Vou chegar em casa mais tarde. – Seu maxilar se contraiu. – Não sei que horas vou chegar. Mais tarde eu faço isso. Tchau. Eu disse *tchau*!

Ele enfiou o celular no bolso e espiou para dentro de uma construção escura e abandonada.

Antoine, braço direito de TJ, falou de um canto escuro:

– Ei, cara! Por que você estava falando com a sua avó daquele jeito?

Derrick apertou os olhos. Viu Antoine encostado num pilar de concreto, com seu cavanhaque bem-aparado, a bandana e uma camisa camuflada do exército. As mangas cortadas revelavam músculos proeminentes. Ele descascava cuidadosamente uma maçã.

– Ela fica me enchendo o saco. Eu faço o que quiser, cara.

– Ela não é responsável por você?

– Ela trabalha o tempo todo. Eu cuido de mim mesmo.

A habilidade de Antoine com a faca mexia com os nervos de Derrick. Ele se perguntava se alguém, manejando uma faca como aquela, teria deixado as duas cicatrizes no rosto de Antoine.

– Muito bem, moleque, é bom você estar pronto pra fazer a coisa. Isso não é brincadeira, cara.

Derrick deu alguns passos para a frente, sem tirar os olhos da faca que descascava a maçã.

– Pode dizer pro TJ que estou dentro. Eu estou pronto.

– Isso é o que você *diz*. O TJ vai testar você. Cuidado, cara. Ele é animal.

Derrick hesitou e então resolveu perguntar:

– É verdade que o Waterhouse morreu durante esse teste?

Antoine encarou-o.

– A coisa foi pesada. É assim mesmo. O moleque era fraco. O TJ não brinca em serviço. Ele vai querer ver se você aguenta o tranco.

Derrick inspirou fundo, estufou o peito e tentou engrossar a voz.

– Eu vou passar no teste.

– Beleza. Mas não esquece que eu avisei.

CAPÍTULO QUATRO

Adam seguiu com Shane em direção ao sudeste de Albany, com Nathan e David na viatura atrás deles. Adam apertou a tecla número 2 do rádio de comunicação e telefonou para Vitória.

– Oi, a qualquer momento deve chegar aí em casa um caminhão com a madeira. Peça a eles que deixem tudo empilhado perto da porta da garagem, ok?

Adam sentiu o fone vibrar e afastou-o do ouvido para olhar a tela.

– Vitória, o delegado está me chamando. Preciso desligar. Eu te amo. Tchau.

Adam pressionou a tecla para liberar a ligação.

– Alô. Sim, senhor. Estamos a caminho.

Shane apontou para a esquerda, a fim de indicar uma curva.

– Sim, senhor. Já fizemos isso. Obrigado. Eu te amo. Tchau.

Shane olhou para ele, boquiaberto.

– Ah, não, essa não! – Adam olhava para o celular, incrédulo.

– Você disse "eu te amo" para o delegado?

– Eu não acredito! Será que devo ligar para ele de volta?

– Para dizer "eu *não* te amo"?

Adam fez uma careta, enquanto Shane pegava o rádio do carro.

– Estamos a caminho do quarteirão 600 da Sheffield.

Na segunda viatura, Nathan seguia Adam e Shane. Aquela parte da cidade ainda se parecia com a vizinhaça na qual Nathan crescera. Mas a zona oeste de Albany estava decadente havia muitos anos, sem qualquer sinal de recuperação.

Quanto mais avançavam, mais barra-pesada a área se tornava. No momento em que as duas viaturas se aproximaram da casa onde os bandidos deveriam estar, dois membros da gangue gritaram "polícia!", cruzaram o quintal e fugiram, enquanto Adam e Shane estacionavam o carro. Olhando para os dois rapazes, Adam constatou que não correspondiam às fotos estampadas no mandado de prisão.

Nathan e David passaram direto por elas e entraram na rua seguinte, dirigindo-se aos fundos.

– Você vigia a porta, recruta? – perguntou Nathan.

– Pode deixar. Não sou mais recruta.

David ficou parado no gramado, ao pé da escada dos fundos. Nathan levantou os óculos de sol e se posicionou num local de onde podia ver, ao mesmo tempo, a lateral da casa e David. Com as mãos nos quadris, Nathan mantinha o olhar firme de um agente do serviço secreto. David ensaiou sacar a Glock 23.

Nathan revirou os olhos. *Não sou mais recruta?*

Seguindo pelo jardim da frente, Adam e Shane se aproximaram da varanda. Shane falou pelo comunicador preso na lapela, informando a outra dupla sobre o que se passava ali. As persianas da janela tremeram.

– Estou com um mau pressentimento – disse Adam, tentando manter os olhos na casa e nos sujeitos que estavam no gramado da casa ao lado.

– Eu também.

Adam checou o rádio.

– Nathan, você está vigiando os fundos?

– Sim – respondeu ele.

Adam e Shane subiram os degraus da varanda cautelosamente. Adam gostaria de aparentar mais confiança. *Depois de 17 anos, isso deveria se tornar mais fácil.* Lembrou-se de algo que Jeff Henderson lhe dissera certa vez: "Confiança é o que a gente sente quando não controla a situação."

Adam bateu na porta e logo uma mulher a abriu. Ela poderia ter 20 ou 40 anos. O crack fazia isso: duplicava a idade da pessoa.

– Sim?

– Senhora, somos da delegacia do Condado de Dougherty. Temos uma ordem de prisão para Clyde e Jamar Holloman.

A mulher saiu às pressas, com as mãos para cima.

– Eu é que não vou ficar no meio disso. Nem era para eu estar aqui.

Muito esperta, Adam pensou. *Ela já representou esta cena antes.*

Adam e Shane entraram devagar na casa escura, uma das mãos segurando a lanterna e a outra repousada sobre a arma.

A casa estava em total desordem, havia roupas e embalagens de comida por toda parte. Ao lado do sofá, Adam avistou um cachimbo de crack e uma lata de refrigerante amassada.

– Eles contrataram a mesma decoradora que você, Shane.

– Me dê cobertura, Adam.

Adam desligou a televisão. Se os irmãos Holloman estivessem escondidos dentro da casa, ele precisava ouvir os movimentos deles, e não as palavras de um comercial de colchões.

Sem a interferência da TV, Adam ouviu o teto ranger. Ele apontou o foco da lanterna para cima e se dirigiu para o corredor. Shane seguiu-o de perto, vigiando a porta da rua.

Adam notou um fio pendurado no teto saindo de uma portinhola que dava acesso ao sótão. O fio balançava ligeiramente.

– Shane – disse ele, apontando com o feixe de luz.

Adam foi até o outro extremo do corredor, de maneira que ambos os lados ficassem cobertos. Bateu com a lanterna no teto.

– Clyde e Jamar, temos um mandado de prisão contra vocês. Podemos fazer isso do jeito fácil ou do jeito difícil. Eu sugiro que vocês desçam daí.

Os rangidos continuaram. Adam fez sinal para Shane com a cabeça. Ambos sacaram suas armas, com o dedo no gatilho.

Adam segurou o fio com a mão esquerda e contou, sem emitir nenhum som "um, dois, três". No três, puxou o fio.

Uma escada se desdobrou e desceu. Shane apontou a arma e a lanterna para o sótão. Não viu nada.

– Esta é a última chance de vocês – disse Shane. – Não compliquem a situação!

O barulho no sótão não cessou. Nos dez segundos que tinha para pensar, Adam se perguntou se deveriam solicitar reforço. Se recorressem a Sawyer, o cão da patrulha, evitariam que um policial corresse risco. Mas isso significava ter de esperar meia hora.

Se seu parceiro fosse atingido ao entrar no sótão, Adam se arrependeria para sempre. Mas era dever de Shane fazer a verificação.

O mesmo pensamento cruzou a mente de Shane; assim, quando Adam deu o sinal, ele engoliu em seco e subiu alguns degraus, enfiando a cabeça pela abertura do sótão.

A luz do sol entrava pelas aberturas de ventilação do sótão. Algo se moveu. Instintivamente, o dedo de Shane tocou o gatilho. A um metro dele estava um menino negro que devia ter uns 11 anos.

– Ei! – Shane baixou a arma, pensando no que teria acontecido se ele tivesse apertado o gatilho. – O que você está fazendo aqui em cima, garoto?

– O tio Clyde me disse para fugir.

Adam disse, lá de baixo:

– E onde está o seu tio Cly...

A porta de um armário no andar inferior se abriu e dois jovens pularam para fora.

– Porta dos fundos! – gritou Adam.

David ouviu o comando vindo de dentro da casa e correu para a porta no instante em que ela se escancarou. Um dos dois rapazes o atropelou. Os irmãos Holloman correram a toda velocidade em direção ao quintal do vizinho.

Nathan saiu correndo atrás deles, enquanto David se levantava.

– Pegue o carro! – ordenou Nathan, que começou a correr atrás dos bandidos.

Adam saiu pela porta dos fundos e se juntou a Nathan na perseguição. Clyde e Jamar pularam uma cerca e depois se separaram. Nathan e Adam também pularam a cerca e continuaram a perseguição, seguindo um para cada lado.

Shane foi na viatura, ouvindo Adam dizer pelo rádio os nomes das ruas pelas quais estava passando.

Clyde Holloman corria entre as casas como se já tivesse feito aquilo antes. Nathan o seguia de perto e se aproximava cada vez mais. Atravessando um quintal cheio de quinquilharias, Clyde ia derrubando no chão tudo o que via pela frente, na esperança de atrapalhar Nathan, que se esquivou de um balde, uma espreguiçadeira e uma lata de lixo.

Ao mesmo tempo, Jamar atravessou a rua em disparada e correu pelos quintais de outras casas. Ele corria por um lado e Adam pelo lado oposto, tentando encurralá-lo. Ao olhar para trás, a fim de ver a que distância estava de Adam, Jamar diminuiu um pouco a velocidade. Quando chegaram ao final de um dos jardins, Adam, poucos metros atrás dele, esticou o braço e quase o agarrou.

Se eu corresse um pouco mais rápido, teria conseguido pegá-lo!

– Shane! Quarteirão 700, na Sheffield! Direção norte! Norte! – gritou Adam pelo rádio.

Shane deu uma guinada no carro, avistou Adam correndo e pegou o rádio.

– Unidades perseguindo um homem negro de bandana preta, regata marrom, bermuda cargo cinza... seguindo no sentido noroeste pelo quarteirão 700 da Sheffield.

Na outra viatura, David voava por uma rua da vizinhança à procura de Nathan, quando ouviu o parceiro gritar pelo rádio:

– Thomson! Quarteirão 400 da Hartford! Preciso de ajuda, cara!

David, sozinho no carro, ficou confuso.

Hartford... onde fica a Hartford?

Adam continuava atrás de Jamar. O bandido atravessou um estacionamento, virando latas de lixo e bicicletas. Já sem fôlego, Adam contornou os obstáculos.

No momento em que Jamar alcançou a próxima rua, a viatura conduzida por Shane derrapou, quase o atingindo. Jamar mudou de rumo, correndo em direção a outra casa. Shane pulou para fora do carro.

– Revezamento! – disse ele.

Adam pulou no assento do motorista e partiu, ofegante.

Meu trabalho não previa corrida de obstáculos.

Nathan perseguiu Clyde Holloman por uma rua lateral até uma cerca alta. Clyde pulou a cerca. Nathan subiu na cerca com cuidado, para ver o que o aguardava do outro lado, e viu o fugitivo sair em disparada novamente.

Nathan parou para respirar, e então pegou o rádio.

– Policial em perseguição a pé no quarteirão 300 da Oakview, sentido norte. Thomson, onde você está?

David entrou numa outra rua, olhando as placas.

– Oakview? – perguntou-se em voz alta. – Ainda nem achei a Hartford!

Jamar continuava a correr, mas o ar começava a faltar. Ele não viu que estava sendo perseguido por Shane. Na esperança de ter despistado os policiais, correu para trás de um pequeno galpão. Agachou-se e espiou pelo lado, enquanto recuperava o fôlego. Retirou da cintura uma trouxinha de crack e enfiou-a embaixo de uns tijolos na base do galpão.

De repente, Jamar sentiu duas estocadas, como um choque elétrico, uma entre os ombros e a outra mais abaixo, no meio das costas. Ele estremeceu, soltou um berro e caiu de cara no chão, comendo terra. Teve a sensação de que estava amarrado a uma cadeira elétrica e que alguém ligara o interruptor.

Shane virou Jamar de barriga para cima e o algemou.

– Sempre tem de ser do jeito mais difícil, não é?

Shane viu a trouxinha de plástico.

– Você está cavando um buraco ainda mais fundo, cara. – Pegando o rádio, Shane disse: – Peguei um dos suspeitos. Adam, dê uma ajuda ao Nathan, se puder.

– Bom trabalho, Shane.

Adam entrou com a viatura na Oakview, que fora a última posição anunciada por Nathan. Logo adiante, avistou o policial correndo pela rua, virando a cabeça de um lado para o outro. Nathan tinha perdido a pista de Clyde. Adam encostou o carro ao seu lado, ele desacelerou o passo e entrou no veículo.

– Cadê ele?

Nathan respirou fundo.

– Na próxima rua, talvez? Acho que está dando a volta, em direção à Sheffield.

Desceram pela rua lateral, entraram na Sheffield e então avistaram Clyde correndo numa linha perpendicular à deles, próximo a uma esquina.

Adam pisou fundo e disse:

– Estilingue?

– Vamos! – respondeu Nathan, já se posicionando para dar o bote, segurando a maçaneta da porta.

No instante em que o carro se aproximou, Clyde viu a viatura e mudou de direção. Adam chegou a dez metros de Clyde e enfiou o pé no freio, enquanto girava o volante para a esquerda. O carro derrapou. Nathan aproveitou o impulso gerado pela manobra, abriu a porta e saiu em disparada, alcançando Clyde quatro segundos depois. O rapaz ficou imóvel, arquejando. Nathan juntou os punhos dele nas costas e colocou as algemas.

– Até onde você ia me obrigar a correr atrás de você, cara? Você quase me matou.

Clyde ainda ofegava quando Nathan o fez se levantar.

– Agora vamos, vamos logo. Tenho uma reserva para você no Hotel Bloco de Concreto. Só vão apagar as luzes depois que você chegar.

Nathan levou-o até a viatura de Adam e colocou o marginal no banco de trás. – Você corre bem – disse Adam a Nathan.

– Obrigado. Foi um treino e tanto. Mas meus pés estão me matando.

David e Shane aproximaram-se no outro carro, levando Jamar no banco traseiro.

– Bem-vindos à festa – disse Adam. – Onde você estava, David? Foi comer um hambúrguer?

– Não – interferiu Shane. – Ele foi parado pela polícia porque estava dirigindo devagar demais.

O rosto de David ficou vermelho como tomate.

– Desculpem, parceiros. Falha minha. Eu me perdi.

Shane caminhou até o carro de Adam, passando por Nathan e lançando-lhe um olhar que dizia *eu prefiro o meu parceiro.*

Nathan aproximou-se de David, encarando-o.

– Cara, você tem que aprender a localizar as ruas. Eu preciso de você.

– Eu sei. Eu conheço as outras partes da cidade... Mas não conheço muito bem esta área.

– Bem, eu fui criado numa área como esta, mas a diferença entre nós dois é que eu conheço a área onde cresci e as outras também. E, se não conhecesse, estudaria o mapa da cidade todas as noites.

– Eu já pedi desculpas, cara. Não vai acontecer de novo.

◆◆◆

Enquanto os quatro policiais entravam em suas viaturas, um homem de ombros largos os observava de longe. Sentado sozinho ao volante de um Cadillac DeVille verde-escuro, TJ viu os dois policiais entrarem no primeiro carro, conduzindo seu capanga Clyde. Em seguida, viu os outros dois conversando, prontos para transportar Jamar. TJ reconheceu o policial negro. Foi aquele maluco que ficou pendurado na janela da picape que ele tentou roubar no posto de gasolina.

Você está se achando importante, amigão? Você está na minha área agora, pensou.

TJ fez um gesto com a mão esquerda, como se estivesse disparando uma arma contra os policiais.

Estacionou o Cadillac e começou a verificar o arsenal escondido embaixo do banco. Esticou o braço e pegou a pistola automática, com a qual executara um traficante rival no ano anterior. Sabia que precisava se livrar da arma, mas a pistola tinha valor sentimental, era um presente do irmão mais velho, Vince, que cumpria prisão perpétua na Penitenciária Estadual de Atlanta.

Em seguida, TJ pegou a Smith & Wesson que utilizou para roubar uma loja de conveniência dois anos antes, apenas três dias depois de ser libertado da Penitenciária Estadual de Lee. Esticou a mão sob o assento e encontrou uma 357.

TJ não tinha pai, mas era pai de uma gangue. Podia fazer o que bem entendesse. Aqueles policiais tinham invadido seu território, então ele daria aos tiras algo que os faria lembrar dele para sempre.

CAPÍTULO CINCO

Adam sentou-se diante do volante, ignorando o marginal na parte de trás da viatura. Depois que prendia os transgressores, eles já não eram mais sua responsabilidade – até que se vissem de novo nas ruas, pouco tempo depois, em consequência das cadeias lotadas e da justiça falha.

Como se lesse os pensamentos dele, Shane disse:

– Esses caras não têm medo de ir em cana. Por que haveriam de ter? Casa, comida e roupa lavada. Estamos em Roma, e os bárbaros estão vencendo.

Adam suspirou.

– Dizem que o índice de reincidência de delinquentes juvenis no Condado de Dougherty é de 80%. Dá pra acreditar?

– Claro que dá – respondeu Shane. – Eles entram nos centros de detenção e saem um mês depois. E aprendem a cometer novos crimes lá dentro. Trinta dias depois estão de volta, colocando em prática sua especialidade recém-adquirida.

Adam olhou pelo espelho retrovisor, examinando o rapaz sentado no banco traseiro.

– Quantos anos você tem, Clyde? Dezoito?

Clyde lançou-lhe um olhar agressivo.

– Dezenove.
– Com quem você mora?
– Com minha tia. Vai prender ela também?
– Onde está o seu pai?
Clyde encarou-o como se ele fosse um louco.
– Eu não tenho pai!
Shane virou-se para Adam.
– Por que você ainda pergunta?
Adam refletiu um instante, mas permaneceu calado.

◆◆◆

Uma hora mais tarde, Nathan dirigia a viatura ao lado de David.
– Está preocupado com alguma coisa?
– Não.
– Se quiser ficar calado, tudo bem. Mas se tem algo chateando você e quiser conversar a respeito, fique à vontade.
– Eu estou bem, valeu.
Durante os 15 minutos seguintes, David continuou calado enquanto Nathan falava amenidades. Tudo fazia crer que David Thomson estava finalmente progredindo na vida. Mas, na realidade, sua vida estava toda fora do lugar, sem nenhuma perspectiva de entrar nos eixos. Um sentimento de culpa o perseguia por toda parte, corroendo sua mente como um cão rói um osso.
Nathan virou-se para David.
– Você já esteve no Aunt Bea's Diner?
– Não.
– Espero que ainda esteja lá.
O prédio era um pesadelo para o planejamento urbano intocado pelas engrenagens do progresso.
– Bem-vindo a uma lanchonete esquecida pelo tempo – disse Nathan quando passaram pela porta.
David olhou para uma das mesas e pensou que seria necessário um pé de cabra para tirar os potes de molho de cima dela. Ele caminhou até um ponto de onde podia ver a grelha, imaginando se a cozinha não abrigava uma cultura do vírus ebola. Foi um alívio perceber que, apesar de velho, o Aunt Bea's Diner parecia limpo.
Consultaram um cardápio que aparentava ter sido escrito numa máquina de datilografar Remington na década de 1970.

Até aquele momento, David parecia decidido a se manter reticente. Mas depois de três mordidas num cheeseburger sua atitude se modificou.

Um sujeito que parecia ter saído de Woodstock enfiou uma moeda na *jukebox.* Começou a tocar "Mr. Tambourine Man".

– David, me fale um pouco do seu antigo parceiro.

– Por quê?

– Se você estivesse substituindo alguém no emprego, não gostaria de saber algo a respeito da pessoa?

David depositou no prato o último pedaço do sanduíche. Relutantemente, limpou os dedos com um guardanapo.

– O nome dele era Jack Bryant.

Nathan esperou. Nada.

– E?

– O que mais você quer saber?

– Por que a dificuldade em falar dele? Se você me perguntar sobre meu antigo parceiro, vou falar sobre ele. Seymour James. Cinquenta e três anos. Casado, três filhos, como eu. Sujeito inteligente e engraçado. Treinador de um time de beisebol infantil. Gosta de hambúrguer malpassado. Fã dos Seahawks, mas aos poucos está virando a casaca pelos Falcons.

– O Bryant e eu nem sempre nos entendíamos.

– Por quê?

– Porque eu era novato! – disse David, elevando a voz.

– Ok – disse Nathan. – Já entendi. Por que ele pediu transferência?

– Ele e a esposa se separaram. Então ele foi para Chicago e abriu um negócio com um amigo.

– Ele largou a polícia?

– Mais ou menos. É uma empresa de segurança.

– Tinha filhos?

– Dois.

– E se mudou para Chicago?

– É.

– Então ele não vê mais os filhos?

– Acho que os filhos passaram uma semana com ele no verão.

– Que bom para ele – disse Nathan, franzindo o cenho.

– Ele é um bom sujeito.

– Acho que um bom sujeito se mantém no emprego, ou então encontra um onde possa ficar perto dos filhos.

– Por que você está julgando o cara assim? Você nem o conhece.

– Não, não conheço. É provável que fosse um bom policial, e aposto que é competente como segurança. Mas isso não é tão importante quanto ser um bom marido e um bom pai.

– Mas foi a esposa que o deixou.

– Será que foi porque ele era um ótimo marido?

– Ei, cara, qual é a sua? – disse David, irritado.

– Estou dizendo que um homem deve ficar ao lado da esposa, trabalhando para que a relação dê certo. E se ele se divorcia, deve ao menos ficar perto dos filhos, para que possa vê-los algumas vezes durante a semana. Assim, os filhos não vão dizer "meu pai foi embora".

Os dois então se perderam em seus próprios pensamentos. Quando a torta de framboesa com sorvete de baunilha chegou, ambos voltaram à terra.

Nathan respirou fundo.

– David, você tem razão. Não conheci seu parceiro. Eu não deveria julgá-lo. Desculpe. Esse assunto é delicado para mim. Minha mãe nunca teve um marido que prestasse, e eu nunca tive um pai.

David manteve os olhos fixos na fatia de torta, que aos poucos desaparecia. A conversa chegou ao fim.

◆◆◆

No quintal da casa dos Mitchell, Emily jogava uma bola de tênis para que Maggie, uma cadela *golden retriever* de um ano, fosse buscá-la.

– Ela pode entrar, mamãe? Ela não vai fazer bagunça.

– Nós já falamos sobre isso, Emily. Seu pai deu a Maggie para você com a condição de que ela não entrasse em casa.

– Será que ela pode só *visitar* a casa e dormir no quintal?

– Cachorro não entra em casa. É a regra do seu pai. E era a regra do pai dele.

Adam apareceu na varanda.

– Entre, Emily.

– Eu quero brincar com a Maggie. – Ela olhou para a mãe e depois para o pai. – A Bíblia diz que cachorro não pode entrar em casa?

– Bem, não. Acho que não...

Emily abriu um largo sorriso.

– Então ela pode dormir no meu quarto?

– Não. Eu já disse, minha filha; não queremos cachorro dentro de casa.

Maggie se aproximou dos pés de Adam, farejando-o. Emily coçou a parte de baixo da orelha da cadela, que grunhiu de contentamento. Nada a fazia tão feliz quanto ser acariciada pela menina. Vitória conquistara a amizade de Maggie esfregando seu pelo com uma escova de aço. E um brinquedinho com sabor de pizza também ajudava bastante. Embora Adam não fizesse nada para agradá-la, também tinha a afeição da *golden*.

Emily enfiou o rosto no pelo do pescoço de Maggie.

Adam achava aquilo um pouco de exagero. Mas gostava de ver o sorriso da filha e de ouvir aquelas risadinhas contagiantes.

◆◆◆

Javier Martinez tinha 30 anos; era baixinho e atarracado, forte e com um charme infantil. Estava trabalhando numa construção, checando os detalhes de um projeto, quando foi abordado pelo assistente do mestre de obras, um grandalhão simpático chamado Mark Kost.

– Ei, Javy – disse Mark, dando-lhe um tapinha nas costas. – O patrão quer falar com você.

Javier tirou o capacete branco e, ao entrar na sala do mestre de obras, enxugou o suor da testa com a manga da camiseta marrom velha.

O chefe estava sentado à mesa, que ficava dentro de um pequeno trailer revestido de madeira, ano 1972.

– Sr. Simms, o senhor quer falar comigo?

– Quero, Martinez. Sente-se.

Simms, com a cabeça baixa, remexeu alguns papéis. Finalmente parou, ajeitou os óculos e ergueu os olhos.

– Javier, nas últimas duas semanas você fez um excelente trabalho.

– Obrigado, senhor.

– Mas já estouramos o orçamento neste projeto, então preciso dispensar alguns operários.

– Não estou entendendo. Eu fiz algo errado?

– Isso não tem nada a ver com o seu desempenho. É só que... você foi um dos últimos que contratei, então tem de ser o primeiro a ser dispensado. Sinto muito. Não leve para o lado pessoal.

Javier não via outro jeito de levar a situação.

– Senhor, por favor. Eu tenho mulher e filhos para sustentar. Para mim é muito difícil encontrar trabalho.

– Eu sinto muito. – Simms entregou-lhe um envelope. – Acrescentei alguns dólares a mais.

Javier segurou o envelope, perplexo, e se levantou lentamente. Caminhou até a porta, resistindo ao impulso de implorar pelo emprego. Tinha medo da reação da esposa ao saber que ele estava sem trabalho... mais uma vez.

Caminhou cerca de seis quilômetros até sua casa. Um Continental azul metálico, fabricado nos anos 1970, estava parado em frente à garagem da residência simples.

Dentro de casa, Carmen Martinez tentava realizar as tarefas domésticas, enquanto Isabel, de 5 anos, e Marcos, de 3, corriam um atrás do outro pela cozinha.

– Vou te pegar, Marcos!

– Não vai, não!

– Isabel! Marcos! *Dejen de correr!* Parem com isso e arrumem os brinquedos! Eu preciso fazer o almoço.

Carmen se virou e viu Javier de pé no vão da porta, calado.

– Javy! O que você está fazendo em casa? Por que você não está no trabalho?

– Eles me dispensaram.

– O quê? Por quê?

– Fui o último a ser contratado. Eles estouraram o orçamento da obra.

– Por que você não me ligou? Eu teria falado para eles não fazerem isso. Nós temos dois filhos para alimentar, e...

– Eu disse isso ao Sr. Simms. Não fez a menor diferença.

– Javy, temos uma dívida de quatrocentos dólares que vence dentro de uma semana. A geladeira está vazia. O Marcos está precisando de sapatos.

– Eu tentei, Carmen! Eu tentei. – Javy entregou o envelope à mulher. – Aqui tem trezentos dólares. Pegue o que precisar para as crianças. Eu vou sair agora mesmo para procurar trabalho.

Javier virou-se em direção à porta. No momento em que começava a se afastar, sentiu a mão de Carmen em seu braço.

– Javy, espere. Sinto muito. Eu não devia ter reagido assim. Por que você não vai de carro? Posso ir a pé até a mercearia.

– Não. Se a minha família anda a pé, *eu* vou a pé. Deus vai me arrumar um trabalho, Carmen.

Javier parou de repente.

– Tem alguma coisa que eu possa levar para comer?

Carmen examinou as parcas provisões.

– Uma tortilha?

Javier exibiu um sorriso débil, aceitou a tortilha e saiu. Não precisava ver as lágrimas de Carmen. Já as tinha visto antes.

CAPÍTULO SEIS

Adam ficou acordado até tarde, assistindo a programas de comédia na TV, e a manhã chegou depressa demais. Ele resmungou por ter de se levantar às 6 horas para o café da manhã de confraternização entre bombeiros e policiais.

Quem teve a ideia de tomar café às 6h30 da manhã?

Adam tomou banho, tropeçou pelo quarto escuro enquanto se arrumava, atravessou a sala às pressas e saiu porta afora sem nem sequer olhar para Steve Bartkowski.

Quando chegou ao local do encontro, estava dez minutos atrasado. *Só espero que o café esteja bom.* Grato por se tratar de uma droga permitida e, nesse caso, gratuita, Adam bebericou o café, na expectativa de se reconectar com o mundo real.

O café da manhã estava razoável, embora não se comparasse ao que era servido no Pearly's, seu restaurante predileto. Ele se concentrou nos omeletes e nos bolos, enquanto Nathan, sentado à sua frente, ocupava-se em cumprimentar as pessoas.

Depois do café, Chris Williams, chefe de Polícia Adjunto de Albany, apresentou o palestrante, Caleb Holt, capitão do corpo de bombeiros. Adam já tinha visto Caleb na cidade e em algumas cenas de crime, às quais ele fora chamado para ajudar. Caleb se tornara um herói na cidade por ter feito o difícil resgate de uma menininha. Ele declarou que Deus havia salvado sua vida, seu casamento e o livrado da pornografia.

Para Adam, aquilo parecia salvação demais. Ele sentia-se grato por ser cristão e não ir para o inferno. Mas sempre desconfiava dos indivíduos que tentavam fazer com que ele se sentisse culpado por não estar fazendo mais. Estava satisfeito com sua vida decente e com sua participação na igreja.

Em time que está ganhando não se mexe.

Depois do café da manhã, os oficiais se dirigiram à sala do delegado e realizaram a reunião de rotina. Antes de dispensar o grupo, o sargento Murphy disse:

– Soldado Fuller, preciso falar com você.

Quando Shane e Adam se apresentaram juntos, Murphy disse:

– Cabo Mitchell, fique fazendo algum trabalho no escritório até terminarmos, ok?

O sargento Murphy os chamara pelas patentes, o que significava que o assunto era sério.

Quando passou diante da porta aberta da sala do sargento Murphy, Adam avistou Diane Koos, a oficial responsável pela comunicação social da polícia. Ela era uma profissional atraente e perspicaz que tinha sido âncora de um telejornal local até que o delegado surpreendeu a todos oferecendo-lhe o cargo de relações-públicas. E ela também surpreendeu a todos aceitando o emprego. Koos era exigente, não havia a menor dúvida, e reuniões com ela eram quase sempre prenúncio de alguma complicação.

Eram 8h50 quando Shane Fuller apareceu diante da mesa onde Adam lia e assinava alguns relatórios.

– Vamos sair daqui – disse Shane, com os dentes cerrados.

– O que aconteceu?

– A gente conversa no carro.

No instante em que as portas se fecharam, Shane praticamente começou a gritar:

– O advogado de Jamar Holloman entrou com uma queixa contra mim por abuso de autoridade.

– Abuso de autoridade? Mas você não fez nada além de persegui-lo e algemá-lo, não foi? E usar a arma de choque...

– Isso mesmo. Mas eles estão alegando que eu não o adverti antes de usar o *taser*.

– E isso é verdade?

– Não vou mentir para você, Adam. Eu não disse: "Estou prestes a surgir pela lateral do galpão e apontar-lhe um *taser*, e, se você correr, vou dispará-lo e você vai levar um baita choque." Mas eu estava ali sozinho, sem um parceiro que pudesse segurar o cara se ele corresse. E é claro que ele ia sair correndo. Ele já tinha corrido a metade da cidade fugindo da gente!

– Eu corri o primeiro trecho do revezamento, lembra?

– Eu pensei: agora essas armas têm câmeras; eles *sabem* o que eu fiz... então, *por que estão perguntando?* Mas o sargento Murphy me deu uma saída perfeita. Ele disse: "A câmera é acionada na hora em que é disparada. Então, é possível que você tenha feito a advertência antes da gravação." Você precisava ver a cara que a Koos fez para o sargento.

Shane passou os dedos pelos cabelos despenteados.

– Daí, ela me perguntou se eu sei o alcance do disparo da arma. Eu disse que sim, seis metros e meio. Depois quis saber em quanto tempo um homem pode sair da inércia e percorrer seis metros e meio, e eu falei que não dava tempo de fazer a advertência. É claro que ela tem acesso aos dados de livros e manuais de condutas. Ela só sabe essas coisas porque faz o dever de casa.

– E o que aconteceu depois?

– Dura como um defunto, e mais fria ainda, a Koos me perguntou se me considero culpado da acusação. Aí eu respondi: "Se a senhora quer saber se concluí a perseguição utilizando um *taser* contra um fugitivo que não ia se entregar, então, sim, sou culpado."

Shane bufou, irritado, e continuou desabafando.

– O fato de o cara ter saído da casa correndo depois de termos citado a ordem de prisão e de ele ter derrubado um policial não caracteriza clara intenção de fuga? E o fato de nós dois termos perseguido o sujeito por quase dois quilometros não significa que o advertimos de que faríamos o necessário para detê-lo?

O pescoço de Shane estava coberto de manchas vermelhas. Adam poucas vezes o vira tão aborrecido.

– Eu queria que você estivesse lá, com o sargento e a Koos. Você teria sido útil. Fui repreendido por cumprir meu dever! Ninguém quer saber o risco que eu corri, enfiando a cabeça naquele sótão, onde dois bandidos armados poderiam estar esperando para acabar comigo. Ninguém quer saber que não teria havido perseguição se o cara não tivesse fugido e que confiscamos as drogas que apreendemos com ele.

– Você vai receber uma advertência?

– Vou. Uma advertência oficial, que vai ficar arquivada na minha pasta. Se a pasta ficar muito gorda, eles podem me demitir. Isso é ótimo para o moral, não é?

No momento em que se aproximavam de uma placa de "pare", Adam disse:

– O Murphy lhe deu uma saída. Você poderia ter afirmado que avisou ao Jamar que usaria o *taser*. Seria a sua palavra contra a dele.

Shane deu de ombros.

– Ora! Às vezes a verdade dói; nesse caso, a verdade vai doer na minha ficha. Nenhuma boa ação fica sem punição, não é isso?

Adam pressionou o volante.

– O fato de Jamar ter corrido não significa que ele não estava armado. Ou seja, enquanto você o advertia de que empregaria arma de choque, ele poderia muito bem dar um tiro em você.

– *Definitivamente*, eu precisava de você lá naquela sala. Aquela mulher é implacável. O sargento Murphy não questiona nada porque Koos responde diretamente ao delegado, e aí eu é que acabo parecendo o bandido. Não tem mais graça ser policial. Não apenas as ruas estão mais perigosas, mas agora temos que nos preocupar também com a opinião pública, com os marginais e seus advogados e com quem deveria defender a nossa imagem. Parece que ninguém está do nosso lado.

– Você está pregando para um convertido, Shane. Eu sei de tudo isso.

– E eu me pergunto se algum dia, enquanto eu penso duas vezes para seguir à risca as regras de conduta em casos de detenção, não estarei dando tempo suficiente para o bandido me matar. – Shane virou-se para Adam. – Ou para matar você, parceiro.

CAPÍTULO SETE

Depois de um longo dia de trabalho, Nathan inspirou profundamente o aroma de lasanha e pão de alho que o envolveu quando abriu a porta de casa. Indo até a cozinha, viu Kayla, que estava usando sua camiseta favorita, amarela com decote em V, e calça preta. Ele a abraçou por trás, pela cintura.

– Nathan Hayes! Você pirou? Sorte sua eu não estar com uma faca na mão!

Ela se virou e o abraçou.

A vida não estava sendo fácil nos últimos anos, mas ao menos o casamento ia bem. Apesar de não ter tido um bom exemplo de casamento na infância – na verdade, não viveu a experiência de casamento algum –, ele se esforçava para manter seu relacionamento com a esposa e fazer com que seus filhos colhessem os benefícios de uma família harmoniosa.

Estavam na cidade havia apenas três semanas, mas Kayla já transformara a casa num lar. Os quadros já estavam pendurados nas paredes, como se estivessem lá há anos. Ela já tinha se entrosado com o pessoal da igreja e da escola das crianças e se alistara como voluntária no Centro de Apoio à Gravidez, onde orientava jovens problemáticas. Cada dia era uma aventura para Jordan, que, com 5 anos, adorava a casa nova. Jackson, o bebê, parecia não ter sido afetado pelo susto do roubo do carro. Todos os integrantes da família pareciam satisfeitos.

Exceto um.

Jade, de 15 anos, era a exceção. E Nathan não sabia o que fazer para ajudá-la a se ajustar à nova realidade.

Por volta das 8 horas da noite, depois do jantar, Jade apareceu no corredor, de calça jeans e regatas sobrepostas, uma cinza e outra rosa. Um som que Nathan definia como "música de adolescente" saía do quarto dela e atingia todos os cantos da casa. O iPod de Jade tinha morrido afogado na banheira, e agora a família toda era obrigada a se submeter ao seu gosto musical.

– Diminua o volume – ordenou Kayla da cozinha, enquanto prendia Jackson na cadeirinha.

Jade voltou para o quarto e diminuiu o volume aproximadamente meio decibel.

– Acho que sua mãe quer que você baixe mesmo o volume – disse Nathan, alcançando o aparelho de CD e diminuindo o volume do som pela metade.

Quando Nathan saiu do quarto e se dirigiu à cozinha, Jade olhou para ele com uma expressão que era um misto de raiva e frustração. Nathan estava preocupado com a mudança no comportamento da filha, que, quando criança, costumava festejar a chegada dele com gritos de "papai chegou!", dando-lhe abraços longos e apertados. Ela estava zangada por causa da mudança para Albany. Ela sabia que seus amigos de Atlanta estavam enveredando por maus caminhos, mas, mesmo assim, aquele "novo começo" a desagradava.

Nathan abriu a geladeira e pegou um pote de iogurte, com o pensamento mais em Jade do que no que estava fazendo. Às vezes ele se perguntava se não estaria perdendo a filha.

No minuto seguinte, os sons que vinham do corredor indicavam o início de uma discussão. A voz de Jade se elevara:

– Mãe, diz para o Jordan me deixar em paz! Ele não sai do meu quarto!

Nathan ouviu a voz estridente de Jordan, típica de um menino de sua idade.

– Eu não estou fazendo nada!

– Está, sim!

Kayla marchou pelo corredor, segurando um vidro de comida de bebê e uma colher.

– Jordan, faz cinco minutos que eu mandei você escovar os dentes e vestir o pijama. Será que eu preciso chamar o bicho-papão?

– Não, mãe.

– Então, já para o banheiro!

Jordan correu pelo corredor, abraçado a seu tiranossauro de pelúcia.

– E, Jade, não quero você acordada a noite toda, mandando mensagens para aquele garoto. Nós precisamos saber mais a respeito dele, antes que você *pense* em gostar dele.

– De que garoto estamos falando? – perguntou Nathan, vindo pelo corredor e dando a última colherada no iogurte.

Kayla respondeu, enquanto abria o vidro de comida de bebê.

– Outro rapaz que está interessado na Jade, só que esse já tem 17 anos.

– Mãe! Não é nada sério!

– Você só tem 15 anos!

Voltando-se para Nathan, Kayla pegou o pote vazio de iogurte que ele segurava e enfiou na mão dele o pote de comida de bebê.

– Segure isso. Eu preciso trocar a fralda do Jackson.

Nathan parou em frente ao quarto de Jade.

– Você o conheceu na escola?

Jade saiu para o corredor e ficou diante do pai.

– Sim. Ele é um cara legal. A avó dele frequenta a igreja de Monte Sião.

– Que bom para a avó dele. Será que *ele* frequenta a igreja de Monte Sião?

– Acho que sim. Talvez quando ela o leva.

Nathan compreendeu a observação implícita no comentário dela: *se isso for da sua conta.*

É da minha conta, ele pensou.

– Não é a avó dele que está enviando mensagens de texto para você. E você não está querendo que ela a convide para sair.

O telefone tocou. Distraído, Nathan mexeu a comida do bebê com uma colher.

– Ele é ótimo aluno. Foi o único da turma que conseguiu uma nota mais alta do que a minha na prova de matemática.

– Ele é dois anos mais velho e vocês estão na mesma turma? Bem, mas isso não vem ao caso. O que importa de verdade é: ele é cristão?

– Eu não conheço ele tão bem.

– Esse assunto já deveria ter surgido. Se não surgiu, não é bom sinal.

– Ele é um cara legal.

– Esse cara legal tem nome?

– Derrick Freeman.

Jordan entrou correndo no quarto de Jade. Usava calça e camisa de pijama desencontradas.

– Esse Derrick Freeman já convidou você para sair?

– Humm... já.

Nathan suspirou e encarou a filha.

– Jade, querida, nós já conversamos sobre isso. Você não pode sair com nenhum rapaz antes que ele venha conversar comigo. E eles não têm o que falar comigo enquanto você não completar 17 anos. Eu já não fui claro a esse respeito?

– Mas não é um encontro. Só estamos combinando de ir ao shopping.

– Se um rapaz convida você para sair, é um encontro.

Jade cruzou os braços e fez um bico. Nathan, sem pensar, colocou na boca uma colherada do pote que estava na sua mão. Quando se deu conta de que não era iogurte, engasgou e cuspiu a comida de bebê.

Kayla apareceu no corredor, com uma fralda suja numa das mãos e o telefone na outra.

– Kayla, o que você está dando para o Jackson comer? Essa coisa é horrível!

– É brócolis com cenoura, a mistura de que ele mais gosta. Só porque você o salvou de uma gangue não significa que pode roubar a comida dele. – Ela lhe entregou o telefone. – É Adam Mitchell.

– Você lavou a mão?

Kayla aproximou a fralda do rosto dele, que se esquivou e pegou o telefone.

– Parece que não é uma boa hora para falar – disse Adam.

– Tudo bem – respondeu Nathan, entrando no quarto. – Você me salvou do circo da família Hayes. Espetáculos todas as noites.

– Eu só queria convidar você para um churrasco aqui em casa no sábado. O Shane e o David já confirmaram. Esposas e filhos são bem-vindos. Vocês vêm?

– Vou falar com a Kayla, mas tenho quase certeza que sim. Acho que a gente vai se divertir.

Enquanto isso, Kayla dava prosseguimento à conversa que Nathan estava tendo com Jade. Era uma conversa que provavelmente se repetiria ao longo dos dois anos seguintes.

Nathan voltou ao debate no momento em que ouviu Jade elevar a voz:

– Isso não é justo!

– Jade, estamos pensando no seu bem. Você precisa confiar em nós – disse a mãe.

– Querida, não precisa se exaltar – interveio Nathan.

Jade falou com o pai num tom mais calmo, e ele entendeu isso como indício de que a reação da mãe tinha sido exagerada.

– Eu não estou exaltada. Só queria que vocês não julgassem pessoas que não conhecem.

– É justamente essa a questão – disse Nathan. – Nós não conhecemos o rapaz. Se eu o conhecer, poderei avaliar se ele é um cristão que sabe preservar a pureza dele e a sua, que sabe respeitar a Deus e a mim, que sou seu pai. Se for esse o caso, vamos nos entender muito bem!

– Ninguém é assim, pai.

– Não diminua suas expectativas, querida, ou você vai acabar atraindo porcaria.

– Quando vocês vão achar que eu tenho maturidade suficiente para sair com um rapaz? – perguntou Jade, com um suspiro.

De repente, Jordan pegou o celular dela e saiu correndo. Ela gritou:

– Jordan! Esse celular é *meu!* Me dê isso de volta agora!

Ela correu atrás do irmão e arrancou o telefone das mãos dele. Então foi para seu quarto e bateu a porta.

Jordan ficou de cabeça baixa.

– Filho – disse Nathan –, você sabe que não pode pegar as coisas da sua irmã sem a permissão dela.

Kayla agachou-se diante dele.

– Você usou este pijama a semana inteira. Eu já o havia colocado no cesto de roupa suja. Vá vestir um pijama limpo.

– Tudo bem, mamãe.

Jordan correu até seu quarto.

Kayla entreabriu a porta do quarto de Jade.

– Desculpe, Jade, depois terminamos nossa conversa. Preciso dar o jantar do Jackson e fazê-lo dormir. Tenho de estar no Centro de Apoio amanhã cedo.

– Pode deixar que eu coloco o Jordan para dormir – ofereceu-se Nathan.

– Obrigada, querido.

Nathan pegou o filho no colo, que riu até chegar à cama.

– É isso aí, amigão – disse Nathan. – Antes vamos fazer uma oração.

– Papai?

– O que foi?

– Os bandidos atiram em você?

– Bem, quase nunca. Mas, se eles atirarem, eu tenho um colete especial que não deixa a bala passar.

– Você usa esse colete todo dia?

– Em Atlanta eu usava, mas aqui não é preciso. Aqui é mais seguro. E quando faz calor, eu suo demais. – Nathan sorriu. – Então, geralmente, eu não uso. Mas não se preocupe; vou usar o colete quando for necessário.

– Mas, papai, como você vai saber que é necessário?

◆◆◆

O telefone de Adam tocou às 3h50 da madrugada, cedo demais para ser de manhã. Ele sabia que não poderia ser coisa boa.

– Alô?

Por que tentava falar como se estivesse acordado havia horas?

– Adam, aqui é Sam Murphy. Desculpe ter de acordá-lo.

Sam? Sargento Murphy?

– Tenho más notícias.

– Quem? – Adam percebeu que não tinha perguntado *o quê*, mas naquela situação as duas perguntas significavam a mesma coisa.

– Jeff Henderson. – Adam percebeu a hesitação do sargento.

– Foi encontrado morto por um vizinho.

– Jeff? Morto?

Vitória sentou-se na cama e acendeu a luminária. O seu rosto traduzia o sentimento de Adam.

– Sinto muito. Sei que vocês já foram parceiros – disse Murphy.

– Como foi que ele morreu?

– Baleado.

– Já sabem quem foi?

– Os investigadores estão lá. Vamos saber de mais detalhes quando começar o nosso turno. Sinto muito, de verdade.

Adam desligou o telefone.

– Jeff Henderson? – Vitória perguntou, com a voz trêmula.

– É.

– Como?

– Baleado. Ainda não sei direito como aconteceu.

– A Emma e as crianças estão na Califórnia, não é?

– Até onde eu sei.

– Alguém já telefonou para ela?

– Com certeza, alguém vai telefonar. Talvez esperem saber um pouco mais.

– Não deveriam esperar. As esposas precisam ser avisadas imediatamente.

Vitória levou as mãos ao rosto e chorou.

Adam tocou-lhe o braço. Ele sabia que as lágrimas não eram apenas por Jeff, Emma e as crianças. Quando um policial morre, as esposas dos outros policiais choram também, por elas mesmas e por seus filhos.

◆◆◆

Adam chegou à delegacia com duas horas de antecedência e foi direto para a sala do sargento Murphy. Ele falava ao telefone com um olhar inexpressivo.

– Sinto muito, Emma. Sinto muito.

Adam sentou-se ao lado da mesa. Murphy ficou fitando o telefone. Ao que parecia, Emma havia desligado.

– Chegou cedo, Adam.

– Não consegui ficar em casa depois que o senhor telefonou.

– Sinto muito. São três horas a menos na Costa Oeste, onde Emma está. Eu pensei em esperar um pouco antes de ligar para avisá-la, mas minha mulher insistiu que eu telefonasse logo.

– Emma deve estar arrasada. O que ela disse?

– Ela disse várias vezes que deveria haver algum engano. Que não era possível.

– Foi só um agressor?

– Foi – disse Murphy.

– Já temos o nome do cara?

– Receio que sim.

– Como assim, sargento? É uma coisa boa saber o nome do assassino, não é?

– Foi Jeff Henderson.

– Eu sei quem morreu. Estou perguntando quem matou.

O sargento Murphy baixou a cabeça, esfregando com o polegar e o indicador da mesma mão os olhos fechados.

– Ele se matou.

CAPÍTULO OITO

Aquela sexta-feira foi um dos piores dias da vida de Adam.

Ele foi convidado a fazer o discurso no sepultamento de Jeff, mas se recusou. Não estava preparado para se apresentar diante de um grande número de pessoas. Diria as palavras erradas e faria papel de tolo.

Então escreveu um obituário sobre Jeff, ressaltando quanto ele era bom, paciente e compreensivo, e como havia sido prestativo nos primeiros quatro anos de Adam na corporação. Enquanto o delegado lia suas palavras, Adam olhou para Emma. Ela estava sentada de frente para ele, com o rosto inchado e vermelho, aparentando mais idade do que seus 57 anos. Adam se perguntava se ela gostaria que Jeff tivesse sido tão bom, paciente e compreensivo com ela e com seus filhos como fora com ele.

Os filhos mais jovens de Jeff, com 19 e 24 anos, estavam sentados ao lado da mãe. Brent, o caçula, tinha o queixo quadrado e os olhos azuis do pai. O filho mais velho e a esposa não se deram o trabalho de vir da Califórnia. Também não estavam presentes o marido da filha e os netos. Por quê? Seria por raiva ou desgosto, por Jeff ter posto fim à própria vida? Ou seria porque achavam que ele tinha sido um péssimo marido e pai?

Adam pensou em como era injusto julgar um policial. As pessoas não compreendiam a rotina desses profissionais. Em seguida, começou a se culpar. *Eu poderia tê-lo levado ao Pearly's e lhe oferecido sanduíche de linguiça, como fazia antigamente*, pensou. Ele via a tristeza nos olhos do velho amigo quando conversavam. Por que não tentar fazer algo?

Adam sentiu uma onda de indignação percorrer seu corpo. Por que Jeff não lhe pedira ajuda? Por que não telefonara para alguém? Por que tinha confiado em seu próprio juízo, enfiado a arma na boca e apertado o gatilho?

Mas o que Adam sentia não era apenas dor e raiva. Era medo. Numa reunião realizada na sala do delegado dois dias depois, o psicólogo da polícia estava lá para repetir o que todos já tinham ouvido: que o índice de suicídios de policiais era mais elevado do que o da média da população. O psicólogo disse que o número de policiais que se suicidam é três vezes maior que o número dos que morrem no cumprimento do dever. Num período de oito meses, oito oficiais da polícia rodoviária estadual da Califórnia haviam tirado a própria vida. Adam não sabia ao certo de que maneira essa estatística poderia ajudá-los. Será que deveria servir para fazê-los se sentirem aliviados ao saberem que histórias como a de Jeff eram comuns?

Adam compreendia Jeff não apenas por causa da velha parceria, mas porque conhecia a si mesmo e a cultura policial. A maioria dos tiras pensa que pedir ajuda é sinal de fraqueza. O policial deve *resolver* problemas e não *ser* um problema. Ele fora ensinado a conter as emoções em momentos de crise e seguir em frente. Mais tarde ele poderia extravasar essas emoções, era o que diziam. Mas quando seria esse "mais tarde"? Não existe "mais tarde" enquanto o indivíduo continuar sendo um policial. Mesmo quando não está de serviço, o policial é sempre um policial.

Adam mergulhou no seu mundo interior e só voltou à realidade quando Vitória apertou sua mão.

Cerca de duzentos oficiais uniformizados compareceram ao enterro. Eram representantes da delegacia do Condado de Dougherty, da polícia de Albany e de ao menos meia dúzia de corporações vizinhas.

Se Jeff tivesse morrido em ação, por certo haveria mais de seiscentos, vindos de todo o sul da Geórgia. Talvez até o governador comparecesse. Um guarda de honra dobraria a bandeira e a entregaria ao delegado, que, por sua vez, a daria a Emma. Durante o sepultamento, uma salva de 21 tiros e toques de corneta homenageariam o herói.

Quando um pastor se levantou e disse que Jeff fora para um lugar melhor, Adam tentou em vão se lembrar do que Jeff falava sobre suas crenças religiosas. Seus pensamentos vagaram, imaginando o que poderia ou deveria ter acontecido com o amigo.

Uma hora depois, Adam ficou de pé ao lado do túmulo.

Enquanto as pessoas se retiravam, Nathan, que ficara para trás, se aproximou de Adam e pôs a mão em seu ombro.

– Sinto muito, Adam. Eu sei como vocês eram amigos. Qual era a religião dele? Ele era cristão?

– Não sei.

– Frequentava alguma igreja?

– Não tenho certeza.

Nathan viu a fisionomia de Adam e percebeu que não deveria perguntar mais nada.

Mas Adam se fazia mentalmente essas mesmas perguntas. Ele conhecia Jeff Henderson há 17 anos. Durante quatro anos, tinha estado ao lado dele a maior parte dos dias da semana, além de assistir a dezenas de partidas de futebol e passar três férias na companhia do amigo e de sua família. E, ainda assim, não sabia responder àquelas perguntas.

◆◆◆

No fim do seu turno, naquela mesma tarde, no vestiário, Adam tomou banho e já estava quase terminando de se vestir quando sua visão periférica captou a imagem de um lutador de sumô vindo em sua direção.

– Ei, Mitchell!

Brad Bronson aproximou-se. Adam observou a camiseta tamanho GG que não lhe chegava nem ao umbigo. Depois decidiu fixar os olhos na sobrancelha contínua de Bronson, para evitar olhar para alguma outra parte do seu corpo.

– O que foi, sargento?

– Que chuvarada, heim? A calçada em frente à minha casa está coberta de lama. Escorreguei hoje de manhã e quase quebrei o pescoço.

– Puxa! – Adam desconhecia esse lado sociável de Brad Bronson. E isso o perturbava.

O sargento Bronson virou bruscamente o pescoço, que emitiu um estalo alto.

– Uma pena o que aconteceu com o Henderson.

– É.

Os pensamentos de Bronson quicavam de um tema para outro. Ele desconhecia totalmente o conceito de transição entre sentenças.

– Você já teve de encarar essa tal de Koos?

A nova mudança de assunto surpreendeu Adam.

– Diane Koos? A relações-públicas?

– Por que foram colocar uma civil acima de policiais juramentados? Não faz o menor sentido.

– Ela não está acima de nós. Foi contratada pelo delegado para nos ajudar a lidar com nossos problemas com a mídia. Acho que ele decidiu recrutar alguém de fora da corporação para sugerir que não temos o que esconder.

Bronson encarou Adam.

– Você acha que eu não sei disso?

– Bem, o senhor...

– Essa mulher trabalhou durante dez anos como apresentadora de telejornal! Bronson disse tais palavras como se ela tivesse passado a metade da vida vendendo drogas para crianças em idade pré-escolar. Ele escarrou no chão do vestiário, obrigando Adam a desviar o olhar. Adam não precisava guardar na memória a visão dos fluidos excretados do corpo de Bronson.

– Eu sei – disse Adam. – Ela sugeriu que Shane recebesse uma advertência porque deixou de avisar a um fugitivo que iria usar a arma de choque.

– E ele recebeu a advertência, o que prova que ela *está* acima de nós. Ou é como se estivesse. Ela não sabe nada sobre a polícia. E tem acesso direto ao delegado. Fica andando por aí com aqueles sapatos de salto alto apertados e depois desconta na gente. Ela me perseguia quando era jornalista, e ainda está na minha cola.

– O senhor disse alguma coisa que a desagradou? – perguntou Adam. – Ou terá sido por causa daquele cara que o senhor apagou com uma cabeçada no shopping?

– Aquilo foi só uma desculpa para me enquadrar – disse Bronson.

– O senhor deve convir que foi uma *boa* desculpa.

– O cara era um bandido! Era viciado em esteroides e crack. A imprensa reagiu como se ele fosse uma vovozinha pacifista, perneta e adoentada.

– Bem o senhor poderia fazer alguma coisa a respeito disso? Quero dizer, parar de dar cabeçadas nas pessoas no meio do shopping.

– Se essa Koos continuar agindo assim, vou ter que quebrar a vassoura dela no meio.

◆◆◆

Derrick Freeman entrou no minúsculo apartamento da avó depois da meia-noite. Quando ele abriu a porta, a luz se acendeu. Uma mulher frágil e de cabelos brancos esperava por ele na pequena sala. As rugas profundas em seu rosto revelavam preocupação e medo.

– Você bebeu, Derrick.

– Não, vó.

– Não minta para mim, menino. Estou sentindo o cheiro de álcool daqui. E eu vi os rapazes que estavam com você. Eu conheço eles. Você sabe o que eu acho dessas gangues!

– É, eu sei.

– Você é um menino inteligente, um dos mais inteligentes da sua escola. Eu tenho dois empregos para que um dia você possa ir para a universidade. Não estou trabalhando para você jogar isso no lixo.

– A senhora não sabe do que está falando.

– *Eu* não sei do que estou falando? Eu tenho quatro vezes a sua idade, menino. Eu sei tudo sobre gangues. Eu vi uma gangue acabar com o seu pai antes que você pudesse conhecê-lo. Depois foi o seu irmão. Você acha que eu não sofro todos os dias com o fato de Keishon estar preso? Tudo começou assim... andando com marginais. Depois ele entrou para a gangue, e isso acabou com ele.

– Não foi isso que aconteceu, vó. E ele não está morto; ele só está na cadeia! Vai sair de lá daqui a alguns anos.

– Você tinha... o quê... 14 anos?... então como vai saber o que aconteceu? E você acha que tudo vai ser uma maravilha quando ele sair? Aqueles rapazes são da Nação Gângster, não são? Estão fazendo você se sentir importante? Eles só querem que você fique com o rabo preso. Eles vão fazer você ficar viciado, depois vão obrigá-lo a vender drogas, ganhar um dinheiro sujo, prejudicar gente inocente. Você vai roubar para eles, vai pertencer a eles. Deus não criou você para ser escravo de ninguém, menino. Nem de negro nem de branco.

– A coisa não é bem assim. Eles são meus amigos, meus camaradas.

– Você só vai descobrir quem eles são quando for tarde demais. Eles sempre procuram recrutar garotos tolos e desesperados. É por isso que eu fiz de tudo para que você estudasse e ficasse longe desse tipo de gente. Mas hoje em dia não consigo mais. Você vai precisar decidir sozinho.

– Agora a senhora acertou. É isso que eu vou fazer. Vou decidir sozinho.

– Derrick, por favor. – A avó esticou a mão, tocando-lhe o ombro. – Sua mãe foi esfaqueada por um membro de uma gangue. Por quê? Porque tinha dez dólares na bolsa e o sujeito queria comprar crack. Se você entrar para essa Nação Gângster, vai estar cuspindo no túmulo da sua mãe.

– Minha mãe não tem nada a ver com isso. Eu mal conheci a minha mãe.

– Sim, porque uma gangue a roubou de você, de mim e do Keishon! Você não imagina no que está se metendo, Derrick. Membros de gangues viram alvos; as famílias deles também. Você quer me colocar em perigo? Você tem namorada; ela vai correr risco também.

– Eles não vão se incomodar com a senhora, vó.

– Nisso você está certo. Mas a questão é: você se incomoda, Derrick? Eles podem matar você. Eles podem até matar por você. Mas eu morreria por você. É isso que tenho feito. Além do seu tio Reggie, eu sou o único parente que você tem. Você ainda tem chance, querido. Uma boa educação vai lhe garantir um emprego, vai lhe dar opções. Termine a escola e vá para universidade. Isso aqui não é vida para você, Derrick.

– Eles são meus amigos, vó. Eu posso concluir o ensino médio com um pé nas costas. E posso muito bem fazer uma universidade, se eu quiser.

– Eles vão fumar você como se fuma um cigarro, vão jogá-lo na rua e pisar em cima. É o que as gangues fazem.

Derrick virou as costas e seguiu em direção ao quarto.

Mas a avó ainda não tinha acabado de falar.

– Se eu fosse homem, talvez você me escutasse. Quisera Deus que aqui em casa tivesse um homem para lhe mostrar como a vida é. Talvez você não me dê muito crédito. Eu precisei ser mãe e pai para você, mas não posso ser aquilo que não sou.

– Vou dormir.

Ela deu um passo para a frente e segurou sua camisa.

– Não se meta com eles, Derrick. Estou perdendo você, assim como perdi sua mãe e seu irmão. Eles vão roubar você de mim. Estou vendo isso nos seus olhos. Por favor, filho, não deixe isso acontecer.

Ela puxou a manga da camisa de Derrick, e ele a empurrou com força. A cabeça dela bateu na parede, produzindo um ruído surdo. Ela desmoronou no chão, emitindo um gemido quase inaudível.

O garoto entrou no seu quarto e bateu a porta. Estava farto da avó, dos conselhos e dos sermões constantes dela.

Ela é uma velha; ela não sabe nada.

CAPÍTULO NOVE

No sábado de manhã, Adam foi de carro até a casa de Shane. Emily cantava no banco traseiro enquanto o pai manobrava a picape cinza-metálica em frente à garagem do amigo.

Shane estava segurando uma sacola do Walmart.

– O que tem aí nesse saco? – perguntou Adam quando Shane entrou na picape.

– Camisetas dos Bulldogs para o Tyler – disse Shane.

– Posso ver?

– Não, cara, elas estão embrulhadas. Como vai a minha menina?

– Vou bem, Sr. Shane! – respondeu Emily.

O rádio tocava enquanto eles desciam pela Westover em direção ao banco.

– Eu ganhei do papai no jogo de Yahtzee ontem à noite. Aquele jogo de dados, sabe? – disse Emily.

– Sei. Aposto que ganhou mesmo.

– Você *estava ganhando* – corrigiu Adam. – A gente não acabou a partida, lembra?

– É, você recebeu um telefonema. Mas eu *ia* ganhar de você!

Shane sorriu.

– Obrigado por me dar essa carona. Preciso resolver umas coisas, e meu carro só vai ficar pronto daqui a alguns dias.

– Sem problema – disse Adam. – Agora, essa sua camisa é que é um problema.

Era uma Tommy Bahama falsificada, cor de banana, cheia de ramos de hibiscos brancos.

– Não gostou da minha camisa?

– Bem, o passado telefonou. Está pedindo a camisa dele de volta.

Shane virou-se.

– Emily, o que você acha da minha camisa?

– Adorei!

– A sua filha gosta da minha camisa.

– A minha filha tem 9 anos.

– A metade dos genes da sua filha vem da mãe. Essa é a única esperança dela. O Tyler achou essa camisa legal, e foi por isso que eu a comprei.

– Então o seu filho de 12 anos é o seu consultor de moda?

– Não vejo ninguém lhe dando conselhos sobre moda. A não ser que seja o Wally. A propósito, onde está Wally?

Emily deu uma risadinha.

Adam desistiu.

– Ei, como vai o Tyler?

– Ele só fica comigo dois finais de semana por mês, e isso depois de a Mia ter enchido a cabeça dele de coisas ruins a meu respeito. Você sabe, um terço do meu salário vai para a pensão alimentícia.

Adam olhou para Emily pelo retrovisor.

– Shane, a gente fala sobre isso mais tarde, ok?

– O que é pensão alimentícia? – perguntou Emily.

– É só uma doença que o Sr. Shane tem... que faz com que ele use roupas feias.

Emily riu. Shane olhou para Adam.

– Sabe o que eu gosto em você?

– O quê?

Shane fingiu que tentava se lembrar.

– Esquece. Eu estava pensando em outra pessoa.

Shane riu. Adam se esforçou para não rir também.

Adam estacionou a caminhonete F-150 ao lado do meio-fio, numa das últimas vagas do estacionamento do Banco da Comunidade de Flint.

– Você tem cinco minutos, rei da banana! – disse Adam, quando Shane saiu do carro.

– O senhor pode me trazer um pirulito? – pediu Emily.

– Trago, sim, querida. – Shane apontou para Adam. – Mas não vou trazer para você.

Assim que Shane fechou a porta, o rádio do carro começou a tocar uma canção alegre.

Eu quero velejar até terras distantes
Num barquinho só para dois.

– Ah, papai, aumenta o volume. Eu adoro essa música!

Adam aumentou o volume.

– Eu já ouvi essa canção.

Emily abriu a porta traseira e saiu pelo gramado.

– Ei, o que você está fazendo?

Emily abriu a porta de Adam e pegou em seu braço.

– Vem, papai! Vamos dançar!

– Espere, querida. A gente está na porta do banco! Não podemos dançar aqui.

– Por favor, papai! Só essa música. Vamos dançar.

Emily continuou a puxar o braço de Adam. Ele se virou e chegou a pôr os pés fora do carro, mas permaneceu sentado.

– Emily, as pessoas vão ficar olhando.

– Tudo bem. Elas não vão se importar. A música vai acabar. Por favor.

– Não, você dança e eu fico assistindo.

Emily olhou para ele e franziu a testa, e então começou a dançar sozinha no gramado.

– Certo, papai – disse Emily. – Quando você quiser dançar comigo, é assim que se faz. Primeiro, você põe a mão direita na minha cintura, depois estica a outra mão. Então, a gente se balança, pra frente e pra trás, seguindo a música.

Com o rosto alegre, ela gesticulava com muita graça enquanto falava, entregando-se ao momento.

As preocupações parecem se esconder,
Tornam-se memórias distantes
Quando estamos juntos.

Adam observava a filha com satisfação. O mundo era escuro, mas Emily era como um raio de sol.

– E a gente pode rodar...

Ele sorria ao contemplar a cena, deleitando-se com a música e com a maneira como Emily a tornava viva. O vestido azul de verão flutuava enquanto ela girava. Parecia uma princesa. Por alguns instantes, Adam não pensou em suicídios, traficantes de drogas, brigas com Vitória ou com Dylan. Pensava apenas na beleza mágica que vislumbrava na filha.

– Tem certeza de que não quer dançar comigo? – Emily insistiu.

Ele olhou para o estacionamento, e depois de volta para ela.

– Estou dançando com você no meu coração.

Enquanto a canção prosseguia, Emily fazia piruetas e mantinha as mãos esticadas, como se estivesse dançando com um parceiro. Pouco antes de terminar a música, Shane se aproximou da picape.

– Emily, você está tentando ensinar seu pai a dançar?

– Ele não quer dançar comigo.

– É porque ele é um velho cafona.

– Ok, todo mundo dentro do carro. O Sr. Cafona está de saída.

No momento em que as portas se fecharam, Emily perguntou.

– O que é cafona?

– Cafona – Adam disse, olhando para Shane – é uma pessoa que ainda usa o termo *cafona*.

Adam saiu do estacionamento e desceu a rua.

– Quem ensinou você a dançar, Emily? Sei que não foi o seu pai.

– Ei! Eu danço em casa, com a minha esposa – defendeu-se Adam, contraindo o corpo ao pronunciar tais palavras, pois sabia que fizera isso apenas duas vezes, sendo que a última ocorrera antes do nascimento de Emily.

– Nunca vi você dançar com a mamãe.

– A verdade vem à tona – disse Shane.

– Sabe, você poderia estar a pé agora...

– Mas não estou!

Shane sorriu.

– Então, quer que eu o deixe em algum lugar para encontrar o Tyler?

– Quero. A gente vai passar um tempo juntos.

– Você tem carona para o churrasco?

– Não se preocupe.

– Leve o Tyler.

– Não vai dar. A Mia já tem um programa para ele mais tarde.

◆◆◆

A oito quilômetros do banco, dois homens se apoiavam no alambrado do parque de diversões de Albany.

– Não vai parecer estranho dois marmanjos estarem aqui? – perguntou o magrelo.

O outro, metido a esperto e usando óculos escuros estilosos, disse:

– Não. Todo mundo vai pensar que a gente trouxe alguma criança. Somos apenas dois estranhos batendo papo enquanto nossos filhos se divertem. Sorria e acene de vez em quando, fingindo que é para alguém.

O sujeito que acabara de falar sorriu e acenou para 15 crianças que jogavam video game. Então, quando soou uma sineta e todos se voltaram para as mesas de bingo, ele enfiou a mão numa sacola, retirou um pacote grosso e o colocou dentro da mochila aberta do outro.

O magrelo, então, fechou o zíper da mochila e perguntou:

– Ainda tem mais ou é só isso?

– Eu entro em contato com você. Não me procure. Vamos manter distância. É melhor assim.

– Para você, talvez. Mas... e para mim?

– Ei, cara, isso é grana fácil. Eu posso arrumar outra pessoa, se você está com medo. Devolva o pacote, que eu entrego para outra pessoa.

– Não. Pode deixar comigo. Você quer o dinheiro agora?

– Você o embrulhou em papel laminado e depois colocou dentro de um envelope pardo, como eu mandei?

O magrelo assentiu, com um meneio de cabeça, e acenou para umas crianças que estavam num brinquedo.

– Bom. Quando você me vir perto da mesa de totó, deixe o dinheiro aqui, ao lado deste poste, e vá embora. Eu venho até aqui, como quem não quer nada, e pego o dinheiro. Ninguém vai nos ver juntos novamente.

◆◆◆

Nathan, Shane e David se reuniram no quintal de Adam, um gramado aparado, cercado por pinheiros. Do lado de fora da casa de tijolinhos com salgueiros em volta, os quatro estavam sentados em um conjunto de mesa e cadeiras de alumínio fundido. A churrasqueira a gás era de aço inoxidável pintado de preto, com um aparador de apoio à esquerda e uma boca de fogão à direita, perfeita para aquecer os acompanhamentos.

Shane ainda usava a camisa espalhafatosa que fora objeto de gozação de Adam mais cedo. Os demais também pegaram no pé dele sem piedade. Todos já tinham se deliciado com o banquete: frango, carne, hambúrguer e a salada de maionese que Vitória sempre fazia. Agora as esposas e os filhos estavam dentro de casa, para que os homens tivessem um momento de privacidade.

Enquanto os amigos acabavam de raspar os pratos, Adam recolheu a bandeja com os ingredientes secretos de seu tempero e entrou em casa.

Nathan acabou de esvaziar a garrafa de água que estava bebendo e a arremessou na lata de lixo. A garrafa bateu na borda da lata e caiu lá dentro.

– Aposto que você não consegue fazer isso de novo – disse Shane.

Nathan pegou a lata de Coca-Cola de Shane.

– Ei! Eu ainda não acabei! – disse ele, pegando a lata de volta.

– Ok. Quando você acabar, eu vou fazer isso de novo.

Adam voltou à mesa depois de ser interrogado por Vitória e Kayla, dentro de casa.

– Elas estão morrendo de curiosidade para saber do que estamos falando. Eu disse que estamos discutindo a escalação dos Falcons para a próxima temporada.

– Por falar nisso – disse Nathan –, vi a foto do Bartkowski na sua parede. Sou alguns anos mais novo do que você, mas ele ainda estava jogando quando eu estava no ensino médio.

– Pois é, ele tem um lugar cativo no meu coração – disse Adam. – Assistir aos jogos dos Falcons era uma das poucas coisas que eu fazia com meu pai. Isto é, quando ele estava em casa. Ele era coronel do exército e alguns amigos dele tinham contatos na direção do time. Foi assim que ele conseguiu aquela foto pra mim. Ele perdeu a minha formatura no ensino médio; então, arranjou a foto para compensar.

– É uma bela compensação! – falou Shane.

Adam ficou calado. Pensou que teria sido muito bom se o pai houvesse comparecido à formatura *e* o presenteado com a foto autografada.

– Bem, o churrasco estava ótimo – declarou David. – Me fez lembrar do meu pai. Ele sempre fazia churrasco.

– O meu também – disse Adam. – E por falar em pais... sobre aquele e-mail que o delegado leu naquele dia... Vocês acham que é verdade?

– As consequências da ausência dos pais? – perguntou Nathan.

Adam assentiu.

– Eu acho que é verdade, sim. Eu cresci vendo isso o tempo inteiro. Vocês querem saber quantos dos meus amigos de infância foram parar na cadeia, ou morreram, antes de completar 20 anos? E quantos ainda são viciados em crack? E isso nada tem a ver com o fato de ser negro; tem a ver com o fato de ser pobre e sem esperança. Eu me perguntava onde estariam os bons pais.

– Isso é verdade – disse Shane.

– Como assim, Shane? – questionou Adam. – Eu me lembro de você falando do seu pai. Ele não era ativo na igreja de vocês?

– Era, mas isso não quer dizer nada. Assim que o culto começava, ele saía pela porta dos fundos para fumar. O problema não era o cigarro... mas por que ir à igreja, se vai ficar do lado de fora? Uma vez ele me disse: "Não quero te pegar bebendo." Ele estava com uma cerveja na mão quando disse isso!

Os amigos trocaram olhares de espanto.

– Minha mãe costumava reclamar com ele, até que se divorciaram. Vocês sabem, não é que eu não goste dele, mas é meio difícil respeitar um hipócrita.

– E você, David? – perguntou Adam.

David demorou um pouco a responder.

– Eu tive um bom pai, eu acho. Quero dizer, ninguém é perfeito. Ele traiu a minha mãe, depois eles se separaram. Mas acho que ele se arrependeu.

– Ele lhe disse isso? – Adam quis saber.

– Não explicitamente, mas eu fiquei com essa impressão. Durante algum tempo a coisa me incomodou. Mas hoje em dia o divórcio já é natural.

– Eu discordo, cara – declarou Nathan. – O divórcio acontece porque a gente faz dele uma opção.

– Mas nem sempre é possível consertar as coisas – David rebateu. – Às vezes é preciso seguir caminhos diferentes.

– Acho que eu concordo com o Nathan – disse Adam. – Ficou fácil desistir. As pessoas não lutam mais para preservar o casamento.

– Quando você se casar e tiver filhos – falou Nathan, dirigindo-se a David –, logo vai descobrir quanta coisa você ignora. Cara, se não fosse a minha fé em Deus, eu estaria em queda livre agora.

– Eu também – disse Adam.

– Amigos... nem todo mundo acredita nessas coisas. Vocês todos são religiosos, tudo bem. Mas não podem achar que a religião é o único jeito de levar a vida. Por exemplo, os seus pais não se divorciaram, Nathan?

– Porque eles nunca se casaram, David.

Todos pareceram surpresos.

– Meu pai nunca foi cristão. Ele teve seis filhos com três mulheres. Eu fui o quinto. Quando nasci, ele já tinha ido embora. Cara, eu tenho 37 anos e não conheço meu pai.

– Sério? – exclamou Adam. – Isso é doloroso.

– Se eu sei que tenho cinco irmãos de três mulheres diferentes, quem pode garantir que não tenho mais? E provavelmente alguns terão sido assassinados.

– Assassinados? Como assim? – perguntou David.

– Você sabe... aquilo que é feito com filhos não desejados antes do nascimento. A metade dos bebês negros é abortada.

– Eu nunca soube disso – afirmou Adam.

– Tem gente que acha melhor ser abortado do que ser rejeitado depois de nascido – disse Shane. – Vejam o problema aí pelas ruas.

Nathan avaliou essas palavras.

– Mas você já pensou que o aborto não é apenas um sintoma, mas também um problema? Todos nós já escutamos que o aborto é uma opção que cabe à mulher. Ora, se eu não tenho chance de opinar a respeito da sobrevivência da criança, se isso fica inteiramente a critério da mãe, então por que vou me envolver com a formação dela? Ou a gente é pai da criança ou não é... Não é possível ser pai para algumas coisas e não ser para outras.

– Nunca pensei na questão por esse ângulo – disse Adam.

David olhou para Nathan.

– Pelo jeito, você deu sorte.

Nathan inclinou-se para trás e passou a mão pela cabeça raspada.

– Eu devo isso a um vizinho chamado William Barrett. Quando eu era adolescente, prestes a ser engolido por uma gangue, ele me agarrou e não me soltou mais. Ele foi meu mentor e mudou a minha vida. Ele me aproximou de Deus. A gente ainda tem contato, e ele é uma das razões que me fizeram voltar para Albany. Quero que meus filhos o conheçam. Todo ano, no Dia dos Pais, é para ele que eu telefono.

– Ele compensou o fato de você não ter pai? – perguntou Shane.

– Nada compensa uma coisa dessas. Vocês podem acreditar: o fato de eu não ter tido pai me marcou mais do que eu consigo mensurar. Minha mãe precisava trabalhar em dois empregos; portanto, não era muito presente. Muitas vezes eu ficava deprimido. Outras vezes eu ficava revoltado.

David se contorceu.

– Você já tentou localizá-lo? – perguntou Adam.

– Tentei algumas vezes. Depois parei. O nome dele é Clinton Brown, mas ele tem muitos apelidos... Nunca consegui chegar a lugar algum. Mas eu poderia ter insistido.

– E por que não insistiu? – perguntou Adam.

– Por medo do que eu poderia dizer.

Após uma longa pausa, Shane se remexeu na cadeira, levantou-se e disse:

– Amigos, eu gostei do nosso papo franco, mas preciso pagar umas contas enquanto ainda resta alguma coisa do meu salário.

Shane virou-se para Adam.

– Por falar em salário, falei com aquele meu conhecido, o Javier, sobre o seu galpão. O cara fez um trabalho fenomenal na minha varanda e está livre na semana que vem. Mas ele está pedindo 150 dólares por dia.

– Puxa! Bem, mas eu preciso de alguém que saiba o que está fazendo. Vou tirar uns dias de férias e tenho que fazer logo esse galpão. Se ele puder chegar às 8 horas, na segunda-feira, seria ótimo.

– Ok. Vou telefonar para ele. A gente se vê na igreja amanhã.

– Certo.

No momento em que Shane se levantou para ir embora, Nathan pegou a lata de Coca-Cola e a arremessou. Ela caiu dentro da lata de lixo.

Nathan sorriu.

– Eu não disse?

CAPÍTULO DEZ

A casa estava tranquila, mas Javier Martinez, vestindo uma velha calça jeans e uma camiseta vermelho-escura, agitado, falava, ao telefone às 7h30 da manhã.

– Ótimo! Obrigado. Eu chego o mais rápido possível. Tchau.

Carmen, a esposa de Javier, entrou na cozinha vestindo um robe. Tendo acordado minutos antes, ainda sem maquiagem e com os cabelos crespos despenteados, ela estava meio zonza.

– Com quem você estava falando?

Javier estava calçando os sapatos que usava para trabalhar.

– Consegui um emprego! Mas preciso sair agora mesmo. Estão construindo um escritório na Westover e precisam de mais operários.

– Graças a Deus, Javy! O aluguel vence na sexta-feira. Eu diria para você levar o carro, mas o tanque está vazio.

– Eu não me importo de caminhar quando a notícia é boa!

Javier se levantou e pôs as mãos nos ombros da mulher; em seguida, olhou diretamente nos olhos dela.

– Eu disse que Deus me daria um emprego – falou, beijando-a na testa. – Eu poderia lhe dar um beijo na boca, mas o seu bafo está horrível.

Javier saiu, com um sorriso.

– Eu também amo você – disse Carmen, com um pingo de sarcasmo.

Depois que Javier saiu, Carmen soprou a palma de uma das mãos, cheirou e fez uma careta. O marido podia até ser inconveniente, mas sempre falava a verdade. Ela foi escovar os dentes.

Javier levou quase meia hora para chegar ao local da construção. Passava um pouco das 8 horas quando ele se aproximou do mestre de obras, que dava instruções a três homens e os despachava para suas respectivas tarefas.

– Olá, senhor – Javier disse. – O senhor é o Richard?

– Sou.

– Meu nome é Javier Martinez. Me disseram para falar com o senhor sobre o trabalho.

– Acabo de contratar os últimos três operários de que precisávamos. Sinto muito, não tem mais vaga.

O homem se dirigiu ao escritório e Javier o seguiu, insistindo.

– Eu sei fazer quase tudo, senhor... trabalho com madeira, tijolo e até gesso.

– Eu já disse que não estou mais precisando, está bem?

O mestre de obras deu as costas e se afastou. Javier permaneceu parado, desanimado. Ficou olhando os outros operários, esperando que alguém percebesse que tinha havido um engano. Ninguém precisava mais de trabalho do que ele. Era como se ele fosse invisível. Ninguém notava sua presença.

Passados alguns instantes, a realidade o dominou. Com os ombros caídos, deu meia-volta e se foi.

Javier desceu cabisbaixo por uma rua perpendicular à Westover. Se o tanque não estivesse vazio... Se os outros operários não tivessem chegado antes... Se eles precisassem de mais um homem...

Caminhando sem rumo, Javier entrou num beco, entre duas fileiras de casas. Começou a rezar em voz alta, olhando para o céu e gesticulando.

– *Señor, no comprendo.* Estou tentando sustentar a minha família. Preciso da sua ajuda. *Por qué no me ayudes?* Eu fiz alguma coisa que o desagradou, Senhor?

Javy seguiu adiante, num turbilhão de emoções, buscando uma pedra que pudesse chutar.

– *Dije a la familia que nos ayudaría.* Eu disse à minha família que teríamos a sua ajuda, Senhor. O que vou dizer a eles agora? Nós vamos perder a nossa casa?

Ele parou no meio da ruela. Desanimado, cobriu o rosto com as mãos, depois esticou os braços e exclamou:

– O que o Senhor quer que eu faça? *Dios, por favor, que debo hacer?*

Por que Deus parecia estar tão calado?

Javier pensou que, caso seus filhos lhe pedissem ajuda para encontrar trabalho, ele não hesitaria em fazer o que estivesse ao seu alcance para auxiliá-los. Então por que Deus se recusava a ajudá-lo? *Por quê?*

– Ei! Javier!

Javier piscou. Teria escutado direito? Virou-se e viu um desconhecido de pé, diante de uma garagem, a cerca de vinte metros de distância, segurando uma trena.

– O que você está fazendo? – perguntou o homem.

Javier olhou por cima do ombro para se certificar de que o estranho não se dirigia a outra pessoa. Mas o homem o chamara pelo nome.

– Eu não estou lhe pagando 150 dólares para você ficar aí parado! Vamos logo! – completou o sujeito.

No quintal de sua casa, Adam recolheu a trena e a prendeu no cinto da calça, e só então percebeu o espanto no rosto de Javier, que se aproximava com passos desconfiados. *Será que eu o assustei? Vai ver que ele não entende inglês.*

– Adam, seja mais gentil! – reprimiu Vitória, chegando perto do marido com uma garrafa de água na mão.

– Ele está atrasado. Estava parado lá no meio do beco. Estou pagando por dia, e o preço não é barato!

– Você precisa da ajuda dele. É melhor vocês começarem essa relação com o pé direito. E não vá dar uma de policial para cima dele, heim?

Adam suspirou e virou-se para Javier, que caminhava cautelosamente, estendendo-lhe a mão.

– Você é o Javier, não é?

Javier, ainda atônito, apertou-lhe a mão.

– Sim, eu sou o Javier.

– Adam Mitchell. Não tive a intenção de gritar. – Olhou para Vitória. – Eu deveria ter ido lá fora falar com você. Esta é a minha esposa, Vitória.

– Oi, Javier. Prazer em conhecê-lo – disse Vitória. – Vou pegar uma garrafa de água para você.

Adam apontou para a mesa.

– Ok. O projeto do galpão está aqui. O galpão velho está caindo aos pedaços. Acho que, trabalhando juntos, conseguimos terminar o serviço em mais ou menos uma semana. – Adam fez uma pausa. – Espere aí. Você não trouxe ferramentas?

– Humm, não.

– Tudo bem, a gente reveza. Você já construiu um galpão antes?

Javier examinou o projeto.

– Já.

– Desculpe. Não quero me meter, mas você tem visto de trabalho?

– Tenho, sim.

– Bom. Deixe eu mostrar o que vamos fazer. Mas, antes, para não haver nenhum mal-entendido, vamos combinar os detalhes. Serão oito horas de trabalho por dia, descontando paradas para beber água, olhar o céu e falar sozinho. Você aceita 150 dólares por dia, não é? Porque, se quiser mais, eu preciso saber agora.

– Cento e cinquenta dólares por dia seria... muito bom!

– Certo. Então mãos à obra!

Adam e Javier nivelaram o solo e posicionaram os blocos de concreto para servir de fundação. Depois de quatro horas ininterruptas de trabalho, as vigas laterais e as vigas do piso já estavam instaladas. Adam sentou-se para comer o almoço que Vitória preparou para os dois. Seus ombros doíam. Depois de terminar a comida, Javier afastou-se, enfiou uma maçã na boca e voltou a trabalhar. Adam arregalou os olhos. *Este é o cara que estava de bobeira no beco hoje de manhã?*

Dando uma boa mordida na sua maçã, Adam levantou-se e foi se juntar a Javier.

◆◆◆

Javier insistiu em terminar as fundações do galpão sozinho depois que Adam entrou em casa para tomar banho. Às 18h30, quando Javy finalmente resolveu ir embora, Adam entregou-lhe um cheque de 150 dólares.

Javier cantou durante a maior parte do caminho de volta para casa. Mal se contendo de alegria, abriu a porta devagar, espiou o interior da casa e viu Carmen sentada com Isabel e Marcos, lendo um livro.

– Javy, é você?

Isabel e Marcos se levantaram e correram para ele.

– *Papá! Papá!*

As crianças agarraram-lhe as pernas. Ele se ajoelhou e as abraçou, sem se preocupar com a camisa encharcada de suor.

– *Cómo están mis niños preciosos?* Vocês se comportaram bem?

– *Si, Papá!* – disse Isabel. – Conta uma história para a gente!

– Eu conto, Isabel. Espere só eu tomar banho e comer. Tenho uma história especial para contar a vocês. Uma história verdadeira, que aconteceu com o *papá* de vocês. *Hoy mismo!*

– Tudo bem, vão vestir os pijamas e esperem até que o papai acabe de jantar.

Isabel e Marcos correram pelo corredor até o quarto deles. Javier sentou-se à mesa da cozinha, enquanto Carmen abria a geladeira e retirava a comida do marido.

– Como foi no trabalho?

– Terrível... e depois *maravilhoso!*

– Como assim?

– Eu fui até a obra, hoje de manhã, e eles disseram que não precisavam de mim.

Carmen parou com o prato na mão.

– Você não conseguiu o emprego? Onde você esteve o dia todo?

– Essa é a questão. Eu estava voltando para casa, perguntando a Deus o que Ele queria que eu fizesse. Eu estava magoado e confuso. Não conseguia entender por que Deus não me ajudava, já que eu me esforço tanto para sustentar minha família. Pedi a Ele que me desse um sinal. Então, de repente, um cara que eu nunca tinha visto na vida me chamou pelo nome e me pediu para ajudá-lo a construir um galpão.

– Como é possível um estranho chamar você pelo nome? – perguntou Carmen.

Em vez de responder, Javier enfiou a mão no bolso, retirou o cheque e colocou-o sobre a mesa.

– Você ganhou *150 dólares* hoje?

– Ganhei!

– Não estou entendendo. Como é que ele conhecia você? Por que ele contrataria alguém que estivesse simplesmente passando no meio da rua?

– Não faço a menor ideia.

– Por que não perguntou?

– Fiquei com medo. Primeiro pensei que fosse um anjo, mas ele ficou furioso quando bateu o martelo no dedo. Além disso, ele é casado e tem filhos. Isso não é coisa de anjo.

– Você vai voltar lá amanhã?

– Às 8 horas. Ele disse que me quer trabalhando lá a semana toda. Mas eu acho que conseguimos terminar o serviço em quatro dias.

– Quatro dias? Javy, são 600 dólares!

Ele ficou calado, com os olhos cheios d'água.

– Carmen, poucas vezes na vida eu tive a sensação de que Deus fortalecia a minha fé, e hoje... hoje foi um desses dias. Foi tão bom me dedicar àquele trabalho, sabendo que Ele atendeu à minha prece.

Carmen esticou o braço e pegou na mão do marido.

– Acho que foi um milagre. E sei que Deus o ama, Javy, pois você O respeita.

Javier inclinou a cabeça.

– E agora tudo o que eu quero é abraçar e beijar você.

Javier sorriu e se aproximou de Carmen, mas ela ergueu a mão.

– Eu poderia abraçá-lo, mas você está tão suado e fedorento que não vou conseguir.

Javier sorriu, pois sabia que ela estava rebatendo o comentário que ele fizera sobre seu hálito.

– Eu só preciso de 15 minutos! Então vou contar minha história às crianças e depois vou falar com *você!*

– Vou esquentar seu jantar, *mi amor!*

◆◆◆

A família Mitchell jantava num restaurante mexicano a três quilômetros dali. Adam, cansado e com o corpo dolorido, elogiava o trabalho de Javier.

– O Javy é uma máquina.

Vitória sorriu.

– É incrível o tanto que vocês fizeram hoje.

– A professora gostou do meu desenho, papai – disse Emily, desdobrando uma folha de papel. – Eu desenhei você, mamãe, o Dylan, eu e a Maggie.

Vitória pegou o desenho para examiná-lo de perto. Os olhos de Dylan não desgrudavam da travessa de nachos.

– Parabéns, Emily – disse Adam.

Ele notou que, no desenho, Maggie estava no sofá. A campanha da filha para conseguir que a cadela entrasse em casa era incansável!

Emily disse algo, mas Vitória precisou se inclinar para ouvi-la, pois o conjunto de *mariachis* se aproximava, com trompete, violino, violão, contrabaixo e acordeão

– A gente pode pedir uma música para eles? – perguntou Emily.

– Claro – assentiu a mãe.

O grupo tocou uma canção chamada "El Rey", e Emily disse:

– Cantem outra! – E acrescentou aquelas palavras fatídicas: – Semana passada foi aniversário do papai.

– Ele fez *40 anos* – Vitória disse.

Um dos artistas colocou o *sombrero* na cabeça de Adam, que teve vontade de sacar sua arma do bolso da bermuda. Isso faria com que o grupo parasse de tocar. Mas talvez estragasse a atmosfera festiva.

Enquanto todos cantavam "Parabéns para você" em espanhol, o solista pôs a mão no ombro de Emily. Adam se encrespou, quase dando um pulo da cadeira. Então sentiu um chute na canela. Vitória o fitava com olhos arregalados.

Adam se conteve, pois a mão do sujeito voltou ao violão. Mas ele ficou de olho no homem e em Emily.

Antes do final da canção, Adam retirou o *sombrero* e o devolveu ao grupo. Vitória lhes deu uma gorjeta.

Depois da quarta garfada, Adam recebeu um telefonema do sargento Murphy. Ele se afastou da mesa por três minutos. Cinco minutos mais tarde, o telefone voltou a tocar; dessa vez era Shane.

Vitória sacudiu a cabeça, olhando para Adam no instante em que o telefone soou. *Desligue essa porcaria*, pediam os olhos dela.

– Pode ser importante – disse ele, enquanto se afastava.

Shane achava que tinha obtido uma prova de um caso em que os dois se envolveram duas semanas antes. Quinze minutos depois – embora achasse que fossem apenas cinco –, ele voltou à mesa e notou que todos os pratos haviam sido retirados, exceto o seu. O olhar de Vitória estava mais frio do que o burrito de frango de Adam.

– Cadê o Dylan? – perguntou ele.

– Um dos meninos da equipe de atletismo, o Jeremy, viu o Dylan aqui e eles foram até o Best Buy. O Jeremy vai levá-lo para casa.

– Ele não poderia ter acabado de jantar com a família?

– Ele *acabou* de jantar com a família, Adam. Todos nós acabamos. Ou melhor, três de nós acabamos. O quarto estava fazendo algo mais importante.

O caminho de volta para casa foi percorrido em silêncio. Depois que chegaram, enquanto Emily tomava banho, Adam abordou Vitória no quarto.

– Você precisava me repreender na frente da Emily?

– O que você acha que mais magoou a nossa filha: você preferir seus amigos policiais à sua família e depois jogar a culpa no seu filho, ou eu simplesmente dizer a você algo que a Emily já sabia?

– Não era preciso levar a coisa tão a sério. Quando chegamos ao estacionamento, a Emily já havia superado a situação.

– Ela perdoa rapidamente, mas o que passou já era. Fico muito feliz de ver como você ama essa menina, Adam, mas lembre-se de que ela tem um irmão... que é seu filho.

– Você acha que é tarde demais para dá-lo à adoção?

– Isso não tem a menor graça, Adam!

Os olhos dela foram do gelo ao fogo instantaneamente.

– É que a Emily é tão fácil de lidar...

– É isso que faz você amar alguém? O fato de a pessoa ser *fácil*?

– Ser tranquilo de lidar não faz mal a ninguém.

– A Emily não exige muito de você. Talvez porque seja eu quem a está criando.

Por que ela precisava jogar na cara? Ninguém entende um policial. Nem mesmo a sua família.

Vitória levantou as mãos.

– Sabe aqueles meninos sem pai de quem você sempre fala? Aqueles que vivem causando encrenca? Talvez você deva fazer algo para evitar que o seu filho se torne um deles!

◆◆◆

Adam sentou-se em sua poltrona de couro preto. Sentindo-se culpado, zangado, incompreendido, desrespeitado e exausto, ele deu início ao ritual noturno de pular de canal em canal de TV. Ali, o chefe de família Mitchell podia estar no controle.

Depois que Vitória ajudou Emily com o dever de casa, as duas sentaram-se na varanda dos fundos, ao lado de Maggie. A linda *golden retriever* lambia o rosto de Emily em sinal de gratidão.

A expressão de tristeza de Maggie no momento em que a porta foi fechada fazia com que ela parecesse quase humana. Vitória mandou a filha lavar as mãos. Adam não era muito fã de pelo de cachorro, mas Vitória não gostava da sensação de estar escondendo provas de um policial.

De pijama, Emily seguiu pelo corredor em direção ao pai. Subiu no colo de Adam e encostou a cabeça no ombro dele. Ele gostava de tê-la por perto, mas não estava com vontade de conversar; portanto continuou assistindo ao noticiário. Não lhe passou pela cabeça que alguns assuntos não fariam o menor sentido para uma criança de 9 anos, e que outros talvez a assustassem.

Poucos minutos depois, Dylan entrou pela porta da frente, com suas roupas de corrida, transpirando por causa da noite úmida da Geórgia. Em silêncio, passou por trás do pai.

Sem virar a cabeça, Adam disse:

– Dylan, você precisa correr mais cedo. Dez e meia da noite é tarde demais para ficar fora de casa.

Dylan olhou para a irmã abraçada ao pai e contraiu o maxilar. Foi até a cozinha, pegou algumas barras de cereal e um copo de leite, e desapareceu em seu quarto.

No quarto, Dylan começou a ler o número mais recente da história em quadrinhos do Batman. Gostava de se entregar ao mundo onde o bom era bom e o mau era mau. Onde os homens corajosos – ou os meninos corajosos, no caso de Robin – sabiam se impor. Depois de ler por uns 15 minutos, refletiu rapidamente se deveria fazer a tarefa de casa ou jogar video game. A escolha foi fácil.

Na sala, Vitória olhou para o relógio e percebeu que já era bem tarde.

– Emily, querida, vamos dormir.

Emily saiu do colo de Adam, viu que os olhos do pai permaneciam fixos na TV e seguiu pelo corredor. Ela não saltitava. Ao chegar na porta do quarto, olhou mais uma vez para a sala. Tudo o que ela via eram as costas da poltrona e a nuca do pai.

CAPÍTULO ONZE

– Você promete que não vai me delatar? – perguntou Nathan.

Kayla olhou para ele.

– Depende do que você fez.

– Eu levantei a ficha do Derrick.

– Você não poderia fazer isso, não é?

– Bem, normalmente, não.

– Que coisa feia, Nathan – disse Kayla, sentando-se na cama. – Mas agora quero que você me diga tudo o que descobriu!

– A ficha é limpa.

– Que notícia boa!

– Também telefonei para a escola e falei com a subdiretora, que foi bastante solícita. O Derrick é um bom aluno e não se veste como membro de gangue.

– Estou impressionada.

– É... que bom que ele não é um marginal. Mas isso não altera o fato de que Jade não tem idade suficiente para namorar. Não vou permitir que ela saia sozinha de carro com ele.

– Depois de toda essa investigação, você ainda não confia nele?

– Sair à noite? De carro? Com um adolescente? Por que eu deveria confiar?

– Ora, Nathan! Eu também já conversei com a Jade sobre o Derrick. Mas não podemos superprotegê-la. A partir de determinado momento a gente tem de confiar nos nossos filhos.

– Eu confio na Jade, mas ela só tem 15 anos. Não confio nela para usar uma arma ou pilotar uma nave espacial. E não confio nela para saber o que fazer quando... veja bem, eu disse *quando* e não *se*... um menino com hormônios em ebulição partir para cima dela.

– Como você partiu para cima de mim?

– Exatamente! Eu não deveria ter feito aquilo, e você estava certa quando me impediu. Mas não quero que esse tipo de coisa aconteça com a Jade. Você tinha 18 anos; ela tem 15. Tanto você quanto eu cometemos erros antes de nos encontrarmos. Nossos pais poderiam ter feito muita coisa para evitar que esses erros acontecessem. Não foi essa a conclusão a que chegamos?

– O menino é ótimo aluno. Não é esse o tipo de rapaz que queremos para nossa filha?

– Nós não queremos *nenhum* rapaz para nossa filha... por enquanto. Você já viu aquela camiseta com as letras P.C.F.N., Pais Contra Filhas Namorando? Acho que vou comprar uma para mim. Em todo caso, o cara pode ser um ótimo aluno e um grande babaca! A gente não sabe nada sobre a orientação religiosa dele.

– É verdade, mas não se veem muitos rapazes na igreja. E a Jade diz que muitos dos que vão à igreja são uns chatos.

– Ei! Se ela tiver que se interessar por algum cara... um chato tem lá suas vantagens.

– Você não está sendo razoável.

Nesse momento, Nathan interrompeu o diálogo, pois precisava pensar. Algo dentro dele dizia que, por mais maravilhosa que fosse a sua esposa, e por mais importante que fosse a opinião dela, e embora em muitas questões ela fosse mais perspicaz, a liderança cabia aos maridos e pais. Não era isso o que a Bíblia dizia?

Talvez Kayla entendesse a filha melhor do que ele. Mas ele entendia os rapazes melhor do que a esposa. No fundo, Nathan acreditava que precisava tomar as rédeas da situação. A vida, no entanto, não o preparara para esse tipo de situação. Ele poderia se contentar em ser um pai acima da média e esperar que tudo corresse bem com a filha.

◆◆◆

Nathan e David foram chamados para averiguar uma briga doméstica. O marido tinha agredido a esposa, mas ela se recusava a registrar queixa. As crianças ainda choravam quando os dois saíram da casa. O estômago de Nathan deu um ronco. Os dois precisavam fazer uma parada antes de voltar à delegacia.

– Você costuma pensar no seu pai? – perguntou David.

– Por quê?

– Só curiosidade. Às vezes eu penso no meu.

– Você me contou que seus pais se separaram. Pelo menos você chegou a ter um pai.

– Mais ou menos.

– Como assim?

David olhou pela janela.

– Onde vamos parar?

– Onde você quiser. Que tal no Elements? Ou prefere parar numa loja de conveniência, para um cafezinho barato?

David pensou em sua decrescente conta bancária.

– Uma loja de conveniência está ótimo.

– Eu pago – ofereceu Nathan.

– Nesse caso, vamos ao Elements.

Dez minutos depois, os dois já estavam sentados no estiloso café.

David olhava intensamente o interior de sua xícara, como se buscasse a si mesmo. Nathan decidiu esperar até que ele resolvesse falar.

David não sabia como começar. Colocou a xícara sobre a mesa e finalmente disse:

– Você sabe o que é inseminação artificial?

– Sim, sei.

– Foi assim que fui feito. Só fiquei sabendo aos 10 anos, e naquela época eu não entendia muito bem como funcionava. A minha irmã mais velha sabia de tudo; ela contou para alguém e a coisa se espalhou. Eu estava no oitavo ano, e meus amigos implicavam comigo por causa disso.

– Sua irmã...?

– Ela foi adotada. Mas minha mãe queria ter um filho biológico, e meu pai, ou seja lá como devo chamá-lo, tinha baixa produção de espermatozoides.

– Ele era estéril?

– Não sei. Em todo caso, eu achava que ele era meu pai verdadeiro. Um dia eu estava com problemas no estômago e minha mãe pegou uns exames antigos meus. Acabei lendo tudo. E aí vi o nome do meu pai verdadeiro.

– Foi mesmo?

– É... e seu nome era: Doador Anônimo.

– Só isso?

– Engraçado, não? Eu li tudo sobre inseminação artificial. A coisa começou nos anos 1970, e nos anos 1980 havia bancos de esperma por todo o país. Eu sou um dos produtos.

– Você procurou o seu pai biológico?

– Não. Essa situação é muito estranha. Uma coisa é procurar a mulher que te deu à luz. Mas procurar um doador de esperma é diferente.

Nathan uniu as mãos.

– Não entendo muito desse negócio, cara. Sinto muito.

– Eu também não entenderia, se o que estivesse em jogo não fosse a minha identidade.

– Não a sua identidade, David. Uma pessoa é uma pessoa, de todo jeito.

– É, eu li *Horton e o Mundo dos Quem.* É fácil dizer para mim mesmo que isso não tem importância. Mas, na verdade, tem.

– Mas você teve um pai, um cara que costumava fazer churrasco. Você mesmo me contou isso – argumentou Nathan.

– Minha mãe tinha um marido e, de fato, eu o chamava de pai. Mas não penso mais assim. Quando meus pais se separaram, meu pai pediu a guarda da minha irmã, e não pediu a minha! Talvez eu fosse para ele uma lembrança de que um doador anônimo deu a minha mãe algo que ele não podia dar.

– Você ainda tem contato com ele?

– Não. Ele disse que lamentava por ter nos abandonado por causa de outra mulher, mas a verdade é que ele nunca voltou para casa. Ele acabou se casando com ela. Depois descobri que ele já tinha traído minha mãe diversas vezes. Ela me falou que ele arranjou outras amantes depois de se casar pela segunda vez, e que a nova esposa estava apenas "colhendo o que plantou".

– Ele procurou você alguma vez?

– Ele ficou com a guarda da minha irmã, que não se dava bem com a minha mãe. Desde aquela época, eu só o vi uma vez, e vi a Wendy duas vezes. Não temos motivos para nos encontrar. A minha família está rachada ao meio.

Nathan suspirou.

– Acho que meu pai também não foi muito mais do que um doador de esperma. Eu sei o nome dele, mas não muito mais do que isso.

– Nathan, eu não quero que os caras fiquem sabendo disso, tá? Não estou a fim de ouvir piadinhas. Eles já pegam no meu pé o suficiente por eu ser novato. Ninguém me leva a sério.

– Não é bem assim, David.

– Por favor, não conte para ninguém.

– Eles não vão ouvir nada de mim. Nós somos parceiros. Você precisa confiar no seu parceiro, não é?

– É.

Nathan olhou pela janela por alguns instantes, depois encarou David e falou:

– Seja como for, embora eu não tenha um pai na terra, a Bíblia diz que eu tenho um Pai no céu. Deus nos criou. Ele nos procura quando estamos perdidos e nos perdoa. As Escrituras dizem que, para conhecermos o Pai, devemos procurar o Filho, Jesus.

David ficou ouvindo.

– Posso citar dois trechos para você? Primeiro: o Salmo 68, versículo 5 diz que Deus é "pai para os órfãos e defensor das viúvas". A sua mãe e a minha não eram exatamente viúvas, porque nossos pais não morreram. Mas são como viúvas, porque foram abandonadas e ficaram sem marido, assim como nós ficamos sem pai. Entendeu?

David assentiu.

– O outro é o Salmo 27, versículo 10: "Ainda que me abandonem pai e mãe, o Senhor me acolherá." Quando alcancei a fé em Cristo, Deus se tornou meu Pai.

David o fitava com um olhar de dúvida.

– Não estou brincando, David. Isso aconteceu mesmo e mudou a minha vida. Quando William Barrett me mostrou o que era ser pai, abriu meu coração para Deus. A procura *por um* pai é a procura *pelo* Pai. Deus é todo-

-poderoso e provou Seu amor quando Jesus morreu na cruz por mim. Isso fez toda a diferença do mundo na minha vida.

Nathan levantou-se, sorriu e pôs a mão no ombro do jovem parceiro.

– Da próxima vez, a gente vai pedir um cappuccino. E você é quem vai pagar.

◆◆◆

TJ e a Nação Gângster se reuniram num prédio abandonado para fazer o teste de iniciação no novo recruta.

Vários meninos se aglomeravam do lado de fora para assistir ao show pela janela. Algum dia eles também esperavam entrar para a gangue. O universo feminino, do lar e da igreja, não era para eles. O que eles não encontravam nesse universo encontrariam um dia na "família da rua", onde os líderes eram machos indomados, rebeldes.

TJ andou em volta do rapaz, avaliando seu medo.

– Você está pronto para se tornar um homem, garoto?

Derrick Freeman, ainda vestindo as roupas com que tinha ido à escola, engoliu em seco e assentiu. TJ atirou-o ao solo. Então, outros dez integrantes da gangue começaram a espancá-lo e a chutá-lo. Passados trinta segundos, o sangue de Derrick escorria.

– Lute, seu merdinha! – gritou TJ.

Derrick lutou, girando os braços longos e acertando vários golpes. Alguns dos jovens batiam com mais força, outros se mantinham a distância.

– Chega! – ordenou TJ depois de dois minutos que, para Derrick, pareceram duas horas. – Eu disse chega!

Todos recuaram.

Embora sangrasse profusamente, Derrick arrancara sangue de alguns rapazes também.

O garoto pressionava a barriga e respirava com dificuldade. A camisa polo estava suja e rasgada, o rosto todo machucado e arranhado.

TJ sentou-se diante de Derrick num trono improvisado. Ele usava uma bandana preta na cabeça. A corrente de ouro com um pingente de coroa se destacava na regata preta.

– Você se deu bem, moleque – disse TJ. – Eles rasgaram a sua roupa de nerd, não foi? Não venha aqui esnobar ninguém, seu estudantezinho de merda, pensando que é melhor do que a gente. Entendeu?

Derrick assentiu, fazendo para si mesmo a pergunta que não tinha coragem de verbalizar: *Se isso é uma família, por que você mandou que eles me espancassem?*

TJ inclinou-se para a frente e encarou Derrick. Falou não apenas para ele, mas para todos os integrantes da gangue.

– Você disse que queria entrar. É assim que a gente faz a coisa. E a dor que você está sentindo agora não é nada comparada ao que podemos fazer se você tentar nos abandonar ou entregar um de nós.

– Então, estou dentro? – perguntou Derrick.

– Sim, você está dentro. Você agora não é um qualquer. É da família. Agora que você está dentro, a gente cuida de você, cara. Você agora pertence *a nós*. Levante ele, Antoine.

O grandalhão ajudou Derrick a se levantar. Uma voz no fundo do seu ser, que ele receava ser da avó, disse: *Por que você quer estar dentro? Você agora precisa é cair fora!* Mas essa voz foi superada por outra, que sussurrou: *Você agora é legítimo. Pertence a um grupo. Você agora tem uma família de verdade, uma família de machos, e não apenas uma vovozinha.*

TJ ficou de pé a se aproximou de Derrick.

– Agora que não dá mais para contar com o Clyde e o Jamar, vou precisar de alguém que faça entregas para mim.

Derrick não ficou muito satisfeito diante da perspectiva de vender drogas, mas o dinheiro era mais importante.

– Pegue a pistola calibre 22 – disse TJ, acenando para Antoine.

Antoine lançou a pistola para TJ, que a entregou a Derrick.

– Essa é a sua primeira arma?

Derrick assentiu, pegando a 22.

– Primeiro você me mostra o que é capaz de fazer com ela, depois o papai aqui te dá alguma coisa maior do que esse brinquedinho – disse TJ, abraçando Derrick.

A sensação era do abraço de um pai. Ao menos, foi isso que Derrick pensou.

Mas, se nunca tinha experimentado o abraço de um pai, como poderia saber ao certo?

CAPÍTULO DOZE

Adam esperou durante um bom tempo, mas Javy não fazia uma pausa. Finalmente, Adam disse:

– Vou encontrar uns amigos na hora do almoço. Descanse um pouco!

Javier acenou e continuou a obra. Dois dias antes, Adam se preocupara com a possibilidade de o sujeito não trabalhar com seriedade; agora parecia que Javy se esforçava mais do que ele. Adam mal conseguia acompanhá-lo.

Vestindo uma camiseta cinza meio suada, calça jeans, um boné azul-marinho de beisebol e botinas, Adam desceu pela Westover, salivando só de pensar no filé de maminha que serviam no Austin's. Enquanto manobrava pelo estacionamento, ele se perguntava qual dos molhos escolheria para acompanhar a carne. Trabalho braçal sempre lhe dava um apetite de cão.

Quando entrou no restaurante, Nathan, David e Shane, vestidos com seus uniformes, já estavam no meio da refeição. No momento em que chegou perto da mesa, Adam viu restos de batata frita e *cheese grits*.

– Olá, amigos, estou faminto. Enquanto vocês estavam sentados dentro do carro passeando pela cidade, eu estava trabalhando duro.

Adam puxou o cardápio com uma força exagerada.

– Bem, maminha me parece uma boa opção. Uma porção de ostras também seria bacana. Ou talvez costeleta de porco. Ou asinhas de frango. Camarão frito é uma boa pedida. Qual é o prato especial do dia?

Uma morena alta e bonita se aproximou da mesa.

– Meu nome é Juliana, e eu vou atender o senhor. Já sabe o que vai querer?

– Vai ser mais rápido se ele disser o que *não* vai querer – brincou Shane.

– Tudo bem, tudo bem. Vou querer a maminha. E... uma porção de costeleta. E purê de batata. E um cheeseburguer. E ervilhas, para deixar o prato mais saudável.

A garçonete encarou Adam.

– O senhor está esperando mais alguém?

– Não. Se sobrar alguma coisa, eu levo para casa. Para o meu cachorro.

– Qual o tamanho do seu cachorro? – perguntou Juliana, provocando riso em todos na mesa.

– Quanto aos molhos, vou querer mexicano e mel e mostarda. Ou... o de pimenta com mostarda é bom, não é? Quais são mesmo os outros? Algum deles não tem bacon?

Depois da costumeira gozação, Nathan disse a Adam:

– Espero que você esteja aproveitando as férias, pois perdeu uma briga e tanto na Nona Avenida hoje de manhã.

– Férias? Eu passei os últimos três dias construindo um galpão, e estou exausto.

– Ei, por falar nisso, sinto muito que o Javier não tenha aparecido – disse Shane. – Ele me telefonou do hospital domingo à noite. Está com pedra nos rins.

– Do que você está falando? Ele está trabalhando comigo há três dias.

– Não. Estou falando do meu amigo Javier.

– É dele mesmo que eu estou falando. Ele apareceu lá em casa na segunda-feira de manhã e tem trabalhado como uma máquina.

– Impossível. O cara está hospitalizado.

Adam pôs o cardápio sobre a mesa.

– Shane, ele está na minha casa neste instante.

– Você está maluco.

– Como é esse Javier? – perguntou Adam.

– Tem 1,90m, magro como um palito, usa cavanhaque.

– Pois eu digo que não tem mais do que 1,80m e pesa uns 110kg. Não tem barba.

– Não sou nenhum gênio, mas vocês não estão falando do mesmo cara – concluiu Nathan, intrometendo-se na conversa.

Shane abriu um sorriso largo e deu uma gargalhada.

– Não sei quem está na sua casa, Adam, mas não é o Javier!

Adam deu um salto.

– Eu falo com vocês mais tarde.

Havia um estranho na casa dele. A comida ficaria para depois.

◆◆◆

Adam dirigiu acima da velocidade máxima permitida e entrou na garagem quatro minutos depois. Sentiu enorme alívio ao ver Javier exatamente onde o deixara, prendendo pranchas de madeira na estrutura do galpão, e não correndo atrás de Vitória com a máquina de grampos. Adam desceu do carro e falou com um tom de voz sereno de policial experiente:

– Oi!

– Já voltou do almoço?

– Javier, qual é o seu nome?

Javier olhou para Adam.

– Javier.

– Não, qual é o seu nome completo?

– Javier Eduardo Martinez. Qual é o nome completo do *senhor?*

– Adam Thomas Mitchell – *O que isso tem a ver...?* – Você conhece Shane Fuller?

– Shane Fuller? Não. Qual é o nome completo dele?

– É Shane... não, não. Quem disse a você que eu estava construindo um galpão?

– O senhor.

– Quem disse a você que eu pagaria 150 dólares por dia?

– O senhor.

– O quê? Você não é o cara que eu pensei que estivesse contratando.

– Então por que o senhor me chamou de Javier?

– Eu pensei que seu nome fosse Javier.

– E é.

Adam colocou seu cérero para funcionar, mas seus neurônios estavam debilitados por não terem aproveitado nem uma garfada da maminha ou do purê de batata.

– O que você estava fazendo na minha rua na segunda-feira de manhã?

– Eu precisava de trabalho. Por que o senhor pediu a minha ajuda?

– Porque pensei que você fosse um cara chamado Javier.

– Eu sou.

– Não, quero dizer... você não está com pedra no rim, está?

– Não – Javier fez uma pausa. – O senhor está?

– *Não.*

Adam ficou perplexo, aguardando um lampejo de esclarecimento... que não aconteceu.

– O que eu sei – disse Javier – é que, quando o senhor me ofereceu o serviço, foi uma resposta às preces da minha família.

– Bem, você está fazendo um bom trabalho. Humm... tem certeza de que não quer comer nada?

– Não, obrigado. O almoço que minha esposa preparou foi o suficiente.

Adam se afastou, perguntando-se se deveria dar uma olhada na geladeira, correr de volta até o restaurante, ou procurar um animal na rua, abatê-lo e assá-lo na churrasqueira.

– Vou sair para comer alguma coisa – disse ele, finalmente.

– O senhor está com fome? *De novo?*

◆◆◆

Naquela noite, a família Hayes se preparava para jantar quando um Dodge todo equipado desceu pela rua e parou em frente à casa. O motorista desceu com um andar meio malandro e tocou a campainha.

Quando Jade abriu a porta, seus olhos se arregalaram. Ela sorriu, saiu e fechou a porta atrás de si.

– Oi, tudo bem com você? – perguntou ela.

Derrick vestia uma camisa polo listrada amarela e branca, por fora da calça jeans larga e um par de tênis Nike novinho. Tinha um curativo no rosto e um ferimento visível no queixo.

– E aí?

– O que aconteceu com o seu rosto?

– Nada. Eu estava brincando com uns amigos. Que tal o carro? – Derrick apontou para o Dodge Magnum vermelho-sangue, com rodas cromadas aro 19.

– Esse carro é seu?

– Não, é de um amigo, mas posso dirigir quando eu quiser. Eu só passei aqui para saber se você quer sair para comer alguma coisa.

– Humm... – Jade procurou as palavras. – Preciso perguntar ao meu pai...

A porta se abriu e Nathan ficou ali parado por alguns instantes, enxugando as mãos num pano de prato. Ele olhou para Derrick, olhou para o carro e saiu na varanda. Jade ficou tensa.

– Filha, o jantar está quase pronto.

Nathan virou-se e encarou Derrick. Lamentou não estar de uniforme, e armado, para que Derrick pudesse fazer uma associação permanente entre ele e uma força letal.

Um rapaz tinha vindo ver a filha dele. Primeiro erro. Contudo, Nathan decidiu ser cordial e razoável.

– Olá, tudo bem? – Nathan estendeu a mão e Derrick deu um aperto fraco. Segundo erro.

– Tudo bem. O senhor deve ser o pai da Jade.

– Sou. E você... é?

Jade falou, nervosa:

– Pai, este é o meu amigo Derrick.

– Prazer em conhecê-lo, Derrick. Você estava de passagem pela vizinhança?

– Eu vim convidar a Jade para comer alguma coisa. Eu posso trazê-la para casa mais tarde.

Terceiro erro.

– Jade, por que você não vai lá para dentro? – disse Nathan. – Vou entrar daqui a um minuto.

Jade olhou para o garoto, sem saber o que fazer, enquanto fechava a porta.

– Derrick, eu aprecio o seu interesse pela minha filha. Mas ela só terá autorização para sair com um rapaz quando for mais velha.

– Não é um encontro de verdade. A gente só queria passear um pouco.

– Bem, para nós, é importante que ela comece a sair com rapazes só quando estiver mais velha. E também é importante sabermos com quem ela está.

– Como assim? O senhor tem algum problema comigo? – Derrick tinha certeza de que poderia derrubar aquele velho facilmente. Mas isso não aumentaria seu prestígio com Jade.

Nathan ainda não tinha terminado.

– A gente não conhece você, é só isso. Mesmo quando ela for mais velha, qualquer rapaz que queira a companhia dela vai ter de explicar suas intenções.

– *Intenções?* – Derrick pronunciou a palavra como se jamais a tivesse escutado, o que Nathan achou estranho, considerando o fato de ele ser ótimo aluno. – Eu não vou abusar de uma menina de 15 anos.

– Ah, com isso eu concordo! Nesse ponto você está certo! – Nathan respirou fundo antes de prosseguir. – Derrick, se você quiser nos conhecer melhor, será bem-vindo para almoçar aqui em casa no domingo. Vai ser um prazer ter você conosco.

Derrick reagiu como se Nathan o tivesse convidado para mergulhar de um penhasco à beira-mar em plena maré vazante.

– Como foi que você machucou o rosto? – perguntou Nathan.

– Isso não é da sua conta.

– A partir do momento em que você demonstra interesse pela minha filha, tudo o que diz respeito a você é da minha conta.

Derrick voltou para o carro, exclamando, por cima do ombro:

– O senhor deveria deixar a Jade tomar as próprias decisões!

Nathan sabia lidar com gente difícil, sabia ter calma e cuidado. Mas dessa vez, considerando o que estava em jogo, a coisa era diferente. Teve vontade de partir para cima daquele metido a sabichão. Poderia derrubá-lo sem transpirar uma gota sequer. Mas isso não aumentaria seu prestígio com Jade.

E não seria certo.

Nathan ficou observando enquanto Derrick se afastava de carro. Somente depois que o veículo dobrou na primeira rua é que ele voltou para dentro de casa, contando até dez, para manter a calma.

Ao fechar a porta, percebeu que Kayla estivera espiando pela persiana.

– Eu não gosto desse menino – disse ela. – Ele é muito atrevido.

Jade estava sentada no canto do sofá, abraçando uma almofada, tentando conter as lágrimas.

– Como ele pode demonstrar respeito se o papai o coloca para correr daquele jeito?

Nathan parou, preparando-se para demonstrar mais serenidade do que de fato sentia.

– Jade, se ele não nos respeita, também não vai respeitar você.

– Minha querida – disse Kayla, com ternura –, você precisa confiar em nós. Aquele menino ainda precisa amadurecer... e muito.

Embora uma torrente de palavras fluísse dentro da cabeça dos três, o silêncio prevaleceu.

Até que finalmente Kayla disse:

– É melhor a gente comer enquanto a comida está quente.

– Vamos, Jade – chamou o pai.

– Perdi a fome!

– Ainda assim, eu gostaria que você se sentasse conosco.

Jade, sentindo-se uma prisioneira sem opções, respondeu:

– Preciso ir ao banheiro.

Entrou no banheiro, trancou a porta e enviou uma mensagem de texto a Derrick.

Desculpe a grosseria do meu pai. Depois a gente se fala.

Quinze minutos depois, ela estava sentada à mesa de jantar.

◆◆◆

Depois de cinco dias ininterruptos de trabalho, com o galpão quase concluído, Adam e Javy estavam instalando as últimas telhas e verificando a posição de cada uma delas. Poucas coisas davam tanto prazer para os dois quanto concluir um projeto digno de um sonoro "excelente".

– Deixa eu ver se entendi certo: o nome da sua esposa é Carmen, e os seus filhos se chamam Isabel e Marcos? – perguntou Adam.

– Sim. Carmen estuda com eles em casa.

Adam achou que tinha ouvido um leve ruído; olhou em volta, mas não soube identificar o que seria.

– O senhor também tem dois filhos, não é?

Adam assentiu.

– Emily, que você já conheceu, é a minha doçura de 9 anos. O Dylan é o meu teimoso de 15.

Javier sorriu.

– Acho que ele está passando por uma fase difícil. Hoje não tem treino de atletismo, então você vai conhecê-lo daqui a pouco, quando ele chegar em casa. A Emily está numa festa de aniversário.

A seis metros de distância, sobre a bancada de trabalho, o celular de Adam vibrou, mas ele não viu.

– Sabe aquela fábrica de linhas na rua Clark? – perguntou Adam.

– Sim, sei.

– Conheço os gerentes de lá. Eu posso falar com eles sobre um emprego para você.

Javier ficou paralisado.

– O senhor está falando de um emprego de verdade, em tempo integral?

– Por que não? Eu faço a recomendação.

Javier sorriu.

– Eu ficaria muito grato.

Ambos ouviram uma sirene e se viraram para a rua. Uma viatura parou diante da garagem de Adam, e Shane pulou fora do veículo, com uma expressão de pânico.

– Adam, preciso que você venha comigo agora.

– O que aconteceu?

Shane respirava com dificuldade.

– A Emily.

– O que tem a Emily?

– Ela sofreu um acidente.

Javier ficou olhando enquanto Adam correu atrás de Shane até a viatura e sentou-se no banco do carona. O carro saiu em disparada, com as luzes piscando e a sirene ligada. Na mente de Javy só passava uma coisa: *"Dios, vaya con ellos."*

No momento em que o carro dobrou na esquina e entrou no Westover Boulevard, Adam recuperou o fôlego e conseguiu falar.

– Desembuche, Shane!

– Os Martin pegaram a Emily na saída da escola.

– Sim, para a festa de aniversário. O que aconteceu?

– O carro deles foi atingido por um carro dirigido por um motorista bêbado, num cruzamento... do lado em que a Emily estava.

Adam dirigiu a Shane um olhar vago e retirou da cabeça o boné suado.

– O Nathan foi buscar a Vitória. A coisa não está boa, Adam.

Adam cobriu o rosto com as mãos e inclinou o corpo para a frente.

– Ah, meu Deus! Ajude a minha filha. Por favor, Senhor! Ajude a minha menina!

A viatura encostou na entrada de emergência do Hospital Phoebe Putney e Adam entrou correndo. Ouviu vozes à direita e viu sua esposa, duas enfermeiras e um médico. Uma das enfermeiras estava com o braço nos ombros de Vitória. Adam correu pelo corredor. Quando o viu, ela desabou em seus braços.

Dois indivíduos estavam ao lado, cabisbaixos: o capitão Caleb Holt e um soldado do corpo de bombeiros. A camisa branca de Holt estava manchada de sangue.

Mais à frente, estavam Nathan e David; Shane se aproximava deles.

Ninguém olhava nos olhos de Adam; ninguém lhe oferecia palavras de esperança.

A linguagem corporal das pessoas gritava uma mensagem que ele não suportaria receber.

– Eu quero vê-la – disse Adam.

Ele foi conduzido a uma sala abarrotada de equipamentos médicos e viu sobre a mesa algo que se assemelhava a um manequim de loja de roupa infantil. O lençol que o cobria tinha algumas manchas vermelhas. Adam teve esperança de que aquele sangue era da filha de outra pessoa. Então ele reparou no vestido azul, cortado e ensanguentado, que estava jogado no chão. Era o mesmo que Emily tinha usado cinco dias antes, quando o convidara para dançar.

Outras meninas têm um vestido igual a esse. Não precisa ser o da Emily.

Vitória entrou na sala chorando e se debruçou sobre o corpo da filha. Adam, ainda se recusando a aceitar, finalmente olhou o rosto da menina. Naquele instante o peso do mundo desabou sobre ele.

Os médicos só podiam estar *enganados.* Adam esticou a mão para sentir o pulso. Esperava por uma pulsação, o mais tênue movimento, qualquer indício de vida. No entanto, por mais que pressionasse os dedos no pulso, não sentia nada.

Não. Não. Não.

Todos os ossos do corpo de Adam Mitchell se dissolveram. Ele caiu em prantos.

Sua menininha se fora.

CAPÍTULO TREZE

Adam Mitchell haveria de despertar do pesadelo.

Precisava despertar.

Fotos de Emily e dúzias de buquês coloridos circundavam um pequeno caixão branco. A igreja estava lotada de oficiais uniformizados, amigos e parentes, todos buscando um meio de minimizar a dor dos Mitchell.

Por um lado, Adam sentia-se agradecido aos confrades. Por outro, resistia a qualquer sentimento de gratidão que se relacionasse à igreja, porque a igreja era coisa de Deus, e Deus tinha levado sua filha.

Três dias já tinham se passado, e Adam Mitchell ouvira incontáveis expressões de conforto – tantas que já estava imune a elas. Ouvira alguém bem-intencionado citar Romanos 8:28, mas não estava inclinado a aceitar que sua filha tinha sido levada para o bem daqueles que amam a Deus. Nenhuma outra afirmação lhe causava mais indignação do que essa.

Adam, Vitória e Dylan sentaram-se na primeira fila da igreja. Adam olhou em volta e viu rostos conhecidos, inclusive o delegado Gentry e a esposa, Alison, bem como Caleb Holt, também acompanhado da esposa. Holt fora a primeira pessoa a chegar ao local do acidente e a administrar os primeiros socorros a Emily.

Adam fitou o caixão. *Caixão é para gente que eu não conheço, ou para gente idosa que já está perto de morrer.* Jeff Henderson tinha sido uma exceção, embora ele tivesse feito uma escolha. Não era o caso de Emily. Crianças de 9 anos não deveriam morrer. Ponto final.

Vitória olhava para a frente, com os olhos úmidos. Dylan mantinha o corpo inclinado, apoiando os cotovelos sobre as pernas, com as mãos apoiando o queixo, olhando para baixo. Mais cedo, em casa, Adam tentara conversar com ele, mas ambos estavam destreinados.

A igreja estava repleta de pessoas que sentiam diversos níveis de tristeza. Algumas já haviam experimentado a intensidade desse tipo de perda. Outras podiam apenas imaginá-la. Ninguém era capaz de amenizar o sofrimento instalado nos corações dilacerados da família Mitchell. Parentes sentavam-se atrás deles, mas nem a presença da família servia de consolo. Os parentes mais pareciam estranhos.

Os pensamentos de Adam vagaram no momento em que, subitamente, a igreja ficou às escuras. Imagens, acompanhadas de uma música lenta, surgiram numa grande tela. Vitória reunira fotos de Emily recém-nascida, ainda no hospital. Fotos de Dylan, com 6 anos, segurando a irmã com todo o cuidado, com receio de que ela quebrasse. *E agora ela se quebrara.*

Imagens ternas, maravilhosas e insuportáveis. Adam caminhando com ela pela praia, Adam segurando-a em cima de uma árvore, carregando-a nos ombros. Fotos que ele tirara de Emily ao lado de Vitória, plantando tomates no quintal e brincando com Dylan no balanço armado pelo pai.

De repente, Adam se deu conta da letra da canção. Uma filha pedia ao pai que a ensinasse a dançar: "Então, eu danço com a Cinderela, enquanto ela está nos meus braços... Não quero perder nem uma canção, pois em breve o relógio baterá meia-noite e ela vai embora."

Ele ouvia a voz de Emily: "Ah, por favor, papai, por favor!"

Perdi a canção, pensou Adam. *Perdi a chance de dançar com ela.*

Ainda se culpando por isso, Adam olhou novamente para a tela e viu Emily em festas de aniversário e ao lado da árvore de Natal, com bonecas e casinhas novas, fingindo ser mãe e ter bebês. E agora isso jamais aconteceria. Via fotos de Emily jogando futebol no parque, fazendo aula de balé e participando de um recital de piano. Adam ficava fascinado por aquele sorriso de inocência transcendental.

Alguns meses antes, ela perguntara como era o céu. A resposta dele fora: "Não sei. A Bíblia diz que é um bom lugar; disso eu sei." Que resposta infame. Ele nem sequer se dera o trabalho de pensar no assunto. Agora ela tinha a resposta. Mas ele ainda não.

Que foto era aquela? Quando foi tirada? Ah, sim, na festa de formatura do jardim de infância. É claro que ele queria estar lá, mas houve um furto no Walmart e ele tinha de averiguar. Não, ele *não tinha* de averiguar. Ele havia trocado a filha por um adolescente drogado.

Havia imagens de outros eventos de que ele não se lembrava: festas ou jantares aos quais chegara atrasado. Cada uma delas o queimava como ferro em brasa.

Lá estava toda a família nas férias, em eventos esportivos, no quintal de casa. A apresentação de slides chegou ao fim com uma foto dos quatro, o sorriso de Emily roubando a cena. Em seguida, apareceu na tela um versículo da Bíblia: "Mas Jesus, chamando a si as crianças, disse: 'Deixem vir a mim as crianças e não as impeçam, pois o Reino de Deus pertence aos que são semelhantes a elas.'"

Belas palavras, Senhor. Mas por que deixou isso acontecer? Por que não deteve aquele bêbado infeliz? Por que não fez com que ele cruzasse aquela esquina dez segundos antes ou dez segundos depois? Como posso crer no seu zelo agora?

O pastor Jonathan Rogers subiu ao púlpito, com os olhos inchados.

– Não vou fingir que isso é fácil. A família Mitchell faz parte da nossa igreja há muitos anos. E Emily... era uma alegria. Ela *é* uma alegria. Num momento como este, o silêncio parece ser a única expressão cabível. O que podemos nós, meros seres humanos, dizer a um coração sofrido e dilacerado? Falamos hoje porque temos uma esperança viva. A morte é a maior certeza da vida. Entre os que nascem, 100% morrem. Mas a morte não é o fim. É uma transição. A morte dissolve o elo entre espírito e corpo. Eclesiastes 12:7 afirma: "O pó volte à terra, de onde veio, e o espírito volte a Deus, que o deu." Mas venho diante de vocês hoje para declarar que temos uma esperança viva e que isso muito nos alegra. A morte é apenas a porta para um outro mundo. A morte vem, estejamos preparados para ela ou não. Falar sobre a morte não a antecipará. Negar a morte não a retardará. A morte nos coloca diante do nosso Criador. Existe um Deus, e todos nós haveremos de ficar diante dele. Hebreus 9:27 diz: "Da mesma forma, como o homem está destinado a morrer uma só vez e depois disso enfrentar o juízo." A pergunta que cada um de nós deve responder é a seguinte: estamos preparados para a morte? A pequena Emily estava.

Adam concordava com essas palavras. Mas não conseguia obter o alento esperado com elas. Simplesmente não conseguia. O chão lhe faltava sob os pés.

– A melhor lembrança que tenho da Emily – o pastor estava dizendo – foi quando presenciei o momento em que seu pai se ajoelhou ao lado dela e a ajudou a convidar Jesus a entrar em seu coração.

Adam lembrou-se daquele dia em que rezou ao lado de Emily, e agarrou-se a essa lembrança. Sim. Ele fizera algo *certo* na condição de pai.

– Vejam bem, nossa esperança hoje se fundamenta no fato de Jesus já não estar no sepulcro. Ele vive. E porque Ele vive, Emily vive. E porque Ele vive, o coração sofrido e dilacerado tem esperança e motivo para se alegrar. A pequena Emily amava Jesus. Não tenho a menor dúvida de que está com Ele.

Meia hora após o culto, Vitória tinha recebido condolências de mais pessoas do que ela julgava conhecer. Quando foi abraçada por uma pessoa que tinha certeza jamais ter visto na vida, ela pegou no braço de Adam e disse:

– Preciso sair daqui.

Adam procurou o filho. O pai de um amigo de Dylan lhe disse que os rapazes tinham ido embora juntos. Adam levou Vitória até o carro e os dois ficaram sentados dentro do veículo. Adam apoiou a cabeça no volante.

– A gente vai pegar de volta aquelas coisas que estavam em cima da mesa? – perguntou ele. – As fotos, os cadernos e os troféus da Emily?

Vitória parecia não ter entendido a pergunta. Adam sentiu-se infantil. Não sabia por que fizera a pergunta. Ela precisava de sua ajuda, mas ele não tinha nada a oferecer.

Era como se Adam estivesse flutuando num mundo irreal, desconexo. Ele já tinha visto muita gente morrer, inclusive crianças. Mas agora não se tratava da filha de estranhos. Era a filha *dele*. Adam não estava assistindo ao noticiário. Ele e sua família *faziam parte* do noticiário.

A tarde do sepultamento de Emily pareceu durar um mês, um mês no qual ele envelheceu três anos. Sentia fome, mas não por comida. Era um vazio que ele não conseguia preencher.

Ele queria continuar vivendo num mundo sem Emily? Não. Iria querer um dia? Não via como isso fosse possível.

Adam Mitchell tinha algumas contas a acertar com Deus.

Nós frequentamos a igreja. Doamos dinheiro na hora da oferenda. Tentamos levar vidas decentes. É assim que você recompensa aquele que crê? Ela era uma menina. Você não tinha o direito de levá-la de mim!

O dia seguinte passou como um borrão. As pessoas continuavam a trazer comida, flores, cartões.

Quando a última visita se foi, ele se isolou no quarto de Emily: tudo de menina, o boá de penas lilases ao pé da cama e a colcha de retalhos rosa e lilás. Viu o pequeno quadro acima da cama como se fosse a primeira vez, e novas ondas de dor se abateram sobre ele: *Meu príncipe veio... O nome dele é Papai.*

Onde estava o seu príncipe quando você mais precisou dele? E onde estava Deus?

Vitória entrou no quarto e encontrou Adam inclinado sobre a cama, segurando uma foto de Emily. Ela avançou e sentou-se de pernas cruzadas, como costumava fazer quando era adolescente. Mas as rugas que foram entalhadas em seu rosto nos últimos quatro dias faziam-na aparentar mais do que seus 38 anos.

Depois de um longo silêncio, ela disse:

– Por favor, me explique o sentido disso tudo.

Adam não sabia o que dizer.

– Parece que estou no meio de uma neblina, ou dentro de um buraco negro, e que não consigo sair – Vitória falou, entre lágrimas.

Pela primeira vez, o olhar vago de Adam expressou solidariedade. Vitória estava arrasada.

– Será que nós erramos quando permitimos que ela fosse àquela festa? Se eu tivesse negado, ela ainda estaria aqui – disse ela.

Adam sacudiu a cabeça.

– Vitória, como poderíamos saber?

– Por que ela teve de morrer? Por que o bêbado ainda está vivo?

Adam fixou os olhos na foto de Emily. Finalmente seus pensamentos encontraram o caminho que os levava à voz.

– Tem tanta coisa que eu não disse... Eu deveria ter sido um pai melhor.

Vitória dirigiu-lhe um olhar exausto. De certa forma, Adam esperava que a esposa o confortasse, dizendo "você foi um bom pai". Em vez disso, ela disse algo surpreendente:

– Adam você *ainda é* pai.

Ele sentiu a punhalada. Mas percebeu a verdade contida nas palavras. Ele ainda tinha um filho. Só um.

Em vez de tocar a foto da filha que já não estava ali, por que não tocava o filho que ainda estava?

Adam levantou-se e seguiu pelo corredor até o quarto de Dylan. Tentou girar a maçaneta, mas a porta estava trancada. Bateu três vezes. Sem resposta.

Ele foi até a porta do outro lado do corredor, tateou a parte superior do umbral e pegou uma chave pequena e reta. Introduzindo a chave na fechadura do quarto do filho, ele destrancou a porta.

Dylan estava sentado no chão, com os fones de ouvido, jogando video game.

Através de um espelho na parede, Adam viu o reflexo do rosto do filho. Uma expressão sofrida, tão vazia quanto a de Adam. Ele entrou e sentou-se ao lado de Dylan.

O menino se virou, fez uma pausa no jogo e retirou os fones.

– Como você entrou aqui?

– Eu sei onde fica a chave extra.

– Por que você me chamou?

– Eu só queria ver como você está. Você está bem?

– Alguém nesta casa está bem?

Adam permaneceu calado, procurando as palavras certas.

– Você gostaria de conversar sobre alguma coisa?

– Por que você quer conversar? Todo mundo que entra nesta casa fica repetindo as mesmas coisas.

– Eles só estão querendo ajudar, filho.

– Mas não estão ajudando.

Adam percebeu não apenas a dor do filho, mas também a sua resistência. *Ninguém nos ensina a sofrer, até que surja a necessidade, e a essa altura não queremos mais lições.*

– Dylan, todos estamos sofrendo. Precisamos uns dos outros.

Dylan fixou o olhar na imagem pausada do video game.

– Você não precisa de mim.

O meu filho acabou de dizer isso?

Adam olhou o vazio.

– Posso continuar jogando agora?

Adam sentiu uma onda de desesperança. Finalmente, sem saber o que responder, disse:

– Sim.

Perdi minha filha e meu filho.

Adam levantou-se e saiu do quarto. Quando o pai saiu, Dylan colocou os fones e voltou para um mundo que ele podia controlar. Um mundo onde o bem derrotava o mal e onde a irmã de ninguém morria.

Adam espiou dentro do quarto de Emily e viu Vitória deitada na cama, abraçada ao cachorrinho de pelúcia que pertencia à filha.

Ele ficou sozinho no corredor, encostado à parede fria.

Tinha vontade de abraçar alguém.

Mas precisava de alguém que o abraçasse.

CAPÍTULO QUATORZE

A Nação Gângster se reuniu nos arredores do parque Gillespie. Um dos integrantes da Nação, o Ice Man, tinha sido executado pela gangue rival, a Rollin' Crips, e TJ encarou isso como uma ofensa pessoal.

Ele convocou a reunião com o objetivo de planejar ações, táticas e estratégias para surrar a gangue rival. Trinta integrantes apareceram; não era o time completo, mas TJ não podia se dar ao luxo de retirar todos os seus homens das ruas naquela noite. Os drogados tinham de ser abastecidos, e TJ não queria que eles recorressem à concorrência.

Derrick reparou no estilo dos rapazes. Alguns usavam bonés de beisebol, e Derrick observou bem para checar se os bonés eram usados para trás ou para o lado e, neste caso, em que ângulo. Havia também uma variedade de bandanas e um sujeito com um gorro. O cara parecia ter uns 35 anos – um ancião, em se tratando de gangues de rua. Alguns tinham cabelo comprido, penteado para trás, presos num rabo de cavalo ou trançados.

Derrick viu também muitas tatuagens, com variações das insígnias da Nação Gângster. Alguns soldados mais obstinados usavam uniforme de combate, preto, camuflando-se na noite. Embora já fosse quase noite, a maioria usava óculos de sol.

As poucas meninas vestiam roupas similares às dos homens, geralmente em tons escuros. Usavam maquiagem pesada, com uma quantidade exagerada de sombra e delineador nos olhos.

Uma música tocava em alto volume; a letra falava sobre sexo, violência e morte de policiais.

O pai de TJ pertencera à Nação Gângster vinte anos antes, mas eles não chegaram a se conhecer. TJ ficou sabendo da reputação do pai por meio da mãe. Os dois nunca se casaram. Ele foi condenado à prisão aos 22 anos e cumpriu pena na Penitenciária Estadual de Lee. Libertado ao fim de três anos, ele morreu numa briga de rua, seis semanas depois.

TJ, aos 28 anos, era um sobrevivente, um veterano dotado de charme e carisma, um empresário, dono de um próspero comércio de drogas, especializado em crack e cocaína, mas que expandira os negócios para vender desde maconha até as lucrativas drogas farmacêuticas.

Uma pesada corrente de ouro pendia de seu pescoço. O pingente em formato de coroa e cravejado de pequenos diamantes reluzia mesmo no escuro, chamando quase tanta atenção quanto a imensa fivela de ouro do cinto.

Diablo ficava atrás dele, ao lado de Antoine, o "ministro da Defesa" de TJ. Ambos usavam luvas cinza, próprias para o manuseio de armas e para o trabalho em geral – que, naquela situação, significava confronto.

– Os soldados estão de olho nos policiais? – perguntou TJ. – Precisamos tomar medidas disciplinares.

Antoine agarrou um menino mais jovem do que Derrick, talvez com uns 16 anos.

– Alguém me disse que você está dedurando a gente, moleque – disse TJ a Pete.

– De jeito nenhum, cara – respondeu Pete, com a voz trêmula.

– Os policiais têm falado com você?

– Sim, mas eu não escuto.

– Ora! Não temos como saber se você está falando ou não. Então a gente vai mostrar o que acontece se você abrir o bico.

Derrick observou com um horror fascinado enquanto a gangue espancava e chutava o garoto até ele quase perder os sentidos. Aquilo não parecia certo, já que ninguém tinha certeza da traição. Mas Derrick deu um passo adiante e bateu também, só para demonstrar que fazia parte da família. Ser iniciado significava aceitar todo e qualquer procedimento determinado pelos líderes.

TJ cumprimentou Derrick, exibiu o distintivo da gangue, observou a reação do novato e fez um sinal de aprovação.

– Você está longe de ser um veterano. Você não passa de um bebê. Você precisa promover a gangue, recrutar gente, comprar e vender drogas, estar disposto a morrer pela gangue. Você concorda?

– Sim – Derrick disse, cheio de orgulho e temor.

– Você está dentro, moleque?

Derrick assentiu.

– Tem treinado com aquela pistola? – perguntou TJ.

Derrick assentiu novamente. A verdade era que ele só fizera quatro disparos enquanto a avó estava trabalhando. Ele tinha atirado em uma pilha de catálogos telefônicos no porão do prédio, e depois disso a pistola travou. Nesta noite, ao ver todas aquelas armas, ele sentiu medo. Mas não se atrevia a demonstrar isso.

TJ mostrou-lhe seu fuzil de cano serrado.

– Isso aqui é fácil de carregar e os projéteis se espalham, então não é preciso ter boa pontaria. O problema é que, se você atirar a mais de 15 metros de distância, não vai ter enterro. Mas é possível causar algum dano. Quem sabe da próxima vez você não possa usar uma dessas?

– Beleza, cara – a voz de Derrick falhou.

Os integrantes da gangue lotaram seis carros e partiram. Derrick tremia, sentado ao lado de Antoine. Com os faróis apagados, dirigiram-se a uma casa onde os Crips costumavam se reunir. Havia uma dezena de homens do lado de fora, outra dúzia no interior. Todos celebravam o funeral da NG.

TJ pulou para fora do carro e atirou em dois postes de luz. Uma chuva de cacos de vidro caiu em cima dele, para sua grande satisfação.

Formas escuras corriam pela frente da casa. Um dos membros da gangue fez soar algo semelhante a um canhão e alguém gritou *Nação!*

Ouviu-se o estampido de um revólver calibre 45. Derrick ouviu outro disparo de fuzil. O inimigo se espalhou como um bando de pássaros. Assustado, Derrick disparou a 22 na direção dos membros dos Crips, sem mirar em ninguém. Em seguida, recuou e se escondeu atrás do carro de TJ.

TJ fez novo disparo e atingiu dois dos Rollin' Crips pelas costas. Um tombou; o outro continuou a correr, embora mancando.

– Avançar – ordenou Antoine.

Enquanto os demais avançavam, Derrick se abaixou, entrou no carro pela porta traseira e deitou-se sobre o banco. Passados alguns minutos de tiros e gritos, as quatro portas se escancararam e o carro encheu. Na correria, todos acharam que Derrick tivesse entrado no veículo naquele momento. Os pneus cantaram e os carros saíram em disparada.

Antoine permaneceu ao lado de um poste, com sua pistola 9mm apontada em direção à casa.

Supondo que a Nação tivesse ido embora, os Rollin' Crips saíram de dentro da casa. Dois deles surgiram bem na mira de Antoine, que fez três disparos e derrubou ambos.

De volta ao seu território, situado a cerca de três quilômetros de distância, a NG se reuniu no interior de uma igreja abandonada para trocar relatos de guerra, histórias que se tornavam mais grandiosas à medida que o tempo passava. Derrick correu até o fundo do salão e vomitou sobre o piso. Alguns dos parceiros riram dele.

– O bebezinho colocou os bofes pra fora, mas pelo menos não fugiu da raia!

Era TJ. Deu um tapa no ombro de Derrick.

– Vamos encher a cara! É hora de relaxar!

Depois que a gangue se dispersou, TJ chamou Derrick num canto.

– Venha comigo, amigão. – Ele parecia quase afetuoso. – Pertencer a uma gangue não é passatempo. Isso agora é a sua vida, sacou? Os caras do grupo são a sua família. Somos seu pai e seus irmãos. As garotas da Nação Gângster são sua mãe e suas irmãs, e até mais do que isso. Entendeu?

Derrick assentiu, embora a contragosto, e seguiu com TJ até seu apartamento para tomar banho e dormir. Ele tinha dito à avó que passaria a noite na casa de um colega, Robert, estudando para uma prova de matemática.

Já eram quase 3 horas quando TJ parou de falar, e quase 4 horas quando Derrick finalmente pegou no sono, estirado sobre um colchão. Ele tinha mesmo uma prova de matemática, mas iria dar um jeito. Não tinha problema. Ser um bom aluno não era mais algo importante para ele.

A gangue era a nova família de Derrick. Para que se preocupar em ir à escola? A avó entendeu tudo errado. Por que haveria de querer *sair* daquela vida, agora que tivera a grande oportunidade de *entrar*?

As imagens povoaram sua mente enquanto ele dormia, enchendo seus sonhos. Era uma sucessão de luzes brilhantes, corpos grotescos, ruídos intensos. Ele tremia descontroladamente, tentando em vão interromper as visões. Seu cérebro reproduzia as cenas do ataque e a imagem dos Crips abatidos, um dos quais parecia ter cerca de 14 anos. Derrick esperava que o menino não estivesse morto. Ele sabia que, como um membro da Nação Gângster, deveria desejar a morte do inimigo. Mas aqueles jovens não eram iguais ao próprio Derrick? Se tivesse crescido naquela área da cidade, ele não seria um Rollin' Crip também?

Derrick sentiu um nó na garganta. Ficou ali, estirado sobre o colchão, orgulhoso, empolgado, envergonhado e apavorado.

CAPÍTULO QUINZE

Emily Mitchell, de vestido branco, correu em direção ao pai. Olhou para ele e estendeu os braços. Adam levantou-a e ela lhe deu um terno abraço. Ela o apertou com força; em seguida, afastou-se um pouco e sorriu. Adam devolveu-a ao chão e ela começou a girar e bailar.

Subitamente, a menina desapareceu, e Adam se surpreendeu olhando para Emily, agora com 22 anos, vestida de noiva. As damas a cercavam, ajeitando-lhe o vestido, os cabelos, o véu.

Adam vestia um *smoking*. Emily olhou para ele, sorriu e estendeu a mão. Ele deu um passo à frente para cumprimentá-la, mas sua mão passou através da dela, como se a filha não estivesse ali.

Os olhos de Adam se arregalaram. O quarto estava escuro e sua camiseta, encharcada de suor. As lágrimas rolavam pelas suas faces. Ele sentou-se na cama, tentando silenciar seu choro.

– Adam?

– Nós nunca vamos vê-la se formar. Nunca vou poder entrar com ela na igreja. Como vou conseguir esquecê-la?

Vitória sentou-se na cama e massageou suas costas.

– Eu deveria ter dançado com ela. Por que não dancei com ela?

Adam foi até o armário do banheiro e pegou algumas pílulas para dormir.

Incapaz de tolerar a tristeza, seu coração se voltou para a raiva. Durante uma hora, ele ficou deitado no escuro, imaginando situações de confronto com o sujeito que matou sua filha. Cara a cara, ele desafiaria o bêbado a atacá-lo, então o arrebentaria de pancada e faria com que pagasse pelo que fez.

Evidentemente, ir para a cadeia em nada ajudaria Vitória e Dylan. Adam sabia que jamais chegaria a bater no homem, mas, a não ser pela infelicidade que tal ato traria à sua família, ele não conseguia pensar em nenhuma razão para não fazê-lo.

Adam sentia o sonífero tentando fazer efeito, mas seus olhos resistiam, permanecendo bem abertos.

◆◆◆

Adam caminhava sozinho pelo Cemitério Riverside. Vitória não quis acompanhá-lo. Ela não aceitava que Emily estivesse naquele solo frio e escuro.

Um vento forte na noite anterior havia espalhado folhas novas, botões de flores entreabertos e gravetos pelo gramado. Os imensos carvalhos cobertos de musgo, com seus braços longos e estendidos, dominavam aquela área havia séculos.

Ele passou por cerca de uma centena de túmulos numerados, não identificados. Muitos caixões tinham se afastado de suas respectivas lápides na enchente ocorrida em Albany, em 1994.

Qual seria a sensação de ignorar o local de sepultamento de um ente querido? Mas seria pior do que pensar em Emily naquele túmulo identificado pelo nome dela?

Adam caminhou até o fim do cemitério.

Alguns setores eram alinhados e simétricos, como um cemitério militar. Aquela área, no entanto, parecia não seguir nenhum padrão, com lápides tão variadas, aleatórias e tortas quanto a própria vida.

Adam notou a beleza das flores em volta dos túmulos. Curvando-se sobre um crisântemo roxo, ele viu uma gotícula de água refletir o último raio de sol, transformando a gota de água num arco-íris em miniatura.

Como era possível que a morte e a vida existissem em tamanha proximidade? Por que um mundo tão vivo e vibrante haveria de terminar ao lado de uma sentença de morte? *Está tudo errado. O mundo não era para ser assim.*

Adam refletia que, se o Evangelho no qual ele acreditara por tanto tempo fosse verdadeiro, se a Bíblia não estivesse mentindo e se Jesus estivesse certo, Deus não teria feito o mundo desse jeito. No começo, Ele criara um mundo perfeito.

Adam pensou nos romances que tinha lido, nos filmes aos quais tinha assistido. Os inícios eram sempre positivos e os desfechos, sempre triunfais, mas no meio das melhores histórias sempre havia morte, perda e desespero, seguidos de redenção. Estaria ele vivendo o meio da história? Se fosse isso, não via a hora de chegar logo ao fim.

Deus, o Senhor não sabe o que é perder um filho.

Dez segundos depois, a verdade se abateu sobre ele. O cerne da fé que ele próprio professava era o fato de que o Filho de Deus tinha morrido. E que Ele havia escolhido a morte.

Então, se sabeis quanto dói, por que levastes Emily?

Adam se dirigiu ao setor onde ficava o túmulo da filha. No caminho, contemplou uma pequena placa.

Eleanor Marie Davidson
Nascida em 3 de abril de 1873, falecida em 12 de junho de 1876
Assim como Enoque, levado tão cedo, nossa filha
está agora nas mãos do Redentor.
Jesus disse a ela: "Eu sou a ressurreição e a vida.
Aquele que crê em mim, ainda que morra, viverá."

Adam se perguntou qual seriam os dizeres da própria lápide. Ele achava que Vitória seria bondosa. Mas e se fosse sincera? Será que escreveria "Adam Mitchell, bom policial, mas não tão bom marido"? E se fosse Dylan a escrever? Seria algo como "Adam Mitchell, meu pai, que gostava mais da outra filha e do emprego do que de mim"?

Finalmente, Adam chegou ao túmulo de Emily. Tinha ido ao cemitério com a intenção de visitá-la. Mas, de pé diante do jazigo, se deu conta de que Emily não estava ali. Aquilo era um memorial, não o local onde ela descansava. Se sua fé estivesse errada, Emily teria deixado de existir. Se estivesse certa, Emily vivia em outro lugar. Em ambos os casos, ela não estava ali.

Nunca havia sido muito importante para ele acreditar na verdade da religião. No entanto, além de ir à igreja, ele investira pouco tempo e pouca energia para cultivar a fé da qual agora tentava arrancar forças. Sempre estivera cercado pela fé cristã, mas jamais se entregara e nunca se permitira ser preenchido por ela.

Talvez por isso se sentisse incapaz de obter mais conforto de sua fé naquele momento.

◆◆◆

Adam costumava limpar a arma em seu quarto, longe da família. Hoje, enquanto a esfregava com uma flanela, passou-lhe pela cabeça que Vitória e Dylan ficariam melhor sem ele. E *ele* estaria melhor sem ele próprio. Poderia fazer tudo parecer um acidente.

Ele estava limpando a arma, quando houve o disparo.

Faça isso logo, uma voz parecia lhe dizer. *A dor vai acabar.*

Ele decidiu carregar a arma com uma bala. Só uma.

Imaginou-se erguendo a arma até a cabeça. Parecia sentir o cano tocando sua têmpora direita.

– Adam! O que você está fazendo?

Assustado, ele olhou para Vitória. Ele não estava apontado a Glock para si mesmo, mas ela leu seus pensamentos.

– Estou só limpando a arma.

– Está tudo bem?

– Não.

Vitória não saiu do quarto até que Adam guardasse a arma no alto do armário.

Aquela voz o perturbara. Ele jamais tivera pensamentos como aqueles antes. Mas também nunca perdera sua filha antes.

Agora ele sentia mais empatia pelo velho parceiro Jeff.

Adam foi até a sala e ligou a TV, mas não encontrou nada que o interessasse. Então passou a folhear aleatoriamente algumas revistas sobre caça. Maggie ganiu e arranhou a porta.

– Será que alguém pode fazer essa cadela calar a boca? – disse ele, com um tom de voz mais elevado do que gostaria.

– Eu já tentei fazê-la ficar quieta – respondeu Vitória.

Maggie estava inconsolável. Quase não comia, e agora gemia incessantemente. Às vezes emitia um uivo dorido, como estava fazendo naquele instante.

Com passadas ruidosas, Adam foi até a cozinha e abriu a porta dos fundos.

– Cale a boca!

Maggie ganiu, como se sentisse dor.

Adam viu nos olhos do animal aquilo que sentia no próprio coração: *Onde está a Emily?* A pobre criatura não compreendia.

Junte-se a nós.

Adam sentou-se nos degraus da varanda dos fundos. Imediatamente, Maggie enfiou o focinho no ombro dele.

– Não, Maggie! Saia!

Ela se afastou, acuada.

– Desculpe, Maggie. Tudo bem.

Dessa vez, Adam resolveu deixar que a cadela se aproximasse. Ela pressionou o focinho contra a orelha dele e deu uma lambida em seu rosto.

Adam estava perdido em reflexões, com Maggie conduzindo seus pensamentos. Finalmente, levantou-se para entrar em casa.

Ao se virar para fechar a porta, observou os olhos de Maggie. O silêncio durou apenas um instante, e então a cadela soltou um pequeno gemido. Adam olhou em torno de si; como não viu Vitória, abriu a porta. Maggie disparou para dentro da casa, antes que ele pudesse mudar de ideia. Ela correu até o quarto de Emily e entrou, chocando-se contra o umbral da porta como uma bola de bilhar.

Vitória ouviu o barulho e apareceu no corredor.

– Maggie... já pra fora!

– Não, tudo bem – disse Adam.

Quando ele chegou no quarto, Maggie já estava deitada na cama de Emily, com a cabeça sobre a colcha que cobria o travesseiro. Adam sentou-se na cama da filha, como fizera tantas vezes desde o acidente. Maggie aconchegou-se a ele. Na primeira vez que ela lambeu seu rosto, ele resistiu. Em seguida, tolerou. Depois, gostou.

A respiração ritmada e os suspiros de contentamento da cadela o acalmavam. Ela olhava para ele com um olhar comovente. Ocorreu a Adam que ela não queria apenas ser consolada. Ela queria também consolá-lo.

Vitória parou na porta e viu Maggie apoiando sua cabeça na de Adam. Ambos aparentavam uma serenidade que Vitória ainda não tinha visto naquela sequência de dias infernais.

– Tudo bem, Maggie. – Vitória ouviu Adam dizer. – Tudo bem, menina.

CAPÍTULO DEZESSEIS

– Todo mundo sabe que a gente não está namorando! A gente só fica sentado no carro, no estacionamento da escola, escutando música e comendo tacos. Eu fui de carro comprar os tacos; você nem saiu da escola! Se isso é namorar, então eu não entendo nada de namoro!

Jade riu. O humor de Derrick estava melhor hoje. Ele parecia menos preocupado e nervoso. Ela deixou de lado o sentimento de culpa. *O que há de errado em escutar música, em plena luz do dia, numa linda manhã de primavera?*

Derrick olhou-a fixamente, aguardando uma resposta.

– Eu só quero poder dizer aos meus pais que não estou namorando. Que bom que você não está zangado por isso.

– Eu não estou zangado. Eu só acho que, assim como você respeita o direito dos seus pais de viverem a vida deles, eles devem respeitar o seu direito de viver a *sua* vida.

Jade acabou de comer o taco de frango e olhou para o relógio.

– A gente tem vinte minutos – disse Derrick. – O que você quer fazer?

– Podemos estudar para a prova de matemática – sugeriu Jade.

– Eu não me importo com provas.

– Mas você foi o único que tirou nota mais alta do que eu na primeira prova! Depois disso, você tirou C na última prova, e ainda nem entregou o último trabalho.

– Isso foi no passado. O que me interessa é o presente. Agora estou interessado em coisas novas, coisas importantes.

– Que coisas?

– A gente fala sobre isso depois. Agora vamos relaxar, ok?

Ele fez perguntas sobre Atlanta, sobre os colegas de lá, sobre o porquê de ela se mudar. Ela se queixou de ter de se separar dos amigos e disse que não achava justo seus pais a arrastarem da cidade. Derrick perguntou se havia gangues na cidade, mas ela sabia pouco sobre o assunto. E perguntou o motivo do interesse dele nesse assunto.

Enquanto conversavam, Derrick esticou o braço e segurou a mão de Jade. No início, ela hesitou, mas relaxou em seguida. Ele apertou sua mão, e ela retribuiu. Ele se inclinou e deu um beijo no rosto dela.

– Derrick! – exclamou Jade.

Ela poderia ter virado o rosto. E também não ficou zangada.

– Isso não foi tão ruim, foi?

Ela baixou o olhar.

– Acho que não.

– Você *acha* que não? Como assim? Ei, me dê um crédito!

Jade olhou para ele.

– Não, não foi ruim.

Ela abriu a porta do carro do lado dela. Ele abriu a porta do lado dele, e juntos se dirigiram às suas respectivas salas de aula.

Enquanto caminhavam, ele pôs o braço por cima dos ombros dela por alguns instantes. Quando chegaram ao corredor em que cada um seguiria numa direção, ela acenou-lhe um adeus. Derrick olhou por cima do ombro, e ela ainda olhava para ele.

Agora a coisa esquentou!

◆◆◆

David ficou uma hora e meia em seu computador, conectado ao Google Earth, examinando a visão aérea e pesquisando as fotos das áreas menos conhecidas de Albany, rua por rua. Ele passara a fazer isso quase todos os dias, decidido a não passar novamente pela humilhação de não dar o devido apoio ao parceiro.

Quando a noite avançava, David se sentia mais sozinho. Todas as luzes estavam apagadas. David recostou-se numa poltrona, buscando consolo numa garrafa de vinho barato. A princípio, ele apreciou o gosto do vinho, mas ao final sentiu-se meio entorpecido. Sua infelicidade permanecia inalterada como sempre. O vinho nunca cumpria suas promessas.

Um medo indefinido tomava conta de David Thomson. Ele dizia a si mesmo que não tinha nada a temer, mas, quando olhava o mundo exterior e o interior, a coisa era diferente. Ele sabia que encarar a vida significava enfrentar os próprios fracassos. Então passava os dias num trabalho que poderia compensar suas derrotas, mas passava as noites perpetuando-as.

Beber não o deixava feliz, apenas o ajudava a esquecer momentaneamente sua infelicidade. Assim, quando estava sóbrio, se entregar ao álcool lhe dava mais um motivo para se sentir infeliz e mais um motivo para voltar a beber.

Enquanto cursava a Universidade Estadual de Valdosta, ele morava no alojamento estudantil. Sempre havia o que fazer e alguém que lhe fizesse companhia. Como jogava futebol na equipe da universidade, ele contava com os companheiros de time e com as dezenas de garotas que viviam em torno dos jogadores. Mas ali ele não conhecia muita gente, e não era do tipo que sabia fazer amizades.

Em vez de ir para a cama, David resolveu lavar o rosto com água fria, escovar os dentes e pegar um cinema em Nottingham Way. Ele achava que deveria ter algum filme bom passando em uma das 16 salas de exibição. Não havia. Mas isso não o impediu de assistir a mais um filme esquecível. Tão esquecível que, quando um careca grandalhão chegou dez minutos atrasado e se sentou na frente dele, bloqueando sua visão, David nem se mexeu.

Perto da meia-noite, David saiu do cinema e se dirigiu ao seu velho Chevrolet Cavalier, estacionado sozinho a cerca de trinta metros, ao lado do depósito de lixo de uma loja.

Quando chegou próximo do carro, ouviu uma voz grave, vindo de trás do depósito.

– E aí, policial?

A voz saiu das trevas, e David enfiou a mão no bolso direito da frente da calça cargo.

TJ não perdeu tempo. Aquele branquelo achava que podia sacar uma arma contra um membro da Nação Gângster? Assim, antes que o policial pudesse tocar na arma, Antoine agarrou o punho dele por trás e pegou a pistola no bolso do policial.

– Ótimo. Pelo jeito é uma 19. Os tiras adoram as Glocks.

David não se lembrava de ter recebido instruções sobre como agir em emboscadas nas áreas seguras da cidade.

Os integrantes da gangue usavam lenços pretos que encobria o nariz e a boca.

– Você se acha o máximo, não é, universitário?

Enquanto Antoine imobilizava David, TJ dirigia a ele um olhar intimidador, examinando-o da cabeça aos pés, atacando-o com os olhos.

– Eu e o meu parceiro aqui vamos acabar com você, Menino Prodígio! – TJ deu um empurrão em David. – A gente vai usar você como abridor de lata. O que acha disso?

Ele o empurrou novamente, desta vez com mais força. David caiu de costas e bateu com a cabeça na lata de lixo, produzindo um barulho seco. Enquanto David estava no chão, TJ deu-lhe dois pontapés no estômago.

O líder da NG o levantou e olhou dentro de seus olhos.

– Talvez eu deixe você viver, para poder levar um recadinho para o seu parceiro crioulo que atrapalhou o meu roubo. Vocês me tiraram os meus meninos, Clyde e Jamar; então talvez eu tire vocês dois do delegado. Talvez eu use esta 19, que tal? Ou será melhor usar meus punhos e meus pés?

Ele desferiu um soco de esquerda, atingindo os dentes de David. O policial caiu novamente, zonzo de dor.

– Acertei o cara – TJ se vangloriou.

– Você não precisa de mim – disse Antoine, olhando em volta. – Vamos cair fora antes que alguém nos veja.

– Vai buscar o carro enquanto eu acabo com isso aqui.

Antoine correu pelo beco até um estacionamento próximo, enquanto o outro se posicionou acima de David.

TJ voltou a golpeá-lo. David se arrastou pelo asfalto como um caranguejo, tentando desesperadamente se equilibrar. Por fim, caiu de costas, indefeso, com as pernas abertas, quase inconsciente.

– Você não é de nada, cara. Sabe de uma coisa? A sua vida está agora nas minhas mãos. Eu decido se você vive ou morre.

David nunca sentira tanto medo. E o medo percorria seu corpo como se fosse água gelada, deixando-o paralisado. O sangue em sua boca tinha gosto de morte.

De repente, uma picape Toyota Tundra, cinza-metálica, com rodas gigantescas, freou bruscamente a três metros. Através dos faróis ofuscantes, David viu algo enorme pular fora do veículo.

Os sujeitos que atacavam David eram os maiores brutamontes da redondeza, mas naquele momento apareceu alguém maior ainda. O recém-chegado avançou como um rinoceronte movido a metanfetamina. Ele parou na frente de TJ e o derrubou, mas o marginal bateu no chão e voltou, como se tivesse quicado numa mola. TJ gritava e xingava, enquanto socava o imenso tórax do oponente. De repente, num intervalo entre os socos, o gigante agarrou TJ pelas orelhas. Em seguida, deu uma cabeçada na fronte do agressor, derrubando-o novamente.

Atônito, TJ se levantou, no exato momento em que Antoine chegou de carro.

Um som agudo rasgou o ar. Uma viatura da polícia se aproximou em alta velocidade, com as luzes piscando e a sirene gritando. TJ correu e pulou dentro do carro e Antoine acelerou.

O gigante disse aos policiais:

– Chamem uma ambulância! Este rapaz precisa de ajuda. – Então, virou-se na direção em que os marginais tinham seguido e gritou: – Você quer sair no braço comigo de novo, grandalhão? Então cresça e apareça! Quer saber onde eu moro? Vou estar à sua espera, seu vagabundo! Eu sou pior do que um vira-lata de rua!

Ele se aproximou dos policiais, limpando o sangue no canto da boca.

– Eu trabalho para a delegacia do Condado de Dougherty.

O policial perguntou:

– Seu nome é Bronson, não é?

– Como você sabe?

– Já ouvi falar de você.

O policial falou com o parceiro:

– Avise pelo rádio que eles desceram pela Nottingham Way no sentido sul. E peça uma ambulância. Temos um ferido.

Ele olhou para David, estatelado de costas no chão.

David se manteve imóvel, esforçando-se para não se descontrolar. Tinha levado uma surra e seu coração ainda pulsava acelerado.

Bronson olhou para David, que conseguiu se sentar.

– Parece que um trator passou por cima de você.

– De onde você saiu? – perguntou David.

– Eu estava assistindo àquela mesma porcaria de filme que você. Quando cheguei ao meu carro, vi aqueles caras seguindo na sua direção.

– Foi você que fez o chamado, não foi? – perguntou um dos oficiais. – Por que nenhum policial do condado apareceu aqui?

– Eu não estou de plantão. Não precisei de reforço.

– Você teve sorte por a gente estar passando por aqui. Tem alguma coisa que queira nos dizer sobre os suspeitos?

– Tem – disse Bronson. – O cara que eu *suspeito* que estava espancando o Thomson tinha consumido crack. Eu *suspeito* que o sistema nervoso central dele estava queimando óleo em todos os cilindros.

– Algo mais?

– Bem, eu *suspeito* que ele não deveria ter se metido comigo. Mas tem gente que é idiota mesmo.

O rosto de David parecia um hambúrguer malpassado, mas não havia nenhum osso quebrado. Ele ficou de pé e tentou se limpar, embora os oficiais o tivessem aconselhado a ficar quieto até que ambulância chegasse.

– O senhor o pegou de jeito com aquela cabeçada, sargento. Obrigado.

Bronson riu, usando a manga da camisa para limpar um filete de sangue na testa.

– É como o meu velho parceiro, Ollie, costumava dizer: "Se meter comigo é como usar cueca com cheiro de queijo num beco infestado de ratos."

CAPÍTULO DEZESSETE

– Eu não preciso ficar no hospital – disse David na manhã seguinte.

– Os médicos estavam preocupados que você tivesse uma concussão – explicou Nathan. – Mas você vai receber alta em poucas horas. Você teve sorte, David. Quando os membros de uma gangue pegam um policial, a coisa costuma ser séria. Eles tratam o policial como um integrante de uma gangue rival. Você já viu duas gangues brigando?

– Já vi os Bulldogs jogarem com os Yellow Jackets.

Nathan riu.

– Distribua armas letais aos jogadores no final de uma partida e você vai ter uma ideia do que estou falando.

– O Bronson pegou o cara com aquela cabeçada.

David esticou a cabeça para fora da cama e olhou para a pequena mochila de lona ao lado da cadeira onde Nathan estava.

– Alguma coisa aqui está com cheiro bom, e não é a comida do hospital.

Nathan olhou para um lado e para o outro, e então retirou um saco de dentro da mochila.

– Não sei se posso fazer isso – falou, abrindo o saco.

Baseando-se exclusivamente no cheiro, David deu um palpite:

– É do Pearly's? Sanduíche de linguiça?

Nathan foi até a porta.

– Vou ficar de guarda, enquanto você cuida da questão.

Nos dez minutos seguintes, David visitou um mundo melhor.

– Obrigado, Nathan. Quase valeu a pena ter levado a surra, só para comer esse sanduíche.

Depois de alguns minutos de conversa fiada, David olhou para o parceiro e pigarreou.

– Posso fazer uma pergunta? Quando você foi arrastado pela picape, pendurado na janela, você sentiu medo?

– É claro que senti medo! – respondeu Nathan.

– Então você tem medo de morrer?

– Bem, sim e não. Ter um certo medo da morte é saudável. Mas acredito que, quando eu morrer, estarei no céu, com Jesus. Daí, posso ter medo de morrer, mas não tenho medo do local aonde a morte vai me levar. Isso faz sentido para você?

– Não, não muito.

– Por que você perguntou?

– Porque ontem à noite eu pensei que fosse o meu fim. Sabe aquilo que as pessoas dizem, que a vida da gente passa diante dos olhos como um filme?

Nathan assentiu.

– Foi essa a sensação que eu tive. Mas não me senti pronto para deixar este mundo. Tem algumas coisas que eu preciso endireitar antes de cair fora.

– Esse sentimento vem de Deus, David.

– Eu temia que você dissesse isso.

– Na Bíblia, Salomão diz que a riqueza não traz a felicidade, que condição social não traz felicidade. A pessoa se sente vazia. No livro do Eclesiastes, ele diz que Deus colocou a eternidade dentro dos nossos corações.

– O que isso quer dizer?

– Que existe mais coisa na vida do que os olhos podem ver, e que a vida vai além deste mundo e continua num outro.

– Eu não sei se creio nisso.

– Eu acho que você crê sim, David. Só que ainda não sabe que crê. – Nathan fez uma pausa para pensar. – Às vezes, a gente tem que entrar num monte de becos sem saída antes de estar pronto para pegar a estrada que leva a Deus. Jesus falou muito sério quando disse "Eu sou o caminho, a verdade e a vida. Ninguém vem ao Pai, a não ser por mim".

– Parece meio arrogante, não?

– É, pode parecer. Mas é verdadeiro. Portanto, ainda bem que Jesus disse isso. – Não deixa de ser um modo de encarar as coisas.

– É, sim. E como é que *você* encara?

– Eu não penso muito nisso.

– Vale a pena pensar. Essa é a questão mais importante do mundo.

– Como assim? – perguntou David.

– Se uma pessoa aceita Jesus, ela até pode cometer alguns erros. Mas, se não aceita Jesus, não faz diferença o que ela acerta ou deixa de acertar.

– Você parece bastante seguro de si.

– De mim? Não. – Nathan riu. – Minha segurança é em Jesus. A noite de ontem foi um lembrete, David. As nossas vidas pendem por um fio. Pense na filha de Adam, por exemplo. Um dia será a nossa vez. Vamos ser levados deste mundo. Se Jesus estiver certo, e você o tiver ignorado, o prejuízo será seu.

– Você está se referindo ao inferno?

Nathan assentiu.

– Você realmente crê nisso? – questionou David.

– Creio, sim. Jesus disse muitas coisas sobre o inferno. Ele falou no inferno como um local concreto. E acredito que soubesse do que estava falando.

– Do jeito que você fala, parece até que Jesus é real, que está vivo.

– Exatamente. Ele se responsabilizou por todos os nossos erros, zerou as nossas falhas quando morreu na cruz. Então ressuscitou dos mortos e hoje está vivo, no céu. Ele prometeu voltar para construir o seu Reino. Ele nos ama, David. E tem chagas para provar isso. Ele conquistou a minha confiança.

David sentia a cabeça girar. Já não sabia em que acreditar. Mas, depois daquele confronto com a morte, talvez fosse conveniente descobrir no que deveria crer... antes que chegasse a hora da revanche.

◆◆◆

Eram 9 horas da manhã quando Adam, vestindo calça cáqui e camisa verde, sentou-se na cadeira. O pastor Jonathan Rogers, com uma camisa azul-clara de colarinho abotoado, colete cinza e calça social, sentou-se diante dele.

Depois que Adam o chamou de "pastor" duas vezes, ele disse:

– Por favor, me chame de Jon.

– Um homem não deve perder um filho.

– Deve ser mesmo terrível – disse Jon. – Meus filhos já estão crescidos, e eu tenho netos; não posso imaginar algo pior do que você está passando agora, Adam. Eu sinto muito.

– Não faz o menor sentido. Ela era a minha menininha. Deus não tinha o direito de levá-la de mim.

Jon avaliou a resposta.

– É verdade... não faz sentido para *nós*. Mas nós sabemos que Deus tinha um motivo para sacrificar o próprio Filho. Você não acha possível que Ele tenha um motivo para levar a sua filha? – O pastor fez uma pausa, antes de prosseguir. – E você está enganado em relação a uma coisa: a Emily *não* pertencia a você.

Adam ergueu os olhos com uma expressão séria.

– Como assim? Ela era minha filha.

– Sim, e sempre será sua filha. Mas nossos filhos não nos pertencem. Eles pertencem a Deus. A nós é confiado cuidar deles.

– Mas ela tinha apenas 9 anos!

Adam percebeu o tom de raiva na própria voz e pensou em como Vitória reagiria se o ouvisse falar assim com o pastor. Em seguida, ele cobriu o rosto com as mãos.

– Adam... já passou pela sua cabeça acabar com a sua vida?

Adam levou um susto.

– A Vitória disse alguma coisa?

– Não. Eu é que estou perguntando.

O silêncio prevaleceu durante um minuto.

– Quando o meu velho parceiro Jeff Henderson se matou, eu reagi com desprezo diante do fato de ele ter optado por esse caminho covarde. Mas, pela primeira vez na vida, compreendo por que as pessoas fazem isso.

Jon inclinou-se para a frente.

– A sua missão só termina quando a sua vida termina, e não cabe a você decidir quando chega esse momento. Fazer isso é assumir o papel de Deus.

– Pastor... Jon... eu não vou me matar, está bem? Mas, sim, a ideia passou pela minha cabeça uma noite dessas.

– Evidentemente, isso me preocupa, Adam. Mas a questão não é apenas o suicídio. Muita gente desiste de viver. Continua respirando, mas para de viver.

Adam entendeu o que ele quis dizer.

– É importante passar pelo processo de luto. Quando a minha esposa faleceu, fiquei sem saber o que fazer. E a única coisa em que eu pensava era: "Como vou conseguir superar isso?" Mas aprendi que a gente não supera uma coisa dessas; a gente apenas segue adiante. É o Senhor que nos leva adiante.

– Como a gente se cura dessa dor?

– Já ouvi dizer que é como aprender a viver com um membro amputado. A pessoa vai se recuperar, mas nunca mais será a mesma. No entanto, aqueles que confiam no Senhor e passam por uma situação assim encontram consolo em Deus, algo que não acontece com aqueles que não creem. Você vai precisar de um tempo para chorar essa perda. Mas vai precisar também fazer um esforço para tocar a vida.

– Não consigo parar de pensar nela.

– Você não precisa parar de pensar nela. Por causa do que Deus fez na cruz, ela agora está com Ele. Se pudesse trazê-la de volta, você faria isso?

– Num piscar de olhos.

– Se compreendesse quanto ela está feliz com Jesus, você a tiraria de um mundo sem pecado e sem morte? Você a traria de volta a um lugar onde ela teria de morrer novamente?

Adam pensou, mas não respondeu.

– Acho que você não faria isso, Adam. Seria egoísmo. Depois que uma pessoa encontra Jesus do outro lado, acho que a última coisa que ela gostaria de fazer é voltar para cá.

– O senhor sabe que sou policial, não sabe?

Jon riu.

– Cinco anos atrás você me parou na rua, por excesso de velocidade, lembra?

– Lembro. Eu tinha esperança de que *o senhor* não se lembrasse disso – brincou Adam, antes de ficar sério novamente. – Sabe, eu vejo a morte o tempo todo. Mas é sempre de gente que não é da minha família. Só que dessa vez não foi a filha de outra pessoa... foi a minha. Desde então eu sinto um aperto no estômago que não melhora. Não sei o que fazer.

Jon Rogers inclinou o corpo para a frente.

– Eu não consigo entender mais nada – continuou Adam. – Sinto-me como se estivesse no escuro. Não, é mais que isso. Sinto raiva. Eu penso naquele bêbado... e penso em ir atrás dele.

– O bêbado tem nome.

Adam reclinou-se na cadeira.

– O nome dele é Mike Hollis – disse Jon. – Você o conhece, não é?

– Ele me vendia óleo para o sistema de aquecimento da casa. Faz algum tempo que está desempregado, eu acho.

– Isso mesmo. Ele tem passado maus momentos. Algumas pessoas acabam recorrendo à bebida. É errado, mas, se você pensar no próprio sofrimento, poderá compreender o desespero de alguém que não consegue se livrar da dor.

– O senhor vai dizer que eu devo perdoá-lo, não vai?

– Não interessa o que eu disser. A única coisa que importa é o que Deus vai lhe dizer. E, sim, Ele vai lhe dizer para perdoá-lo. Que Mike Hollis recorra à bebida é compreensível. Assim como a sua raiva de Deus. Mas o fato de ser compreensível não torna a coisa certa.

– Quem disse que eu estou com raiva de Deus?

– Ninguém. Foi o que eu ouvi na sua voz.

– Ele não quer que eu seja sincero?

– Deus sabe como você está se sentindo; portanto, não adianta fingir. Mas não pense que *por sentir* raiva você tem o direito de *estar* com raiva. Você pode ficar triste, Adam. Pode chorar. Jesus chorou quando perdeu um amigo. Mas isso não é o mesmo que culpar Deus. Não temos o direito de culpar alguém que é incapaz de nos fazer mal. Alguém que nos ama tanto que pagou um preço alto pelos nossos erros.

Adam se ajeitou na cadeira. Por um lado, ele se revoltava com as palavras francas do pastor. Mas, por outro, sentia-se grato por elas. Policiais são sempre diretos uns com os outros, mas pouca gente é direta quando fala com a polícia. Adam apreciava o fato de Jon Rogers não ter medo de lhe dizer a verdade.

– Eu quero dar apoio à Vitória, mas as minhas emoções estão muito confusas. E o Dylan se isolou de mim. Não sei o que fazer – disse Adam, fechando os olhos com força para evitar as lágrimas.

O pastor Rogers refletiu durante alguns instantes.

– Uma crise como essa não estraga uma relação, mas é capaz de indicar os pontos fracos dela. Muitos casamentos não sobrevivem à perda de um filho. Você precisa se aproximar da sua família, chorar com ela. – Você sabe como a minha esposa morreu? – perguntou Rogers depois de uma pausa.

– Sei... eu me lembro. Eu não estava presente na cena, mas um colega meu estava lá. Para falar a verdade, pastor, foi por isso que concordei em falar com o senhor, quando a Vitória sugeriu que eu o procurasse. Eu não queria ouvir sermões de alguém que não entende o que estou passando.

– Foi terrível perder a Abby. Foi a pior coisa que aconteceu na minha vida. Não vou dizer que foi fácil perdoar aquele adolescente, o Ryan, por ter fumado maconha, se distraído com o som do carro e atropelado a Abby na faixa de pedestres.

– Como foi que o senhor conseguiu seguir adiante?

– O tempo ajuda se a gente souber como usá-lo e se concentrar naquilo que promove a cura. Às vezes ainda é difícil para mim. Eu só vou superar tudo isso completamente quando chegar ao mundo em que Deus diz que vai enxugar as lágrimas de todos os olhos.

– E o que o ajudou? – perguntou Adam.

– A Palavra de Deus. A mesma Bíblia que eu ensinava aos outros se tornou mais real para mim. E a igreja me ajudou, assim como vai ajudá-lo, se você permitir. E o amor de seus amigos também.

– Bem, se a quantidade de comida que recebemos dos amigos é sinal de amor, nós somos muito amados.

– Vocês têm lasanha?

– Como o senhor sabe?

– Se eu olhar no meu freezer, aposto que ainda acho uma.

Adam sorriu.

– A Vitória vai gostar de escutar isso.

– Eu sei que não vai ser fácil ouvir o que vou dizer, mas o Senhor ama a Emily mais do que você a ama. A sua escolha mais difícil agora é: você deve se sentir revoltado por causa do tempo que não vai passar ao lado dela ou se sentir grato pelo tempo que passou em sua companhia?

– Eu quero me sentir grato. Eu *me sinto* grato.

– Como posso ajudá-lo, Adam? Diga-me o que mais o preocupa.

– Eu gostaria de saber o que Deus espera de mim enquanto pai. Gostaria de saber como ajudar a minha esposa e o meu filho.

– Eu posso ajudá-lo a encontrar algumas respostas. Mas será necessário gastar tempo e energia. Se for persistente, você vai se tornar um melhor pai e um melhor marido... e até um melhor filho de Deus. Eu tenho duas sugestões. Primeiro: há alguns livros e um programa de computador que eu gostaria de dar a você. Se realmente quiser ser ajudado e encontrar perspectivas, é preciso estudar a Palavra de Deus.

– E qual é a segunda sugestão?

– Há alguém que eu gostaria que você visitasse.

CAPÍTULO DEZOITO

Há empregos aos quais você pode retornar mesmo que ainda não esteja totalmente focado. Mas o trabalho na polícia não é um deles. Por isso, os superiores de Adam sugeriram que ele tirasse uma licença, usando os dias que sobraram de férias anteriores. Como ele tinha um crédito de apenas 12 dias, o departamento solicitou aos outros policiais que transferissem para Adam alguns dos próprios dias de férias acumuladas. Assim, conseguiram somar trinta dias de licença remunerada. Quando foi informado sobre isso, Adam chorou durante uma hora. Não era nada fácil ter um policial na família, mas o lado bom era que os colegas não mediam esforços para se ajudarem nos momentos de crise.

Adam passou os primeiros dias de licença em "modo de descompressão". Mas levou a sério a recomendação de Jon Rogers para ler a Bíblia e descobrir o que o texto sagrado diz sobre seu papel como pai e homem. Quanto mais mergulhava no estudo, mais ele se deixava atrair pela verdade das Escrituras.

Agora, seis semanas depois, a licença havia terminado, mas Adam não interrompera o estudo. Sentado à mesa da cozinha, ele digitava em seu laptop, tendo ao lado uma Bíblia aberta e uma pilha de livros.

Vitória entrou na cozinha e olhou por cima dos ombros dele.

– Parece até que você está fazendo um doutorado.

– É como eu me sinto. O pastor me deu um software incrível. Com ele eu posso pesquisar a Bíblia inteira e localizar diversas passagens que falam sobre pais e filhos.

Vitória calçou os sapatos e pegou as chaves.

Adam olhou para ela.

– Onde está o Dylan?

– No banho. Ele acabou de correr oito quilômetros. Disse que está precisando de um tênis novo. Eu preciso ir ao mercado comprar umas coisas, está bem?

Adam recostou-se na cadeira e se espreguiçou.

– Acho que eu não consigo correr oito quilômetros.

– Quem disse que você precisa fazer isso?

– Estou pensando em correr com ele.

Adam nunca tinha visto Vitória tão surpresa.

– Sério?

– Estou me dando conta de que preciso aprender a fazer coisas difíceis. Jamais gostei de correr. Mas talvez seja a melhor maneira de passar um tempo com o Dylan.

– Como está indo a sua pesquisa? – perguntou Vitória, olhando para a tela do computador.

– Ótima. Descobri que tenho feito a metade do que deveria fazer como pai. Há muitas coisas na Bíblia sobre a paternidade. E eu nunca me dei o trabalho de pesquisar.

– Por exemplo?

– Bem, veja o que eu acabo de ler. – Ele folheou as páginas da Bíblia. – O último versículo do Antigo Testamento, Malaquias 4:6. É citado em Lucas 1, referindo-se ao Messias: "Ele fará com que os corações dos pais se voltem para seus filhos e os corações dos filhos para seus pais; do contrário, eu virei e castigarei a terra com maldição."

– Isso é sério!

– É mesmo. Ou Deus converte, mutuamente, os corações dos pais e dos filhos, ou a nossa cultura será destruída! Políticos não convertem corações. Tudo começa na família.

O telefone celular de Adam tocou. Ele olhou o identificador de chamadas.

– É o delegado – disse para Vitória. Atendendo ao telefone, falou: – Alô, sim, senhor. É bom estar de volta. Certo. Obrigado, senhor.

Vitória beijou Adam na testa e sussurrou:

– Te amo.

Adam virou-se para ela, ainda segurando o telefone, e disse:

– Te amo. Tchau. – Ao se dar conta de que o delegado ainda estava na linha, tentou se emendar. – Delegado... alô? O senhor está me ouvindo?

Mas era tarde. Mais uma vez, Adam Mitchell dissera ao delegado que o amava.

Deu um soco na mesa.

– Droga!

◆◆◆

Adam bateu à porta de Dylan.

– Posso entrar?

– Pode.

Dylan estava sentado na cama, ainda com o cabelo molhado. Ele usava camiseta e calça jeans; o dever de casa estava no colo, e o controle do video game na mão.

Adam retirou algumas peças de roupa que estavam sobre uma cadeira ao lado da cama e sentou-se.

– Muito dever de casa?

– Não muito.

– Você já está com a sua habilitação provisória?

Dylan olhou para a carteira de dinheiro sobre a cômoda.

– Por quê?

– Porque eu preciso que você me leve até o shopping para comprar um tênis novo para você. E eu talvez compre um para mim também.

Agora foi a vez de Dylan demonstrar surpresa, e Adam reparou quanto ele se parecia com a mãe. *Pelo jeito, estou surpreendendo todo mundo hoje.*

– Você está falando sério?

Adam sacudiu a chave do carro. Dylan agarrou a chave e pulou da cama.

Noventa minutos mais tarde, quando voltaram para casa, Vitória estava de pé na sala, com as mãos nos quadris.

– Onde os meus homens se meteram, e por que não atenderam às minhas ligações?

– Opa! – exclamou Adam. – Acho que o meu celular estava no modo silencioso.

– Mas você nunca deixa o telefone sem som – protestou Vitória.

– Eu deixei o meu em casa – explicou Dylan.

Vitória encarou os dois.

– Bem, meu pai me convidou para ir com ele comprar um tênis novo. Acho que me distraí e esqueci de pegar o telefone. A gente foi ao Starbucks também.

Vitória pegou a sacola que eles traziam e abriu uma caixa que continha um par de tênis.

– São superconfortáveis. A gente vai dar uma corrida – disse Adam.

– Uma corrida? – Vitória olhou para Dylan. – Filho, você já correu hoje à tarde!

– Não tem problema. Dar mais essa corridinha não vai acabar comigo.

– Isso é o que a gente vai ver – provocou Adam. – Vou vestir um short.

– Procure no fundo da gaveta de baixo – disse Vitória. – Acho que tem um lá com elástico na cintura.

◆◆◆

No dia seguinte, depois da ronda matinal, Adam e Shane chegaram à fábrica Coats & Clark, onde Javier esperava do lado de fora.

– Ei, Javy! – chamou Adam.

Javy entrou no carro e eles seguiram pela Clark, no sentido leste.

Javy examinou o banco traseiro.

– Nunca estive no banco de trás de uma viatura policial.

Shane riu.

– É o que todo mundo diz.

– A gente vai trazer você de volta em uma hora – disse Adam. – Então, onde vocês vão querer almoçar?

– Pensei no Moe's – disse Shane.

De repente, uma voz soou vibrante no rádio

– Central para viatura 693.

– Aqui fala 693. Pode falar.

– Oficiais precisam de assistência. Captura de suspeitos na esquina da Plantation com a Foxfire.

– Entendido – respondeu Shane. Virando-se para Adam, comentou: – Isso só pode ser coisa de gangue.

– Javy, nós vamos almoçar depois disso. Se eu lhe disser para se abaixar, abaixe-se, está bem?

Adam fez uma meia-volta brusca e acelerou, acionando as luzes, mas não a sirene.

– Que tipo de gangue? – Javier perguntou.

Shane deu de ombros.

– Não importa. São todos aprendizes de detentos.

– Uma vez, eu formei uma gangue – disse Javy.

– O quê? Você já fez parte de uma gangue?

– Nós éramos os Reis Cobras.

– Reis Cobras?

– É. Havia muita cobra na nossa vizinhança e a gente ficava tentando matar as coitadas com pedradas.

Todos riram.

– Quantos membros havia na sua gangue? – perguntou Adam.

– Três. Meus irmãos e eu.

– E vocês mataram muitas cobras?

– Só uma. Mas era das grandes. Nós achávamos que éramos heróis.

Poucos minutos depois, eles encostaram próximo ao meio-fio, atrás de outra viatura policial. Dois oficiais saíram de dentro de uma casa escoltando três sujeitos algemados.

– Javy – disse Adam –, eu quero que você fique dentro do carro. A gente volta já.

Adam e Shane se aproximaram dos outros dois policiais.

– O que houve aqui?

– Três presos por porte de drogas com intenção de tráfico – disse o policial Craig Dodson, apontando os três homens. – A gente tem que levar os suspeitos para a delegacia. Precisamos separar os caras. Vocês podem levar um deles?

Shane olhou para Adam e sussurrou:

– Não podemos fazer isso com o Javy no banco traseiro.

– Espere aqui; eu tive uma ideia.

Adam foi até o carro e abriu a porta de trás.

– Javy, eu preciso de um favor seu.

Os dois conversaram em voz baixa. Em seguida, Adam voltou para o lado de Shane e os dois levaram um dos integrantes da gangue até a viatura.

Lamont era mais alto do que Adam e usava um boné de xadrez azul de lado. Ele se esforçava para demonstrar que nada daquilo o perturbava.

Adam virou-se para ele, antes de abrir a porta do carro.

– Você já ouviu falar nos Reis Cobras?

– Nos quem?

– Nos Reis Cobras. Você já cruzou o caminho deles?

– Nunca ouvi falar deles – disse Lamont, num tom de voz que insinuava *Se eu nunca ouvi falar neles, é porque não são de nada.*

– Bem, a gente está com o líder da gangue aí no banco traseiro. Se ele avançar no seu pescoço, é só você gritar que a gente para o carro.

– Espere aí, cara. Eu não vou entrar num carro com um assassino.

– É só você ficar no seu canto. Não olhe para ele. Não fale com ele... e não vai ter problemas.

Adam abriu a porta e olhou para Javy, que estava com as mãos para trás, como se estivesse algemado. A expressão estampada no rosto dele surpreendeu Adam. Aquele *hombre* levara o trabalho a sério.

– Martinez, se machucar este cara, eu vou enfiar você atrás das grades para sempre, entendeu? Não toque nele! – Virando-se para Lamont, falou: – Tudo bem, pode entrar.

– Ei, um minuto! Eu não vou ficar sentado do lado de nenhum Rei Cobra.

– Entre no carro. Fique no seu canto. Não vai ter problema – ordenou Shane.

Adam empurrou Lamont e fechou a porta. O sujeito deu uma olhada de relance para Javy, que o encarou com uma expressão fria, ameaçadora. Lamont olhou para a frente, engolindo em seco.

Adam e Shane entraram nos bancos da frente, mal conseguindo segurar o riso. Enquanto Adam manobrava o carro, Shane acionou o rádio:

– Central, aqui fala 693. Temos um suspeito a caminho da delegacia. Devemos chegar em 12 minutos.

– Entendido, 693.

Javy virou-se para Lamont e começou a rosnar em espanhol. "*Vamos a almorzar.*"

O espanhol que Adam aprendera no ensino médio estava enferrujado, mas ele reconheceu a palavra *almoçar*. Lamont, evidentemente, não entendera uma palavra sequer, pois sua única reação foi tremer.

Javy fez com que cada uma das sílabas inofensivas soasse o mais ameaçadora possível: "*Voy a comprar un bocadillo de pollo... y una limonada.*"

Adam sorriu.

Lamont se contorcia de medo.

– Ei, cara! O que ele está dizendo?

– Não fale com ele! – orientou Adam. – Fique no seu canto.

Javy dirigiu um olhar cortante a Lamont: "*Quizás papas fritas... y un batido!*"

Batata frita e um milkshake? Javy, você é demais!

– Ele está me ameaçando! Eu acho que ele quer me matar. Eu estou vendo isso nos olhos dele!

– Calma! – exclamou Shane. – Se ele quisesse matá-lo, você já estaria morto agora!

Javy ficou quieto por alguns instantes e olhou para Lamont. Fingiu que estava cutucando as algemas e então, de repente, expôs a mão esquerda, erguendo-a num gesto ameaçador e sussurrando as palavras "Reis Cobras".

Lamont estava desesperado.

– Ele se soltou! Ele se soltou! Vai me matar! Parem o carro!

Foi difícil para Adam e Shane não explodirem numa gargalhada. Mas precisavam se conter por causa de Lamont, que àquela altura estava ávido por chegar à delegacia.

CAPITULO DEZENOVE

Naquela noite, os Mitchell estavam sentados à mesa do jantar e Adam contava o episódio com Javy.

– Foi a coisa mais engraçada que eu vi na vida. Mas o melhor aconteceu depois. O Javier exibiu uma das mãos, como se tivesse conseguido se livrar das algemas, e eu pensei que o Lamont fosse mijar nas calças. Ele disse: "Ele vai me matar!"

Adam riu tanto que precisou segurar a barriga. A risada contagiava Vitória e Dylan, e cada gargalhada gerava outra. Aos poucos, eles se acalmaram. Adam enxugou os olhos.

– O Lamont implorava para eu parar o carro. Então, eu disse: "Se você me disser os nomes de alguns fornecedores de drogas, eu paro o carro." Aí ele deixou escapar três nomes, enquanto o Shane tomava nota.

– Vocês pararam o carro?

– Sim, trinta segundos depois, quando chegamos à delegacia!

– Ele percebeu que era uma encenação? – perguntou Dylan.

– De jeito nenhum. Provavelmente, neste momento, ele está falando com os colegas de cela sobre os Reis Cobras. Eu só pedi ao Javy que fingisse ser o líder de uma gangue. O resto foi ideia dele. – Adam exibiu um grande sorriso. – Nunca vi alguém tão ansioso para chegar à delegacia!

– O Javy é muito engraçado quando se sente à vontade com as pessoas – disse Vitória.

– O pessoal gosta dele. Javy foi meio que adotado pelo grupo. E isso é bom para nós... Ter a companhia de um civil.

– Até agora não consigo acreditar que a Carmen preparou três refeições para nós depois do enterro. Foi muita gentileza – comentou Vitória, brincando com a comida no prato.

Adam olhou para a esposa e colocou o garfo sobre a mesa.

– Vocês querem saber? Eu me dei conta de uma coisa. Eu tive um bom dia hoje.

Vitória examinou o rosto dele. E percebeu que o dia dela não tinha sido ruim, mas que acabara de melhorar.

– A gente vai superar esse momento, não vai? – disse Adam. – Quero dizer, nossa família vai ficar bem.

Adam virou-se para Dylan.

– Como você vai indo, amigão?

Fixando o olhar, Dylan empurrou a comida pelo prato, enrubesceu e, finalmente, disse:

– Eu queria ter sido um irmão melhor.

De súbito, a represa se rompeu e as lágrimas rolaram dos olhos de Dylan. Adam e Vitória também começaram a chorar. Adam se levantou, posicionou-se atrás do garoto e lhe deu um forte abraço. Vitória fez o mesmo.

Ainda abraçado a Dylan, Adam susussou em seu ouvido, sentindo uma proximidade e um comprometimento com o filho mais intensos do que sentira nos últimos anos.

– Eu amo você, amigão. Você é meu filho, e eu me orgulho de você. Nunca se esqueça disso, está bem? Nunca se esqueça disso.

Adam ergueu a vista.

– O que está acontecendo conosco? Estamos caindo na gargalhada e, no instante seguinte, estamos aos prantos. Será que nós piramos?

– Se a gente pirar junto, eu pouco me importo – respondeu Vitória.

Adam olhou para a esposa e o filho, sentindo uma onda de esperança. Nem sempre ele reconhecia os momentos importantes da vida. Mas aquele parecia inconfundível. Sem que ele percebesse, seu processo de cura havia começado.

◆◆◆

Depois do expediente, ainda usando o uniforme, Adam entrou na Casa de Repouso Whispering Pines. Em muitos locais ele preferia usar trajes civis, mas os idosos apreciavam o distintivo. *Por que as crianças e os idosos adoram os policiais, enquanto as pessoas que estão entre esses extremos frequentemente não nos toleram?*

Assim que ele cruzou a porta, uma voz exclamou:

– Adam, aqui!

Era Tom Lyman. Tom estava em sua cadeira de rodas, aproveitando o sol no pátio, cercado de plantas e flores.

Adam apertou a mão de Tom e deu-lhe um leve abraço. Aquela era a sexta vez que se encontravam. Adam visitava a residência toda semana desde que o pastor Rogers o apresentara a Tom. De início, Adam pensou que o pastor queria apenas mantê-lo ocupado, ajudando o próximo, para tentar esquecer sua própria dor. Com 81 anos, Tom até precisava de alguém que o animasse, mas Adam não fazia ideia de como a situação se inverteria.

– Você está com uma cara ótima hoje, Adam!

– Obrigado, Tom. Você também.

A pele rosada do homem irradiava vida. O sorriso não saía dos seus lábios.

– Está pronto para me contar o que aprendeu?

– Eu imprimi algumas das minhas anotações.

Adam entregou a Tom meia dúzia de páginas digitadas.

– Muita citação da Bíblia, pelo que vejo – Tom disse, ajeitando os óculos. – Você não pegaria um café para nós enquanto começo a ler?

Sorrindo para vários funcionários ali presentes, Adam caminhou pelo corredor em busca do café. Para ele, puro. Para Tom, com bastante leite. Ele tinha a sensação de que já conhecia Tom há vinte anos, e gostaria muito que fosse verdade. Tom o apresentara a veteranos da Segunda Guerra Mundial, homens que lhe contaram histórias de um outro tempo, que faziam parte da História. Muitas vezes falavam de suas lembranças. Arrastado do presente, Adam descobriu nos relatos desses indivíduos a riqueza do passado. Um senhor de noventa e tantos anos falou-lhe sobre o delegado de Albany na década de 1930.

Adam não teve pressa de voltar e parou para conversar com alguns residentes, pois Tom gostava de ler suas reflexões antes de conversarem.

Ele voltou com o café no momento em que Tom concluía a leitura da última página.

– Obrigado, Adam. – Tom bebericou o café e sorriu. – É assim mesmo que eu gosto.

– Eu li alguns daqueles livros que você me emprestou. – Adam mostrou um livro bastante gasto. – *O conhecimento do sagrado* é realmente extraordinário: "O que nos vem à mente quando pensamos em Deus é o que existe de mais importante em nós."

– Muito bem. Esse livro alimenta a mente e o coração de um jeito que o jornal e a televisão jamais seriam capazes de fazer, não é?

Adam assentiu.

– Mas não sou teólogo.

– Todos nós somos teólogos, Adam. Bons ou maus teólogos. Eu prefiro ser um bom teólogo, você não?

– Sabe quanto tempo eu levei para memorizar essas palavras, só para impressionar você? Já tentei decorar trechos da Bíblia, mas acho que nunca serei muito bom nisso. Minha mente não é chegada à memorização.

– Diga o nome de todos os jogadores titulares dos Falcons da temporada do ano passado.

Adam recitou os nomes, posição por posição, inclusive o de dois jogadores que substituíram titulares contundidos.

– Quantos *home runs* o Hank Aaron rebateu?

– 755.

– Cante a canção-tema de *A Ilha dos Birutas*.

– *O quê?*

– Estou falando sério.

Certificando-se de que seu rádio comunicador estava desligado, Adam cantou a canção na íntegra, e Tom cantou com ele o último verso. Ambos riram.

– Está vendo? O seu cérebro se lembra de mais coisa do que você imagina. A questão é que você não está habituado a memorizar a Bíblia; no entanto, quanto mais você treinar, mais fácil se tornará.

Tom inclinou-se para a frente e tocou o braço do novo amigo.

– Adam, eu acho que você e Vitória deveriam considerar a possibilidade de procurar um grupo de apoio a pessoas que sofreram perdas. Eu participei de um três meses depois que a Marianne morreu. No começo fiquei meio cético; tinha entrado para o grupo só por causa da minha filha. Mas ela estava certa. Eu estava precisando mesmo de ajuda. Converse com o pastor Rogers sobre esse assunto.

– Ele já mencionou isso, mas eu achei que não se aplicava ao nosso caso.

– Pode ser uma grande ajuda. Um casal que eu conheci no grupo ainda vem me visitar junto com os filhos. Uma deles, o Kyle, já está no ensino médio. Nós estudamos a Bíblia uma vez por semana.

– Você estuda a Bíblia com um aluno do ensino médio?

– Sim. A gente lê e memoriza trechos da Bíblia.

– Então eu não sou o único que você mantém ocupado!

Tom deu uma risadinha.

– Eu não vejo este asilo como um local para ficar assistindo à TV e jogando bingo até a morte chegar. Para mim, isto aqui é um centro de operações a partir do qual eu posso tocar o mundo por meio das minhas preces e das minhas palavras. Meu modelo de vida é Calebe, apresentado em Josué 14. Aos 85 anos de idade, ele pediu a Deus que lhe desse um monte na Terra Prometida, prometendo expulsar os gigantes que ali habitavam. Pois bem! Calebe tinha quatro anos a mais do que eu! Se ele pôde lutar contra guerreiros gigantes, eu posso perfeitamente me encontrar com você. E com o Kyle. E com o George, o Bruce, o Benny, o Nick. E também com o Javier.

– Javier? Como é esse Javier?

– Estatura mediana, nem gordo nem magro. Tem 17 anos. Por que você quer saber?

– Deixa pra lá. Escute, Tom, eu preciso ir a uma competição de atletismo do meu filho. Mas lembre-se: na próxima quinta-feira virei aqui apanhar você para conhecer a Vitória e o Dylan.

– Estou ansioso para conhecê-los. Vai ser muito melhor do que jogar bingo – disse, sorrindo.

Adam passou o braço pelos ombros de Tom, sentindo o aroma de colônia masculina, e tocou o corpo frágil que envolvia aquele coração forte. Quando saiu pela porta, Adam caminhava com passos mais leves do que quando entrou.

Tom Lyman, com mais de 80 anos, preso a uma cadeira de rodas, era verdadeiramente feliz. E era uma das pessoas mais bem-intencionadas que Adam conhecera na vida. Tom fazia mais dentro daquela residência de idosos do que 95% dos indivíduos faziam fora dela. E, ao menos até pouco tempo, Adam fazia parte desses 95%.

Adam Mitchell acreditava já estar na metade do caminho em sua vida neste mundo. Ele queria que a outra metade se parecesse mais com a vida de Tom Lyman.

CAPÍTULO VINTE

Adam e Shane dirigiram 64 quilômetros pela Rota 82 até chegarem ao Centro de Treinamento de Segurança Pública do Estado da Geórgia, localizado na cidade de Tifton. Uma figura exuberante viajava no banco traseiro, ocupando todo o espaço disponível.

O passageiro não era um criminoso. Era ainda mais assustador do que isso. E estava ali sob coação. Um cheiro constante de charuto fazia com que Adam se virasse para trás a todo momento para verificar se ele havia acendido o isqueiro.

– Que perda de tempo – disse o sargento Brad Bronson, com sua papada sob o queixo tremendo como massa de pão.

– Quando estava em treinamento, o senhor não gostava de ouvir relatos de policiais experientes? – perguntou Adam.

– Eu tenho mais o que fazer, e não estou interessado em bancar a babá de um bando de fedelhos cheirando a fralda molhada.

– O senhor terá apenas de responder a algumas perguntas. E vai se sair muito bem – disse Shane.

Shane piscou para Adam, desafiando o parceiro a dizer alguma gracinha diante da patente e da presença imponente do sargento Bronson.

– Não venha me dizer como vou me sair, Fuller.

Viajar dentro de um carro com Bronson era como dividir uma baia com um touro. Mas Adam fez a sexta tentativa de iniciar uma conversa.

– Sargento, eu sei que o senhor gosta de dirigir a própria viatura. Sozinho. Mas quiseram que o senhor viesse junto com a gente hoje. Eles disseram por quê?

– Estamos sendo punidos? – sussurrou Shane.

– Não, seu cabeça oca, *eu* é que estou sendo castigado. Eles disseram que não querem que eu fique sozinho. Se eu não parar de quebrar as regras, vão me forçar a ter um parceiro. Pouco importa que eu já tenha acabado com a vida de mais vagabundos do que vocês dois somados, e mais do que qualquer trio de policiais puxa-sacos.

– O senhor não é o único linha-dura – disse Shane, sorrindo.

– Fuller, eu estou com os nervos à flor da pele, e você está me provocando. – Bronson abanou as mãos enormes e flácidas. – É por causa de caras como você que eu não quero um idiota ao meu lado no banco do carona.

Adam olhou para Bronson, ou melhor, para uma pequena percentagem da pessoa dele, vista através do espelho retrovisor.

– Desde que entrei na corporação, os sargentos têm autorização para trabalhar sem parceiro – comentou Adam.

O touro enfiou as patas na terra, pronto para atacar.

– É, eu fico repetindo para eles que essa é a prática. Então eles dizem: "Nós fazemos as regras, e nós podemos alterá-las." São um bando de burocratas medrosos que ficam dando ouvidos a uma civil feminista e nazista que não gosta de policiais.

– O senhor está dizendo que o delegado Gentry é um burocrata medroso?

– Eu falo o que penso.

Depois de mais vinte minutos de conversas nesse nível, os três chegaram à Academia. Entraram pela porta principal, exibiram suas credenciais na recepção e foram conduzidos por uma jovem loura e sardenta.

O capitão Claudio Grandjean, diretor de treinamento da Academia, estava em boa forma física, com a cabeça raspada e expressão séria.

– Sejam bem-vindos, senhores. Temos uma turma de recrutas ansiosos para ouvir os nossos experientes oficiais.

– Faça com que a gente pareça importante – disse Shane.

– Bem, como vocês fazem exatamente aquilo que estamos treinando essa turma para fazer, vocês *são* importantes para eles. Se puderem dispor de alguns minutos depois da aula, poderão assistir aos exercícios de treinamento.

– Oba! – murmurou Bronson.

– Lamento que o senhor não esteja de bom humor, sargento.

Adam e Shane olharam para o capitão e sacudiram a cabeça.

– Na verdade, ele hoje está até bem-humorado – disse Shane.

Os recrutas, 80% deles homens, pareciam verdes demais. Adam lembrou-se de que alguns eram apenas quatro anos mais velhos que Dylan.

O capitão Grandjean se posicionou diante da turma.

– Cadetes, quero apresentar a vocês três oficiais que trabalham em Albany, junto à Secretaria de Segurança Pública do Condado de Dougherty. O soldado Fuller, o cabo Mitchell e o sargento Bronson.

Shane sorriu. Adam meneou a cabeça. Bronson arregalou os olhos.

– A hora é esta – disse Grandjean à turma. – Toda pergunta é válida.

Adam sentiu o estômago revirar ao confrontar algo que até aquele momento ele tentara ignorar: preferia ser sequestrado por extraterrestres a ter de falar em público.

Um cadete de porte atlético, com seus vinte e poucos anos, perguntou:

– Ouvi dizer que o salário inicial de um soldado da polícia em Dougherty é 26 mil dólares por ano. Então, se o sujeito for casado e tiver filhos, vai precisar ter um segundo emprego, ou algo assim?

Shane assentiu.

– Ótima pergunta. Uma das vantagens do salário de policial é que... definitivamente... não dá para sustentar o vício em drogas!

A turma riu... mais ou menos.

– Não tem graça nenhuma – interrompeu Bronson. – Policiais deveriam ser mais bem pagos do que médicos. Mas isso nunca vai acontecer; então, por que ficar choramingando? O trabalho do policial é o mais difícil do mundo. Se vocês forem incompetentes, vão prejudicar a ação dos seus parceiros e podem até causar a morte deles. O dever de vocês é preservar a vida do parceiro; isto é, somente se isso for importante para vocês. Se não for, é melhor apontar a arma para a cabeça dele e acabar com ele de uma vez por todas. Quem não aguenta o tranco é melhor cair fora e ir vender aspirador de pó.

A turma permaneceu calada.

Bronson ainda não tinha terminado.

– Lá fora a coisa não é brincadeira. Se vocês hesitarem, vão morrer. Entenderam?

Grandjean tossiu, constrangido.

– Certo... próxima pergunta.

Um jovem hispânico todo aprumado falou:

– Na minha opinião, a polícia precisa acabar com os traficantes de drogas. E vocês sabem quem eles são; vocês sabem até os nomes de muitos deles, não é?

– Sim – respondeu Adam.

– Então por que vocês não acabam com eles?

– É complicado – disse Shane. – A corte...

Bronson o interrompeu novamente.

– A corja que a gente prende hoje, amanhã vai estar na rua. O sistema jurídico é um verdadeiro circo.

Shane tentou retomar a palavra.

– Os traficantes...

– São um desperdício de protoplasma – disse Bronson. – Vender droga para jovens deveria ser um crime com pena de morte. Se matarmos um assassino, vamos salvar meia dúzia de vidas. Mas se matarmos um traficante de drogas, podemos salvar uma centena. Traficantes deveriam ser baleados, enforcados e então colocados por vinte anos em uma cadeira elétrica com carga de baixa intensidade.

Na sequência, houve uma série de perguntas sobre procedimentos, benefícios, aumento na incidência de roubos e uso de drogas. O que se deve e não se deve fazer em perseguições a pé. O caso dos irmãos Holloman foi mencionado. Adam ainda estava nervoso, mas também se sentia aliviado por não estar ali sozinho.

– Eu ouvi dizer que cada local tem as próprias regras e que cada delegacia pode ser diferente. Isso não é meio confuso?

Shane confirmou com um gesto de cabeça.

– Eu tenho as minhas próprias regras, e uma delas é a seguinte: "Nunca faça uma busca num depósito escuro enquanto um policial apelidado de Babaca dá cobertura."

Todos riram e relaxaram. Shane era bom naquilo. Qualquer um que pudesse reoxigenar a sala depois do depoimento de Bronson era, na opinião de Adam, um mago.

Shane prosseguiu:

– Antes de pedir a um cidadão que pare o carro, é melhor pensar nas respostas que a gente vai dar à pessoa. Eu gosto de dizer: "Claro que nós trabalhamos por cota. Faltam só duas multas para a minha namorada ganhar um forninho elétrico." Ou: "Nós costumávamos trabalhar por cota, mas agora podemos dar quantas multas quisermos." Outra que vocês podem usar é essa: "Senhor, qual é exatamente o *tamanho* daqueles dois copos de cerveja?"

– Certo – disse o capitão Grandjean, sorrindo. – É claro que o soldado Fuller poderia ainda dar inúmeros exemplos. Alguma outra pergunta?

Um jovem de vinte e poucos anos disse:

– Eu vou me casar neste verão.

– Parabéns – disse Adam prontamente, mais para impedir que Bronson falasse alguma coisa. – Qual é a sua pergunta?

– Dizem que o índice de divórcio na corporação é elevado. Isso é mesmo verdade?

Adam assentiu.

– Infelizmente, sim. Eu diria que, entre todos os companheiros que conheci na Academia e no meu primeiro posto, três em cada quatro estão divorciados.

– Essa é apenas uma das estatísticas. É possível sobreviver, como o próprio Adam e a esposa dele. – Shane apontou para o parceiro. – Mas não é fácil.

– Eu tenho uma pergunta – disse um jovem alto e forte.

Adam o reconheceu. Ele tinha sido um grande atleta na Academia Cristã Shiloh, em Albany, uma pequena escola particular que conquistara o campeonato estadual de futebol americano. Adam ainda se recordava de que o treinador dos Richland Giants, Bobby Lee Duke, havia quase infartado quando perdeu para a Shiloh. O rapaz tinha entrado para o folclore da cidade por ter corrido quase o campo todo carregando nas costas um adversário de 70kg e ainda ter marcado um *touchdown*.

– Você é o Brock Kelley, não é? – perguntou Shane.

Brock sorriu.

– Sim, senhor. Quando eu estava na faculdade, muitos professores nos ensinaram que não existem valores morais absolutos. É provável que a maioria dos meus colegas não chegasse a vender drogas, mas muitos deles não acreditam que haja o certo e o errado. Será que isso está relacionado a toda essa porcaria que os senhores têm de enfrentar?

– Eu não tenho diploma universitário – anunciou Bronson. Ninguém na sala parecia surpreso com a revelação. – Eu sou apenas alguém que ganha a vida tentando evitar que pessoas sejam assaltadas, estupradas ou assassinadas por gente que... adivinhem... não acredita em valores morais absolutos. – Ele olhou em volta. – Por que eu seria um policial se não existisse o certo e o errado? O mais incrível é que, nas ruas, se alguém rouba o equipamento de som, a namorada ou a arma desses mesmos caras, de repente eles passam a acreditar em valores morais absolutos.

Alguém perguntou:

– Então, como vocês conseguem lidar com as regras da polícia, as cobranças da mídia, as exigências dos tribunais e ainda sobreviver?

Foi Shane que respondeu:

– Nas ruas, os policiais têm um ditado: "A justiça não existe. Nós é que existimos."

– O que isso quer dizer?

– Não podemos controlar o que os tribunais decidem nem o que faz a felicidade da mídia. Nós temos um trabalho a fazer, e ninguém mais tem a coragem, ou o conhecimento, para ir lá fora e fazer o que fazemos.

Bronson tomou a palavra:

– Nós somos agentes da polícia; não somos assistentes sociais bonzinhos, nem políticos de duas caras. Não posso ficar me preocupando nem me criticando. Uma vez, quando eu era um jovem recruta, tentei ser bonzinho. Acabei com o nariz quebrado. Nunca mais cometi o mesmo erro.

Quando faltavam cinco minutos para a aula terminar, Brock Kelley disse:

– Eu tenho mais uma pergunta. Eu sou cristão. É muito difícil para os policiais manterem sua fé?

Adam admirou-se da objetividade do jovem.

– A gente vê nas ruas o que existe de pior no mundo. Para um cristão, essa negatividade pode deturpar a visão que ele tem das pessoas e interferir em sua fé.

Bronson pigarreou e declarou:

– Os cristãos são uns molengas, e policiais molengas não são bons policiais. Imagine que um cara que você está perseguindo se vire e enfie a mão dentro da jaqueta. Um cristão vai querer dar ao sujeiro o benefício da dúvida. Então nesse meio-tempo o cara atira em você ou no seu parceiro. Por isso é que eu prefiro um parceiro ateu. Se o cara que está ao meu lado quer ir para o céu, sinto muito. Eu prefiro ficar por aqui.

– Eu sempre quis ser policial – disse Brock. – E não vou pedir desculpas por ser cristão. Eu me importo com a justiça e com as pessoas, e acho que isso pode fazer de mim um policial melhor, não pior. – Ele olhou para Bronson e, em seguida, focou sua atenção em Adam e Shane. – Eu quero defender os fracos. A carreira policial parece ser uma boa vocação para um cristão. Vocês não concordam?

– Eu vou lhe dizer uma coisa, Brock – começou Shane. – É um trabalho duro. Na condição de policial, você raramente vai ser aplaudido pela população. Em vez disso, vai ser vaiado. É difícil aceitar isso. E o problema não é só o salário baixo, é a falta de reconhecimento, de prestígio. Se você puder lidar com isso, vai se sair bem.

Enquanto Shane falava, Adam olhou para um jovem franzino sentado no fundo da sala. O jovem baixou a vista, evitando qualquer contato visual. Adam notou que havia algo errado com ele.

O capitão Grandjean olhou para o relógio na parede.

– Bem, esta aula superou todas as minhas expectativas.

Ele olhou para Bronson sem sorrir e então se dirigiu à turma.

– O trabalho ao qual vocês se candidataram não é fácil. É uma atividade que exige muitas horas de dedicação e sacrifício. Vocês farão um juramento, e com esse juramento virá uma grande responsabilidade. Tomem agora a decisão de jamais abusar dessa responsabilidade.

Depois de dispensar os cadetes, Grandjean apertou a mão de Adam e de Shane. Virou-se, então, para Bronson.

– Na próxima vez, sargento, sinta-se à vontade para dizer tudo o que lhe vier à mente.

Ele não estendeu a mão. Bronson também não.

No momento em que pisaram no corredor, ouviram o barulho de salto alto no piso de linóleo. Uma jovem impecavelmente vestida caminhou na direção deles acompanhada por um jovem assistente que, calçando mocassins, tentava seguir as passadas da chefe.

– O que *ela* está fazendo aqui? – perguntou Bronson, demasiadamente alto.

A mulher se dirigiu diretamente ao capitão Grandjean e perguntou:

– O que *ele* está fazendo aqui?

– Vou deixar vocês dois resolverem essa questão – disse Grandjean, afastando-se.

Adam se deu conta de que restavam apenas ele e Shane para serem os árbitros daquele embate, e ele sabia muito bem o que Shane pensava dela.

Trajando um impecável terninho azul-marinho, a relações-públicas Diane Koos mostrou os dentes a Bronson, simulando um sorrisinho cínico.

– Eu estou aqui para falar aos recrutas sobre as abordagens modernas relativas ao trabalho da polícia: ser moderado, servir à comunidade, ser respeitado pela mídia e obedecer às regras.

Bronson conteve-se para não cuspir no chão. Foi difícil.

– É, se existe alguém capaz de dar uma resposta que vale cinquenta centavos a uma pergunta que vale cinco, esse alguém é Diane Koos. A ex-beldade da televisão.

Shane sorriu, reação que arrancou um olhar enfurecido da mulher. Ela olhou para Adam, como se ele fosse sua última esperança de solidariedade.

– Agora eu trabalho para o delegado. Nós estamos no mesmo time.

– O cão não caça mais – disse Bronson.

– O que quer dizer com isso?

– Quer dizer que nós éramos capazes de fazer nosso trabalho, mas, agora, a senhora quer fazer o papel da Xena, a princesa guerreira. Vai ensinar esses recrutas a serem um bando de covardes chorões que tratam criminosos como reis, enquanto marginais vagabundos comandam as ruas.

Com as mãos nos quadris e as unhas longas e bem-feitas à mostra, Koos disse, entre os dentes:

– Você é *impossível*, Bronson.

– *Sargento* Bronson. Eu sou um policial. Quando a senhora trabalhava para aquela emissora de TV, fizeram você jurar que arriscaria a vida para proteger os cidadãos? Ou apenas lambuzaram seu rosto de maquiagem e a ensinaram a atirar pedras em policiais que colocam a vida em risco?

– Você é um dinossauro, Bronson, e está em risco de extinção. O seu tempo já passou.

Bronson olhou para Adam e Shane e disse:

– Ela nunca mais foi a mesma desde que aquela casa caiu em cima da irmã dela.

Koos pôs a mão no ombro de Bronson, e não foi um leve toque. E disse:

– Eu deveria...

Embora aquela briga fosse divertida, Adam interveio a tempo de impedir um soco no olhou ou uma cabeçada.

Grandjean ressurgiu.

– Parem já com isso, vocês dois. Ou então resolvam isso lá fora. Srta. Koos, a sala é lá embaixo, a segunda à esquerda. A aula começa em dez minutos. Daqui a cinco minutos eu estarei lá, para apresentá-la.

◆◆◆

Adam achou que o sorriso fosse ficar para sempre nos lábios de Shane. Dez minutos depois do bate-boca entre Bronson e Diane Koos, seu parceiro ainda estava exultante.

Um tenente da academia aproximou-se de Adam e seus amigos.

– Os observadores precisam ficar contra o vento durante o próximo exercício.

Vários instrutores usavam máscaras de gás. O treinador disse, usando um megafone:

– Então, recrutas, ontem vocês tiveram três horas de instrução sobre agentes químicos. Espero que tenham prestado atenção. Vocês precisam saber o que as pessoas, sejam marginais ou civis, sentem quando são expostas a gás. Vamos começar com spray de pimenta e algumas outras substâncias. Vamos deixá-las reagir no rosto de vocês, que é o que geralmente ocorre quando as pessoas são expostas a esses materiais. Não vai ser agradável, mas vocês vão sobreviver. Não adianta sair correndo, pois vamos impedir que saiam daqui. Também não adianta tapar o nariz com a manga da camisa, pois isso só piora a situação.

Nos minutos seguintes, surgiram nuvens de gás de pimenta, ou de gás lacrimogêneo, Adam não sabia ao certo. Os recrutas se engasgavam e caminhavam lentamente. Alguns eram mais resistentes do que outros; alguns tinham suportado bravamente no início, mas agora estavam ofegantes e desorientados. Os jovens formaram uma grande fila diante de uma torneira, para lavar o rosto.

Adam percebeu que o recruta em pior estado era aquele rapaz magro e nervoso que se posicionara no fundo da sala de aula. Exausto e deprimido, sentou-se ao lado do bebedouro, isolando-se dos demais. Brock Kelley aproximou-se dele, deu um tapinha em suas costas e falou algumas palavras.

Depois que os recrutas se dirigiram ao vestiário, Adam perguntou ao tenente:

– Qual é o nível desta turma, de modo geral?

– Aqui entre nós? A turma é mediana. Brock Kelley é o destaque.

– O fanático por Jesus? – Bronson pigarreou.

– Eu acho que ele usou a expressão "cristão"– rebateu Adam.

– É uma turma pequena, e vários estão na corda bamba – disse o tenente. – Se fosse um ano com muitos candidatos bons, vários desses aí seriam reprovados. Mas, para falar a verdade, vamos precisar aprovar qualquer candidato minimamente aceitável.

– E quem vai pagar o pato depois é o parceiro dele? – rosnou Bronson.

– Qual alternativa nos resta? Colocar menos policiais nas ruas? Não temos como recrutar pessoas em outras regiões do país e esperar que se disponham a se mudar para cá por um salário que é a metade do que ganham se ficarem onde estão. E, mesmo que viesse gente de fora, não seriam os melhores.

– Quem é aquele rapaz ali? – Adam apontou para o jovem franzino, ainda sentado ao lado do bebedouro.

– É o Bobby Shaw – disse o tenente.

– Ele vai ser aprovado?

– Ele é um daqueles a que estou me referindo. É um dos piores da turma. É boa gente. Ouvi dizer que o pai morreu em combate. Foi criado pela mãe. Ela chegou a telefonar para mim, pedindo que eu ficasse de olho nele.

– Acho que sou obrigado a concordar com o sargento Bronson. Não vale a pena admitir na corporação elementos que não estejam preparados. As nossas vidas estão em jogo. – Adam olhou para Shane. – Quero dizer, você gostaria de ser parceiro desse rapaz?

– O Nathan ainda carrega o David nas costas, e o David está muito acima desse rapaz – disse Shane. – Fracotes órfãos de pai não serão de muita ajuda quando eu precisar prender brutamontes órfãos de pai.

– Então, Shane, vê se não vai inventar de comprar um barco de pesca e se aposentar antes da hora. Vamos servir juntos por mais 25 anos.

– Certo. Talvez depois disso eu compre o barco – disse Shane, levantando o copo de café de isopor e brindando à sua parceria.

Enquanto se dirigiam ao estacionamento, Bronson murmurou:

– Esses fedelhos da academia estão mais ignorantes do que nunca.

– Sargento – Adam virou-se para ele –, o senhor não frequentou a academia?

Bronson olhou-o de cima a baixo.

– Sim, e daí?

– O senhor era ignorante naquela época?

– Claro que eu era. Eu mesmo não iria me querer como parceiro.

– O garoto tem que começar de algum lugar.

– Mas não será comigo.

– O senhor já teve um parceiro tão competente quanto você? – perguntou Adam.

– Tive. O meu primeiro, Ollie Chandler, 35 anos atrás. Ele me ensinou a derrubar um cara com uma cabeçada. A gente treinava dando cabeçada um no outro.

Adam tocou a própria testa e se encolheu.

– O senhor ainda tem contato com Chandler?

– Não muito. Ele mora no Oregon. No Natal, a gente troca fotos... do cachorro dele, o Mulch, e do meu, Marciano. Três dos melhores amigos que eu tive na vida foram cachorros. O Chandler é o quarto.

Por um momento, Adam viu o lado humano de Brad Bronson.

– Eu vou lhes dizer uma coisa... esses babaquinhas aí da academia não têm a menor classe.

O tal momento de humanidade foi efêmero.

Como podia um sujeito como aquele falar em classe?

– O senhor deve admitir que Brock Kelley impressiona – comentou Shane.

– Vocês acham que eu quero um herói de futebol americano da escola? – perguntou Bronson. – Ele vai se achar o máximo. Correu o campo todo para marcar um ponto? Ah, parem com isso! Ele vai acabar colocando em risco a vida de alguém. Mas não vai ser a minha.

Enquanto Adam manobrava o carro, Shane disse:

– Sargento, o senhor e a Diane Koos estão parecendo dois galos de briga. O senhor deveria convidá-la para tomar um café a qualquer hora dessas.

Bronson murmurou algo incompreensível.

– Considerando o fato de que o senhor achou que seria perda de tempo ir à academia, até que teve muitos conselhos a dar aos recrutas, heim?

– Não vai fazer a menor diferença para eles – disse Bronson. – Os jovens são estúpidos demais.

Shane olhou-o pelo espelho. Em seguida, sorriu e sussurrou para Adam:

– Nesse caso, o sargento não tem nada de estúpido.

Cinco segundos depois, Bronson disse:

– Fuller, para chegar à patente de Estúpido você ainda precisaria de três promoções.

CAPÍTULO VINTE E UM

Adam, Nathan, David, Shane e Javier estavam sentados no quintal da casa de Adam. Sobre a mesa havia pratos sujos e latas de Coca-Cola vazias.

– O frango estava suculento – disse Nathan, virando-se para Adam. – Qual é o segredo?

– Coloque óleo na grelha, não cubra o frango, deixe o frango longe das chamas e só ponha o molho dois minutos antes de servir.

– Os hambúrgueres também estavam ótimos – David acrescentou.

– Se você quiser ser um homem de verdade, Calouro, é importante saber escolher a carne e pedir para o açougueiro moer na hora. A carne não pode ter sido moída ontem nem hoje de manhã; tem de ser moída na hora – disse Shane.

– Meu filho – falou Nathan –, o segredo da carne é usar bastante sal. Então, mesmo que a carne não esteja perfeita, o sal preserva o gosto.

– Sabem de uma coisa? Vocês são umas figuras! – disse David, olhando para os colegas veteranos.

– Obrigado – disseram os três, quase em uníssono. Mas as palavras de David não eram exatamente um elogio.

– Um dia este jovem aqui vai ter a própria família – começou Nathan – e vai contar histórias sobre as tardes que passou no quintal do Mitchell alimentando-se de sabedoria e churrasco. E, quando levar os filhos a um jogo dos Falcons, vai ensiná-los a fazer um lanche no estacionamento antes de a partida começar. Isso não tem preço.

Shane riu.

– Com os nossos salários, quem vai poder ir a um jogo dos Falcons?

– Tudo bem – Adam disse, tentando mudar de assunto. – Se todo mundo já está satisfeito, eu quero dizer por que convidei vocês aqui hoje. Preciso de um favor.

Adam entregou uma folha de papel a cada um deles. A curiosidade de Javier se aguçou.

Shane já sabia que Adam tinha algo em mente, mas ainda assim ficou surpreso com o que viu.

Nathan olhou para o papel que tinha nas mãos.

– Uma "Resolução"?

– É. Eu tenho pensado no tipo de pai que fui para Emily e no tipo de pai que tenho sido para o Dylan.

– Não seja tão exigente consigo mesmo – disse Shane. – Você tem sido um pai razoável.

– Eu não quero ser um pai "razoável". Nós só temos poucos anos para influenciar nossos filhos, e os padrões que passarmos para eles provavelmente serão passados para os filhos deles.

Os companheiros se perguntavam aonde Adam pretendia chegar.

– Nós temos a responsabilidade de formar vidas. Eu não acho que isso possa ser feito de forma improvisada. A metade dos homens deste país vem fracassando como pais. Talvez até mais da metade. E, no tempo que me resta, não quero ser um dos que fracassaram.

– Veja bem – disse Shane –, eu sou a favor da ideia de você passar mais tempo com seus filhos, mas você não acha que está exagerando um pouco?

– Shane, ficar ao lado dos nossos filhos deve ser uma prioridade. Nós precisamos agir estrategicamente. É nossa função ajudá-los a se tornarem as pessoas que Deus quer que eles sejam. É nossa função estabelecer padrões que eles queiram alcançar.

– Que tipo de padrões? – perguntou David.

– Bem, quando foi que você percebeu que era um homem? – questionou Adam depois de alguns instantes de silêncio.

Shane riu.

– Não acredito que a gente esteja conversando sobre isso!

– Não, amigos, vamos lá! Pensem no que estou perguntando.

Javier ouvia atentamente enquanto Nathan acabava de ler a resolução de Adam.

– Tudo bem – disse David. – Acho que foi quando fui morar sozinho pela primeira vez. Ou então quanto fiz 21 anos. Já perto de me formar na universidade.

– Então, foi quando você atingiu a maioridade legal. Ok. E você, Shane?

O parceiro de Adam suspirou.

– Acho que foi quando tirei minha carteira de motorista, ou quando consegui meu primeiro emprego. Que diferença isso faz?

– Javy?

Javier tinha a resposta na ponta da língua, pois a lembrança ainda estava viva.

– Quando meu pai me disse que eu era um homem.

Todos olharam para ele.

– Quando eu tinha 17 anos, meu pai precisou ficar longe de casa por três meses, por causa do trabalho. Ele me disse que me via como um homem... e queria que eu cuidasse da família. Perguntou se eu estava pronto. Quando hesitei, ele me disse que *sabia* que eu estava pronto.

Adam disse:

– Amigos, eu aprendi que Deus quer me ensinar a mostrar ao meu filho como amá-Lo e confiar Nele, e que é minha responsabilidade despertar o homem que existe dentro do meu filho. Não posso ficar impassível diante disso.

– Como foi que você chegou a isto aqui? – Nathan perguntou, ainda atento à folha de papel.

– Foi o resultado do meu estudo da Bíblia. Essa resolução tem a ver com o tipo de pai que eu quero ser. Vocês podem cobrar isso aí de mim. Na verdade, eu *quero* que vocês me cobrem.

Todos leram a resolução.

Finalmente, Javier disse:

– Eu posso assinar também?

Shane disse:

– Se você vai assinar, Adam, talvez nós todos devêssemos assinar também.

– Não, não. Eu não vou pedir a vocês que assinem coisa alguma. Eu tomei essa decisão porque precisava disso e porque a minha família precisava também. Se vocês acham que devem fazer o mesmo, ao menos pensem a respeito durante alguns dias.

◆◆◆

A cabeçada do gigante deixou TJ machucado. No entanto, o que mais doeu foi a humilhação de ter apanhado na frente de seu "Ministro da Defesa". Ele estava furioso. Aqueles caras do Condado de Dougherty ocupavam agora uma posição mais destacada na sua lista de inimigos do que a Polícia Municipal de Albany. Na verdade, era uma posição comparável à dos Rollin' Crips.

Antoine advertiu TJ:

– Se você mata um tira, eles te metem na cadeia pelo resto da vida.

A polícia podia até fazer vista grossa em se tratando de drogas. Mas agia com rigor se conhecesse a identidade de alguém que estivesse no encalço de algum policial.

Mas o chefe da Nação Gângster tinha sido desrespeitado, derrotado mais de uma vez.

Aquele policial negro impedira o roubo da picape e prendera seu camarada Clyde. TJ ainda iria dar o troco. E o policial branco, o grandalhão, tinha jogado TJ no chão, e isso o deixara possesso. E se ele não reagisse, Antoine e os demais integrantes da Nação talvez perdessem o respeito por ele. E, para o líder de uma gangue, perder o respeito do grupo era o primeiro passo para a morte.

Ele tinha de se vingar. E ele queria se vingar.

Você vai se dar mal, gordão.

◆◆◆

Depois que pôs as crianças na cama, Kayla encostou-se na bancada da cozinha e examinou o texto da resolução. Nathan sentou-se diante dela, observando suas expressões.

– Puxa vida! Você quer mesmo fazer isso?

– Quero, sim. Eu sempre achei que estivesse fazendo um bom trabalho só porque sou melhor pai do que o meu foi. Mas, e daí? Os padrões que ele me deixou não eram muito altos. A resolução foi para mim como um tapa na cara.

Kayla sorriu.

– Querido, tem dia que eu me sinto feliz por ter me casado com você. E tem dia que eu me sinto *muito*, muito feliz por ter me casado com você. E hoje é um desses dias.

– Então, hoje é um dia muito feliz?

– É. E quando vejo você fazer algo que só um homem bom é capaz de fazer, eu tenho vontade de abençoá-lo.

Ela esticou a mão e tocou o ombro do marido.

– Você quer me abençoar? – Nathan sorriu.

– Quero, sim. Mas eu tenho uma pergunta. Como vai ser essa resolução que você vai assinar?

– Como assim? Você acabou de ler!

– Sim, eu já vi o conteúdo. Mas com certeza você não vai assinar isso aqui. Isso é um papel comum de impressora de computador. A Declaração da Independência e a Constituição não foram assinadas em papel de rascunho, foram?

– Acho que não.

– Eu acho que essa resolução é algo que um pai deve emoldurar e pendurar na parede.

– Não sei se o Adam chegou a pensar nisso.

– E como você vai assiná-la? De jeans e camiseta? Um prefeito ou um policial fazem o juramento numa cerimônia formal, certo? E não estão de bermuda, estão? Jurar ser o melhor marido e pai será algo menos importante?

– Não.

– Eu imagino um grupo de homens bem-vestidos, acompanhados de suas esposas e dos filhos, oficializando esse momento. Trata-se de um dia importante, como um casamento ou um batismo.

Nathan avaliou as palavras da esposa. Kayla aproximou-se dele; seus olhos castanho-escuros fitaram os dele.

– Querido, se você vai fazer isso, então faça direito.

◆◆◆

Adam e Dylan correram juntos algumas horas depois do almoço de domingo. Durante a corrida, Dylan acelerou o passo. Ele respirava normalmente, enquanto Adam fingia fazer o mesmo.

– Então, como vai o treino de atletismo?

Adam fez a pergunta por dois motivos. Primeiro, porque um pai deve se interessar por aquilo que é importante para o filho. Segundo, porque, se Dylan começasse a falar, talvez desacelerasse.

– Ainda não sei para que provas o técnico Killian vai me escalar.

– De quais você gostaria de participar?

– Gosto de provas de longa distância, mas também quero correr os 400 metros.

Como Dylan não diminuiu o ritmo, Adam resolveu começar a andar.

Dylan verificou o relógio de pulso.

– Mas a gente só correu cinco quilômetros.

– Como assim *só* cinco quilômetros? Eu vou demorar a chegar à sua forma física. Em algum momento, meus genes de atleta vão aparecer, você vai ver. Mas, até lá, preciso da sua ajuda para entrar em forma e conseguir alcançar os bandidos numa perseguição.

– Ter um *taser* também ajuda, não é?

– Sim, mas depois que a gente pega o cara.

– Se você me pegar, pode usar em mim.

– Sim, claro... Diga isso quando eu estiver com um *taser* na mão!

– Não faria a menor diferença. Você nunca me pegaria.

Dylan exibiu o maior sorriso que Adam tinha visto em seus lábios nos últimos anos. Adam olhou para o filho, sacudiu o dedo e saiu em disparada, mas logo voltou a caminhar. O prazer da corrida ainda não fora despertado em Adam. Talvez jamais o fosse. Mas o prazer de conversar e rir com seu garoto superava qualquer cansaço.

◆◆◆

Dois dias depois, após malhar na sala de ginástica da delegacia, Adam sentou-se ao lado do bebedouro. A companhia de Dylan o incentivava a entrar em forma. Então ele notou que havia algo estranho no ar.

– O que houve, sargento?

– Estou a fim de pegar essa tal de Koos.

– Bem, acho que vocês dois não combinam muito.

– Eu não estou querendo sair com ela! Eu quero *apagar aquela mulher.*

– Ah. O que ela fez dessa vez?

– Recebi dois memorandos, um do delegado, outro da Koos. Parece que um dos traficantes que eu prendi não gostou muito dos meus serviços.

– O que o senhor fez?

– Só dei um beliscão no nariz dele quando ele se meteu a besta.

– Beliscão?

– Eu sei dar um bom beliscão.

– Posso imaginar.

– Então me disseram que, se eu receber mais uma advertência, vou ser obrigado a pedir uma licença sem vencimentos. É o primeiro passo da minha demissão.

– Sinto muito.

– Já pensei em estrangular a Koos, mas uma coisa está salvando a pele dela.

– O que é?

– Para estrangulá-la, eu precisaria tocar nela.

– Parece que o senhor está com alguma coisa na cabeça, sargento. O que é?

– Recebi uma notícia sobre o Mike Hollis.

Adam se contraiu.

– O julgamento acabou?

– Ainda não. Mas o promotor descobriu algo que a gente não sabia.

– O que foi?

– O exame de sangue indicou não apenas álcool, mas também cocaína.

– Ele tinha cheirado cocaína?

– É. Com o cheiro da bebida na cena, ninguém pensou em qualquer outra hipótese. A cocaína apareceu nos exames; só que, por algum motivo, ninguém notou. Mas a promotoria fez a constatação. Isso significa mais tempo de prisão.

– Basta o álcool – disse Adam. – Nada disso vai trazer a Emily de volta.

– É, mas se fosse apenas álcool, talvez aquilo não tivesse acontecido. Um bêbado dirige mal; um bêbado drogado dirige pior ainda. Eu sabia que a notícia chegaria aos seus ouvidos e achei que seria pior ficar sabendo disso na frente de um monte de gente.

Adam assentiu.

– Obrigado, sargento. Foi... gentileza sua.

Bronson se afastou, um tanto constrangido. Adam se perguntou se alguém já o acusara de ser gentil.

CAPÍTULO VINTE E DOIS

No campo de tiro da Secretaria de Segurança Pública, Nathan Hayes praticava, atirando contra alvos dispostos numa pista de obstáculos enquanto o capitão gritava o que ele deveria fazer em seguida. Nathan atingiu a maioria dos alvos logo no primeiro disparo. Quando ele terminou, os oficiais que assistiam ao treinamento o aplaudiram.

David fez o mesmo exercício. No início, ele se saiu bem, mas a decepção foi geral quando ele atingiu o alvo onde se lia "delegado".

– Bom trabalho – disse o capitão a Nathan. – Você continua entre os três melhores atiradores do departamento de polícia.

Depois o capitão virou-se para David e disse:

– Soldado Thomson, você precisa se concentrar mais. Você atingiu o delegado novamente. – Ele apontou para um alvo que tinha um distintivo no peito. – Volte para praticar mais. Você precisar se aperfeiçoar.

– Toda hora eles colocam aquele distintivo num alvo diferente – David reclamou com Nathan.

– Essa é a ideia.

– Ora! Eu conheço o delegado, e *não* atiraria nele.

Enquanto o sargento responsável pelo treinamento removia os alvos, Nathan e David limpavam suas armas. Nathan cuidava da sua Glock 22, uma arma de calibre 40, com 15 tiros, e David fazia a manutenção de sua Glock 23, também uma arma de calibre 40 e tão potente quanto a 22, embora um pouco menor.

Nathan percebeu que algo preocupava David. Ele decidiu permanecer calado e deixar que David falasse quando e se desejasse.

Finalmente, David falou.

– Essa coisa da resolução assumiu uma proporção e tanto, hein?

– Nós resolvemos tornar a coisa oficial. Talvez assim esse gesto nos toque mais fundo.

David voltou a mexer na arma em silêncio, e então perguntou a Nathan:

– Você acha mesmo que sua infância foi prejudicada por você não ter um pai?

– Mais do que você possa imaginar. Grande parte de sua autoestima vem da opinião que seu pai tem de você. Eu vivi uma crise de identidade durante toda a minha infância. Eu tentava provar coisas a mim mesmo. Quase entrei numa gangue. Se os pais fizessem o que devem fazer, a metade dos vagabundos que a gente enfrenta nas ruas não existiria.

Depois de uma longa pausa, Nathan falou:

– David, estou percebendo que você está preocupado com alguma coisa. O que é?

David deu de ombros e não disse nada.

– Você está preocupado porque vai ser pai um dia?

David hesitou.

– Eu já sou pai.

Nathan encarou David.

– Você tem um filho?

– Uma filha. Ela está com 4 anos agora.

– Meu parceiro tem uma filha e eu não sabia?

– Eu namorei uma líder de torcida quando estava na universidade. Ela engravidou. Eu disse para ela interromper a gravidez, mas ela se recusou. Eu fiquei louco e deixei que ela lidasse sozinha com a situação. Ela mora a meia hora daqui, mas em todos esses anos eu ainda não criei coragem para ir vê-la.

– E a "situação" com a qual ela tinha de lidar era uma menina, de quem ela vem cuidando há quatro anos?

David baixou o olhar, fitando as próprias mãos.

– Qual é o nome dela... da sua filha?

– Olívia.

– E qual é o nome da mãe dela?

– Amanda.

– Ela se casou?

– Não.

– Como você sabe?

– Um amigo da época da faculdade me contou. Ele mantém contato com ela. Com elas.

Nathan decidiu não fazer mais perguntas e aguardar até que David falasse. Passado um minuto, o silêncio se tornou mais constrangedor do que a conversa.

– Eu nunca amei a Amanda de verdade. Mas ao ouvir vocês falarem sobre como a ausência do pai é prejudicial para os filhos... Eu descobri que não quero ser um desses pais.

– David, ser um homem de verdade significa assumir responsabilidades. Qualquer idiota pode ser pai, mas é preciso ter coragem para assumir o papel de pai de uma criança. Para se fazer presente.

– Eu achava que era um bom sujeito. Estou cansado de sentir culpa.

– Eu vou lhe dizer uma coisa: você é culpado – disse Nathan.

David suspirou.

– Ouça bem: um dia, você, eu e todo mundo vamos nos ver diante de Deus. E Ele vai fazer o que os bons juízes fazem.

– Então espero que os meus bons atos pesem mais do que os maus.

– Não é assim que a coisa funciona. – Nathan ficou em silêncio um instante, procurando um exemplo para dar. – Bem, quem é a pessoa mais próxima de você?

– Provavelmente minha mãe.

– Ok. Suponhamos que ela seja assassinada. O cara é preso e vai a julgamento. Mas o sujeito diz: "Senhor juiz, eu cometi o crime, mas já fiz muita coisa boa na vida." Digamos que ele já tenha ajudado aos sem-teto umas quarenta vezes, e pode provar. Se o juiz inocentá-lo, você consideraria esse juiz competente ou incompetente?

– Incompetente.

– Isso mesmo. A Bíblia diz que Deus é um juiz competente. E Ele vai punir os culpados não pelo que fizeram de bom, mas pelo que fizeram de mau. Todos somos pecadores, David. E parte do pecado é não reconhecer o tamanho de nossos pecados.

– Certo. Eu sou um pecador. Admitir isso vai me ajudar?

– Você precisa compreender quão desesperado você está. Um homem que não acha que está se afogando não vai querer pegar a boia salva-vidas. Por que se preocupar, se a pessoa acha que está muito bem?

– Certo. Eu não acho que estou muito bem.

– Tudo bem, então você já descobriu que essa é a má notícia. Agora, eis a *boa* notícia: porque Deus ama você, Ele enviou o próprio Filho, Jesus Cristo, para assumir o castigo que nós merecíamos. Foi por isso que ele morreu na cruz.

– Você realmente crê nisso, não é?

– Estou absolutamente convencido. Ele pagou o preço pelos nossos pecados. Mas isso só faz sentido quando aceitamos esse fato. Deus nos oferece um dom, mas ele só será nosso quando o aceitarmos.

David absorveu as palavras do parceiro.

– David, se pudéssemos ser bons o suficiente para alcançarmos sozinhos o céu, Jesus não teria precisado ser castigado em nosso lugar. Você e eu precisamos desesperadamente de algo que só Jesus pode nos dar.

– Então, o que devo fazer? Ir à igreja?

– A igreja não pode salvá-lo. Depois que você se voltar para Cristo, a igreja pode ajudá-lo, mas é de Jesus que você precisa. Foi por isso que eu pedi a ele que me perdoasse e me salvasse.

– Mas você não é perfeito!

Nathan riu.

– Claro que não. Mas Jesus é, e é a perfeição dele que me protege, de modo que pareço correto aos olhos de Deus. Isso quer dizer que, quando morrer, irei para o céu, não para o inferno. Eu sou um novo homem por causa de Cristo. Você está entendendo?

– Acho que sim. Sei que estou cansado da culpa, cansado de me sentir um fracassado.

– Então, o que o impede?

David pensou durante um longo momento. Finalmente, disse:

– Nada.

◆◆◆

Um negro mal-encarado e de pele áspera, com várias cicatrizes no rosto e no pescoço, bateu à porta.

A avó de Derrick atendeu.

– Pode entrar. Ele está quase pronto.

– Derrick! – gritou ele. – Venha cá!

Derrick surgiu, vindo do quarto dos fundos. Fazia um ano desde a última vez que vira o visitante inesperado.

– Tio Reggie? O que o senhor...?

– Nós dois vamos dar uma voltinha.

– De jeito nenhum; meus amigos estão me esperando.

– Então eles vão se decepcionar. – Ele puxou Derrick pela porta.

Os dois desceram a rua com passos vigorosos; a mão de Reggie parecia uma prensa no braço de Derrick.

– Você está metido com drogas e gangues, não está?

– Minha avó não sabe de nada.

– Ela sabe de coisa que você nem sonha saber, seu moleque.

– Aonde a gente vai?

– Eu vou mostrar o que as gangues e as drogas vão fazer com você.

Três quarteirões depois, estavam em um beco que Derrick fazia questão de evitar. Três viciados estavam sentados no chão, encostados na parede. Reggie parou.

– Veja isso.

Relutantemente, Derrick olhou. Eles já tinham perdido metade dos dentes. Pareciam zumbis, mortos-vivos.

O fedor fez o estômago de Derrick revirar. Ele engasgou. Já passara por caras como aqueles, mas nunca se aproximara tanto. Eles ficavam se coçando, tentando se livrar de algo que parecia estar sob a pele.

– Você está vendo as cicatrizes que eles têm?

Derrick permaneceu calado, mas Reggie sacudiu-o pelo ombro.

– Eu perguntei se você *viu as cicatrizes*.

– Sim, estou vendo!

– Não são apenas as drogas. Eles já foram espancados e assaltados diversas vezes. Está vendo a cor da pele deles?

– Estou.

A pele era acinzentada e doentia. Como era possível negros serem tão pálidos?

Reggie apontou para um homem de olhar vazio e um rosto tão desprovido de expressão que mais parecia uma máscara. Eles se aproximaram de dois homens drogados, unidos pela cocaína e pela ruína. Os dois pareciam conversar, mas um não compreendia o outro. Nem se deram conta da presença de Reggie e Derrick. Em alguns momentos, desviavam o olhar em direção a Derrick, mas olhavam através dele, como se ele existisse em algum outro plano.

– Está vendo esses sujeitos, Derrick? Que idade eles aparentam? Uns 70 anos? Provavelmente não têm mais do que 40. Não são velhos; estão apenas acabados. Você já está no crack? Essa droga vai acabar com você. Você vai ficar igual a eles... Morto, ou louco para morrer. Ou então vai causar a morte de alguém. É isso que você quer? Apodrecer na cadeia? Virar um zumbi?

– Eu só quero andar com meus amigos. Só isso.

Perto da loja de bebidas, uma das 12 existentes num raio de um quilômetro e meio, dois velhos e um rapaz estavam sentados no chão, com as mãos estendidas, como mendigos.

– Está vendo esses caras? Eles também começaram apenas andando com os amigos. A maioria deles não se afasta mais do que três quarteirões dessa loja de bebidas. Eles eram membros de gangues, traficantes e vigaristas comuns. Agora são pedintes. Vivem de drogas e álcool. Veja bem, garoto. É isso que vai acontecer com você.

Esse cara acha que me conhece? Faz um ano que a gente nem se fala.

– Isso nunca vai acontecer comigo.

– Eles achavam a mesma coisa. Alguns deles eram excelentes alunos.

Reggie parou novamente e apontou.

– Aquele ali é o Kenny. Não sabe nem a idade que tem. Fica implorando migalhas, abordando senhoras idosas. E ainda quer parecer estiloso, usando a camisa para fora da calça, o boné ao contrário. Um eterno adolescente. Deprimente, não? É como se fosse um moleque de 12 anos que ainda usa fraldas. Se alguém oferecer drogas para você, é para esse lugar que você vem, garoto.

Derrick fitou a calçada.

– Na semana passada eu perguntei ao Kenny o que ele achava dessa vida. Sabe o que ele me disse? "Talvez eu ainda não esteja no inferno, mas já posso sentir o cheiro do fogo." É isso que quer para você? Vamos, responda!

– Não. Mas o senhor não sabe o que eu ganho por estar com o pessoal da Nação Gângster.

– *Eu não sei*? – Reggie arregaçou a manga da camisa e exibiu uma tatuagem com o símbolo da gangue. Em seguida, encostou Derrick na parede. – Eu fui da NG antes de você nascer e depois, durante sete anos, vivi numa penitenciária federal. A polícia não brinca em serviço. Eu deveria dar uma surra em você por falar que eu não conheço essa gangue. Só não arrebento esses seus dentes por respeito à sua mãe.

– Faz muito tempo que o senhor saiu do grupo. O senhor não conhece o TJ.

– Eu não preciso conhecer nenhum TJ. Eu fui o segundo no comando da maior gangue de Albany, e veja só onde fui parar.

Reggie agarrou Derrick pela camisa e o empurrou em direção a outro beco, que cheirava a latrina.

– Preste bem atenção, Derrick. Respire fundo... sinta o cheiro. Se for esta a vida que você quer, aí está ela. Isso se você der sorte. Acorde, garoto. Os nossos antepassados eram escravos. Tinham as mãos e os pés acorrentados, mas aprenderam a usar a cabeça. Os seus pés e as suas mãos estão livres. Deus o abençoou com uma mente boa, mas você está se tornando um escravo.

– Eu não sou escravo.

– As drogas vão levar você para a cadeia. As gangues também. Você não sabe nada sobre estar numa prisão; eu sei. Foram sete anos de detenção. Você pode imaginar como é? Sem privacidade, sempre uma barulheira, a televisão e o rádio funcionando num volume tão alto que fazia a gente ter vontade de enfiar o dedo nos ouvidos e gritar. Ameaças, brigas, tentativas de homicídio. Aquilo não é vida. Você já foi "batizado", não foi?

Derrick pensou em mentir, mas por que faria isso? Tinha orgulho de pertencer à Nação Gângster.

– Já.

– Pois bem, eu contei que fui o segundo no comando da gangue. Tinha uma reputação. Então me mandaram fazer uma transação envolvendo venda de drogas, e aí fui parar na cadeia. A gente cumpre a sentença sozinho, garoto, ninguém aparece lá para ajudar. Você acha que eles são seus amigos, mas eles somem de vista.

– Eu não vou pra cadeia.

– Veja só. Você está querendo tirar onda, mas está sendo um grande babaca. Eu já percorri a estrada que você está pegando agora, e sei aonde ela vai parar. Só tem um jeito de voltar. Eu posso dizer, se quiser saber. Mas, enquanto você continuar mentindo para si mesmo, a verdade não vai valer a pena.

– A vida é minha.

– Nisso você tem razão. A vida é sua, e você pode jogá-la fora ou dar meia-volta. Estou dizendo, e não vou falar de novo: saia dessa situação enquanto ainda há tempo.

Eles voltaram para casa por outro caminho, passando por novo labirinto de vidas arruinadas. Ficaram calados até chegarem à porta da casa de Derrick.

– Sua mãe já se foi, Derrick. Eu nunca fui um bom irmão para ela. Houve um tempo em que eu achava que você estava honrando a memória dela. Já não acho mais, filho. Mas você ainda tem uma chance.

Derrick olhou para o tio. O rosto de Reggie fez com que ele se lembrasse de uma foto da mãe. Durante alguns instantes, sentiu uma ligação entre eles. Talvez o cara soubesse do que estava falando. Mas o pensamento de Derrick logo voltou ao que, para ele, significava pertencer à Nação Gângster.

Reggie viu nos olhos de Derrick que nada do que ele disse faria diferença.

– Eu quero o melhor para você, filho. Depois que a sua mãe morreu, alguém precisa ficar em cima de você. Mas você não quer me escutar; tudo bem, eu não vou voltar aqui. Tem gente que quer ser ajudada. Não posso perder tempo com quem prefere jogar a própria vida fora.

Reggie parecia um advogado encerrando as considerações finais diante de um júri já decidido.

– A escolha é sua, Derrick. Se você se meter com a gangue, três coisas podem acontecer: você vai acabar atirado aí nas ruas, vai apodrecer na cadeia ou vai ser morto. Não há outras opções.

◆◆◆

Como sempre, o lendário Pearly's, o "pai" de todos os restaurantes especializados em culinária *country*, estava cheio e barulhento. Era o local ideal para se tomar o café da manhã. E para almoçar. Os arrogantes críticos de gastronomia jamais admitiam que frequentavam o Pearly's, mas sempre iam incógnitos ao restaurante quando queriam comer de verdade.

O Pearly's combinava a eficiência de um restaurante de balcão de cidade grande com a atmosfera acolhedora de uma barbearia de interior. O cardápio principal ficava preso na parede, e Adam o fitava como um arqueiro mira o alvo. Por causa das longas filas, Adam sempre achava que demoraria uma eternidade para ser atendido, mas isso nunca acontecia. Mesmo que houvesse dez pessoas na fila, ele jamais tinha tempo suficiente para decidir o que escolher para acompanhar o sanduíche de linguiça de sempre.

Cinco minutos depois, a garçonete aparecia, como num passe de mágica, trazendo seu sanduíche preparado com perfeição. A breve oração pronunciada por Adam repetia a palavra "obrigado" três vezes.

– O seu está bom? – perguntou Adam a Shane, entre uma mordida e outra.

– Isso é um convite para um infarto, mas vale cada caloria. – Ele levou à boca uma garfada de bife a cavalo e suspirou. – Este lugar não tem nenhum ponto fraco.

– Eu discordo – disse Adam. – Ele não fica aberto 24 horas por dia.

A atenção de Adam se voltou para o estacionamento, onde um sujeito branco, de vinte e poucos anos, carregando uma mochila, aproximava-se de um rapaz que parecia ter cerca de 17 anos. Os dois olharam ao redor, para se certificarem de que não estavam sendo observados. Mas o reflexo do sol na janela deixava Adam invisível ao traficante e ao comprador.

O cara acha que, se não está vendo ninguém, ninguém está vendo ele. Adam percebeu que, às vezes, ele também tinha aquela mesma atitude.

A aparência do traficante era a de um estudante universitário. Ele pegou a mochila e pendurou-a na frente do corpo. Em seguida, abriu o zíper e retirou um saquinho plástico que continha uma substância esverdeada, do tamanho de um charuto, e depois retirou dois pacotes menores, um transparente, outro esverdeado também. O saquinho maior era maconha, os outros continham metanfetamina e cocaína. Adam suspirou. Ele sabia que aquelas transações ocorriam por toda parte, o tempo inteiro.

Shane também viu.

– Eu vi esse traficante no parque Hilsman na semana passada, quando fui até lá com o Tyler. O que ele está fazendo aqui na porta do Pearly's? Só se ele quiser uma centena de testemunhas...

Então, no momento em que o comprador enfiou a mão no bolso para pegar o dinheiro, Adam viu o rosto dele.

– Jeremy!

– Você o conhece?

– Jeremy Rivers. É amigo do Dylan. Está na equipe de atletismo. Tudo bem. A coisa agora assume um caráter pessoal. Vamos lá, parceiro. – Adam puxou Shane pelo braço.

Shane enfiou na boca o último pedaço do filé, despedindo-se do restinho do sanduíche que ainda estava em seu prato – prato este que, se o mundo fosse perfeito, ele haveria de lamber.

– Soldado Fuller reportando venda de drogas a um menor em North Slappey e... O que estou dizendo? Nós estamos no Pearly's. Estacionamento. O cabo Mitchell e eu estamos nos aproximando.

Adam aproximou-se dos suspeitos.

– Mãos para cima!

Adam retirou as drogas da mão do rapaz e o dinheiro da mão do traficante. E disse a Shane:

– Você cuida desse cara, enquanto eu falo com o Jeremy.

Quando ouviu o próprio nome, o rapaz ergueu os olhos, que estavam cravados no asfalto, e encarou o policial, reconhecendo o pai de Dylan.

A coisa assumiu um caráter pessoal para ele também.

CAPÍTULO VINTE E TRÊS

Os plantonistas se reuniram na sala de reunião; Shane à esquerda de Adam, Bronson do outro lado do corredor, à direita, Nathan e David na frente de Shane e Adam, como de hábito.

O sargento cedeu a palavra ao delegado, que se posicionou no estrado, tendo nas mãos um memorando.

– Senhores, a partir de hoje, estou implementando um novo código de conduta para o departamento como um todo. A questão é delicada, mas precisamos abordá-la; portanto, ouçam bem.

Adam prestou atenção. *O que significava aquilo*?

– Seja lá a opinião que vocês tiverem sobre qualquer colega, eu quero que guardem seus sentimentos para si. Eu não quero ouvir o quanto vocês gostam de mim ou de qualquer outro funcionário. Isso é inconveniente. É constrangedor. É inaceitável!

Adam baixou a cabeça. Nunca se sentira tão envergonhado na vida. O silêncio parecia interminável.

– E, cabo Mitchell...

O delegado apontou para Adam, que ergueu o olhar, petrificado.

– Já entendi.

A sala explodiu numa gargalhada. Os que estavam perto de Adam lhe deram tapinhas nas costas. Adam enrubesceu e sacudiu a cabeça. Ele se virou e seu olhar recaiu em Brad Bronson.

O gigante levou a mão aos lábios e mandou um beijo para Adam.

◆◆◆

Javier Martinez colocou sobre a cama o terno novo e a gravata, ainda envoltos no saco plástico. Era seu primeiro terno.

– Javy! É perfeito!

– Não sei, Carmen. Foi uma promoção, e o Adam insistiu em me ajudar, mas ainda assim eu paguei dois terços do valor. Eu posso devolver.

– Você não vai devolver. Vista logo.

– Agora?

– Claro! Eu quero ver como fica em você.

Ela pegou o terno e retirou o invólucro de plástico. Javier vestiu a calça e a camisa, e depois o paletó. Em seguida pegou a gravata e enfiou-a embaixo do colarinho. Então, parou.

– O que eu faço agora?

– Eu costumava dar o nó na gravata do meu pai, aos domingos. Posso tentar? Pronto. Perfeito – disse Carmen, alisando os botões e ajeitando as lapelas.

Isabel e Marcos entraram correndo no quarto. Seus olhos se arregalaram quando eles viram a elegância do pai.

– Você está bonito! – exclamou Isabel.

– É seu, *papá?* – perguntou Marcos.

– Sim – respondeu Carmen. – Este é o terno do papai, e ele vai usá-lo numa ocasião especial. Todos vamos usar as nossas melhores roupas.

Javier virou-se para se olhar no espelho. Sorriu, um tanto encabulado, não querendo parecer orgulhoso de si mesmo.

– Eu me sinto como um homem rico.

Carmen pegou no braço dele. Olhou dentro dos olhos do marido, com ternura.

– Javy, você *é* um homem rico. Você tem fé, tem dois filhos que o amam e uma esposa que o adora.

O rosto de Javier se contraiu, seus olhos ficaram turvos e ele olhou para baixo.

– Pare com isso, Carmen. Você vai me fazer chorar na frente das crianças.

◆◆◆

Adam e Nathan conversavam com David numa sala vazia, ao lado do escritório do delegado. Encostado num banco de madeira escura, David olhava para o chão e esfregava as mãos suadas nas laterais da calça marrom do uniforme.

– Eu quero fazer a coisa, amigos, mas... estou morrendo de medo.

– David, você sabe que essa menina é sua responsabilidade, não sabe? – disse Adam.

– Sei. Eu penso nela o tempo todo. Parece que Deus colocou a minha consciência numa marcha acelerada.

Nathan inclinou-se em direção ao parceiro.

– Você agora é uma nova pessoa. Deus vive em você. Ele exige que você faça a coisa certa.

– Mas isso vai ser muito difícil. Faz mais de cinco anos que a Amanda não ouve falar de mim. A Olívia nem me conhece.

– Então está na hora de mostrar que você é um homem de verdade – disse Adam.

David olhou para os dois e passou os dedos pelos cabelos curtos e louros. Ele concordava.

– Quando estou sozinho, só consigo pensar nas razões para não fazer isso. Mas é difícil cair fora com vocês dois na minha frente.

– Eu entendo – disse Adam. – Desde que eu falei a vocês que iria ver menos televisão, eu me sento na sala e fico pensando: "Eu não quero ter de admitir para meus parceiros que desperdicei mais uma noite." Então desligo a TV. Talvez não seja a mais nobre das motivações, mas o resultado é positivo.

– É a pressão do grupo, certo? – disse Nathan. – A gente nunca supera isso. Numa noite dessas, eu disse à Jade que ela não é a única pessoa cujas decisões são afetadas pelas companhias que ela busca. As companhias que Kayla e eu buscamos também nos afetam.

– É importante incentivar os outros a amar e fazer boas ações – contribuiu David.

– Muito bom ouvir você invocando a Bíblia, David – disse Adam, com um sorriso.

– Isso vai ser uma das coisas mais difíceis que já fiz na vida.

– As coisas certas são sempre as mais difíceis – completou Nathan. – Mas, quando se age com coragem, a recompensa é grande.

◆◆◆

Vestindo calça jeans e camiseta, Adam ficou do lado de fora da porta. O rosto de Sam Rivers se assemelhava a um crânio sem a pele. Em qualquer outra face, aqueles olhos talvez parecessem normais, mas aquela não era qualquer outra face. Os olhos do homem saltavam como massa de modelar.

– O que o senhor quer?

– Sr. Rivers, quando conversei com o senhor antes, na sala do delegado, eu falei como policial. Agora falo como pai. O meu filho, Dylan, e o seu, Jeremy, são amigos.

– É? E daí?

– Bem, eu gostaria que alguém viesse falar comigo se o meu filho estivesse envolvido com drogas. Por isso, estou falando com o senhor.

– Ok. Então fale.

Rivers mexeu no seu iPhone. Adam mal pôde conter o ímpeto de arrancar-lhe o telefone da mão com um tapa.

– Existem alguns sinais que demonstram que um filho está envolvido com drogas.

– Eu sei quais são os sinais.

– O senhor sabia que o seu filho estava envolvido com drogas?

A reação de Rivers foi como se um de seus dentes tivesse sido extraído sem anestesia.

– A metade da escola está envolvida com drogas. No sexto ano, os amigos o convenceram a fumar cigarro. Depois foi maconha. No pátio da escola, o senhor acredita?

– E depois foram outras drogas. A maconha sempre faz isso.

– Nem sempre.

– O Jeremy também comprou metanfetamina.

– Supostamente. – Rivers olhou para ele. – Você não está de serviço e me disse que não falaria comigo como policial. Então, o que eu vou dizer agora é extraoficial, certo?

– Certo.

– Se você usar contra nós qualquer coisa que eu disser aqui, o meu advogado vai comer o seu fígado. Entendeu bem, amigão?

Enquanto fitava os olhos esbugalhados de Rivers, Adam se esforçava para não deixar transparecer o que estava pensando.

– A minha mulher toma oxicodona sob prescrição médica. Absolutamente legal. O Jeremy começou a tomar também, mas, quando não conseguiu mais a droga e descobriu quanto custava, entrou em pânico. Disseram a ele que, pela metade do preço, era possível obter a mesma quantidade de metanfetamina ou cocaína.

– O senhor parece muito calmo diante disso.

O Sr. Rivers sacudiu os ombros.

– Ele vai superar essa fase.

– O que leva o senhor a pensar assim?

– Eu mesmo superei. Quero dizer, não consumo mais drogas pesadas. Só álcool e uma maconhazinha de vez em quando. – Os olhos dele se arregalaram ainda mais. – Esta informação é extraoficial... você prometeu.

Adam suspirou.

– O senhor já conversou com Jeremy sobre isso?

– Eu disse que ele não deveria comprar drogas, mas que, se comprasse, não agisse como um imbecil, negociando em frente ao Pearly's. Seria mais fácil roubar uma padaria sem que os tiras notassem.

– O senhor disse que as drogas vão estragar a vida dele?

– A minha vida está ok, não está?

– Então o senhor desistiu de ajudá-lo?

– Não é função minha me meter na vida do meu filho.

– Não é essa *exatamente* a sua função?

Ele revirou os olhos, como se Adam desconhecesse o papel dos pais.

– Certo, ele comprou meta e cocaína. E quanto ao crack?

– Não sei.

– O senhor já perguntou a ele? Já olhou no quarto dele?

– Eu respeito o espaço do meu filho, Sr. Mitchell. Direito à privacidade. Já ouviu falar nisso?

– Não venha dar uma de moralista! Você está se descuidando do seu filho.

– Em vez de prender meu filho, que tal sair à caça de ladrões e vagabundos, amigão? Graças a você, vamos perder tempo no tribunal. Eu tenho um advogado. Nós vamos livrar o Jeremy. E, olha, para que serve a polícia? Está sempre ausente quando a gente precisa dela e sempre presente quando a gente não precisa.

– O senhor vai solicitar aconselhamento psicológico para o Jeremy?

– Como eu disse, ele vai superar.

– Muita gente nunca supera. A coisa pode se tornar um hábito que custa quinhentos dólares por dia.

– Ele não tem condições de pagar tanto assim.

– É por isso que ele vai ter de roubar ou vender para sustentar o vício.

– Você está chamando meu filho de ladrão?

– Não, mas estou dizendo que ele pode ser tornar um. Especialmente se o senhor não se envolver.

A indignação de Adam em relação a Sam Rivers tinha a ver com o que ele pensava sobre os pais alienados que acenam uma bandeira branca para a cultura e entregam seus filhos como reféns.

– O advogado vai cuidar de tudo.

– O Jeremy não precisa de um advogado. Ele precisa de um pai.

– Em vez de ficar julgando a mim e à minha família, por que você não examina a sua mais de perto?

– De quem o senhor está falando? Do Dylan?

– É, Superpai. Você já conversou com o *seu* filho? Você já verificou o quarto *dele?*

◆◆◆

Adam pegou o carro e foi diretamente para casa. Dylan estava no treino de atletismo e só chegaria dentro de uma hora. Adam foi até o quarto dele e procurou nos lugares mais óbvios, onde sabia que qualquer pessoa inteligente *jamais* esconderia algo. E Dylan era inteligente. Lembrou-se da cômoda, mas Vitória costumava guardar a roupa limpa dentro dela.

Procurou na estante, onde havia mais jogos para video game do que livros. Olhou na prateleira do armário, cheia de sapatos velhos, jogos antigos e algumas caixas. Embaixo do colchão? Não, Dylan sabia que sua mãe sempre trocava os lençóis.

Adam olhou em volta do quarto. Se ele fosse Dylan, onde esconderia algo? Lembrou-se do lugar onde escondia coisas de seus pais quando era adolescente: no fundo de uma caixa de revistas em quadrinhos, em cima do armário, onde sua mãe não conseguia alcançar. E ela não se incomodava com a presença das revistas em quadrinhos. Era a combinação perfeita: ela não as jogaria fora e tampouco as examinaria.

Então Adam procurou no meio da coisa que Dylan sabia que menos o interessaria: os video games. Ele foi abrindo cada uma das caixas. Finalmente chegou a uma velha edição de Madden, uma relíquia, e abriu a caixa. Lá estava. Uma trouxinha de maconha, algumas folhas de papel de cigarro e uma pinça.

Ele pensou em Sam Rivers, o pai negligente, tão alienado diante do mundo do filho. A irresponsabilidade dele enquanto pai e a ignorância diante da vida do filho tinham deixado Adam indignado. Numa fração de segundo, Adam percebeu que ele mesmo era o homem que desprezava.

CAPÍTULO VINTE E QUATRO

Quando Vitória chegou em casa, meia hora depois, encontrou Adam no sofá da sala, com a cabeça apoiada nas mãos.

– O que houve?

– É o Dylan. Ele está fumando maconha.

– O quê? – Ela quase desmaiou.

Começando pelo episódio no Pearly's, passando pela detenção e pelo confronto com o pai de Jeremy, Adam contou-lhe a história toda. Ela queria ver as drogas. Quando viu, chorou.

– Ele vai chegar em casa a qualquer momento – disse ela.

– Já que fui eu que confrontei Jeremy e o pai dele, e fiz a busca no quarto do Dylan, acho melhor que essa seja uma conversa entre pai e filho. Tudo bem por você?

Ela confirmou com um gesto de cabeça.

Adam não via Vitória tão fragilizada desde a morte de Emily. Ele se deu conta de que a sensação naquele momento era semelhante à sensação de morte; menos intensa, claro, mas bastante ameaçadora para o único filho que lhes restava.

Adam ficou conversando com ela no quarto até ouvir Dylan entrar pela porta da frente.

– Vou ficar rezando – sussurrou Vitória.

Adam foi até a cozinha, enquanto o filho atacava a geladeira.

– Dylan?

Segurando uma jarra de suco de laranja, Dylan virou-se e viu a caixa do jogo na mão do pai, com a trouxinha do lado de fora. A jarra espatifou no chão. Os sapatos e as pernas das calças deles ficaram salpicados de suco.

– Você mexeu no meu quarto?

– Sim.

– Você não pode invadir a minha privacidade.

– Não sou eu que estou encrencado. É você.

– Eu não fico revirando as suas coisas. Talvez agora eu comece a revirar.

– Veja como fala comigo, Dylan. Estou esperando uma explicação.

– O que você quer saber?

– Há quanto tempo você usa isso?

– Começou numa festa, na casa do Drew Thornton, quando eu estava no oitavo ano. Todo mundo estava fumando maconha. Eu não queria ser diferente.

– No ano passado? Na casa dos Thornton? Eu não acredito! Eles frequentam a nossa igreja!

– Acredite no que você quiser. É isso que você sempre faz.

– O que você está querendo dizer?

Quando Dylan desviou o olhar, Adam ergueu a mão, para se acalmar e acalmar Dylan.

– Escute aqui: que tal a gente limpar o chão e trocar de roupa? Depois a gente continua a conversa.

Durante os cinco minutos seguintes, eles limparam o chão da cozinha, usando toalhas de papel. Sem dizer uma palavra, Dylan levantou-se e foi até seu quarto. Adam trocou a calça e sentou-se no chão do quarto do filho.

– Com que frequência você costuma fumar?

– Algumas vezes por mês. Não sou viciado. Não fumo todo dia.

– Eu conheço o cheiro de maconha, Dylan. Como é que eu nunca senti nada?

– Eu não fumo no meu quarto. Não sou tão idiota assim.

– O que mais você já usou? Metanfetamina?

– Não.

– Cocaína?

– Não!

– Remédios controlados? Oxicodona, por exemplo?

Dylan hesitou, baixando o olhar.

– Oxi, Dylan?

– Não. A escola está cheia disso. Eu tenho colegas que pegam o remédio no armário de medicamentos dos pais e distribuem na escola. Mas eu não uso.

– Dylan, você hesitou. Eu acho que tem mais alguma coisa, não tem?

– É uma coisa legal. Não é nada demais.

– O que é, filho?

Ele suspirou.

– Analgésico. Usei uma vez só. Depois que a Emily morreu.

– Você está se referindo a algum analgésico de receita controlada?

– Fentanil. A receita é mera formalidade.

Adam balançou a cabeça.

– Só é legal para a pessoa que o médico receita. Se você usar, está desrespeitando a lei.

– É só um analgésico, pai. Não pode ser tão ruim assim. Um monte de gente normal usa isso; não é a mesma coisa que o crack que a gente vê na rua.

– Dylan, esses medicamentos são indicados para pessoas que sofrem dores físicas. Se forem tomados por alguém saudável, podem fazer mal. São drogas que alteram o funcionamento do cérebro.

O olhar de Dylan disse tudo: *Esse é o ponto.*

– Você conseguiu com o Jeremy, não foi?

Dylan não respondeu à pergunta.

– Pai, eu não sou um viciado! Quero dizer... eu não fumo maconha toda hora. Só às vezes, quando estou estressado e preciso de alguma coisa que me ajude a relaxar.

Adam respirou fundo. Se ele se descontrolasse, a conversa logo iria se perder.

– Eu quero os nomes das pessoas com quem você fuma maconha.

– Você vai querer prendê-las.

– Só se elas forem traficantes.

– Mas você vai querer interrogá-las. E vai contar para os pais delas.

– Não vou interrogá-las. Mas, contar para os pais? Provavelmente. Você já comprou maconha de algum adulto?

Dylan não respondeu.

– Isso quer dizer que sim. Quantas vezes?

– Muitos colegas meus compram dele.

– Eu quero o nome do cara.

– Não.

– Você não pode me sonegar informações.

Dylan se contorceu. Em alguns momentos, ele parecia envergonhado, em outros, irritado.

– Você sabia que a sua irmã está morta porque um sujeito consumiu drogas?

O rosto de Dylan se alterou instantaneamente.

– Como assim? Disseram que ele estava bêbado.

– É, mas também tinha consumido cocaína.

Dylan inclinou a cabeça.

– Filho, essas coisas são muito nocivas. Você logo vai tirar a carteira de motorista. Basta ficar um pouco alterado e você já corre o risco de matar a filha de alguém, a irmã de alguém.

Dylan permaneceu em silêncio.

– Você sabe que é uma grande bobagem usar drogas? A coisa começa com a maconha, mas geralmente não para aí. Eu vejo as consequências disso o tempo todo. Vejo jovens roubarem para sustentar o vício. Roubam dos próprios pais, irmãos e irmãs.

– Eu não tenho irmão nem irmã.

Adam parou e as lágrimas começaram a rolar por seu rosto. Como aquilo foi acontecer? Ele ergueu os olhos e viu que Dylan também estava chorando.

– Depois que ela morreu, eu fumei mais. Então o Jeremy me vendeu o analgésico. Eu queria morrer. Não queria mais sofrer. Foi por isso que eu usei.

Adam levantou-se, sentou na cama ao lado de Dylan e o abraçou.

– Eu também quis morrer, filho. Isso eu compreendo. – Adam se afastou. – Amigão, por que você não me contou?

– Contar para você que eu estava usando drogas? Ah... é... isso teria sido uma maravilha...

– Eu teria ajudado você.

– Não, não teria, não. Você me obrigaria a sair da equipe de atletismo. Teria me proibido de jogar video game. E ia me deixar trancado aqui no quarto, enquanto você se divertia com a Emily!

Adam respirou fundo, esforçando-se em manter o controle. Embora as palavras de Dylan o magoassem, a pior coisa que poderia acontecer naquele momento era ele se descontrolar e ficar na defensiva. No entanto, depois de pensar em dezenas de respostas possíveis, Adam concluiu que nenhuma delas parecia adequada. Sinceramente, será que ele não teria reagido exatamente como Dylan descreveu?

– A gente precisa conversar mais. Mas a minha relação com você é mais importante do que qualquer coisa que eu venha a lhe dizer.

Os dois ficaram calados. Finalmente, Adam disse:

– Quer dar uma corrida?

Dylan avaliou as opções.

– Tudo bem.

– Ótimo. Vamos.

◆◆◆

Depois da corrida, Adam e Dylan sentaram-se em frente à garagem e conversaram por mais meia hora. Quando Dylan foi tomar banho, Adam foi até a cozinha e ficou aliviado ao ver Vitória com uma expressão mais tranquila.

– Só espero que vocês dois não queiram ganhar a vida fazendo faxina – disse Vitória, limpando alguns pontos ainda pegajosos no piso.

– Desculpe pela bagunça. Eu disse ao Dylan que ele deve conversar com você sobre as drogas. Vamos esperar até que ele saia do banho.

– Obrigada.

Quando os três se sentaram para conversar, as lágrimas da mãe comoveram o garoto. Ele disse que lamentava e pediu que ela o perdoasse. Os três se abraçaram. Adam orou.

◆◆◆

Mais tarde, no quarto do casal, Vitória encostou-se na cômoda.

– Como você encontrou a droga?

– Eu me lembrei do local onde costumava esconder coisas que não queria que meus pais encontrassem.

– No mesmo lugar onde você esconde coisas de mim?

– O quê? – Adam enrubesceu.

Vitória abriu a porta do armário, ficou na ponta dos pés e retirou uma caixa de cima de uma das prateleiras.

– Então, o que tem aqui dentro? – perguntou ela.

– É o estojo de uma arma. Você tem medo de armas, não tem?

– Por isso esse seria o esconderijo perfeito, certo?

Vitória abriu a caixa e retirou o conteúdo que Adam considerava tão bem guardado. Ela o ergueu e o balançou diante do rosto de Adam.

Ele desviou o olhar. Depois perguntou:

– Há quanto tempo você sabe desse esconderijo?

– Há mais ou menos dois anos. Eu examino a caixa algumas vezes por semana. Para ver o que entra e o que sai. Acho que deveria acompanhar a rotina do meu filho com a mesma frequência que acompanho a do meu marido.

Adam olhou para ela, que continuava a segurar o conteúdo da caixa.

– Você precisava esconder isso de mim? – perguntou Vitória, dando uma mordida.

– Ei! Não faça isso! – exclamou Adam.

– Hum... nada mal – disse ela. – O que é isso?

Adam arrastou os pés no assoalho.

– Rosca de framboesa.

– De onde você trouxe?

– Da delegacia.

Ela acabou de comer o doce, estalou os lábios e lambeu os dedos.

– Você é uma mulher cruel – disse Adam.

– É só isso que você está escondendo?
– Sim.
– Então tudo bem.
– Sério?
– Faz anos que eu escondo chocolate amargo de você – confessou ela.
– Onde?
– Por que eu deveria contar?
– Porque eu revelei o meu esconderijo!
– Não revelou, não. Eu é que descobri. E nunca mexi – ela hesitou. – Ok, uma vez eu comi um donut de mel.
– Eu sabia que tinha colocado aquele donut dentro da caixa! Eu procurei em outras três caixas! – Adam sorriu. – Pelo jeito, o Dylan desenvolveu honestamente o hábito de esconder coisas... melhor dizendo... *naturalmente.*
– É, acontece que as coisas que ele está escondendo são bem mais perigosas. Sem falar no fato de que são ilegais. – Vitória buscou o olhar de Adam. – Mas parece que só usa de vez em quando... ele não é viciado, certo?
– Acho que é isso mesmo.
– Você acha que conseguimos fazê-lo compreender a seriedade disso?
– Depois da corrida, ele me disse que é complicado ficar longe, porque muitos jovens ficam falando sobre suas experiências com drogas.
– Isso faz sentido. É difícil para um adolescente nadar contra a corrente.
Adam respirou fundo.
– Essa situação é que está difícil. Mais difícil do que eu previa quando escrevi a minha Resolução. Uma coisa é certa: não posso fazer isso sem você.
Passados alguns minutos de silêncio, ela perguntou:
– Em que você está pensando?
– Sinceramente?
– É.
– Que sou treinado em busca e apreensão. E que vou revirar esta casa de pernas para o ar até achar o seu chocolate.
– Você nunca vai achar.
– Se eu não encontrar, vou trazer o Chopper, nosso cão farejador. Vou pedir ao treinador que o sensibilize para o cheiro de chocolate amargo. Ele vai encontrar mais coisas do que você imagina.
Vitória sacudiu a cabeça.
– Não se eu comer o chocolate primeiro.

CAPÍTULO VINTE E CINCO

Às margens do rio Flint, cinco homens, acompanhados das respectivas famílias, confraternizavam num gramado muitíssimo bem-cuidado, aguardando a cerimônia da Resolução. Todos vestiam suas melhores roupas.

Adam se aproximou do pastor.

– Obrigado por ter vindo, Jon. Se você não tivesse me incentivado a estudar o que a Bíblia diz a respeito da paternidade, nós não estaríamos aqui hoje.

– Eu jamais perderia uma ocasião dessas. Adorei a ideia da Resolução. Meus filhos já estão crescidos, mas os princípios se aplicam a avôs e mentores de jovens. Essa Resolução não deveria se restringir a vocês. Ela precisa ser divulgada aos pais do mundo inteiro.

– Mas como faríamos isso? Estamos em Albany! Este não é o local ideal para surgir uma ideia que deve alcançar pais mundo afora.

– O pastor Davi também não parecia ser o rei ideal. Mas, com Deus, nada é impossível. Andei pensando numas coisas sobre a Resolução e quero conversar com vocês a respeito. Mas, primeiramente, vamos ver o que Deus fará hoje.

Do outro lado do gramado, Nathan Hayes conversava e ria com seu mentor, o homem que o orientava havia vinte anos: William Barrett. William se lembrava de que quase desistira de recuperar Nathan. Ele já lutava para sustentar a própria família, e aquele menino problemático não parecia ser bom investimento. Olhando para trás, no entanto, via que a decisão de insistir em Nathan tinha sido uma das mais acertadas que tomara, uma decisão que haveria de afetar gerações futuras.

Chegado o momento do início da cerimônia, William Barrett assumiu seu lugar diante do grupo, ao lado de uma mesa coberta por uma toalha branca. Sobre a mesa havia cinco documentos, todos em molduras pretas.

– Vocês não imaginam a honra que isso representa para mim – disse William. – Testemunhar a atitude que vocês estão tomando perante sua fé e suas famílias é algo que me comove. Que Deus abençoe o compromisso que estão assumindo. Nathan Hayes, eu pediria que você se posicionasse diante de mim e que sua esposa e seus filhos ficassem ao meu lado.

Nathan dirigiu-se ao centro do semicírculo formado pelos cinco homens e suas respectivas famílias. Ele se perguntava quantos fios de cabelo branco teria feito surgir na cabeça de William, e refletia sobre como sua vida teria sido diferente se aquele homem houvesse desistido de recuperá-lo. Nathan sabia que William o preparara para crer em Deus quando transformou a palavra *pai* em algo acolhedor para ele pela primeira vez na vida.

– Nathan... meu filho na fé – disseWilliam, iniciando.

Nathan percebeu que as emoções de seu tutor estavam à flor da pele.

– Foi uma alegria orientá-lo quando você era jovem. Hoje é uma alegria abençoá-lo quando você é um pai devoto. Você está pronto para assumir esse compromisso perante Deus e sua família?

– Sim, senhor, estou.

– Então, por favor, repita comigo...

Um por um, sob o testemunho de suas famílias e de Deus, os cinco homens se posicionaram diante de William e repetiram as palavras da Resolução.

"Solenemente, eu decido, perante Deus,
assumir total responsabilidade sobre mim,
minha esposa e meus filhos.
Eu vou amá-los, protegê-los e servi-los,
e vou ensinar-lhes a Palavra de Deus
como líder espiritual do meu lar."

Adam trocou olhares com Vitória e Dylan enquanto fazia o juramento.

"Serei fiel à minha esposa e vou amá-la e honrá-la,
e estarei disposto a dar a vida por ela, assim como Cristo fez por mim.
Ensinarei meus filhos a amar a Deus com todo o coração, a mente e a força.
Vou ensinar-lhes a respeitar a autoridade e viver com responsabilidade."

Quando chegou a vez de Shane Fuller, apenas o filho estava presente para testemunhar suas promessas. Shane olhou nos olhos de Tyler e pronunciou as palavras do compromisso.

"Confrontarei o mal, buscarei a justiça e valorizarei a misericórdia.
Vou orar pelo próximo e tratá-lo com bondade, respeito e compaixão."

Na sua vez, Javier Martinez deu um passo à frente, orgulhoso, vestindo seu primeiro terno. Sentia grande satisfação ao ficar diante da família e prometer ser sempre o homem que sua mulher e seus filhos precisavam que ele fosse.

"Trabalharei com empenho a fim de prover o sustento da minha família."

David Thomson sentia-se honrado por estar entre aqueles homens maduros. Ao seu lado não havia uma família, mas, por um momento, ele imaginou a presença de uma mulher e sua filha, amando-o e ávidas por sua orientação.

"Falarei a verdade e cumprirei minhas promessas.
Vou perdoar os que me ofenderem e me reconciliar com os que eu tiver ofendido."

Cada um dos cinco repetiu a Resolução, na íntegra, com um ar de seriedade e dignidade.

"Vou aprender com meus erros e me arrepender dos meus pecados, e caminharei com integridade, na condição de um homem que presta contas a Deus.
Vou me esforçar para honrar a Deus, ser fiel à sua igreja, obedecer à sua Palavra e fazer a sua vontade.
Agirei corajosamente, com a força que Deus me der, a fim de levar a termo esta Resolução pelo resto da minha vida, e farei isso pela glória do Pai."

Por fim, em nome de todos os presentes, Adam leu as palavras escritas no final do documento da Resolução: *"Escolham hoje a quem vocês pretendem servir. Quanto a mim e aos membros da minha família, nós serviremos ao Senhor."*

Depois que concluíram o pronunciamento de suas declarações, os cinco homens se dirigiram para a mesa onde estavam as cópias da Resolução. Um a um, pegaram a bela caneta de madeira – escolhida a dedo por Kayla – e assinaram o documento. Nathan foi o último, pesando cada palavra antes de colocar seu nome naquele papel. Deteve-se longamente em uma frase em perticular: "*Vou perdoar os que me ofenderem e me reconciliar com os que eu tiver ofendido.*"

William Barrett disse:

– Agora que cada um de vocês se comprometeu a viver de acordo com esta Resolução, eu os abençoo, em nome do Pai. Que a graça do Senhor esteja com vocês e lhes dê força.

Os cinco se descontraíram, supondo que a cerimônia houvesse terminado, mas William tornou a falar, e todos voltaram sua atenção para ele novamente.

– Mas eu quero fazer uma advertência. Agora que vocês sabem o que devem fazer e se comprometeram perante Deus e estas testemunhas, a cobrança será dobrada. Vocês têm confiança da sua decisão *agora*. Mas tenham certeza de uma coisa: para cumprir a decisão será preciso ter *coragem*. E vocês não conseguirão ser corajosos sem a ajuda de Deus.

◆◆◆

De volta à casa, encostado na bancada da cozinha, Adam falava com Vitória.

– O pastor Rogers disse que não devemos restringir a Resolução a nós. Disse que talvez outros pais possam querer assiná-la.

– Eu acho que ele tem razão – disse Vitória. – Qualquer pessoa que presenciasse o que eu presenciei hoje também acharia.

Adam refletiu.

– Não vamos conseguir cumprir essas promessas sem a graça e a força de Deus. E sem ajudarmos uns aos outros. Mas é fundamental ter o apoio da minha esposa.

– É verdade. – Vitória o abraçou. Em seguida, apontou para a Resolução. – Então, você vai pendurar isso?

– Quero pendurar a Resolução agora mesmo... onde ela possa servir de lembrete para mim, para você e para o Dylan.

– Hoje tive a sensação de que estávamos repetindo nossos votos de casamento. A diferença é que, desta vez, a coisa teve um significado ainda maior.

– Por quê? – indagou Adam.

– Fomos sinceros quando fizemos nossos votos. Mas acho que, naquela época, ainda não entendíamos muito bem o significado deles. “Na alegria e na tristeza” abrange um território bastante amplo, não?

Ele assentiu.

– Às vezes, eu penso: “Se naquele tempo o Adam conhecesse a realidade do casamento, não teria assumido o compromisso.” Mas agora você fez a promessa com plena consciência. Você *optou* por renovar seu compromisso. Eu não sei bem como dizer, mas... acho que você me fez sentir amada. Obrigada.

– Peço desculpas por ser um chato egoísta e ter feito você duvidar do meu comprometimento.

– Bem, não é *sempre* que você é um chato egoísta.

– Obrigado!

Ela encostou a cabeça no ombro dele.

Adam chamou Dylan e apontou para a Resolução.

– É isso que eu quero fazer, filho. Essa é a pessoa que quero ser. Em alguns momentos, vou falhar. Quando eu falhar, por favor, me perdoe. Com a ajuda de Deus, eu *hei de ser* um pai melhor. Você pode assinar aqui embaixo, como testemunha do meu compromisso?

Dylan assinou, mas Adam percebeu que o filho duvidava daquela promessa de mudança.

É justo. Ele tem direito de esperar para ver. O tempo haverá de mostrar.

– Vitória?

Ela assinou, depois ergueu as sobrancelhas.

– Isso quer dizer que devo lembrá-lo do compromisso quando eu achar que você não está agindo de acordo?

– Sim. De preferência, com respeito e delicadeza. Eu vou precisar da sua ajuda. Portanto, eu *quero* que você me lembre. Você também, Dylan.

Eles concordaram.

– Vamos recolocar a Resolução na moldura e pendurá-la.

– Você vai pendurar isso na parede? – perguntou Dylan.

– Vou, sim.

– Onde? Não tem lugar.

Adam retirou da parede um quadro importante e então apontou para o espaço aberto.

– Bem aqui.

Dylan arregalou os olhos.

– Você vai aposentar o *Steve Bartowski?*

– A gente vai encontrar um lugar de menos destaque para ele.

– Onde?

– Ainda não sei.

– Ele pode ir para o meu quarto?

Adam ia dizer não. Então disse:

– Claro, amigão. O Steve ficará honrado de ser pendurado na parede do seu quarto.

Dylan sorriu e levou o pôster imediatamente.

– Garoto esperto – disse Vitória. – Não deu tempo para você mudar de ideia.

– A verdade é que fiquei feliz por ele querer pôster. O Bartowski foi meu herói, não dele.

– Continue se comportando assim e talvez ele tenha um novo herói.

CAPÍTULO VINTE E SEIS

No lar da família Hayes a expectativa era grande, pois uma festa grandiosa tinha sido preparada em homenagem a Nathan e William Barrett. Embora jovem demais para entender a situação, aos 5 anos, Jackson captou um pouco do entusiasmo daquele dia que seria tão importante em sua vida. Ele só sabia que a mãe estava feliz, que ela estava preparando um jantar caprichado e que a irmã a ajudava na cozinha, o que a deixava ocupada demais para reclamar se ele brincasse com as coisas dela – e isso acabava com toda a graça.

Kayla estava radiante por receber o mentor de Nathan. Mais uma vez, ela se dava conta de que, em grande parte, a vida que ela hoje levava era resultado da influência daquele homem.

William Barrett sempre fazia com que Kayla se lembrasse de seu próprio pai. Então, ela resolvera preparar um jantar à moda antiga, semelhante ao que sua mãe costumava fazer. Ela compartilhou os segredos de sua culinária com a assistente, Jade, que adorava a experiência, embora não o admitisse.

Kayla pôs o pernil na panela e acrescentou um pouco de bacon.

– Meu Deus! Esse cheiro me faz pensar que morri e fui para o céu! William e Nathan inspiraram profundamente. A reação deles agradou Kayla, mas, mantendo-se fiel à tradição, brandiu o pano de prato e os enxotou da cozinha.

Kayla ensinou Jade a lavar e cortar as verduras conforme tia Flora fazia. Kayla misturou e cozinhou a farinha de milho e, no ponto exato, acrescentou as verduras à panela. Gotículas de água explodiram na gordura quente. O aroma era sensacional.

Quando viu Nathan e William espiarem novamente a cozinha, Kayla assumiu o papel da mãe:

– Nathan Hayes, isso não é possível! E William Barrett, que tipo de exemplo você acha que vai dar assim? Saiam já da minha cozinha e parem de se torturar!

William Barrett sorriu como um menininho. Kayla ficou radiante ao constatar quanto ele se divertia. Ela preparara praticamente todos os pratos prediletos de William e ficou observando-o inspirar o aroma e deleitar-se com ele. A experiência de Nathan com a culinária típica dos negros do Sul dos EUA era mais limitada e menos intensa, mas ela sabia que ele também se deliciava.

Quando o almoço ficou pronto, Kayla desfilou pela sala trazendo o molho especial da Mama, feito de cebola, pimentão e aipo, e depositou-o no centro da mesa. Uma por uma, as travessas foram ocupando a mesa: couve, feijão-manteiga e ervilha.

William Barrett inclinou-se sobre a mesa.

– Hummm!

– Eis um homem que sabe o que quer! – disse Kayla.

Jade trouxe uma grande travessa contendo macarrão e queijo, e depois batata-doce caramelada. Kayla apareceu com um prato de peixe frito e pequenas tigelas de quiabo e milho.

William Barrett disse:

– Essa comida está me fazendo lembrar de um restaurante no Mississippi, que tinha um cartaz que dizia: "Quando não puder visitar a Mama, venha nos visitar." Mas, Kayla, querida, o cheiro da sua comida está melhor do que o da comida da Mama!

Nathan olhou para a esposa e sorriu. A referência à Mama fez com que ele se lembrasse de sua mãe, que falecera ainda jovem, esgotada de tanto trabalhar para criar os filhos sozinha. Ela se orgulharia de Kayla e dos netos. E ficaria radiante ao saber que William Barrett ainda era o mentor de Nathan. Ela certamente agradecera a Deus pelo fato de aquele homem ter se interessado por ele. Sua mãe costumava dizer que seu desejo era encontrar um William Barrett para cada um de seus filhos.

– Não fiz muito peixe e pernil – disse Kayla –, mas vai sobrar o suficiente para você levar para casa, William. Espero que vocês gostem da comida, pois irão comê-la pelos próximos quatro dias!

William parecia um menino numa loja de doces.

– É só fritar bem e não tem como errar, a minha Mama costumava dizer – declarou ele.

– Esperem, eu esqueci uma coisa – disse Kayla.

Ela voltou com uma cesta, que entregou a Nathan.

– Bolinho de milho frito! Estou no céu!

Kayla se posicionou na cabeceira da mesa, como se esta fosse um púlpito.

– Agora, quando uma mulher do sul dos Estados Unidos se empenha em preparar uma refeição, os convidados têm de comer até se empanturrar. E quando ela perguntar se vocês aceitam mais, vocês têm de dizer "Sim, senhora", e ponto final.

Todos deram-se as mãos. Nathan agradeceu a Deus pela linda cerimônia e pediu a Deus que o ajudasse a se tornar um marido e pai melhor do que fora até então. Em seguida, pediu a William Barrett que fizesse uma oração.

– Ah, meu Deus e meu Pai, obrigado pela Resolução e por tudo o que ela significa. Que ela possa mudar a vida dessas famílias. Obrigado pelo meu filho Nathan e pelo compromisso assumido por ele perante sua linda família. E obrigado por Kayla e Jade e seu empenho no preparo desta refeição. Em nome de Jesus, amém.

Depois de encher o prato, Nathan misturou o bolinho de milho com a couve. A verdura, salgada e suculenta, atrai os pedaços do bolinho como ímãs atraem o ferro. Ele lambeu os beiços. Aquilo, sim, era comida. Em seguida olhou para Kayla e, somente com o movimento dos lábios, disse:

– Eu te amo.

Ela olhou para o marido, e ele viu nos olhos dela um amor e uma lealdade tão intensos que quase o deixaram sem ar.

CAPÍTULO VINTE E SETE

Adam e Shane subiram os degraus da varanda da frente de uma casa pequena e caindo aos pedaços na zona sudoeste de Albany. Nathan e David estacionaram a sua viatura e se posicionaram nos fundos da casa: Nathan à esquerda e David à direita, na base dos degraus da varanda de trás.

– Você está pronto desta vez? – perguntou Nathan pelo rádio, meio em tom de brincadeira, referindo-se ao episódio na casa dos irmãos Holloman.

– Aquilo não vai acontecer de novo – David sussurrou em resposta, com os olhos pregados na porta.

Adam bateu à porta da frente. Ninguém respondeu. Girou a maçaneta e a porta se abriu. Empurrando-a lentamente, olhou o interior da casa e em seguida entrou, com cautela. Shane o seguiu de perto.

– Polícia. Temos uma ordem de prisão. Polícia – repetiu. Se aquele caso fosse parar num tribunal, o fato de ele ter se identificado claramente duas vezes pesaria a seu favor.

Silêncio. Adam observou a sala e viu aberturas retangulares no carpete alaranjado, que correspondiam às entradas de ar do sistema de aquecimento interno.

Shane vigiava as portas, a da frente e a dos fundos.

Um jornal encobria algo sobre o sofá. Adam retirou o jornal. Uma caixa de sapato aberta continha cerca de dez saquinhos de plástico cheios de pó branco.

– Adam Mitchell chamando a Central. Precisamos de um inspetor no quarteirão 400 da Wayland. Casa número 419. Narcóticos.

– Entendido.

Adam foi entrando na casa. As poucas peças do mobiliário pareciam ter sido descartadas por lojas de objetos usados. Ele se aproximou do quarto, de arma em punho, preparado para anunciar a ordem de prisão. Tudo o que viu foi um colchão sujo, um cobertor surrado e roupas espalhadas. Olhou à direita e à esquerda, e então saiu pela porta dos fundos, onde David aguardava na base da escada.

– Parece que está vazia – disse Adam.

– Tem certeza? – perguntou Shane pelo rádio. – Estou achando estranho. Eles não iriam deixar a droga no sofá se não estivessem por perto.

– Já fiz a verificação, mas vou olhar novamente – disse Adam.

Ele voltou a entrar na casa. Nathan fez um sinal com a mão, indicando a David que o seguisse.

Adam entrou no banheiro e, com todo o cuidado, aproximou-se da cortina do box. Uma cena de filme veio à sua mente. Uma música de suspense cairia bem naquele momento.

Temendo que ocorresse o inverso da célebre cena de *Psicose*, Adam respirou fundo e abriu a cortina com um gesto brusco.

Vazio.

David entrou na sala e olhou para a caixa de sapato que estava sobre o sofá.

– Não toque em nada, Calouro – orientou Shane. – É preciso fotografar primeiro.

– Cocaína?

– É. Eu ainda acho que eles não abandonariam isso aí.

– Vocês já verificaram a casa toda? – perguntou David.

O novato aproximou-se da porta de um armário que havia no corredor. Ao abri-la, algo o empurrou com força, jogando-o contra a parede. Um homem imenso, musculoso, saiu do armário, segurou David e jogou-o longe. Num instante, David voltou a ficar de pé e se posicionou entre o sujeito e a porta.

– Eu vou usar o *taser* – Shane advertiu, fazendo o disparo no exato momento em que o sujeito empurrou David sobre o sofá. O papelote com o número de identificação do *taser* foi expelido, mas apenas um dos dois sensores atingiu o alvo, o que tornou a investida inútil.

O agressor atirou uma cadeira em Shane, que se esquivou, recarregou o *taser* e fez novo disparo. Shane efetuou o disparo com carga total, durante cinco segundos, mas a ação serviu apenas para deixar o agressor ainda mais enfurecido.

Adam pulou sobre as costas dele, empurrando-o em direção à parede. Tentou aplicar uma gravata, mas o sujeito girou o corpo, fazendo com que as pernas de Adam se chocassem contra uma velha poltrona.

– Use o *taser*! Use o *taser*! – gritou Adam.

David sacou o *taser*, engatilhou-o e disparou. Mas o sujeito se virou e a arma de choque atingiu Adam. E lá se foi mais papelote pelo ar.

Adam gemeu, agonizando.

– Não contra mim! Contra o cara!

O agressor derrubou Shane sobre a mesa, quebrando-a ao meio.

David disparou o *taser* novamente, desta vez acertando em cheio as costas do sujeito. Zonzo, ele partiu para cima de David e o empurrou em direção a Shane. Os três rolaram pelo chão. O sujeito deu um grito, mas conseguiu se levantar e seguiu em direção à porta.

Nathan entrou em ação, derrubando-o. Os dois lutaram, mas, quando o sujeito se desvencilhou, Shane aplicou-lhe o *taser* diretamente na região lombar. Recitou os termos da ordem de prisão enquanto produzia o choque. O homem soltou mais um grito e caiu de bruços no chão.

Nathan pulou sobre o sujeito e sacou seu *taser*.

– Mãos para trás! Não se mova, senão a gente vai usar o *taser* até o sol raiar!

O homem tentou se erguer. Nathan apertou o gatilho e fez novo disparo, obrigando-o a cair novamente de bruços. Dessa vez ele não se moveu.

Enquanto Shane puxava para trás um dos pulsos do homem e Adam puxava o outro, David colocou as algemas.

– Será que o imobilizamos? – perguntou Adam, já sem fôlego.

– Ele poderia ser um lutador de UFC.

– Acho que é.

– Esse cara deve malhar supino com 160kg.

– Eu diria mais que isso. – Shane apoiou-se no sofá. – Nós quatro tivemos de agir em conjunto para dominá-lo.

– É, eu chutaria uns 200kg – concordou David.

Adam fez uma careta.

– Tudo bem com você? – perguntou Nathan.

– Machuquei as costas. Mas o que está pior é o meu pescoço, onde seu parceiro me atingiu com o *taser*.

David agarrou-se a uma cadeira para ajudá-lo a se levantar.

– Acertei o cara na segunda tentativa.

Nathan pôs-se de joelhos e ofereceu ajuda a Adam, que segurou sua mão e se moveu lentamente.

– Devagar. Eu preciso de mais um instante.

De súbito, o sargento Bronson irrompeu pela porta, uma fração de segundo antes do odor do seu charuto. Deteve-se e contemplou os quatro policiais.

– O que as senhoras estão fazendo no chão?

– Tivemos uma briga – explicou Adam.

– E perderam. Que pena.

– Não somos nós que estamos algemados.

– Isso aqui está parecendo uma manifestação popular, com todos esses papéis pelo chão. Você é o chefão, Mitchell? – Ele olhou para a quantidade de papelotes. – Três disparos de *taser*? Quatro?

– Quatro, eu acho – disse Shane, com um gemido.

– Meu conselho? Use o *taser* uma vez e, se não funcionar, faça uma advertência. Se o cara resistir, atire. Diga para si mesmo: "Eu vou voltar para casa no fim do expediente." Se algum inquérito for aberto, paciência. Eu prefiro ser julgado por 12 a ser carregado por seis.

– Seria necessário mais de seis para carregar o Bronson – murmurou Shane.

O sargento pressionou os dedos no pescoço do suspeito para checar a pulsação.

– Bela casa que vocês escolheram para sua festinha. – Ele tocou uma placa de reboco. – Dá para quebrar essas paredes com a mão. Acho melhor eu levar esse cara, para que ele chegue onde tem de chegar.

Adam balançou a cabeça.

– Nem pense em ficar com o crédito desta detenção.

Bronson ajoelhou-se para juntar as drogas espalhadas pelo chão.

Shane virou-se para Nathan e ergueu as sobrancelhas.

– A gente vai usar o *taser até o sol raiar?*

– É uma expressão que a minha mãe costumava usar.

– A sua mãe usava um *taser* em você?

– Ela dizia: "Eu vou bater em você até o sol raiar."

– Isso funcionava?

– Não.

Bronson, de trás do sofá virado, disse:

– Ela deveria ter usado um *taser*.

CAPÍTULO VINTE E OITO

Vitória sentou-se na cama ao lado de Adam, examinando seu rosto inchado.

– Você parece cansado.

– Na verdade, eu estou exausto.

– Tem certeza de que não quer cancelar a noite?

– De jeito nenhum. Faz semanas que marcamos o encontro com os Holt.

Vitória segurou a mão de Adam.

– Sabe de uma coisa? Estou animada com o Dylan. Desde que descobrimos as drogas, parece que um peso saiu das costas dele. Estou muito feliz por ele ter assistido à cerimônia. Ele tem orgulho de você. E você deu exemplo para ele. Deu a ele um modelo a seguir.

– Mas o verdadeiro teste vai começar agora. O William estava certo. Vai ser preciso ter coragem para levar esse projeto adiante. E não conseguimos ser corajosos sem a graça e a força de Deus. – Os olhos de Adam buscaram os da esposa. – Eu gostaria que começássemos a orar juntos e a compartilhar aquilo que aprendemos com a Palavra.

– Certo – disse Vitória. – Isso significa que eu devo aprender mais sobre a Bíblia, não é? Quando vamos começar?

– Que tal após o café da manhã, depois que o Dylan sair para a escola? Teremos meia hora até eu sair para o trabalho.

– Todos os dias?

– Que tal segundas, quartas e sextas? – sugeriu Adam.

– Então vamos começar na segunda de manhã – decidiu Vitória.

– Você está sorrindo para mim.

– Eu acabo de constatar uma coisa. Se você vai ser o líder espiritual, vai precisar de mim como seguidora!

– Você está disposta a isso?

– Ei! Se você vai fazer o papel do homem, eu vou fazer o da mulher!

Parecia que Adam queria dizer algo mais.

– O que você quer me dizer? – perguntou Vitória.

– Lembra que você falou que eu me tornei cada vez mais cético à medida que os anos se passaram?

– Sim.

– Bem, isso me levava a ficar sempre na defensiva.

– Eu reparei.

– Você tinha razão – admitiu Adam. – Resolvi dar um jeito nisso. Mas eu quero que você entenda os motivos que me fazem agir assim, para que possa me ajudar.

– Eu acho que entendo, mas, por favor, diga-me.

– Eu vejo o que há de pior no comportamento das pessoas. Elas mentem para a polícia o tempo inteiro. Lembra que você costumava me chamar de idealista?

– Isso faz muito tempo.

Adam se contraiu ao encostar-se à cabeceira da cama.

– Os outros policiais zombavam de mim. Eu tentava ver o lado bom das pessoas, mas ao poucos fui mudando. Quando nossas expectativas são baixas, fica mais difícil nos decepcionarmos.

– E os outros policiais pararam de pensar que você é tolo e ingênuo.

– Exatamente. O Jeff costumava dizer: "Em Deus a gente confia; todos os demais são suspeitos."

Vitória sacudiu a cabeça.

– O Jeff deixou de confiar até na Emma. Ele chegou ao ponto de vigiar as ligações telefônicas que ela fazia.

– Quando os Keller começaram a frequentar a nossa igreja e convidaram o Dylan para passar a noite na casa deles, eu levantei a ficha criminal deles. Você poderia pensar: "Que mal há nisso?" E se eu descobrisse mais tarde que o cara era um criminoso? Se sou cético, ninguém no batalhão critica a minha atitude. O Shane é pior do que eu. Nós vemos o mundo inteiro pela ótica do nosso trabalho.

– Os pais precisam proteger os filhos, é claro. Mas tudo tem limite. Lembra quando o cara do conjunto de *mariachis* pôs a mão no ombro da Emily? Você quase explodiu.

– Claro que lembro. Meu tornozelo dói até hoje por causa daquele chute que você me deu.

– Mas eu precisava chamar sua atenção. Ao longo de todos esses anos, sempre que toco nesse tipo de assunto, você reage com autoridade, dizendo que é policial, que conhece bem o ser humano, e que eu não conheço.

– Você tem razão. Eu tenho agido assim. Sinto muito. Você me perdoa?

Vitória olhou-o nos olhos.

– Perdoo.

– Em todo caso, tomei uma decisão.

– Você vai se aposentar e tentar virar treinador da equipe dos Falcons?

– Não, mas parece tão improvável quanto. Eu decidi conversar mais com você sobre... o que está acontecendo dentro de mim.

– Isso é ótimo. A Bíblia diz que eu devo apoiá-lo. Mas não posso apoiá-lo se você me deixar de fora.

– Eu fiz isso quando o Jeff... morreu. E durante algum tempo, também, depois que a Emily morreu.

Vitória percebeu melancolia nas palavras de Adam.

– Deus me colocou ao seu lado para apoiar você, Adam. Nós conversamos sobre a Emily, e isso foi positivo. Mas nunca falamos sobre o Jeff. Aquele momento foi tão difícil para você. Eu queria ajudá-lo, mas você não me dava oportunidade.

– Eu quero conversar sobre isso. Sobre o suicídio do Jeff e o que o psicólogo disse. Não hoje, mas em breve.

Vitoria piscou.

– Você se consultou com um psicólogo?

– Não, um psicólogo da polícia veio falar conosco sobre policiais e suicídio antes do enterro do Jeff.

– Por que você não me contou?

– Porque eu não queria que você se preocupasse. Em todo caso, nessa coisa do cinismo, acho que você pode me ajudar, me lembrando de tudo de bom que nos cerca... me lembrando de que Deus tem um plano e que um dia Ele vai consertar este mundo maluco.

– Eu preciso lembrar a mim mesma disso todos os dias. Vou incluir você no circuito.

Adam sorriu.

– É engraçado... Nathan foi a melhor influência policial que tive até hoje. Ele é um cristão convicto e, ainda assim, é policial. Mas, por outro lado, eu sinto que a presença do Javy me revigora. Ele é tão... sei lá...

– Infantil – emendou Vitória. – No bom sentido, claro. Não que ele seja imaturo, mas ele é meio inocente.

– É isso mesmo! Você pode transmitir essa positividade também, Vitória. E me conhece melhor do que qualquer outra pessoa.

– Fico feliz por você ter se aberto comigo. Por que decidiu fazer isso?

– Eu tenho pensado muito na Resolução. Quero ser um marido melhor. Mas também quero que você seja a minha melhor amiga. E bons amigos contam um para o outro o que estão sentindo, certo?

Vitória o abraçou.

– Adam Mitchell... aquele dia que você me trouxe rosas significou muito para mim. Mas o que você acaba de dizer talvez seja o meu melhor presente de todos os tempos.

◆◆◆

Quando chegaram à casa dos Mitchell, Caleb e Catherine Holt sentaram--se diante de uma mesa repleta de comidas deliciosas: uma travessa cheia de frango frito, purê de batata com manteiga derretida e uma grande tigela de ervilha cozida com bacon.

Adam levou a mão à face, tocando o machucado.

– Antes de mergulharmos neste banquete, quero esclarecer que não foi a Vitória que me bateu. Ela até que tem um bom soco, mas não foi isso que aconteceu.

Todos riram quando ele contou a história durante o jantar. Depois de uma dezena de histórias sobre policiais e bombeiros, Dylan pediu licença para deixar a mesa, pois precisava terminar a tarefa de casa. Os casais passaram para a sala de estar. Catherine e Caleb sentaram-se na poltrona perto da lareira, e Adam e Vitória acomodaram-se no sofá.

Vitória estava um pouco agitada.

– Adam e eu lamentamos por não termos agradecido adequadamente a atenção que vocês nos deram no hospital, na noite em que a Emily morreu. E nem agradecemos por vocês terem ido ao enterro. O apoio de vocês foi muito importante.

– Vocês não têm o que agradecer – disse Catherine. – Todos nós que estávamos de plantão naquele dia ficamos profundamente comovidos. Lidamos com situações de crise o tempo todo, mas, naquele dia, na capela do hospital, dezenas de pessoas oraram pela família de vocês. Tinha gente orando nos corredores e atrás dos balcões de atendimento. Eu não conhecia vocês, mas o Caleb disse que tinha conhecido Adam no café da manhã de confraternização.

– Caleb, quando soubemos que você havia feito a massagem cardíaca na Emily, eu pensei: "A nossa menina esteve em boas mãos antes de ser levada pelo Senhor." – disse Vitória.

Caleb ajeitou-se no sofá.

– Obrigado. Eu queria muito ter salvado a Emily, mas Deus sabe o que faz. Ela estava por um fio. Enquanto eu aplicava os procedimentos, tive uma sensação... não sei, parecia que um anjo de Deus estava presente, zelando por ela. Foi algo bastante real. Naquela noite, comentei isso com a Catherine; foi uma experiência sagrada. A Emily estava... em paz.

Adam apertou a mão de Vitória, e lágrimas rolaram pelas faces de ambos. Depois que se recompôs, Adam disse:

– Deveríamos ter convidado vocês há muito tempo.

– Nós também pensamos em convidá-los – disse Catherine –, mas não queríamos nos intrometer. Cada pessoa é de um jeito. Algumas querem falar, outras não. Eu nunca tinha visto tanta gente ávida por fazer algo para ajudar, como vi naquele dia no hospital.

– Eu não sabia disso – disse Adam.

– Depois que saímos do setor de emergência, Adam e eu não queríamos ir embora – disse Vitória, fazendo uma pausa em seguida. – Não conseguíamos admitir que a Emily estivesse morta. Foi maravilhoso o modo como prepararam aquela sala para nós, onde pudemos encontrar nossos amigos.

– Foi ideia da Catherine – disse Caleb.

– Não foi nada demais. Eu queria que vocês tivessem um pouco de privacidade. Nós não temos filhos. Mas, se tivéssemos, acho que também iríamos querer...

De repente, Catherine cobriu o rosto com as mãos e Caleb passou o braço por cima dos ombros dela. Agora era a vez de Adam e Vitória aguardarem um instante.

Depois de alguns instantes, Catherine deu um sorriso em meio às lagrimas.

– Desculpem essa reação.

– Suponho que vocês gostariam de ter filhos? – perguntou Vitória.

Catherine assentiu.

– Estamos tentando há bastante tempo.

– A boa notícia – disse Caleb – é que, finalmente, estamos numa fila de adoção.

Catherine juntou as mãos.

– Dentro de poucos meses, poderemos receber um telefonema e, de uma hora para outra, termos de ir até a China para buscar o nosso filho! Nós dissemos que aceitamos uma criança com necessidades especiais.

– Isso é ótimo – disse Adam. – Caleb, eu sei que você será um excelente pai.

Catherine olhou para o marido.

– Será, sim, sem dúvida.

Vitória serviu torta de limão com creme de chantilly. Beberam um bule de café descafeinado, e as horas passaram rapidamente.

Logo após a meia-noite, os Holt se levantaram para se despedir. Todos se abraçaram. Embora mal se conhecessem seis horas antes, a combinação de risos, lágrimas, preces e sonhos selou aquela amizade numa única noite.

CAPÍTULO VINTE E NOVE

Sozinho em seu apartamento, vestindo calça jeans e uma velha camiseta vermelha e branca da Universidade de Valdosa, David Thomson pegou o laptop e sentou-se à mesa da cozinha, de vez em quando lançando olhares para a Resolução pendurada na parede da sala. Ele não precisara abrir espaço para pendurá-la, pois as paredes da sala estavam praticamente nuas. Ele escolheu um local de onde pudesse vê-la com facilidade, estivesse sentado na poltrona da sala ou na cozinha.

Ele tinha a sensação de ter assinado a Declaração da Independência. David ganhara títulos, a maioria por sua atuação em competições esportivas, mas jamais assinara um documento e o pendurara na parede.

Pela primeira vez não se sentia só. Fazia parte de algo maior do que ele mesmo. Fazia parte de uma causa comum ao lado de amigos, sujeitos que ele respeitava e que significavam muito para ele.

Imaginou-se na Arena Philips, com 18 mil pessoas assistindo a uma partida de basquete dos Hawks. Mas, dessa vez, *ele* estava na quadra. E não era apenas um jogo. Era a vida *real* – uma batalha da qual ele participava, muito mais importante do que qualquer jogo.

Encarou a tela do laptop, aprumou os ombros e começou a digitar.

Amanda,

Eu sei que vai ser um choque receber notícias minhas. Mas preciso lhe contar o que tem acontecido na minha vida. Nos últimos dois anos tornei-me soldado da Secretaria de Segurança Pública do Condado de Dougherty. O serviço é duro, mas eu trabalho com os melhores parceiros do mundo. Trabalhar como policial me fez ver que as decisões egoístas de uma pessoa podem prejudicar muitas outras.

Recentemente, vivi uma experiência transformadora. Comecei uma relação com Deus. Ainda tenho que melhorar muito, mas Jesus está me ajudando a compreender a minha vida e a me tornar um homem melhor.

Há anos eu venho evitando admitir que tenho uma filha, e sei que nada tenho feito para contribuir para o sustento dela.

Sei que errei. Sinto vergonha de mim mesmo. Pedi a Deus que me perdoasse. Escrevo esta carta para lhe dizer que decidi parar de fugir.

Se você estiver disposta, eu gostaria que nos encontrássemos, para que eu possa tentar reconquistar a sua confiança. No momento certo, e com a sua permissão, gostaria de conhecer Olívia e dizer que ela tem um pai que a ama.

Não tenho outras expectativas. Tudo o que peço é uma oportunidade de fazer parte da vida dela. Vou ficar aguardando sua resposta.

Enquanto isso, vou orar pela Olívia. Estou enviando junto a esta carta um símbolo do meu compromisso em ajudar no sustento dela.

Com amor,
David Thomson

David imprimiu a carta, assinou-a e anexou um cheque ao envelope.

– Tudo bem, meu Deus – ele murmurou. – Seja feita a vossa vontade. Estou pronto.

◆◆◆

Amanda pegou a carta, caminhou até dentro de casa e sentou-se à mesa da cozinha. Cheia de curiosidade, medo e uma remota esperança, leu a carta. Depois fitou o cheque. Quinhentos dólares.

Só pode estar havendo algum engano.

Olhou para Olívia, que se distraía com seus brinquedos na velha mesinha de centro. Amanda releu a carta.

O que significa isso?

◆◆◆

Adam deu uma batidinha e abriu a porta do quarto de Dylan.

– Ei, filho! O que você está fazendo?

– Só estou jogando video game.

– Queria fazer uma pergunta. Você já viu o filme *Carruagens de fogo*?

– Não, acho que não.

– O filme ganhou o Oscar em 1981.

– É sobre o quê?

– Corredores. E sobre os Jogos Olímpicos. E muitas outras coisas. Eu peguei o DVD hoje. Você quer assistir comigo amanhã à noite? Pipoca, Doritos e refrigerantes são por minha conta.

Dylan fez que sim, aparentando dúvida, mas agindo com polidez.

– Ótimo, filho. Então, o que você está jogando?

– Por que você quer saber?

– Porque é algo que interessa ao meu filho. Por isso eu gostaria de saber alguma coisa a respeito.

Uma hora depois, Dylan já tinha dado ao pai explicações detalhadas sobre armamentos, ataques a distância e corpo a corpo, "pontos de vida", escudos de recarga de energia e manuseio simultâneo de duas armas. Adam tentou jogar, o que levou pai e filho a rirem bastante. Mas ele logo aprendeu.

Adam disse a Dylan que, de certa forma, aquilo se assemelhava à sua rotina de policial, quando praticava no campo de tiro. Dylan pareceu interessado. Adam convidou-o a acompanhá-lo ao campo de tiro qualquer dia, e o garoto disse que gostaria de ir.

Excelente. Amanhã mesmo vou encaminhar a solicitação.

Quinze minutos depois de sair do quarto de Dylan, Adam estava sentado na sala, lendo, quando o filho se aproximou segurando um saco de papel.

– Está tudo aqui – disse Dylan.

– Tudo o quê?

Adam abriu o saco e encontrou um pequeno cachimbo e um pouco de maconha.

– Eu tinha outro esconderijo – contou Dylan. – Não toquei mais nisso desde o dia em que você descobriu aquela trouxinha. Mas acho melhor entregar tudo a você.

◆◆◆

Kayla sentou-se ao lado de Nathan depois que as crianças foram para a cama.

– Hoje, lá no Centro, conversei com uma jovem que tem a idade da Jade. Fizemos um teste de gravidez. Ela ficou torcendo para dar negativo, mas deu positivo. Ainda bem que ela nos procurou. Ah, Nathan, eu não sei o que está se passando na cabeça desses jovens. Eles não medem as consequências.

– Ela vai ter o bebê?

– A princípio, não. Disse que tinha ido lá só para fazer o teste gratuito e que, se estivesse grávida, optaria pelo aborto. Foi difícil convencê-la a fazer uma ultrassonografia. Quando viu a imagem, ela disse: "Falaram que ainda não era um bebê. Mas, olha isso!" Depois que viu o bebê não pôde mais acreditar nessa mentira. Um dos funcionários do Centro está acompanhando o caso e irá ajudá-la a decidir se vai ficar com a criança ou entregá-la para adoção. Nathan, às vezes fico pensando... se eu tivesse procurado um centro como esse 19 anos atrás... – As lágrimas escorriam pelo rosto de Kayla.

Nathan deu-lhe um abraço apertado e demorado.

– O mundo é tão cruel – Kayla.

– E a parte mais difícil é termos de encaminhar nossos filhos nesse mundo. A Jade não está pronta.

– Nós fazemos o melhor que podemos.

– Será? Não sei, não. Mas estou levando a sério as palavras da Resolução. Não serei um pai omisso. Talvez a Jade não goste. Talvez você também não goste em algumas situações. Mas eu preciso atuar como um homem de Deus e comandar a nossa família. Eu vou cometer erros, mas me recuso a não fazer nada.

– Às vezes, não fazer nada é sinal de sabedoria.

– Às vezes. Mas quando aquele ladrão roubou a picape com o Jackson dentro, "não fazer nada" poderia significar perder o nosso filho. E agora o coração da Jade corre o perigo de ser roubado por um rapaz. E pouco me importa se ele é um aluno exemplar ou o Príncipe de Gales, eu preciso assumir o comando da situação.

Kayla franziu o cenho.

– Eu concordei com você a respeito do Derrick na primeira vez que ele veio aqui em casa. Eu estava disposta a riscar o nome dele da lista. Mas a Jade me disse que isso não seria justo. Acho que ela tem razão. Sabe, ele parece um jovem responsável, é ótimo aluno, tem a ficha limpa e eles só querem permissão para saírem juntos na companhia de outros amigos. Não se trata de um namoro.

Nathan sacudiu a cabeça.

– Talvez não comece como namoro, mas pode se tornar depois. Estou convencido de que seria um erro deixar isso ir adiante. Acho que preciso tomar a frente da situação.

– Você está sugerindo que eu fique de fora?

– Não. Eu só acho que, se Deus me fez responsável por esta família, Ele me conferiu autoridade para comandá-la. E, Kayla, eu conheço essa juventude melhor do que você; sei o que se passa na cabeça dela. A questão é a seguinte: você quer mesmo que eu assuma o comando? Porque, quando eu assumir, é possível que eu tome decisões que você não tomaria.

Kayla balançou a cabeça.

– Tenho minhas dúvidas a esse respeito. Eu me considero no mesmo nível que você.

– Eu também. Sempre. Você tem o mesmo valor, a mesma sabedoria e muito mais beleza e charme que eu. Em vários sentidos, você é mais esperta do que eu. Mas, lembre-se, o líder é que irá responder a Deus. A tarefa não é nada fácil.

Kayla o encarou.

– Bem, eu posso dizer o seguinte: *gostei* da parte sobre beleza e charme. Às vezes, Nathan Hayes, você tem percepções excepcionais! *Às vezes.*

◆◆◆

– Ei, TJ! E aí, cara?

TJ balançou a cabeça em sinal de repúdio, olhando para Chewy, que um ano antes tinha sido o membro mais promissor da Nação Gângster.

– Você já era, cara – disse TJ. – O que aconteceu com os seus dentes? O que você está fazendo aqui?

– Ouvi dizer que pegaram o Leon. É verdade que foi preciso quatro tiras com *tasers* pra derrubar ele?

– Pare de agir como se você ainda fosse da gangue, cara. Você não é mais nada.

TJ olhou Chewy de cima a baixo. Antes, ele tinha o corpo atlético, costumava malhar com TJ, Antoine e Leon. Agora o aspecto dele era patético.

– Você está na pior, seu babaca.

– Eu preciso da droga, TJ.

– Você precisa *pagar* para ter droga. O que eu tenho a ver com isso? Eu não vendo para vagabundo.

– Estou sem grana, irmão. Você disse que sempre cuidaria de mim.

– Só enquanto você cuidasse de mim. Você era um bom distribuidor, mas acabou se rendendo ao produto.

– Não deu para evitar, cara.

– Não venha choramingar para o meu lado. Você não é mais nada.

– Eu preciso de um lugar pra dormir, cara.

– Vai dormir no seu berço.

– Minha mãe me expulsou de casa. Ela trancou a porta. Nem minhas irmãs me deixam entrar.

– Porque você rouba o dinheiro delas, mente para elas, engana elas, não é, seu babaca? Você estourou o cartão de crédito da sua mãe?

– Como é que você sabe disso?

– É isso que a droga faz. A droga é o senhor; você é o escravo. É o preço que você paga. Se as pessoas não pagassem o preço, o TJ não ganharia grana. Você não aguenta a parada. Tem mais é que ficar com a ralé, cara.

– Eu tô pirando, cara. Tô enlouquecendo mesmo. Fico sentindo insetos andando embaixo da minha pele. Insetos grandões. Morro de medo.

– Você é um pobre coitado. Olhe o seu estado... todo esfarrapado, molambento.

– Eu tenho medo de tudo, TJ. Estou cansado, irmão, muito cansado. Eles vão me pegar.

– Quem vai te pegar, cara?

Chewy não parou de se mexer desde o momento em que se aproximara de TJ. Agora, os tremores e tiques se tornaram espasmos. As mãos se moviam constantemente, coçando o rosto e os braços, gesticulando e tremendo, como se pretendessem se livrar de algo invisível.

– Assombrações. Com bocas enormes. Dentes afiados. Querem me engolir. Eu preciso de ajuda, TJ!

– Um belo dia, esses demônios com bocas enormes e dentes afiados – TJ agarrou um tufo dos cabelos ralos de Chewy – vão comer a sua carne e palitar os dentes com os seus ossos. O que você me diz?

– Não! Não! Me ajude, cara! Por favor, me ajude.

TJ atirou-o no chão.

– Está na hora de você cair fora, seu babaca! – TJ fez um gesto para Antoine. – Pode levar o lixo.

◆◆◆

Emily estava no gramado, ao lado da porta da picape. Estendeu a mão para o pai.

– Papai, vamos dançar.

Adam queria aceitar o convite, mas seus braços estavam paralisados.

– Por favor, papai! Só esta música. Vamos dançar.

– Cabo Mitchell. Ei, Mitchell!

Sargento Murphy?

Adam percebeu que estava na sala de reunião; os outros oficiais olhavam para ele.

– Desculpem, eu...

Brad Bronson desviou o olhar, poupando Adam da vergonha. Mas Adam já estava envergonhado o suficiente e não precisava da ajuda de quem quer que fosse.

Murphy prosseguiu.

– Com os três elementos que prendemos ontem, somamos sessenta detenções de suspeitos de roubo este mês. Ontem, na Rua McKinley, prendemos três homens ligados à Nação Gângster. Confiscamos uma boa quantidade de munição e dois facões.

Shane cutucou o parceiro. Adam deu a entender que estava bem. Mas não estava.

CAPÍTULO TRINTA

Javier Martinez enrolava carretéis na fábrica de linhas quando um encarregado, que usava óculos fundo de garrafa, tocou no seu ombro e lhe falou ao ouvido:

– O patrão quer falar com você.

Javier ficou apreensivo. *Na última vez que um patrão quis falar comigo, eu perdi o emprego.* Ele seguiu pelo corredor até a sala de Frank Tyson, diretor da fábrica, e bateu na porta. Walter, assistente do Sr. Tyson, abriu a porta e se afastou para Javy passar.

– Sr. Martinez, sente-se – disse calmamente Frank Tyson, acomodado em sua cadeira na sala com as paredes revestidas de lambri.

– Obrigado, senhor.

Javier se esforçou para não ficar se remexendo, lembrando-se de que Carmen dizia que ele não parava quieto quando estava nervoso. Concentrou-se no homem de óculos sentado do outro lado da mesa. De estatura mediana, cabelos pretos já meio ralos e um ar confiante, Frank Tyson examinava uma folha de papel que estava sobre a mesa enquanto falava.

– Vejo que você foi bastante produtivo em seu primeiro mês aqui. Você faz um bom trabalho.

Javier sorriu.

– Estou muito feliz de trabalhar aqui.

– Sr. Martinez, eu preciso de um gerente para responder pelo controle de estoque e supervisionar as entregas. A função implica mais responsabilidade e, é claro, paga mais. O senhor estaria interessado?

– Ah, *sim*, senhor.

– Bom. Mas antes de tomar minha decisão eu gostaria que o senhor trabalhasse no setor na semana que vem. – O Sr. Tyson tirou os óculos e pegou outra folha de papel, entregando-o a Javier. – Nesta folha, o senhor vai encontrar uma lista de 17 caixas. Uma delas será levada para outro lugar. Quando fizer a contagem do estoque, eu quero que o senhor acuse o recebimento de 16 caixas.

Javier olhou para a folha de papel e em seguida para Frank.

– Dezessete caixas serão entregues, mas o senhor quer que eu relacione apenas 16?

– Isso mesmo. Eu tenho outro destino para a 17ª caixa. Mas, pela sua ajuda neste caso, o senhor vai receber uma gratificação de dois mil dólares. O que o senhor acha? – Frank fez uma pausa. – O senhor está no meu time, não está? Porque eu não posso ficar com gente que não jogue no meu time. O senhor entendeu?

Javier olhou para Frank e depois para Walter, que o contemplava com uma expressão séria.

– Vamos fazer o seguinte, Sr. Martinez. O senhor pensa na minha proposta e me dá uma resposta amanhã. Venha à minha sala às 10 horas. Eu preciso saber se o senhor quer mesmo esse cargo.

Javier levantou-se.

– Boa noite, senhor – disse ele.

Com os ombros caídos, Javier voltou lentamente para o seu posto.

◆◆◆

Todas as manhãs, antes de sair de casa, Adam olhava para a Resolução, escolhia um determinado ponto e pedia a Deus que o ajudasse a cumprir o que estava escrito. Naquele dia, ele leu a Resolução na íntegra.

Maggie o seguiu até a porta quando ele saiu, assim como costumava saudá-lo quando ele chegava em casa. Adam desconfiava que as memórias de Maggie relativas à época em que ela era proibida de entrar em casa começavam a ficar obscuras.

Adam ajoelhou-se e a acariciou. Ele lamentava não ter entrado no mundo de Maggie quando Emily ainda fazia parte dele. Mas a presença da cadela o alegrava, sobretudo pelo fato de ela lhe trazer lembranças de Emily. Adam deu uma última palmadinha na cabeça dela e saiu.

Subindo pela Westover por cerca de cinco quilômetros, Adam estacionou do lado oposto do banco, perto do velho carvalho, no mesmo local em que a filha o convidara para dançar. Ele tirou da embalagem um CD novinho, colocou-o no aparelho de som do carro e logo surgiu a canção de Emily.

Eu quero velejar até terras distantes
Num barquinho só para dois.
Sob um céu de estrelas,
Que seria como um sonho,
Só para estar com você.

Enquanto a canção tocava, Adam fechou os olhos. Ouviu a voz de Emily dizendo quanto gostava daquela canção. Abriu a porta do carro, aumentou o volume e apoiou o pé no chão. Então, saiu do carro e foi até o local exato onde Emily tinha ficado. Ele ouviu as instruções de Emily como se aquilo tivesse acontecido um minuto antes.

"*Quando você quiser dançar comigo, é assim que se faz. Primeiro, você põe a mão direita na minha cintura, depois estica a outra mão.*"

Adam fechou os olhos novamente e posicionou as mãos. Podia vê-la com tanta clareza que quase perdeu o fôlego. Emily estava ali com ele, não estava?

"Então, a gente se balança, pra frente e pra trás, seguindo a música."

Adam começou a se mexer lentamente. Deu pequenos passos, para a frente e para trás, seguindo o ritmo.

"*E a gente pode rodar...*"

Então ele girou, como se conduzisse Emily e ela fizesse uma pirueta, segurando na mão dele. Enquanto a canção prosseguia, as lágrimas escorriam pelo seu rosto.

Eu queria um castelo na colina,
Onde você e eu pudéssemos passar o dia.
E queria ir a um lugar onde o tempo parasse,
E onde o que não importa desaparecesse.
Você está aqui comigo.

Com um leve sorriso nos lábios, Adam manteve os olhos fechados e deixou que a canção tocasse, enquanto ele prosseguia dançando a dança que jamais dançara com Emily.

Quando a canção acabou, ele abriu os olhos e levou as mãos ao rosto.

– Senhor, obrigado pelos nove anos que passei com Emily. Eu sou muito grato. – Ele hesitou, e então disse: – Não sei se posso pedir isso ou não. Mas o Senhor pode dizer a ela que eu dancei a minha parte?

◆◆◆

Uma linda menina de olhos cintilantes acomodou a mão pequenina dentro da mão vigorosa do Rei Carpinteiro. Ele acariciou-lhe os cabelos e pegou-a no colo, sem fazer o menor esforço. Sorriu para ela com ternura, feliz ao vê-la, assim como ficamos felizes diante do ser mais maravilhoso que ele Ele criou.

– Um dia, depois da ressurreição, você vai se sentar novamente ao lado da sua família em volta de uma grande mesa, e todos nós haveremos de festejar juntos.

Os olhos dela se arregalaram.

– Vou poder dançar com meu pai nesse dia?

– Sim, Emily. Você vai dançar com ele, com seu novo corpo, numa nova terra. Seu pai vai se deleitar com a dança tanto quanto você. Será meu presente para ele... e para você.

Ela deu um gritinho de alegria.

– Mal posso esperar!

Ele a pôs de volta no chão.

– Por que nós dois não dançamos agora?

Ele abaixou o braço em direção à menina. Ela apoiou a sua mão na dele. Primeiro, ela viu as chagas, depois as tocou. Mas não sentiu medo. Antes, as chagas lembravam o preço que Ele pagara, no mundo terreno, para demonstrar seu amor e garantir a entrada dela no mundo em que agora estavam. O Carpinteiro conduziu Emily na dança. Ela o acompanhava, sorrindo, e então deu uma risada quando fez uma pirueta. Sentia-se em casa, ao lado Daquele pelo qual fora criada, no local feito para ela. Emily Mitchell nunca se sentira tão radiante. Até mesmo o ar que respirava era pura alegria.

◆◆◆

Javier e Carmen sentaram-se frente a frente na mesa da cozinha. Ultimamente a fisionomia de Javier estava relaxada. Mas aquele dia, não.

– Javy, nós precisamos desse emprego. Pela primeira vez neste ano temos condições de pagar as nossas contas.

– Eu sei. O Sr. Tyson deixou bem claro que se eu não entrar no jogo, ele não vai me querer na fábrica.

– Se ele é o diretor, deve ter liberdade para controlar o estoque como bem quiser. Talvez a coisa pareça errada, mas vai ver que está tudo certo.

– Ele me pediu para registrar uma informação falsa, Carmen. Ele quer que eu minta.

– Mas é claro que ele não vai demiti-lo se você se recusar!

Javier olhou para a parede.

– Pelo jeito, vai, sim.

– A gente precisa desse emprego.

Javy sofria ao constatar o desespero da mulher. Ela era uma esposa e mãe exemplar. Algo lhe dizia que, em consideração à mulher e às crianças, ele deveria fazer o que o Sr. Tyson pedira. Mas algo também lhe dizia que, em respeito à mulher, às crianças e a Deus, ele *não* deveria fazer o que o Sr. Tyson pedira.

– Você sabe que eu quero esse trabalho. Mas, se eu fizer isso, você vai perder o respeito por mim. E eu também vou perder o respeito por mim mesmo. Carmen, como poderemos dizer aos nossos filhos que sejam honrados se nós não formos?

Ele apontou para a Resolução na parede.

– "Caminharei com integridade, na condição de um homem que presta contas a Deus. Vou me esforçar para honrar a Deus." Eu não deveria ter assinado se não vou levar a Resolução a sério.

– Quando você ficou de dar uma resposta?

– Às 10 horas.

– Javy, prometa que, se ele o dispensar, você vai me telefonar assim que sair da fábrica. Se você não telefonar, é porque ficou tudo bem.

Ele concordou.

– Javy... eu não quero que a gente ande para trás.

– Eu sei. A gente precisa orar. Acho que devemos explicar a situação às crianças e pedir que elas rezem conosco.

– Elas são pequenas demais para entender. E, se você for demitido, talvez elas não compreendam por que Deus não atendeu às nossas preces.

– Deus ouve as preces das crianças. E, se vão conhecer o nosso Deus, elas devem ficar sabendo que Ele atende às preces, e que, mesmo quando Ele diz "não", ainda assim devemos confiar.

As crianças foram chamadas. Eles explicaram a situação e todos oraram juntos.

Se eu tanto me comovo com as orações dos meus filhos, Senhor, com certeza também Vós vos comovereis.

◆◆◆

Depois de correr oito quilômetros, Adam se curvou e apoiou as mãos nas coxas, para recuperar o fôlego.

– Você sabe que eu sempre digo que me sinto bem quando *paro* de correr, certo?

– Sei – disse Dylan.

– Bem, hoje foi a primeira vez que me senti bem *enquanto* corria. – Adam tentou não se mostrar ofegante demais e assim anular o efeito dessas palavras. – Eu acho que... entrei na onda.

– Você está se referindo ao barato que os corredores sentem?

– É, isso mesmo. Agora posso entender o Eric Liddell quando dizia: "Deus me fez rápido. E, quando corro, eu sinto a alegria de Deus."

– É. Eu entendo. Exceto essa coisa de Deus fazer a gente rápido – respondeu Dylan.

Adam deu um tapinha no ombro do filho.

– Eu tenho pensado muito no Eric Liddell... em como ele defendeu suas convicções. Eu fiz isso hoje – disse o garoto.

– Foi mesmo?

– Na aula de ciências, eu falei alguma coisa sobre os desígnios divinos que aprendi naqueles vídeos que você me mostrou. Alguns colegas arregalaram os olhos, como se fôssemos dois idiotas por acreditarmos em Deus. Então eu pensei... e daí?

– Muito bem, filho. Um homem deve defender suas convicções. Para ser sincero, eu nunca expus minhas crenças quando tinha a sua idade. Se eu tivesse uma nova chance, faria diferente.

– Você ainda pode fazer, não pode? – perguntou Dylan.

– Como assim?

– Ora, você não está na escola, mas trabalha com gente que não acredita em Deus, não é verdade?

– Claro. Muita gente.

– Então você ainda tem uma chance de expor suas convicções.

Adam olhou para o filho.

– É, acho que sim. Então, quem sabe, em vez de ficar lamentando as chances perdidas, eu não aproveito as que me restam?

Dylan sorriu e recomeçou a correr.

CAPÍTULO TRINTA E UM

Os amigos estavam reunidos numa famosa confeitaria de Albany comendo baklava, biscoito de chocolate com nozes e tomando café.

Javier contava o episódio da fábrica.

– O Frank Tyson quer que você minta? – perguntou Adam. – Ele é ministro da minha igreja! Foi a ele que eu pedi o emprego para você!

– Eu também fiquei surpreso. Mas a Carmen disse que talvez esse seja o modo como eles trabalham.

– Mas ele vai dar dois mil dólares para fazer isso? Isso é suborno!

– Talvez você não esteja percebendo a realidade da situação – disse Shane. – Eu conheço o Tyson. Não acho que ele seja desonesto. Antes de recusar, dê uma oportunidade para ele. E a gratificação de dois mil dólares? Conforme diz o Adam, de cavalo dado não se olham os dentes.

Adam deu um sorriso forçado.

– Eu preciso desse emprego – disse Javy, erguendo as mãos. – E não quero decepcionar a Carmen.

– Mas você tem de ser honesto – disse Nathan.

– Eu insisto para que você deixe o Frank se explicar – disse Shane. – Mas é claro que, no final das contas, honestidade é a melhor política.

Adam não estava muito disposto a livrar a cara de Tyson. O sujeito era um líder na igreja. Por que haveria de envolver Javy em algo escuso?

– Eu gostaria de saber a sua opinião, David – disse Javy.

David olhou para os parceiros e depois para Javy.

– Bem, eu acho que você precisa estar em paz consigo mesmo. Eu estou em paz com a minha consciência pela primeira vez na vida. É claro que a minha fé em Cristo tem muito a ver com tudo isso. Mas também tem a ver o fato de eu ter agido corretamente em relação à Amanda. Javier, por um lado, você pode pensar que deve honrar a Resolução e prover sua família. Mas, por outro lado, violar sua honestidade e sua responsabilidade diante de Deus seria errado. Então, se você é um seguidor de Jesus, não deveria dizer ao seu patrão que "seguidores de Jesus não podem mentir"?

Adam ficou boquiaberto. *De onde foi que ele tirou aquela percepção?*

– Você é um homem sábio, David. Obrigado.

David engoliu em seco.

– De nada.

Adam olhou para o jovem policial.

– A sua resposta serve para mim também, David. Eu me lembro de uma coisa que aconteceu quando eu estava na Academia de Polícia com Shane e Bronson. Um rapaz chamado Brock Kelley perguntou como era possível para um cristão ser policial. Eu respondi, mas não tive coragem de assumir que *eu* era cristão. Na hora isso me pareceu o melhor a fazer, mas a verdade é que fui covarde.

– Não seja tão duro com você mesmo – disse Shane.

– Para cumprir a Resolução, nós temos de ser duros conosco. Um bom atleta nunca treina sem exigir muito de si mesmo. E, quando ele compete, o treinamento intensivo o recompensa. Então, Javy, nós vamos orar por você. Se você tiver que perder o emprego, que assim seja. Nós vamos apoiar você e fazer tudo para ajudá-lo. Inclusive para encontrar outro trabalho.

Adam olhou para Shane e murmurou:

– E se o Frank Tyson perder o posto na igreja, que assim seja!

◆◆◆

Javier olhou para o grande relógio da fábrica e se encaminhou para a sala de Frank Tyson. Parou no corredor e fez uma oração. Depois de respirar fundo, bateu três vezes na porta. Ela se abriu e Walter mandou-o entrar.

– Bom dia.

Tyson continuou a escrever enquanto Javier se manteve em pé diante da mesa dele.

– Olá, Sr. Martinez. Como vai o senhor?

– Vou bem, senhor. E como vai o senhor?

– Ainda não sei. Sente-se. Suponho que o senhor tenha pensado a respeito da nossa conversa de ontem.

– Pensei, sim, senhor. – Javier sentou-se.

O Sr. Tyson parou de escrever e ergueu os olhos.

– Pois bem. Qual é a sua decisão, Sr. Martinez? O senhor está no meu time?

Javier engoliu em seco e, com o olhar firme, disse:

– Sr. Tyson, sou muito grato por ter um emprego aqui na fábrica. Mas... não posso fazer o que o senhor pediu.

Frank Tyson observou-o por alguns instantes e então se reclinou na cadeira.

– E por que não?

– Porque é errado, senhor. Se eu mentir, estarei desonrando Deus e minha família.

Frank examinou o semblante de Javier e depois olhou para Walter, que estava visivelmente surpreso. Voltou a olhar para Javier.

– Você percebe o que isso pode significar para o seu emprego aqui?

– Sim, senhor.

Tyson levantou-se devagar e estendeu a mão. Javier ficou confuso.

– Posso apertar a sua mão, meu jovem? Você acaba de me dar a resposta certa.

Javier levantou-se e apertou a mão de Tyson.

– Faz tempo que eu procuro a pessoa certa para gerenciar o setor de entregas e controle de estoque. Na realidade, você é a última pessoa da minha lista. Mas eu preciso de alguém em quem possa confiar. Você aceita o cargo? O seu salário será ajustado, evidentemente.

Atônito, Javier olhou para Walter, que sorriu e meneou a cabeça em sinal de aprovação. Depois voltou a olhar para Frank Tyson.

– Será uma honra, senhor.

– Bom. O cargo é seu. O Walter vai tratar dos detalhes com você. Vou fazer o anúncio ao restante da equipe na semana que vem. – Tyson ensaiou sentar-se, mas desistiu. – Ah... e, Javier? Obrigado por sua integridade. É coisa rara.

Walter apertou a mão de Javier e abriu a porta para ele.

– Parabéns. Depois de seis tentativas, eu já estava ficando desanimado.

Javier agradeceu aos dois e saiu da sala. Enquanto ele caminhava pelo corredor, seus passos firmes traduziam energia.

◆◆◆

Carmen estava trabalhando na cozinha, agradecendo por cada minuto que passava depois das 10 horas. Mas às 10h10 o telefone tocou.

– Não, não, não. Por favor, Senhor. Carmen, seja forte – disse ela a si mesma em voz alta, tentando se conter, enquanto o telefone tocava. – Seja forte.

Ela pegou o telefone.

– Alô?

– Carmen.

Ela soluçava:

– Tudo bem, Javy! Tudo bem, querido. Nós vamos dar um jeito.

– Carmen, não, escute. Eu...

– O Senhor vai cuidar de nós, Javy. Nós vamos dar um jeito – repetiu ela.

– Carmen, escute, eles...

– Eu sei que você confia em Deus, Javy. Eu também. Você é um bom homem. Bom marido e bom pai. Eu tenho orgulho de você.

– Carmen, pare! Você não está me escutando! Eles não me demitiram. Eles me *promoveram!*

Carmen ficou paralisada.

– O quê?

– Foi um teste. Eles queriam alguém em quem pudessem confiar. Fui promovido a gerente. E meu salário aumentou!

– Um teste?

– Isso mesmo, Carmen. Ganhei uma promoção. Tudo vai melhorar.

Carmen afastou o telefone do ouvido e começou a gritar e pular. As crianças entraram correndo na cozinha, apavoradas.

– O que houve, *mama?* Por favor, não chore.

Carmen abraçou os filhos, ainda segurando o telefone.

– Alô? – disse Javy. – Você está aí?

– Sim! Estou bem. Todos nós estamos bem!

– Diga às crianças que Deus escutou as preces delas. Ele nos deu muito mais do que pedimos!

– Eu vou dizer a elas. Eu te amo, Javy!

– Eu te amo, Carmen. Diga às crianças que eu as amo também. – E desligou.

– *Gracias a Dios* – sussurrou Carmen.

CAPÍTULO TRINTA E DOIS

Adam, Vitória e Dylan foram a pé até a pista de atletismo da Escola Westover. Dylan vestia o uniforme e carregava a bolsa do time.

– A gente se vê depois da corrida.

Dylan se afastou enquanto Adam e Vitória se dirigiam para a cerca, de onde ficaram observando o alongamento e o aquecimento dos atletas.

– Você sabe que ele não tem muitas chances, não é? – Adam perguntou a Vitória. – Ele só está correndo os 400m porque um dos alunos mais velhos ficou doente. Billy Reeves está no último ano e detém o recorde do condado. Todos os outros integrantes da equipe têm tempos melhores do que o Dylan, mas talvez ele consiga chegar na frente de algum aluno da Monroe.

Vitória pôs a mão no ombro de Adam.

– Essa foi a terceira vez que você me explicou isso. Você está tão nervoso quanto ele. Dylan disse que só não quer chegar em último lugar. Mas, para mim, mesmo que ele chegue em último, tudo bem.

– Vamos nos sentar.

Vitória constatou que havia muitos assentos vagos na arquibancada.

– Quando a gente chega com bastante antecedência, encontrar lugar para sentar não é problema – disse ela.

Acomodado na arquibancada, Adam ficou observando o filho. Embora tentasse demonstrar tranquilidade, Dylan deixava transparecer sua tensão. Ele era tão jovem ao lado dos colegas das séries mais adiantadas! Os Mitchell conversaram com outros pais enquanto a arquibancada enchia e outras provas de atletismo eram realizadas. Mas, para Adam, tudo aquilo eram preliminares. A corrida do filho era o evento principal.

Kilian, o técnico, aproximou-se de Dylan, gesticulou e disse alguma coisa. Embora Adam não pudesse ouvir exatamente o que o homem dissera, uma tentativa de leitura labial revelara algo como: "Tente não se distanciar do grupo."

– Ele vai se sair bem – afirmou Adam.

Vitória se perguntava se Adam se sairia bem...

– Estou orgulhosa dele, seja qual for o resultado – declarou Vitória. – As notas dele melhoraram, e ele tem feito as tarefas de casa sem que eu precise ficar lembrando.

– Bem, eu tenho deixado alguns lembretes. – Adam riu. – Mas não muitos. A questão é a seguinte: ele está crescendo espiritualmente. Está se tornando um homem.

– Ele sabe que você acha isso?

– Acho que sim... – Adam hesitou. – Talvez não saiba.

Nesse momento, Adam se levantou e começou a descer a escada em direção à pista.

– Aonde você vai? Você acha que deve...? – gritou Vitória.

O aquecimento chegou ao fim e dentro de poucos instantes os atletas se alinhariam para o início da competição. Adam viu o olhar de reprovação do técnico. Mesmo assim, ele se aproximou de Dylan e passou um dos braços pelo ombro do menino. Dylan se assustou. No ouvido direito do filho, Adam disse algo que só ele pôde escutar:

– Dylan, eu tenho observado que você está cada vez mais responsável. Tenho visto você admitir seus erros com honestidade e eu o admiro por isso.

Eu quero lhe dizer que hoje eu o considero um homem. Eu amo você, filho. Sua mãe e eu estamos orgulhosos de você, seja qual for o resultado dessa corrida. Use o dom que Deus lhe deu. Deus o fez rápido; então, quando você correr, corra como Eric Liddell, sentindo a alegria de Deus.

Adam soltou-o, saudou o técnico e subiu apressadamente a escada, saltitando de volta ao seu lugar.

– O você disse a ele?

– O que já era hora de ele ouvir.

– E o que ele disse a você?

– Nada. Eu só queria que ele soubesse que acredito nele.

Pouco tempo depois, uma voz no microfone convocou os atletas a se posicionarem para a prova de 400m.

Vitória apertou o braço do marido.

– Eu sei como você fica empolgado, Adam, mas lembre-se de que há pessoas em volta.

– Está com medo de passar vergonha? Não posso prometer nada.

Foi dada a largada. Os corredores saíram em disparada pela pista. Perto da primeira curva, Dylan era o sétimo, entre oito competidores. Enquanto faziam a curva, Dylan acelerou o ritmo e passou para a sexta colocação. No momento em que os corredores passaram a curva e entraram na reta oposta, Dylan ultrapassou mais um competidor.

– Ele está em quinto! – gritou Adam. – Vai, Dylan!

– Vamos, Dylan! – gritou Vitória, mais alto do que Adam.

Num determinado momento, o primeiro colocado, um colega de Dylan que estava no último ano, distanciou-se do grupo, mas Dylan passou por outro corredor.

– Quarto lugar! Ele está em quarto lugar! – gritou Vitória, ficando em pé em cima do assento.

– Vai, amigão! Vai! – bradou Adam.

Os corredores alcançaram a última curva e lutavam pelas posições finais. Dylan estava em terceiro.

Agora, a metade do público estava de pé e todos gritavam.

– Isso mesmo, Dylan! Vai! – Adam e Vitória gritaram, já roucos, mas pouco se importando com isso.

No momento em que Dylan contornou a curva, o primeiro colocado já estava fora de alcance, mas Dylan avançou sobre o segundo colocado, um atleta da escola Monroe. Todos os torcedores da Westover gritavam, e as pessoas que não tinham um favorito torciam por Dylan. Ele e o segundo colocado se aproximavam da linha de chegada lado a lado.

– Ele vai conseguir! Ele vai conseguir! – disse Adam.

– Vai! Vai! Vai! – A voz de Vitória falhava.

Dylan cruzou a linha de chegada em segundo lugar, meio passo à frente do atleta que vinha ao seu lado. O técnico, os companheiros de equipe e os amigos o cercaram.

O técnico estava perplexo.

– Como você fez isso? Você jamais correu desse jeito!

Dylan se esforçava em recuperar o fôlego, enquanto todos lhe davam tapinhas nas costas e o abraçavam. Ele olhou para a arquibancada e viu o pai e a mãe pulando, celebrando sua vitória.

– Dylan, você é o cara! – gritou Adam. Ele agarrou Vitória pelos ombros. – Meu filho é o cara!

– Meu menino é o cara! – disse Vitória, a voz falhando completamente quando pronunciou a palavra *cara*.

– Vamos descer até lá – Adam sugeriu. Ele pegou a esposa pela mão e desceu até a pista. Foram abrindo caminho entre a aglomeração de pessoas até chegarem perto de Dylan.

– É isso aí, meu filho – disse ele, também já quase sem voz.

– Você foi demais! – Os lábios de Vitória se mexeram, mas nada saiu de sua boca.

– O que você disse, mãe?

O vencedor, Billy Reeves, já refeito do esforço, aproximou-se, meio confuso, da multidão que cercava Dylan.

– Ei! O que está acontecendo aqui? Eu venci a droga da corrida!

Uma hora e meia mais tarde, Adam, Dylan e Vitória se dirigiam ao estacionamento. Adam passou o braço por cima dos ombros de Dylan.

– A sua mãe não queria que eu gritasse para não envergonhá-la, mas ela foi a primeira e subir no assento e berrar como uma louca.

– Você subiu na cadeira, mãe?

– Acho que me empolguei um pouco – admitiu ela, baixinho.

– Eu também me empolguei – disse Adam –, mas me contive mais do que a sua mãe. Como você está se sentindo, filho? Você deve estar radiante, não?

– Foi demais. Eu pensei no Eric Liddell, me lembrei de quando ele largava mal e se recuperava na prova.

– Eu também!

Dylan jogou a sua sacola no banco traseiro da picape.

– Eu fiquei com um pouco de pena do Billy.

– O Billy sempre vence. Ele correu bem, mas não fez o seu melhor tempo. Ele chegou em primeiro, mas a noite foi sua. – Adam fez uma pausa. – Eu quero fazer uma oração. Pai, o Senhor deu ao Dylan uma noite e tanto. Obrigado! Por favor, ajude-o a saber aproveitar o sucesso e a ser grato ao Senhor.

– Eu acho que o Dylan deve escolher o restaurante. – Foram necessárias três tentativas até que Vitória conseguisse emitir sua opinião.

Os olhos de Adam focalizaram algo além de Vitória, e ele ficou paralisado. A pouco mais de dez metros da picape, um sujeito de jeans e uma jaqueta surrada os observava.

Vitória ficou pálida.

– O que esse sujeito está fazendo ali? – sussurrou ela.

– Entrem na picape. Vocês dois.

Adam aproximou-se do homem, que baixou os olhos. A cerca de quatro metros do indivíduo, Adam parou.

– Sr. Mitchell, eu vi no site da Westover que o seu filho ia participar da corrida hoje. Imaginei que o senhor viesse.

Adam permaneceu calado, mas seus olhos deixavam escapar uma forte emoção.

– O meu advogado me disse que eu não deveria falar com o senhor, nem com a sua família.

– Talvez fosse melhor você obedecer ao seu advogado.

– Eu não consigo parar de pensar no que fiz.

Mike Hollis tentava em vão encontrar um ponto onde pudesse pousar o olhar.

– Dentro de alguns dias, vou começar a cumprir a minha sentença. Vou ficar na cadeia durante um bom tempo, mas eu queria dizer ao senhor que...

Os olhos do homem finalmente encontraram os de Adam.

– Eu também tenho uma menina. Ela tem 7 anos e mora com a minha ex-mulher. Eu morreria se a perdesse. – Hollis se deteve por um instante e engoliu em seco. – Acho que *vou* perdê-la. Eu sei que não posso fazer nada pelo senhor, mas precisava dizer que... sinto muito. Eu sei que o senhor deve me odiar. Eu entendo.

Adam se empertigou.

– Veja bem, Sr. Hollis... Mike. – Algo mudou quando Adam parou de pensar nele como "o bêbado" e o chamou de Mike. – Eu não o odeio. Eu odeio o que você fez. Mas odiar você, ou tentar me vingar, não vai trazer a Emily de volta.

Mike baixou o olhar novamente.

– Só tem uma coisa que você *pode* fazer por mim.

– O quê?

– Você pode nunca mais tocar em álcool ou em drogas. Nem agora, nem depois que for solto. Procure a sua menina enquanto você ainda pode e dê a ela o seu amor. Veja cada momento que você passar ao lado dela como algo de valor inestimável. Entendeu?

Hollis enxugou os olhos na manga da jaqueta.

– E, para sua informação – Adam continuou –, Deus é o seu juiz, não eu. Jesus Cristo me perdoou. Como eu posso deixar de perdoar você? Eu o perdoo. Mas, acima de tudo, Mike, você precisa do perdão de Deus.

– Obrigado. Mas, se o senhor soubesse de tudo, acho que não me perdoaria. Eu... eu vi o senhor no parque de diversões no dia do acidente.

Como assim? Fazia seis meses que Adam não ia ao parque de diversões.

– Eu sei o que você está sentindo, Mike. Deus já me viu nos meus piores momentos e, mesmo assim, ainda me ama. Ele sabe tudo o que se passa com você também. E, se você pedir, Ele vai perdoá-lo.

Mike assentiu.

– Obrigado.

Adam voltou à picape, avaliando o que acabara de acontecer.

– O que ele queria? – sussurrou Vitória.

Adam fechou a porta e sentou-se, apoiando as mãos no volante. Foi preciso um instante para que ele se acalmasse.

– Ele disse que sente muito. Eu falei que Deus o ama e que nós escolhemos perdoá-lo.

Vitória parecia incrédula.

– Nós temos de perdoá-lo, Vitória. Jesus perdoou nossos piores pecados. Ele pede que perdoemos o próximo. Mike Hollis não é uma exceção. É o que diz o Evangelho.

Dylan disse do banco traseiro:

– Ele vai pra cadeia, não vai?

– Vai... e vai ficar lá um bom tempo. Ele tem uma filha de 7 anos.

Vitória olhou para Adam e depois fitou um ponto adiante. E pronunciou uma prece em voz alta:

– Senhor, dai-me a graça e a força para perdoar. Eu quero perdoar, mas preciso da vossa ajuda.

– Ele vai nos ajudar – disse Adam. – A cada um de nós.

Os três permaneceram em silêncio. Finalmente, Adam disse:

– Dylan, você teve uma noite extraordinária. E se a Emily pudesse falar com a gente agora, ela diria a mesma coisa que eu acho que Jesus diria: *Comemorem!* Então, meu filho, aonde você gostaria de ir? Você escolhe o lugar.

Dylan levou cinco segundos para decidir.

– Vamos à Sorveteria Bruster's. Eu quero um sundae de baunilha com caramelo.

– Para mim, um brownie com calda de chocolate. – Parecia que Vitória tinha dito isso, mas Adam não tinha certeza.

– *E*... – Dylan completou – também uma banana split, com pretzels e creme de chantilly duplo.

– Combinado – disse Adam, já imaginando o sorvete de creme de amendoim da Bruster's.

Adam deu uma arrancada com o carro, espalhando cascalho pelo ar.

– É isso aí, pai!

– Se eu estivesse dirigindo uma viatura de polícia, agora acenderia as luzes e ligaria a sirene.

◆◆◆

Na noite seguinte, Dylan e Adam estavam parados diante da garagem de casa, recuperando-se após uma corrida.

– Você está quieto – disse Adam. – Está preocupado com alguma coisa?

Dylan alongava os músculos.

– Tem uma coisa que eu quero lhe contar.

Adam inclinou-se em direção a ele.

– Você uma vez me perguntou se eu comprava drogas de algum adulto.

– Você quer me dizer o nome dele?

– Isso tem me consumido desde que a Emily morreu. Eu me sinto muito culpado.

– Nós já conversamos sobre isso. Deus nos perdoa.

– Tem outra coisa, pai.

– O que é? Quem vendeu as drogas para você?

Dylan cobriu o rosto com as mãos e murmurou um nome.

– Quem?

– Mike Hollis.

– O quê?

– Se eu tivesse delatado o Mike Hollis muito tempo atrás, se eu tivesse dito que ele vendia drogas para os alunos da minha escola... – Dylan soluçava –, ele teria ido pra cadeia. E a Emily ainda estaria viva!

Adam se aproximou dele.

– Dylan, você não tinha como saber. Se nós tivéssemos a oportunidade de refazer determinadas coisas, muitas vezes faríamos escolhas diferentes. Talvez você não tivesse consumido drogas, mas, se nós tivéssemos a relação que estamos construindo agora, é possível que você tivesse falado comigo. E talvez o Mike Hollis tivesse ido para a cadeia. Se alguém tem culpa, esse alguém sou eu.

– Vocês dois estão errados – disse uma voz vinda do escuro.

Adam e Dylan aguardaram.

– Não gosto de ficar escutando a conversa dos outros. – Vitória ergueu as mãos enquanto se aproximava pela lateral do jardim. – Mas saí para procurar um brinquedinho da Maggie e ouvi meu marido perguntar: "Quem vendeu as drogas pra você?" Então espero que vocês compreendam por que fiquei escutando.

– Claro – respondeu Adam.

– Certo, então vamos conversar – disse Vitória. – Mas está frio aqui; nós podemos entrar?

Enquanto os homens tomavam uma chuveirada, Vitória preparou café descafeinado para Adam, chocolate quente para Dylan e chá verde para ela. Depois se reuniram na sala de visitas e Adam acendeu a lareira.

Maggie se enroscou nos pés de Vitória.

– Bebam e se esquentem, enquanto eu digo o que penso disso tudo. Vocês têm ideia de quantos "e se" a gente pode imaginar? Eu imaginei uma centena. Primeiro, e se eu tivesse dito a Emily que ela não podia ir à festa... Ou, e se eu tivesse insistido para que um de nós dois tivesse apanhado a Emily na escola e a levado até a festa... E se eu não tivesse incentivado a Emily a estudar balé aos 7 anos, ela não teria conhecido a Hannah. A coisa não tem fim. Mas vocês sabem que diferença tudo isso teria feito?

A pergunta parecia retórica; portanto, nenhum dos dois respondeu.

– Então... *vocês sabem?*

– Não – Adam e Dylan responderam juntos.

– Nenhuma. Porque ou Deus tem o controle de tudo, ou não tem. Se Deus não tem o controle, se nosso destino está nas mãos de festas de aniversário, do fluxo do tráfego, dos demônios, ou de um homem que se embebeda e cheira cocaína... então Deus não é Deus. Por que, então, adorá-lo?

– Mas você acredita que Deus *tem* o controle, certo? – perguntou Dylan.

Vitória confirmou e abriu a Bíblia numa página que estava marcada.

– Escutem este versículo, de Provérbios 16:9: "Em seu coração o homem planeja o seu caminho, mas o senhor determina os seus passos." Será que Mike Hollis podia escolher? Sim. E ele fez a escolha errada. Mas a vida da Emily não estava nas mãos *dele*. Estava nas mãos *de Deus*. Deus poderia ter evitado aquele acidente.

– Então por que não evitou?

– Eu não sei, Dylan. Outro versículo que talvez ajude é Gênesis 50:20. Quando José tinha mais ou menos a sua idade, foi vendido pelos irmãos como escravo. No entanto, anos depois, ele diz o seguinte: "Vocês planejaram o mal contra mim, mas Deus o tornou em bem." José pôde olhar para trás e ver que a intenção de Deus triunfou sobre a intenção dos irmãos.

Adam esticou-se na cadeira e disse:

– Você tem razão! Pense na Sexta-feira da Paixão. Foi o pior dia da História, mas nós o consideramos um dia bom. Por quê? Porque, olhando para trás, podemos ver que Deus usou o pior meio para realizar o melhor feito: a nossa redenção.

Dylan virou-se para a mãe.

– Você acha que algum dia vamos entender que Deus tomou uma decisão certa quando deixou a Emily morrer?

– Eu não diria isso há dois meses, mas, sim, acho que sim. É a única coisa que mantém a minha sanidade. Acredito que, mesmo que não tivesse conhecido a Hannah, ela teria morrido naquele dia. Não sei como nem por quê. Mas *uma* coisa eu sei: Deus nunca mente. E Ele promete, em Romanos 8:28: "Sabemos que Deus age em todas as coisas para o bem daqueles que o amam, dos que foram chamados de acordo com o seu propósito."

– Acho que não consigo acreditar nisso – disse Dylan, balançando a cabeça negativamente.

Vitória compreendeu a dúvida do filho.

– Seu pai sabe disso, Dylan, e eu não tinha certeza se deveria um dia lhe contar. Depois que a Emily morreu, eu fiquei muito zangada quando uma pessoa citou esse versículo para nós. Eu queria arrancar esse trecho da Bíblia. Se tudo concorre para o bem, esse "tudo" inclui a pior coisa que nos aconteceu na vida... a morte da Emily. Será que eu podia crer que de alguma forma

Deus usaria a morte da Emily para o nosso bem? A princípio eu não podia crer nisso. No entanto, se isso *não fosse* verdadeiro, Romanos 8:28 também não seria. E se Romanos 8:28 *não fosse* verdadeiro, a Bíblia tampouco seria.

– Você chegou mesmo a pensar isso? – questionou Dylan.

– Sim. Mas acabei chegando à conclusão de que Romanos 8:28 é tão verdadeiro quanto João 3:16 e todas as outras passagens da Bíblia. Eu perguntei a mim mesma: se não consigo ver o propósito de Deus agora, será que não poderei acreditar que um dia, na eternidade, conseguirei entender esse propósito? Prefiro ter fé e crer que Deus é bom e me ama. Considerando o que Ele fez por mim na cruz, como eu poderia acreditar em algo menor do que isso?

Adam levantou-se e passou um braço em torno de Vitória. Com o outro braço, puxou Dylan para perto de si. Maggie enfiou a cabeça nas canelas deles.

CAPÍTULO TRINTA E TRÊS

Adam foi até a sala de arquivamento de provas, na Secretaria de Segurança Pública. Pela janela, ele observou o sargento Smith, responsável pela custódia das provas, catalogando registros. A sala tinha filas de prateleiras cheias de sacos e pastas.

– Olá, sargento, o Bronson disse que as trouxinhas de cocaína que nós encontramos na Highland já foram catalogadas. É isso mesmo?

Ele abriu o livro de registro de provas e correu o dedo pela página.

– Já. O sargento Bronson as entregou às 16h30. – Ele deu uma risadinha. – Ele comentou que a relações-públicas vai ganhar um prêmio importante amanhã à noite e que ela deve ir até lá voando em sua vassoura.

– Esse é o Bronson. Olha, ele mencionou 24 trouxinhas, mas eu poderia jurar que eram trinta.

O sargento Smith verificou a página.

– Aqui diz que 24 foram entregues ao laboratório. Vocês têm certeza de que contaram direito?

Adam refletiu um instante e disse:

– O Bronson deveria saber, pois foi ele que as entregou.

– O seu pessoal trouxe coisa grande este mês. Vocês fizeram aquela apreensão na Hoffman na semana passada e também trouxeram aquela caixa de sapato com as seis trouxas de cocaína.

Adam parou.

– Havia *seis* trouxas na caixa de sapato?

– Isso mesmo. Está registrado bem aqui. Se vocês mantiverem esse ritmo, os traficantes vão falir.

– Tomara que sim.

Adam hesitou. *A gente sempre pode dizer algo a mais depois, mas não pode retirar o que disser agora.*

Adam percorreu o corredor, passando por diversos funcionários da Secretaria de Segurança. Então, viu Nathan e David, que estavam de passagem.

– Nathan, espere um minuto.

Nathan parou e se virou, enquanto Adam se aproximava.

– Eu já volto, David.

David se afastou, lançando um olhar confuso para Adam.

– Lembra-se da apreensão que fizemos lá na Highland? – perguntou Adam. – Você, David, Shane e eu trabalhamos juntos no caso; depois, o Bronson apareceu, antes da chegada da narcóticos. Quantas trouxinhas de cocaína você se recorda de ter visto?

Nathan pensou um pouco.

– Umas trinta?

– No livro está registrado 24.

– Acho que está errado.

– E aquela caixa de sapato que nós encontramos quando prendemos o Leon, e o Bronson apareceu no final? Quantas trouxas havia dentro da caixa?

– Dez, eu acho.

– Só foram entregues seis.

Nathan examinou a fisionomia de Adam.

– Cuidado, cara. Antes de seguir por esse caminho precisamos ter certeza de que é a estrada certa.

◆◆◆

Numa tarde nublada, Nathan e Kayla viram três mulheres entrarem no Setor de Planejamento Familiar.

– Você sabe por que elas estão usando óculos escuros, não sabe? – Kayla perguntou a Nathan.

Ele estava constrangido em sua primeira visita a uma clínica de aborto.

– Não – disse Nathan em voz baixa.

– Pela mesma razão que eu usei há 19 anos, quando entrei aqui. Para esconder a maquiagem borrada pelas lágrimas. E para ficar menos reconhecível caso algum conhecido esteja passando.

Nathan abraçou-a.

– Eu gostaria de poder dar um soco na cara do imbecil que a incentivou a procurar esta clínica. Mas eu fiz a mesma coisa quando aconselhei meu irmão.

– A minha culpa se foi, Nathan. A sua também. Cristo pagou o preço por nós.

Nathan levou a mão ao rosto para enxugar uma lágrima. Kayla percebeu e encostou a cabeça no ombro dele.

– Fico muito feliz por você gastar seu tempo para ver o trabalho que eu faço no Centro de Apoio à Gravidez. Isso significa muito para mim.

– Eu deveria ter vindo há muito tempo, Kayla. Se a Secretaria de Segurança soubesse que crianças estão sendo mortas no Condado de Dougherty, seríamos enviados a esses locais, com as sirenes ligadas e as luzes piscando. Crianças morrem todos os dias bem debaixo do nosso nariz.

Kayla assentiu.

– Nós somos cegos, mas Jesus não é. Ele se importa com essas crianças. Ele disse que o que fizermos por elas estaremos fazendo por Ele.

Nathan apontou para a porta.

– Todas essas crianças que morrem aqui têm pais. Mas é como se fossem órfãs. Se os pais não as defendem, quem haverá de defendê-las?

Um Acura MDX cereja entrou no estacionamento. Um homem estava ao volante e uma mulher estava sentada no banco do carona. Ambos permaneceram dentro do carro.

– Reze por eles – disse Kayla. – Quando as pessoas não saem do carro, é porque estão repensando a decisão.

Finalmente o homem desceu. Olhou com hesitação para Nathan e Kayla; em seguida, inclinou-se e falou delicadamente com a mulher, ainda sentada no interior do veículo. Por fim, ela abriu a porta. A mulher usava óculos escuros enormes; seus cabelos castanho-avermelhados tocavam seus ombros. A fisionomia dela era familiar a Nathan, mas ele não sabia ao certo de onde a conhecia. Os dois caminharam em direção à porta da clínica. Kayla deu alguns passos em direção ao casal.

– Senhora, meu nome é Kayla Hayes. Eu gostaria de lhe entregar este folheto, que explica o desenvolvimento do seu bebê. Aqui tem o número do telefone de um local onde a senhora pode fazer uma ultrassonografia gratuita e ver como está o menino ou a menina dentro da sua barriga.

O rosto da mulher se contorceu no momento em que pegou o folheto das mãos de Kayla.

– Por que você está aqui? – perguntou o homem. – A sua presença só torna tudo mais difícil.

– Porque eu fiz um aborto. E me arrependo todos os dias por isso.

– Eu não creio que...

Kayla apontou para Nathan, que estava a cerca de três metros, ainda na calçada.

– Senhor, aquele é meu marido, Nathan Hayes. Ele tem uma história que vocês precisam escutar.

– Olá. – Nathan aproximou-se. – Vocês poderiam me acompanhar até a outra calçada?

Nathan não queria ter de explicar ao Departamento de Polícia por que adentrara uma propriedade particular a fim de tentar salvar uma vida que não era protegida pela lei.

A mulher olhou para o homem, fez um sinal de consentimento e seguiu Kayla e Nathan.

Nathan respirou fundo.

– Vou ser sincero com vocês. Esta é a primeira vez que venho a este lugar. Mas me arrependo muito de algo que fiz há quase vinte anos. Eu aconselhei meu irmão a pagar por um aborto. Aquela criança seria minha sobrinha ou meu sobrinho. Eu não protegi a vida daquela criança. Eu deveria ter feito todo o possível, inclusive me oferecido para criá-la. A Kayla e eu nos arrependemos da decisão que tomamos. Não queremos que vocês passem por esse mesmo sofrimento.

– Nós já temos dois filhos. O nosso caçula está com 7 anos – disse a mulher, reparando no rosto de Nathan pela primeira vez. Ela o examinou, como se quisesse se lembrar de onde já o tinha visto. – Eu trabalho o dia todo. Já temos prestações do financiamento da casa... e do carro. – Ela olhou para o Acura. – Não temos condições de ter mais um filho.

– Mas vocês *já têm* outro filho – afirmou Kayla. – Dentro da senhora.

– Veja bem, meu senhor – disse Nathan. – Eu não o conheço. Mas o senhor quer ser um bom pai para os seus filhos, não quer?

O homem assentiu.

– Talvez algum dia o senhor seja obrigado a explicar aos seus filhos por que tirou a vida de um irmão, ou de uma irmã, deles. A meu ver, uma criança não deve morrer por ser inconveniente. Sinceramente, eu acho que o pai deveria ser o primeiro a defender o direito que a criança tem de viver.

– O senhor não conhece a nossa situação financeira.

– Eu sei o seguinte: se vocês deixarem essa criança viver e acharem que não têm condições de criá-la, Kayla e eu podemos ajudar no processo de adoção, encontrando um lar no qual ela seja desejada. Isso não vai lhes custar um centavo.

A mulher sacudiu a cabeça violentamente.

– Eu jamais daria um filho meu para adoção! Que tipo de pessoa o senhor pensa que eu sou?

Kayla deixou que as palavras pairassem no ar durante alguns instantes e então disse, com delicadeza:

– Então a senhora prefere matar essa mesma criança?

A mulher olhou para Kayla, depois para Nathan e, subitamente, exclamou:

– Estou reconhecendo o senhor! Eu vi o seu acidente com a picape! Eu estava com uma amiga e ela parou o carro. Eu desci para ver se o senhor precisava de ajuda.

Ela removeu os óculos.

– É claro – disse Nathan. – Eu sabia que a conhecia de algum lugar.

Ela olhou para o marido, perplexa.

– Mark, este é o tal sujeito! O sujeito que se agarrou ao volante do carro e foi arrastado pela estrada. – Ela voltou o olhar para Kayla. – Quando foi cuspido da picape, ele não quis ficar parado e esperar pela ambulância. Eu pensei que ele fosse louco por se preocupar tanto com o carro. Nunca vou me esquecer do momento em que ele abriu a porta de trás e o menino começou a chorar.

Lágrimas rolavam pelas faces da mulher. Kayla abraçou-a.

– Foi o Jackson – disse Kayla, falando baixo. – O nome do nosso menino é Jackson.

O marido olhou para Nathan.

– Ela falou sobre esse assunto durante semanas. Eu gostaria de acreditar que teria feito o mesmo pelos meus filhos!

E, no entanto, o senhor está aqui para...

– O senhor tem uma chance de fazer o mesmo agora – disse Nathan. – O Jackson é o meu terceiro filho, e eu sabia que valia a pena salvá-lo. Esse é o terceiro filho de vocês, e vale a pena salvá-lo também.

– Mas... eu não sei como vamos fazer para pagar nossas contas – disse a mulher, novamente olhando para o carro.

– A senhora se lembra do que me disse quando eu me arrastei até a picape para resgatar meu filho? A senhora disse: "Não se preocupe com o carro."

Ela virou-se para o marido e foi como se, de repente, um holofote penetrasse a escuridão.

– Mark, o que nós estamos fazendo aqui?

– Eu achava que era o que você queria.

– Eu achava que era o que *você* queria.

O marido balançou a cabeça.

– Acho que nenhum de nós dois quer isso. Parecia que não tínhamos outra opção. Mas... nós temos.

A mulher soluçava.

– Eu quero ir embora daqui. – Ela deu meia-volta e correu para o carro.

Nathan estendeu a mão ao homem e disse:

– Mark, parabéns por se agarrar ao volante e salvar seu filho. Eu garanto que você não vai se arrepender da escolha que fez hoje.

CAPÍTULO TRINTA E QUATRO

Adam entrou na sala de visitas, onde Vitória estava sentada diante do seu laptop.

– Ocupada?

Ela ergueu os olhos.

– Só estou vendo meu Facebook. O que você quer?

– Eu estava pensando em tomar café com meus parceiros na terça-feira de manhã para conversarmos sobre a Resolução. Pela primeira vez na minha carreira eu acho que a minha relação com os colegas policiais, em vez de prejudicar, está ajudando a minha família.

– Por falar em relação com a família, domingo é o aniversário do seu pai. Se você escrever um cartão, eu envio.

Adam suspirou.

– Uma vez você me disse que eu passei a vida toda tentando agradar meu pai. Eu não gostei de ouvir isso. Mas acho que é verdade.

– Pois é.

– Você sabe, ele recebeu uma medalha de honra por ter salvado seu pelotão no Vietnã. Reformou-se como tenente-coronel. Como eu poderia competir com ele? Todas as vezes que eu o encontro, ele diz: "Você ainda é cabo?" Aquelas duas divisas no meu uniforme impressionam um soldado, mas, para ele, não significam nada. Se eu fosse sargento, ele iria querer que eu fosse capitão. Ele nunca fica satisfeito.

Vitória sacudiu a cabeça.

– Se você se importasse menos com a opinião do seu pai, a relação de vocês melhoraria.

– Eu tenho minhas dúvidas. Mesmo assim, venho pensando em convidá-lo para pescar comigo e com o Dylan. Ou então para vir assistir à corrida de cinco quilômetros.

Dylan estava saindo para treinar quando ouviu Adam dizer isso. Ele sentou-se num canto e ficou escutando a conversa.

– Você sabe que ele não gosta de viajar. Talvez você tenha de ir visitá-lo.

– Vou escrever o cartão, mas vou telefonar no dia do aniversário também. Nós precisamos ter uma conversa de homem para homem.

– Isso seria bom. – Vitória examinou o semblante de Adam. – Tem mais alguma coisa incomodando você, não tem?

Ele se deteve por um instante, pensando na melhor maneira de dizer o que queria. Por fim, encontrou as palavras e contou à esposa sobre as discrepâncias na quantidade de drogas entregues à custódia da sala de arquivamento de provas.

– O que você vai fazer, Adam?

– Eu tenho de fazer o que é certo. Se um policial rouba drogas, eu tenho de denunciar.

– Mas você não sabe quem é o responsável.

– Além de mim, só pode ser o Shane, o Nathan, o David ou o Bronson. Nós cinco estivemos presentes nas duas cenas. As informações são conflitantes. Se as drogas foram roubadas antes de serem vistas pelo funcionário encarregado pelos registros, ninguém saberia.

Vitória inclinou-se em direção a Adam.

– Tudo bem. Não foi você. E o Shane é honesto, certo?

– Claro. É tão honesto que admitiu que não advertiu o Holloman antes de usar o *taser*. O sargento lhe deu a chance de contar uma mentira que teria evitado a repreensão.

– E não creio que você acha que tenha sido o Nathan.

– Eu nem sei no que acredito. E isso me incomoda. O Bronson apareceu nas duas apreensões de drogas. Por quê? A menos que...

– O Bronson é um cabeça-dura, mas ele sempre foi honesto, certo?

– Acho que sim.

– E o David? Algum dos seus parceiros costuma comprar coisas que estão acima de suas posses?

Os pensamentos que vieram à mente de Adam não eram bem-vindos.

– Eu não acho que algum deles tenha feito uma coisa dessas – disse Vitória.

– Espero que não. Mas todos somos tentados de vez em quando.

– Você já foi tentado?

– Três anos atrás, eu confisquei um dinheiro numa apreensão de drogas justo quando o Dylan teve aquele problema de cólon. Está lembrada? O plano de saúde deveria ter coberto as despesas, mas não cobriu. E eu pensei: "Isso é dinheiro de drogas; vai ser confiscado pelas autoridades e, provavelmente, desperdiçado em algum fundo que vai beneficiar algum figurão." Havia milhares de dólares na sacola. Ninguém ficaria sabendo se eu pegasse mil.

– O que você fez?

– Nada. Eu simplesmente não consegui.

– E por que não?

– Eu sabia que era errado. Gostaria de dizer que fiz a coisa certa por causa do meu amor por Deus. Mas a verdade é que eu sabia que Ele estava vendo, e senti medo do Seu julgamento.

– Bem, se isso impediu que você roubasse, tudo bem.

Adam levou as mãos ao rosto.

– Eu não quero seguir até onde essa história das drogas vai me levar, Vitória.

– Eu sei. – Ela fez uma massagem no ombro dele. – Mas você precisa fazer isso, não é? Porque você ama a Deus. E porque teme a Deus.

Ele concordou.

Dylan entrou na sala naquele momento.

– Quer dar uma corrida, pai?

– Claro, amigão. Está uma noite linda.

Adam trocou de roupa e se encontrou com Dylan na varanda. Começaram a correr em ritmo lento. Enquanto corria, Dylan enfiou a mão no bolso do agasalho e retirou algo. À luz fraca dos postes de rua, Adam não conseguiu ver bem o que era.

– O que é isto?

– Um bastão.

– Foi isso que eu pensei. Para que serve isso?

– O técnico quer que eu carregue esse bastão toda vez que eu correr.

– Por quê?

– Ele quer que eu corra com a equipe do revezamento 4 x 400.

– Dylan, isso é maravilhoso!

– Ele disse que, como eu cheguei em segundo lugar naquela corrida, mereço uma chance.

– Você está feliz?

– Estou. Mas... e se... você sabe...

– E se o quê?

– Ora, se eu for mal numa prova individual, o prejuízo é meu. Mas se numa prova de revezamento eu deixar o bastão cair ou me atrapalhar na entrega, vou estragar a corrida de todo mundo. Tem muita coisa em jogo.

– Você vai se sair bem, Dylan. Eu sei que vai.

– O técnico me ensinou a passar e receber o bastão, e amanhã vou treinar com a equipe. Mas eu nunca fiz isso enquanto corria.

– Você pode me mostrar como é?

– Acho que sim. Mas por quê?

– Podemos treinar enquanto corremos. Você recebe o bastão de mim; você passa o bastão pra mim.

– É, podemos experimentar. Vai ser como treinar em câmera lenta.

– Nada disso. Eu posso correr para valer – disse Adam.

– Tudo bem.

Adam entregou o bastão a Dylan, que o pegou e acionou as turbinas. Adam ficou impressionado com a aceleração de Dylan. Ele sabia que o filho se continha quando corriam juntos, mas jamais vira tamanha velocidade. Isso fazia com que Adam quisesse correr mais rápido a cada vez que passava o bastão ao filho.

Os trinta minutos seguintes foram de partidas e chegadas, entregas e tomadas. A experiência propiciou o que havia de melhor em cada um.

No momento em que se aproximavam da garagem de casa, Dylan disse:

– Obrigado, pai. Esse treino foi uma grande ajuda. Acho que estou pronto para correr amanhã.

– De nada, filho. – Adam sorriu. – Não é para isso que servem os pais?

◆◆◆

No evento a rigor, que acontecia no salão de festas do Centro Municipal da cidade, Diane Koos receberia o Prêmio Albany por Eficiência no Serviço Comunitário.

Koos havia se superado. Cabelo perfeito, maquiagem profissional, unhas feitas, vestido de xantungue sem alças e sapatos de marca, salto de 10cm, ela era puro brilho e posava para todos os ângulos das câmeras. O sorriso não dava qualquer sinal de cansaço. Como ela conseguia caminhar com aqueles saltos – e principalmente pagar o preço que custavam – era um mistério.

O apresentador convidado era Darrin Gallagher, que trabalhara ao lado de Koos no telejornal noturno da TV-WOIA durante 14 anos. Aspirante à capa da *GQ*, com seu bronzeado à base de spray e cada fio de cabelo no lugar, Gallagher usava um terno que parecia ter se materializado em seu corpo diretamente de um cabide. Ele se dirigiu à plateia:

– Não me ocorre qualquer outra pessoa que mereça este prêmio mais do que Diane Koos. Em sua brilhante carreira, ela se arriscou todos os dias. Cobriu as histórias mais importantes para a cidade de Albany, fosse um furo sobre corrupção, uma brutalidade policial ou escândalos no governo. Ela foi a voz do povo. Nós sentimos a falta de Diane na WOIA, mas somos gratos por ela agora trabalhar como uma espécie de cão de guarda da população junto à Secretaria de Segurança Pública do Condado de Dougherty. Nós dormimos melhor sabendo que ela está a postos, fazendo a sua parte pela nossa segurança. Em nome da família WOIA e da população da grande cidade de Albany eu tenho a honra de entregar este prêmio prestigioso à minha colega de tantos anos, à minha parceira de excelência jornalística, Diane Koos!

A plateia aplaudiu calorosamente. Quando o diretor-geral da TV-WOIA se levantou, os executivos e funcionários da emissora fizeram o mesmo. Em seguida, o delegado e seus subordinados também se levantaram. Um tanto desconcertadas, algumas pessoas que não tinham ficado em pé resolveram se levantar, de modo que, no fim das contas, todos participaram de uma ovação pouco espontânea.

Darrin Gallagher entregou a Diane Koos uma pesada peça de jacarandá que trazia o nome dela lindamente gravado numa placa de ouro de 24 quilates.

Diane fez um discurso curto, incisivo e inteligente, demonstrando a humildade que qualquer grande figura comunitária se orgulharia de possuir.

Quando o evento chegou ao fim, depois de incontáveis fotos, abraços e apertos de mão adulatórios e múltiplas rodadas de coquetéis, já eram 23h30, e Darrin Gallagher levou Diane Koos até o carro dele. Os dois desceram pelo elevador até a garagem. Darrin caminhava com um braço passado por cima dos ombros de Diane e com a outra mão segurava o controle remoto do carro.

Do meio das sombras surgiram dois jovens brancos vestindo macacões e botas pretas de grossos solados. Um deles era baixo e magro, o outro era alto e corpulento. Ambos usavam cabelo curto e tinham suásticas tatuadas nos braços.

O grandalhão empurrou Gallagher no chão, enquanto o outro pegou a bolsa de Diane.

– Passa a carteira e a chave do carro, cara. Rápido!

Gallagher jogou a chave nos pés do sujeito e tirou a carteira do bolso, jogando-a na mesma direção.

Diane Koos não quis colaborar. Ela se agarrou à bolsa, e a fina alça de corrente se rompeu.

O assaltante empurrou-a violentamente contra uma pilastra de concreto.

– Eu quero o colar, a pulseira e o anel.

– Não! – gritou ela. – Socorro! Socorro!

O sujeito deu-lhe um soco no maxilar. Ela cambaleou para trás, mas, quando ele voltou a atacá-la, ela se defendeu com a placa de madeira e ouro. A ponta afiada abriu um talho na face do agressor, que começou a sangrar imediatamente. A placa caiu no chão. Ele tentou arrancá-la de Koos, mas ela avançou e cravou as unhas no rosto dele. O sujeito soltou um grito, pois seu olho fora atingido por uma unha afiada como navalha.

O marginal mais alto correu em auxílio do comparsa ferido. Darrin Gallagher ficou sentado no chão, paralisado. Quando percebeu que tinha sido deixado de lado, ele fugiu para a rua, pegou o celular e ligou para a polícia. No instante em que alguém atendeu à chamada, uma viatura policial entrou na garagem. Gallagher precisou dar um salto para não ser atropelado pelo veículo.

O carro freou, produzindo um forte ruído, e um policial tão grande quanto ágil pulou para fora. Àquela altura, um dos sujeitos mantinha Diane Koos imobilizada numa gravata, enquanto o outro já conseguira arrancar o colar e a pulseira e agora tentava retirar o anel. Ela deu uma mordida no seu dedo e ele sacou uma faca.

Com uma rapidez incrível, o policial grandalhão agarrou o agressor pelos ombros e o ergueu do solo; em seguida, bateu com a sua testa na testa do assaltante menor. O agressor caiu no chão com um som violento.

Nesse momento, o baixinho encostou a faca na garganta de Diane.

Sem hesitar, o policial sacou sua Smith & Wesson e apontou-a para a cabeça do assaltante.

– Largue a faca ou você está morto – rosnou.

O assaltante, com a voz falhando, disse:

– Jogue a arma no chão e solto ela. Se não jogar, ela morre.

– Você não vai fazer isso. E sabe por quê? Porque não vai querer me dar motivos para meter uma bala no seu olho esquerdo, e depois outra no seu olho direito, e outra na sua boca quando você estiver caindo. Quer me testar, vagabundo? Você vai ver!

– Eu vou cortar a garganta dela!

– Se você tirar uma gota de sangue dela, seu bandido da Nação Ariana, você vai estar morto, no fogo do inferno, antes mesmo de conseguir dizer "Adolf Hitler".

O sujeito, treinado na escola do ódio, olhou nos olhos do policial e constatou que aquele gigante estava pronto – se não ansioso – para executá-lo ali mesmo. Olhou para o companheiro estendido no chão, com o crânio afundado, e largou a faca.

– Isso, cãozinho obediente. Agora largue a moça. Deite-se no chão, de bruços, seu nazistazinho, e beije o asfalto como se fosse os pés de Hitler.

Ele obedeceu prontamente.

– Mãos para trás.

O policial algemou os dois sujeitos e pediu reforço.

– Tenho dois vagabundos da gangue Nação Ariana em custódia aqui na garagem do Centro Municipal. E há uma mulher ferida; ela precisa de uma ambulância.

– Eu estou bem – disse Diane Koos.

– Essa decisão cabe aos paramédicos. Eles bateram bastante na senhora. – O policial virou-se para o sujeito deitado no chão com a face toda arranhada. – Mas, evidentemente, ele levou a pior.

Diane Koos encarou-o.

– Eu achava que você trabalhava durante o dia.

– E trabalho. O Frashour está doente e eu me ofereci para cobrir o turno dele, já que eu tive que faltar ao meu plantão.

– Por quê?

– Recebi um memorando dizendo que eu deveria participar de um treinamento de conscientização que durou o dia inteiro. Disseram que foi recomendação do departamento de Relações-Públicas.

– Bem, esses caras tiveram sorte por você ter feito o treinamento.

Darrin Gallagher surgiu do meio das sombras.

– Diane! Está tudo bem com você?

– Acho que sim.

– Meu Deus, que loucura! Esses sujeitos estavam enlouquecidos.

– O senhor deveria ter ficado aqui para ajudá-la – disse o policial.

– Eles poderiam estar armados! – defendeu-se Gallagher.

– Exatamente. Eles poderiam ter matado esta senhora, armados ou não. Pelo jeito, eles borraram a sua maquiagem.

Gallagher tocou a própria face, inconscientemente.

– Eu fui chamar a polícia. É isso que a gente deve fazer.

O policial o encarou.

– Alguém telefonou antes do senhor. O senhor estava telefonando na hora que eu cheguei. Ou será que o senhor estava telefonando para a estação de TV, para chamar uma equipe de filmagem?

O policial se abaixou, pegou a placa e a leu, entregando-a a Diane em seguida. Quando ela pegou o prêmio, ele percebeu que quatro unhas dela estavam quebradas e que havia sangue em seus dedos.

Koos perguntou:

– O senhor já conhece Darrin Gallagher?

– Não, pessoalmente. Eu já o vi na TV, em anúncios nas laterais de ônibus e em alguns cartazes em banheiros. Mas é a primeira vez que o vejo com a maquiagem borrada. Eu me lembro da matéria que ele fez sobre brutalidade policial. Na verdade, acho que eu fui incluído na reportagem.

– Eu sabia que conhecia o senhor! – Gallagher deu um passo atrás.

– É... não é muito fácil se esquecer de mim. Pois bem, cada um de nós fez o seu trabalho aqui esta noite, *Darrin*. O seu foi correr como um covarde. O meu foi prestar assistência à única pessoa aqui que tem coragem. Esta senhora é valente. É melhor aprender com ela, para que eu não precise vir correndo salvá-lo caso você seja atacado por uma gangue de meninas do jardim de infância.

– Isso é inaceitável. É abusivo! – Gallagher pegou o *smartphone* e começou a digitar furiosamente. – O senhor vai se dar mal. Eu vou registrar uma queixa aos seus superiores!

– Vá em frente – disse o policial.

Koos olhou furiosamente para Gallagher.

– Se você fizer isso, a queixa vai parar nas minhas mãos. E, quando isso acontecer, eu vou relatar ao delegado *tudo* o que aconteceu aqui esta noite. E vou espalhar cópias do relato pela WOIA.

O policial olhou para a ex-apresentadora de telejornal, a premiada da noite, com seu vestido rasgado, o rosto e o pescoço escoriados, os cabelos desgrenhados e as unhas arruinadas.

– Madame, esse almofadinha é seu namorado?

– Não! Ele só me deu carona para vir para cá e se ofereceu para me levar para casa.

– Vocês dois fariam um par e tanto. Um dos dois poderia usar calças, e esse mesmo indivíduo não fica nada mal de vestido.

Gallagher e Koos encararam o policial com expressões radicalmente diversas. Gallagher pensava em notícias, revelações, demissões, num processo judicial e também em convencer sua ex-colega de telejornal de que estava enganada.

Diane Koos estendeu a mão direita suja de sangue e tocou o braço do policial.

– Obrigada, sargento Bronson.

Ele a encarou durante alguns instantes:

– Só estou fazendo o meu trabalho. E foi um prazer, senhora.

CAPÍTULO TRINTA E CINCO

Adam foi até o local onde Tom Lyman o aguardava, na Residência de Aposentados Whispering Pines.

– Faz meses que eu quero conhecer o Dylan e a Vitória. Você pode me ajudar a vestir este casaco, por favor?

Enquanto ajudava Tom, Adam perguntou:

– Cadê o sujeito que ficava sempre sentado naquele canto?

– Andy Worthington? O Andy faleceu no domingo passado.

– É mesmo?

– Acho que ele não estava pronto para partir. Estava amargurado. Achava que os filhos não se importavam com ele. Não conhecia a maioria dos netos.

– Isso é triste.

– É. Mas eu disse ao Andy várias vezes que não conseguimos modificar os outros. A única vida que podemos modificar é a nossa, e mesmo assim precisamos da ajuda de Deus. Jamais consegui fazer com que ele pensasse em Jesus. Ele se recusava a buscar a única coisa capaz de lhe trazer alegria e esperança.

– É bom saber que você gostava do Andy ao ponto de compartilhar com ele o Evangelho.

– Deus me colocou neste lugar. Assim como colocou missionários na África e você na Secretaria de Segurança.

Adam se maravilhava com a sabedoria de Tom. O que ele aprendia com Tom, outros, inclusive Dylan, aprendiam com ele. Homens devotos passavam o bastão aos outros, geração após geração. Adam estava decidido a nunca mais deixar cair o bastão.

– Atos 17 diz que Deus determinou o tempo e o lugar em que cada um de nós vive. Não é coincidência o fato de eu estar aqui, Adam. Deus decidiu o tempo de Tom Lyman e o local exato em que ele viveria. E Ele fez isso para que eu e os que me cercam possamos buscá-Lo e encontrá-Lo. Esse é o chamado da minha vida.

Enquanto Adam empurrava a cadeira de rodas pela porta da entrada, Tom perguntou:

– Você está pensando em me jogar na caçamba da picape?

Adam riu.

– Pedi emprestado o furgão de um amigo que tem uma porta de correr. Vai ser perfeito.

Adam acomodou Tom no banco traseiro e entregou-lhe sua Bíblia.

– Depois de algumas sessões de fisioterapia, você vai se recuperar – Tom disse para si mesmo, em tom de brincadeira. Em seguida, calou-se por alguns instantes, escolhendo as palavras, enquanto Adam colocava a cadeira de rodas dentro do furgão e se acomodava no banco do motorista. – Adam, naquelas anotações que você me deu na sua última visita, você diz que parte do seu sofrimento vem do fato de nunca mais poder abraçar sua filha. Eu queria falar com você a respeito. Você crê na ressurreição?

– Sim, claro.

– Mas a ressurreição significa que Deus vai fazer ressurgir o nosso corpo e uni-lo ao nosso espírito, e que viveremos para sempre com Ele. Vou lhe dizer uma coisa: não há incentivo maior para mim. E, como nos reencontraremos com nossos entes queridos, fico ansioso por poder conversar de novo com a Marianne, caminhar ao lado dela, dançar com ela.

– Dançar com ela? Você acha? – A voz de Adam se tornou áspera de emoção, só por ele pensar nessa possibilidade. – Acho que... nunca tinha pensado nisso.

Tom sorriu.

– Bem, por que *não haveríamos* de dançar?

– Eu tenho feito o que você sugeriu: eu sempre penso que, embora o corpo de Emily esteja morto, ela está viva, com Jesus, no céu. Isso me ajuda muito.

– Exatamente. E um dia a alma da Emily vai se reunir com o corpo. Isso é a ressurreição. Então, Adam, eu me sinto profundamente grato pelo tempo que desfrutei ao lado de Marianne aqui. Mas também sou grato pela eternidade que vamos compartilhar na presença de Deus. A sua relação com a Emily não acabou; apenas foi interrompida. Reúna todas as lembranças preciosas que você tem do tempo em que ela esteve aqui e lembre-se de que isso é só o começo.

Adam enxugou os olhos e Tom continuou falando.

– Um dia as suas anotações serão um tesouro para você. Às vezes eu releio o que escrevi no primeiro ano após a morte da Marianne. Já faz 15 anos e ainda sinto saudades dela, mas eu vejo quanto Deus tem feito por mim. Aprendi a confiar Nele.

– Eu quero confiar Nele. Mas ainda não compreendo.

Adam percebia que algumas vezes Tom ficava calado antes de responder. Ele garimpava sua memória, que abrigava tesouros, alguns escondidos havia muito tempo. Ele era idoso numa cultura que valorizava a juventude, a força, o glamour – características de indivíduos que ainda não adquiriram sabedoria –, através de décadas de uma vida de altruísmo, coragem e compaixão. Tom Lyman jamais seria matéria de revista, fosse ela cristã ou não. E, no entanto, ele talvez fosse o homem mais semelhante a Jesus que Adam encontrara na vida.

Tom tocou suavemente sua Bíblia e falou:

– Em Isaías 55, Deus diz que, assim como os céus são mais altos do que a terra, assim são os caminhos de Deus mais altos do que os nossos caminhos, e os pensamentos de Deus, mais altos do que os nossos pensamentos. Se pudéssemos sempre compreender Deus, isso significaria que Ele é tão tolo quanto nós.

– Bem, felizmente, não é esse o caso.

Ambos riram.

Ao estacionar na garagem de sua casa, Adam abriu a cadeira de rodas e ajudou Tom a sentar-se.

Vitória abriu a porta. Adam inclinou a cadeira e a empurrou através da soleira, onde a esposa o aguardava, pronta para abraçá-lo.

– É uma honra conhecê-la, Vitória – disse Tom. – Onde está o Dylan?

Dylan surgiu, timidamente, de um canto.

– Então este é o astro do atletismo! Seu pai me contou como você está brilhando. Ele está orgulhoso da sua segunda colocação na prova de 400m!

Dylan sorriu.

No almoço, Vitória serviu um ensopado de carne, acompanhado de broas de milho e uma salada verde, com queijo cheddar, tomate, cebola e *croutons*. Antes que Adam iniciasse a prece, Tom, Vitória e Dylan deram as mãos.

– Pai, obrigado pela companhia do Tom. Obrigado pela sabedoria que ele trouxe à minha vida. E obrigado pelo Dylan e pela Vitória, e pelo trabalho que ela realizou nesta refeição. Somos muito gratos ao Senhor, meu Deus. Em nome de Jesus, amém.

– Amém! – Tom olhou para Vitória. – O Adam lhe disse que eu gosto de carne ensopada?

– Disse, sim.

– Quando ele me disse que o seu ensopado era delicioso, eu dei algumas indiretas, mas ele nem sempre capta as minhas indiretas, você me entende?

– Entendo *perfeitamente*.

Tom exibiu um largo sorriso.

– Você é um homem abençoado, Adam Mitchell! Por ter uma esposa tão linda e charmosa e um filho forte e inteligente. E como eles são abençoados por terem um homem que ama a Deus e a família. Vou começar a pedir quentinhas lá na Residência de Aposentados!

Dylan e Vitória se mostravam satisfeitos em responder às diversas perguntas feitas por Tom, e Adam se surpreendeu ao constatar quanto tinha aprendido a respeito dos dois.

– Ainda tem um pouquinho de carne e metade de uma broa no meu prato. E eu sei que há uma integrante da família chamada Maggie. Eu gostaria de conhecê-la.

– Posso deixar a Maggie entrar, Adam? – perguntou Vitória.

– Claro, por que não?

Maggie entrou correndo pela porta dos fundos e foi direto ao encontro do estranho que segurava uma tigela onde Vitória havia juntado os restos de comida. Maggie limpou a tigela em dez segundos, enquanto todos riam.

A família e o visitante foram para a sala de estar. Maggie sentou-se aos pés de Tom, com a cabeça apoiada sobre um de seus joelhos.

– Eu sei que tem sido difícil para vocês, desde que a Emily se foi.

– Tem, sim – disse Vitória.

– Nem sempre é fácil entender os atos de Deus, mas Ele é sempre fiel.

Quando sofri uma queda, seis anos atrás, achei que nunca mais voltaria a andar. Fiquei extremamente infeliz. Então, um dia, eu li sobre a ressurreição de Cristo, e Deus acendeu uma luz para mim.

Adam observou que Vitória e Dylan ouviam atentamente as palavras de Tom.

– Eu acho que vou voltar a andar *sim*. – Ele se voltou para Dylan. – Depois da ressurreição, eu vou apostar corrida com você, meu jovem, e você vai ter de dar tudo de si para me acompanhar!

– Sim, senhor!

Subitamente, os olhos de Tom se encheram de lágrimas.

– Vitória, gostaria de apresentá-la à Marianne. Ela vai gostar muito de você. E quero conhecer a Emily também.

Vitória não conseguiu falar, mas sorriu. Ela foi até a cozinha e, cinco minutos depois, voltou com uma torta de pêssego, ainda morna, e sorvete de creme. Tom ofereceu à Maggie os restos de sua sobremesa.

Vitória olhou para a cadela, que agora apoiava a cabeça no tornozelo de Tom.

– Eu tenho quase certeza de que a Maggie acha que já está no céu! – disse.

Mais tarde, quando Adam e Dylan regressaram da Residência de Aposentados, Adam disse à esposa:

– Tom fez um grande sucesso esta noite. E não foi só com a Maggie. O Dylan me disse que gostou muito dele.

– É um sujeito e tanto, não?

– Sim. Conversei com ele sobre minha tendência de só ver o lado ruim das pessoas.

– Por exemplo, no caso do Frank Tyson, quando você acreditou imediatamente que ele estivesse envolvido com algum tipo de corrupção.

– É. Sabe, de repente eu me dei conta de que aquelas trouxinhas de cocaína que sumiram poderiam perfeitamente ter caído dentro das aberturas de ventilação no chão.

– É possível.

– Por outro lado, eu preciso tomar cuidado para não ignorar os indícios. Algum dos meus parceiros talvez esteja roubando drogas. E isso pode comprometer a minha relação com os demais colegas.

– Por quê?

– Porque policiais que delatam policiais ficam malvistos entre os colegas.

– Eu não gostaria de estar no seu lugar.

– Nem eu.

CAPÍTULO TRINTA E SEIS

Adam chegou ao Pearly's com 15 minutos de antecedência.

A mesa preferida do grupo estava ocupada; embora pudesse desocupá-la sacando a arma, preferiu se sentar em outro lugar. Adam dirigia-se a uma mesa vazia quando ouviu uma voz rouca de mulher:

– Cabo Mitchell!

Ele se virou e viu o rosto perfeitamente maquiado de Diane Koos.

– Sra. Koos. Olá. O que a senhora está...? – ele se deteve no meio da frase. Sua visão periférica captava uma imagem bizarra demais para ser assimilada. Ou seja: Diane Koos ocupava uma mesa... na verdade, ocupava uma fração mínima da mesa... ao lado do planetoide humano.

– Mitchell – disse o homem com sua voz de misturador de cimento.

– Sargento – respondeu Adam, baixo. Adam fitou os olhos injetados de Bronson. – O que vocês dois... estão fazendo aqui?

– Isso não é da sua conta – rosnou ele.

Koos riu e deu um tapa no braço de Bronson.

– Ora, Brad! Não seja um troglodita! – Ela olhou para Adam. – Eu convidei o Brad para tomar o café da manhã comigo. Quando perguntei aonde ele queria ir, sabe o que ele disse?

– Ao Pearly's?

– Ele disse: "Quando estou no Pearly's fico tão feliz quanto pinto no lixo." Isso não é hilário?

– Humm... é.

– Vai, Brad! Mostre a ele o que está dentro da sacola.

Com relutância, Bronson retirou uma peça de madeira com uma placa de ouro no meio, com as seguintes palavras inscritas: "Prêmio Albany por Eficiência no Serviço Comunitário". O nome de Diane Koos estava riscado e, logo abaixo, lia-se Brad Bronson.

– Eu mandei gravar isso em reconhecimento ao que ele fez por mim.

– Você está vendo como a placa está danificada? – perguntou Bronson, com um sorriso maldoso. – A Diane deu uma pancada na cara do vagabundo com ela.

– É, eu soube da história.

Koos sorriu.

– Adam, você conhece o *rottweiller* do Brad, o Marciano? Eu levei para ele meio quilo de carne moída e um saco de Cheetos. Agora somos melhores amigos.

Brad, com vivacidade, acrescentou:

– Os biscoitos de amendoim também fizeram sucesso. – Ele olhou para Adam. – Adivinhe qual é o nome do Jack Russell dela?

Adam supôs que não fosse Totó.

– Otis Spunkmeyer, como aquela marca de biscoitos. – Bronson riu tanto que teve um acesso de tosse.

A frase "*Eu pensei que tivesse visto de tudo na vida*" adquiriu um novo sentido para Adam.

– Bem... – disse Adam, constrangido com aquela situação –, preciso achar uma mesa para os meus parceiros. Humm... bom dia para vocês.

De onde se sentara, ele ainda podia ouvir a voz de Bronson.

– ...ele partiu pra cima de mim, mas a minha testa interrompeu o caminho dele. O cara caiu como uma pedra. Eu entrei lá e joguei os comparsas dele de bunda no chão. Deixei aquele barco tão limpo de drogas que dava pra lamber o chão.

Koos riu e se inclinou para sussurrar algo ao ouvido de Bronson. Adam levantou-se novamente e escolheu outra mesa, no canto oposto, onde não poderia ouvir e ser ouvido.

Adam pegou a edição do dia do *Albany Herald*, pulou o primeiro caderno e a seção de esportes e foi direto para os classificados. Depois checou as notificações legais, que ocupavam oito páginas. A primeira nota era do Juizado de Menores do Condado de Dougherty. Ela trazia as iniciais e as datas de nascimento de duas crianças e se dirigia a três indivíduos do sexo masculino, Ronnie, Ernest e Willie, e "a qualquer outro homem que possa ser o pai biológico das referidas crianças, nascidas de Gail Edwards".

Adam viu outra notificação, similar à primeira, e outra, e mais outra. Ele balançou a cabeça.

Javy e Nathan chegaram e puxaram cadeiras, sentando-se ao mesmo tempo.

– Quem ganhou? – perguntou Shane, enquanto se aproximava e se sentava ao lado de Adam.

– Estou lendo as notificações legais. O Juizado de Menores está solicitando aos pais de crianças sob custódia que assumam a paternidade perante o tribunal.

– Como eu sempre digo – disse Shane –, Roma está caindo.

– Mas a gente não pode desistir. Eu não vou. – Adam ergueu os olhos e viu David chegar, trazendo café e sentando-se na última cadeira vazia.

– A coisa está ficando feia para o meu lado – disse ele. – Ontem à noite eu sonhei com o Pearly's.

– É, ouvi dizer que você foi apontado como o funcionário do mês. Um feito e tanto, considerando que você nem trabalha aqui – zombou Shane.

– Talvez assim seja mais fácil encontrar vaga no estacionamento.

David tomou um gole de café, para se animar e conseguir falar.

– Eu descobri uma coisa sobre a Amanda que não está sendo fácil aceitar.

– O que foi? – perguntou Nathan.

– Eu não sei bem como dizer isso.

Todos aguardaram.

– Bem, ela é... vegetariana.

Silêncio.

Adam finalmente falou:

– Será que a Olívia é vegetariana também?

– Acho que sim – disse Shane –, a não ser que ela tenha dinheiro e saiba pegar uma condução até o Burger King.

Adam se inclinou na direção de David.

– Quando você descobriu?

– Quando levei um jantar para ela e para a Olívia.

– De onde?

– Do Jimmie's Hot Dogs.

Em uníssono, o grupo emitiu gemidos de empatia. Shane perguntou:

– Você disse a ela que é "baconteriano"?

– Ela me disse que tem um adesivo no para-choque que diz: "Carne é carnificina."

– Se carne é carnificina, David, você é um assassino em série. O que a Amanda diria se soubesse quantos bezerros perderam a vida para que você se sentisse feliz?

– E um monte de porcos também – acrescentou David.

– Eu não diria que isso é motivo para divórcio, mas é uma questão de compatibilidade a se considerar, se você pensar em casamento – opinou Shane.

– Na maioria dos casos, talvez isso seja verdade – disse Nathan.

– Como assim? – perguntou David.

– Bem, vocês tiveram uma filha juntos. Isso quer dizer que, a menos que existam motivos que impeçam, vocês deveriam estar casados.

David pigarreou.

– E o fato de ela ser vegetariana não conta?

– Não.

– Mesmo que isso signifique que eu nunca vou poder fazer um churrasco para ela?

– Mesmo que signifique que você nunca possa fazer um churrasco para *você* – disse Nathan.

– Casamento é coisa difícil, não é? – David se contraiu.

– Acredite se quiser, David, às vezes não tem coisa mais difícil.

– Falando sério, parceiros. Eu tenho encontrado a Amanda. Respeito a maneira como ela criou a Olívia. Eu não poderia ter feito o que ela fez. A Amanda é... incrível.

– David, se você tivesse de optar entre comer carne pelo resto da vida ou ficar com a Amanda e a Olívia, o que você escolheria? – perguntou Adam.

David refletiu longamente.

– Falando com sinceridade? Acho que escolheria a Amanda.

Javy foi o porta-voz do grupo:

– Ele está apaixonado.

Depois de um momento de congratulações e piadinhas, Adam assumiu um tom sério e disse, batendo no jornal diante de si:

– Eis o que eu acho: ninguém fala do drama das crianças que não têm mãe. Só se fala das crianças sem pai. Em geral, as mães lutam e os pais fogem da raia. Tenho muito orgulho de você, David, pelas opções que vem fazendo. Nunca é tarde para corrigir as coisas.

– Isso me faz lembrar de algo que estou lendo nas Escrituras – disse Nathan. – Em Efésios 6 há uma ordem expressa aos homens: "Pais, não irritem seus filhos; antes criem-nos segundo a instrução e o conselho do Senhor."

Adam animou-se.

– No meu caso, foi exatamente esse o problema. Desde que o Dylan ficou adolescente, eu vinha dando a ele mensagens negativas. Ele só me ouvia dizer *não;* não podia chegar em casa tarde, não podia deixar de fazer o dever de casa, não podia jogar video game. Provoquei a ira dele porque não o incentivei.

– Eu preciso tomar cuidado com isso em relação ao Marcos – disse Javy. – Eu estou sempre dizendo a ele que não faça algo ou que não corra tanto. Preciso achar um jeito de dizer *sim* a ele.

– Eu luto com a necessidade de ser mais positivo também – confessou Nathan. – Eu sempre digo à Jade que não fale tanto ao telefone, que não envie tantas mensagens de texto, que não ande com más companhias. Mas não peço que me fale sobre o tipo de música que mais gosta ou sobre que livro está lendo. Se precisar dizer a ela que não aprovo algo, eu digo, mas não quero desestimulá-la. Como você disse, Javy, eu não quero dizer um *não* sem achar um jeito de dizer um *sim*.

– Quando o Dylan estava crescendo – disse Adam –, eu o matriculei em escolinhas de beisebol e basquete. Era como se eu me ressentisse do fato de ele ter seus próprios sonhos, em vez de compartilhar os meus. Eu agi com ele da mesma maneira que o meu pai agia comigo, e o Dylan ficou tão zangado comigo quanto eu ficava com meu pai! Dylan sempre adorou correr, e, como *eu* não gostava, eu meio que não aprovava a opção dele. Por que eu tentei fazer dele uma cópia de mim, em vez de ajudá-lo a se tornar o homem que Deus quer que ele seja?

– Então você agora vai a todas as competições de que ele participa? – perguntou David.

– Fui a três seguidas. Eu agora sou um dos pais que acompanham o grupo de atletismo da escola. Eu entrei no mundo dele. Costumo convidar o pessoal da sua equipe para ir à nossa casa. Existe um modo melhor de saber como as coisas vão indo com ele? Ontem à noite, um dos amigos de Dylan disse: "Sr. Mitchell, como é ser um policial?" Então perguntei se algum deles queria dar uma volta comigo. O Dylan olhou para mim e disse: "Eu posso ir?"

– Você nunca tinha convidado ele antes? – perguntou Shane.

– Ele nunca demonstrou interesse. Eu já deveria tê-lo convidado antes, mas ele vivia no mundo dele, e eu no meu. Nossa casa era apenas um hotel onde a gente pernoitava e depois voltava aos respectivos mundos. Era como se eu usasse antolhos.

– Acho que muitos de nós usamos – disse Nathan.

– O lar deve ser uma espécie de quartel-general – opinou Adam. – Deuteronômio 6 diz que devemos escrever as palavras de Deus nos batentes das portas, falar sobre Deus aos nossos filhos e conversar com eles sobre questões espirituais, pela manhã, à noite e enquanto caminhamos. Ou, no meu caso, enquanto corremos.

Adam retirou do bolso uma folha de papel dobrada.

– Eu trouxe uma lista de questões que Caleb Holt utiliza num grupo masculino de estudo bíblico para que ninguém cometa um deslize.

Adam desdobrou a folha de papel e apontou para ela.

– Eles estudam pelo menos um versículo por semana e depois discutem tópicos e formulam algumas questões. Por exemplo: Como você está se saindo no relacionamento com Deus? Como está se saindo como marido? Como pai? Que tentações você está enfrentando, e como você está lidando com elas? Em que você pensou durante essa semana? Você tem se dedicado ao estudo da Palavra de Deus e à oração? Como podemos rezar por você e ajudá-lo?

– Interessante – disse Nathan. – Gosto de poder conversar com vocês sobre algo além de esportes e carros.

– Isso tem a ver com um versículo que memorizei esta semana – Javy acrescentou. – Provérbios 27:17: "Assim como o ferro afia o ferro, o homem afia o seu companheiro."

Adam concordou.

– Não podemos ter medo de fazer perguntas difíceis uns aos outros.

– William Barrett costumava me dizer: "Nathan, minha missão não é ajudá-lo a *se sentir* bem. É ajudá-lo a *ser* bom."

David anotou mentalmente essas palavras.

– Mas, ao me ajudar a *ser* bom, o Sr. Barrett me mostrou o caminho para que eu *me sentisse* bem.

Quando o encontro chegou ao fim e Adam estava se dirigindo à porta, ouviu risadas num dos cantos do Pearly's. E então viu Bronson despedir-se afetuosamente da mulher anteriormente conhecida como "aquela tal de Koos".

Quando a gente acha que entendeu a vida...

◆◆◆

Adam tinha providências a tomar na Secretaria de Segurança quatro horas mais tarde; portanto, Shane almoçou sozinho. Quando acabou de comer seu sanduíche, Shane cumprimentou o sargento Smith e alguns soldados que entraram na copa. Ele saiu e se dirigiu ao corredor entre a sala do tribunal e o escritório do delegado.

– Fuller – chamou o sargento Murphy, de pé, em frente ao tribunal. Ele tinha nas mãos um saco transparente contendo drogas.

– Olá, sargento. O que houve?

– A sessão ainda não acabou, e eu ainda não dei o meu depoimento. Você se importa de levar isto à sala de arquivamento de provas?

Shane ergueu uma das sobrancelhas.

– Sem problema.

Shane pegou o saco, e o sargento Murphy se afastou.

Estranho. O sargento costuma ser extremamente rigoroso com o manuseio das provas. Ele nem sequer pediu que eu assinasse um protocolo.

Shane foi até a sala de arquivamento de provas.

– Tem alguém aí?

Ele consultou seu relógio. A sala tinha pouco movimento, sobretudo no horário de almoço.

Shane olhou do lado de fora da sala, constatou que não havia ninguém ali, e então sentou-se diante de uma mesa com uma luminária. Acendeu a luz, depositou sobre a mesa o saco de crack, e abriu uma gaveta e retirou um par de luvas. Olhou para a porta novamente, antes de colocar as luvas e abrir o saco.

Shane transferiu duas pedras de crack para outro saco e o enfiou no bolso. Pegou uma caneta e escreveu algo na embalagem que arquivaria, alterando a informação. Trabalhou com rapidez e eficiência. E, a seu ver, com inteligência. Mas não percebeu a câmera de segurança.

Ouviu um movimento atrás de si. Levantou-se bruscamente, derrubando a cadeira em que estava sentado.

– O que você está fazendo, Shane?

– Adam...?

– Era você? Era você que estava fazendo isso?

– Do que você está falando? Eu só estou conferindo o conteúdo antes de fazer a entrega.

– Não minta para mim! Você escondeu a droga dentro do seu bolso!

Shane encarou Adam por um momento e, lentamente, retirou o saco do bolso, colocando-o sobre a mesa. A expressão dele se contraiu.

– Você não vai me delatar, Adam. Isso seria uma grande sujeira e iria envergonhar toda a corporação. Além disso, seria a sua palavra contra a minha.

– Não seria, não. – Nathan entrou na sala.

– Ah, já entendi. Dois tiras de tocaia para pegar o amigo.

As veias do pescoço de Adam se dilataram.

– O que nós temos conversado todo esse tempo? Com que você se comprometeu?

– Não venha jogar coisas na minha cara! Eu trabalho duro, e 36 mil dólares por ano não pagam as minhas contas! Eu arrisco a vida todos os dias para proteger gente que não reconhece meu trabalho o bastante para me pagar um salário decente. Eu achei que não faria mal a ninguém se concedesse a mim mesmo um pequeno aumento usando um dinheiro que não pertence a ninguém.

Indignado, Adam avançou em direção a Shane, que recuou contra a parede.

– Será que a sua palavra não significa nada para você? Você assinou a mesma resolução que nós, e agora você joga tudo no lixo... Por quê? Por mais mil dólares por mês?

– Adam – Nathan tentou acalmá-lo.

– Você mentiu para todos nós, Shane! Para os seus amigos, para o seu filho, para Deus – disse Adam, dando mais um passo.

– Adam! – Nathan se posicionou entre os dois.

Adam retrocedeu e olhou para Shane como se não o conhecesse.

– Eu sou seu parceiro e seu amigo. Você não quer fazer isso.

– Você tem razão. Eu não quero.

O sargento Murphy, o sargento Smith e Riley Cooper entraram na sala.

– Vire-se de costas e ponha as mãos na parede – ordenou Murphy. – Shane Fuller, você está preso.

– Isso é um engano!

– Nós filmamos tudo – disse Murphy.

– Essa história vai respingar em todo mundo. É isso que vocês querem? É isso que vocês querem, *realmente?* – gritou Shane.

Adam ficou abatido, enquanto seu parceiro de 13 anos era algemado e levado da sala. As palavras de Shane o assombravam. Como aquilo podia ter acontecido?

Nathan tocou o ombro do amigo.

– Nós todos concordamos, Adam. Respondemos a Deus e a nós mesmos.

CAPÍTULO TRINTA E SETE

Adam preparava alguns hambúrgueres quando Dylan veio conversar com ele.

– Seis hambúrgueres? Dois pra você, dois pra mim, um pra mamãe. Vem alguém mais?

– Não.

Adam acrescentou molho inglês e um pouco de sal grosso. O aroma e o chiado da grelha eram uma terapia mais do que necessária.

– Pai, o que vai acontecer com o Shane?

– Ele vai ficar numa cela individual na cadeia do Condado de Dougherty. Não seria seguro mantê-lo perto dos outros detentos, especialmente porque os que estão lá foram detidos por nós.

Dylan detectou o desânimo na voz do pai.

– Dentro de alguns meses ele vai receber a sentença, e então será transferido para uma penitenciária. Vai cumprir uma pena longa.

Adam virou os hambúrgueres.

– E o Tyler?

– Eu disse ao Shane que vou cuidar dele. – A voz de Adam falhou e ele enxugou os olhos, fingindo que lacrimejavam em consequência da fumaça. Mas depois resolveu parar de fingir e de esconder as lágrimas diante do filho. – Dylan, eu sei que o Tyler só tem 12 anos, mas... você se importa se ele vier aqui algumas vezes ficar conosco?

– Sem problema.

– Eu não o tenho visto muito, desde que o Shane e a Mia se separaram. Mas parece que ele é um bom menino.

– Quando ele tinha uns 8 anos e eu tinha 11, a gente passou umas férias juntos, lembra?

– Talvez ele possa ir acampar ou pescar com a gente. Ou até mesmo assistir a um filme.

Dylan confirmou.

– Você pode ser um bom exemplo para ele, Dylan. Ele precisa mesmo de um irmão mais velho. As opções do pai já marcaram a vida dele. A menos que alguém o ajude... – A voz de Adam voltou a falhar.

– A gente pode ajudá-lo, pai. Conte comigo.

– Isso significa muito para mim, filho.

Vitória juntou-se a eles, trazendo salada de batata com maionese e chá gelado. Quando se sentaram para comer, Dylan viu o pai deixar um hambúrguer embaixo da mesa, para Maggie.

Depois do jantar, Vitória limpou a mesa, enquanto Adam limpava a grelha. Dylan ficou ao lado dele. Depois de um tempo, perguntou:

– Pai, como foi que o Shane se encrencou?

Adam balançou a cabeça.

– Eu não sei bem. Fico me perguntando se alguém quer que uma coisa dessas aconteça. Mas é claro que não. Obviamente, ele também não queria. Mas ele fez as escolhas erradas, aceitou as pequenas transgressões.

– Mas foram transgressões graves, não é?

– No final das contas, sim. Mas a decadência começa com coisas pequenas. Uma coisa leva a outra. Se a pessoa não parar a tempo, uma pedrinha se torna uma avalanche. – Adam olhou para o filho. – Não foi somente a câmera de segurança que pegou o Shane. Ele não se deu conta de que existe uma câmera escondida em cada pessoa, o tempo todo.

– Como assim?

– Deus sempre nos observa, Dylan. Não existe essa coisa de privacidade. Todas as nossas ações têm consequências. A gente não consegue esconder coisa alguma.

– Isso dá medo.

– É. Mas Deus nos vê em nossos piores momentos e ainda assim nos ama. O fato de ele conhecer o nosso lado ruim é bastante animador. Ele nos perdoa quando pedimos perdão. Nós apenas precisamos lembrar que não é possível esconder coisas Dele. Estar consciente disso nos impede de sermos falsos, como Shane foi. Eu me pergunto até que ponto a fé dele é verdadeira.

– Ele frequentava a igreja, não é?

– Sim, mas ir à igreja e ter fé não são a mesma coisa. Eu achava que era. Hoje eu sei que a minha relação com Jesus não era tão profunda antes da morte da Emily.

– Você não foi sempre cristão?

– Meus pais me criaram como cristão e me levavam à igreja, mas é preciso fazer mais do que isso. O apóstolo Paulo convida as pessoas a seguirem o exemplo dele. Eu gostaria de ser um exemplo para você, Dylan. Mas nem sempre fui um bom exemplo. Por isso quero pedir desculpas a você. Eu não tenho lhe dado a devida atenção. Eu nem sempre tratei você com o devido respeito. Eu quero mudar isso.

– Você *já mudou*, pai.

Eles entraram e continuaram a conversa no escritório. No momento certo, Adam disse:

– Eu acho que deveríamos memorizar alguns trechos da Bíblia. Podemos conversar sobre eles durante as nossas corridas.

– Memorizar?

– É. Foi algo novo para mim também. Você topa?

– Que trechos seriam?

Adam pegou uma lista contendo uma dezena de versículos.

– O primeiro seria João 3:3: "Ninguém pode ver o Reino de Deus se não nascer de novo."

– Eu já ouvi isso antes, mas nunca entendi o que quer dizer.

Os dois conversaram durante uma hora. Adam não assistiu à TV. Dylan não jogou video game. E nenhum dos dois notou isso.

◆◆◆

– E aí, gata? – Derrick sentou-se diante de Jade no refeitório da escola.

O rapaz lançou um olhar para Lisa, amiga de Jade, que disse:

– Vou deixar vocês dois sozinhos. – Ela pegou sua bandeja e se foi.

– Você falou com a sua mãe sobre nós? – perguntou Derrick.

Jade confirmou com um gesto de cabeça.

– Ela está aceitando que a gente se veja de vez em quando.

– Como assim?

– Bem, ela sabe que você é bom aluno.

– Legal – disse Derrick.

– Mas ela ainda acha que você foi meio grosso quando passou lá em casa naquele dia.

– O seu pai é que foi grosso. Eu só estava defendendo meus interesses.

– Você sabe o que ele pensa disso.

– Sabe, você precisa decidir o que *você* pensa. Eu gosto de você, Jade. Mas eu não posso ficar esperando dois anos até que o seu pai deixe a menininha dele sair da creche.

– A gente pode conversar aqui na escola. E podemos ficar trocando mensagens de texto.

– O seu pai sabe que a gente almoça junto e continua se falando por mensagens?

– Não. Acho que ele não precisa saber. Nós nem estamos namorando.

– Mas eu *quero* namorar você.

– É, mas...

– Então, Jade, vamos lá. Diga a seus pais que você vai dormir na casa da Lisa na sexta-feira. Eu pego você na casa dela.

– Mas... eu não quero mentir para eles.

– Qual é o problema? Não há nada de errado em dois amigos se divertirem juntos. Eles não são seus donos, gata.

– Eu sei, mas...

– Você tem que decidir. Eu tenho ficado esperando. Mas você não pode pedir que eu fique de braços cruzados e não namore ninguém por mais um ano. Eu estou subindo na vida. Quero que você suba comigo. Você não quer?

– Sim, eu quero. Mas...

– Para de ficar dizendo *mas*. O seu pai tem algum problema. E você não pode deixar que o problema dele se transforme no seu problema. Eu estou vivendo a minha vida, fazendo as minhas opções. Você também precisa viver a sua vida.

CAPÍTULO TRINTA E OITO

– Tomates verdes fritos? – Adam questionou, sentado a uma mesa do Aunt Bea's, ao lado de Nathan, Javy e David.

– A Kayla me lembrou desse prato, por isso eu pedi – explicou Nathan. – Vejam só. Aqui estamos nós: um negro, um latino e dois branquelos compartilhando a mesma mesa como irmãos. Esse era exatamente o sonho de Martin Luther King.

– Numa lanchonete de Albany? – perguntou David.

Nathan sorriu.

– Em um dos maiores discursos de todos os tempos, pronunciado em 1963, King disse: "Eu tenho um sonho de que um dia, nas montanhas vermelhas da Geórgia, os filhos de antigos escravos e os filhos de antigos senhores de escravos haverão de sentar-se juntos à mesa da fraternidade." Bem, eu sou descendente de escravos. Vocês dois cresceram no Sul; portanto, provavelmente, são descendentes de senhores de escravos.

– É mesmo? – David jamais pensara em tal possibilidade. Evidentemente, nunca saberia a sua ascendência por parte de pai.

– A bisavó da minha mãe foi escrava – Nathan prosseguiu. – Paulo diz, em Efésios 2, que Cristo rompeu as barreiras que separam as raças. Se judeus e gentios podem ser um só, então negros, brancos, latinos e asiáticos podem ser um só. O rio Flint divide Albany, mas não precisa dividir a população. Sabe de uma coisa, Adam, William Barrett me disse que a sua igreja foi a primeira a ajudar a dele quando houve a última enchente. E eles nunca esqueceram isso.

Adam assentiu.

– Há alguns anos, ouvi dizer que Martin Luther King foi preso aqui em Albany e expulso da cidade. A ordem de prisão foi cumprida pela polícia. Eu gostaria de acreditar que teria me recusado, alegando princípios morais.

Mas, considerando o contexto da época, acho que teria cumprido a ordem... E isso me incomoda.

Eles conversaram um pouco mais. Por causa do volume do *jukebox*, que tocava canções dos Beach Boys, dos Herman's Hermits e dos Three Dog Nights, foram obrigados a falar mais alto. Finalmente acabaram falando sobre a Resolução.

– Isso não é nada fácil, não é mesmo? – perguntou Nathan.

– Sem dúvida – disse Adam.

Todos concordaram e riram, aliviados com o desabafo.

– É difícil, mas eu gosto do desafio – disse David. – Às vezes eu me pego pensando da maneira como eu costumava pensar e preciso me lembrar de que agora sou uma nova pessoa. 2 Coríntios 5:17 diz isso.

– E sem a força de Deus, a gente não consegue – declarou Adam. – A nossa própria determinação não basta. O Shane assinou a Resolução, assim como nós assinamos. É bom eu me manter humilde e lembrar que, sozinho, não sou melhor do que ele. Eu posso sucumbir talvez de um jeito diferente do que ele sucumbiu; mas, que eu posso sucumbir, quanto a isso não resta dúvida.

– Nós todos podemos – Javy concordou.

Nathan assentiu e comentou:

– Algumas vezes eu ouvi o Shane dizer que Roma estava caindo e os bárbaros estavam vencendo.

– Ele sempre dizia isso. Mas eu já ouvi falar que a queda de Roma resultou da decadência dos próprios romanos. Se eles não tivessem permitido a corrupção moral não teriam sido derrotados pelos bárbaros. E, se não tomarmos cuidado, podemos nos autodestruir também.

Nathan cruzou as mãos sobre a mesa e falou:

– Não podemos nos render à cultura. Nós minimizamos o papel da figura paterna e assim criamos uma geração de bárbaros, crianças que se tornam homens sem amadurecer. Eles ficam na infância até os vinte ou trinta anos e, às vezes, a vida inteira. Só pensam em si, cedem ao apelo da pornografia, fazem o que bem entendem e delegam às esposas, à cultura e à igreja a formação dos seus filhos.

– Se não fincarmos o pé e recuperarmos o terreno perdido, amigos – disse Adam –, vamos perder essa guerra. Talvez não possamos reverter toda a cultura, mas podemos assumir o controle das nossas vidas e das nossas famílias. No entanto, precisamos nos apoiar mutuamente para podermos avançar.

– Sabem de uma coisa, quatro de nós já falamos sobre nossos pais. Mas você, Javy, ainda não nos falou do seu – disse Nathan.

Javy hesitou.

– Eu fico sem jeito de falar... Eu tive um grande pai.

– Por que você fica sem jeito de dizer isso?

– Porque todos vocês disseram que seus pais foram ausentes ou que decepcionaram vocês. E eu sou o único da mesa que não está carregando uma arma.

Todos riram.

– Meu pai não era perfeito. Mas ele me amava, assim como amava José e Charro.

– Os Reis Cobras? – perguntou Adam.

Javy riu.

– Nós éramos os irmãos mais temidos do norte do México... ao menos, era o que achávamos. Nosso pai era bom e justo. Ele nos disciplinava somente quando merecíamos. Não tolerava que desrespeitássemos a nossa mãe. Ele nos ensinou o que é amar uma mulher. Se tenho algum valor como marido ou pai, devo isso ao meu *papá*.

Todos na mesa ficaram em silêncio. Cada um dos amigos esperava que um dia seus filhos pudessem dizer o mesmo.

– Seu pai costumava ouvir o que você tinha a dizer? – perguntou David.

– Sempre. E me fazia perguntas, para saber quais eram meus sonhos e planos. Nunca me desestimulava. Quando eu lhe disse que queria vir para os Estados Unidos, para trabalhar e mandar dinheiro para ajudar a família, ele me disse que eu era um filho honrado.

Era difícil para David imaginar uma relação como essa.

– Como ele conseguia encontrar tempo para conversar com você?

– Nós trabalhávamos juntos. Quando se trabalha junto, a conversa flui.

Adam concordou.

– Como aconteceu conosco, quando trabalhamos no meu galpão.

– Isso mesmo. Ele me ensinou a usar as mãos e a me orgulhar do que eu fazia. Não era só uma questão de dinheiro. Você precisa fazer o melhor para sua família e para os outros.

– Pude constatar que ele ensinou você a trabalhar muito bem – disse Adam.

– Obrigado. – Javy baixou a cabeça. – E nós nos divertíamos juntos também. Ele nos levava para pescar e sempre nos levava à igreja. As mães de alguns dos meus amigos eram religiosas, mas os pais não. E, hoje em dia, eles não são seguidores de Jesus.

Nathan assentiu.

– Eu já li que é comum os garotos perderem o hábito de ir à igreja quando os pais não costumam ir, mesmo que as mães sejam frequentadoras assíduas. Mas, por outro lado, se o pai é religioso, mesmo que a mãe não seja, a maioria frequenta a igreja na idade adulta.

Javy hesitou durante um momento e depois falou:

– Um dia, meu pai chegou em casa desanimado. Bebeu demais e ficou exaltado. Não bateu em ninguém, mas gritou com minha mãe e conosco. No dia seguinte, ele se ajoelhou e chorou diante de nós. E nos disse que tinha implorado perdão à nossa mãe, e que ela, com muita bondade, o perdoara. E então pediu perdão a nós. Ele queria ouvir o perdão da boca de cada um. Nunca mais ele trouxe bebida alcoólica para dentro de casa. Sabia que a bebida era um problema para ele e não queria se arriscar.

Seguiu-se uma longa pausa. Nathan disse:

– Deus pode utilizar até as nossas falhas para o nosso bem.

Javy voltou a falar:

– Já ouvi gente contar que cresceu na miséria. Não tenho certeza se essas pessoas sabem o que é miséria. Mas meus pais sabem. Ainda hoje a vida deles não é fácil. Mas o mês passado deve ter sido melhor, pois consegui mandar a maior parte do meu salário para eles.

– *A maior parte* do seu salário? – perguntou Adam. – Você deve ter tido um aumento e tanto!

– Tive, sim. Agora nós temos mais recursos, mas eu não quero ter mais, a não ser que meus pais tenham também.

– Honrar pai e mãe – murmurou Nathan. O Evangelho não precisava ser explicado, Javy era um exemplo vivo.

David se ofereceu para levar Javy de volta ao seu local de trabalho. Nathan precisava ir até a delegacia, e Adam lhe ofereceu uma carona. David e Javy conversaram ao longo do caminho e continuaram papeando em frente à fábrica Coats & Clark.

– Quando você contou sobre a noite em que o seu pai bebeu, aquilo me tocou muito. Essa coisa do álcool é complicada para mim, sabe?

– Você tem coragem de reconhecer que tem um problema, David.

– Eu achei que isso acabaria depois que me tornei cristão. Melhorou, mas... Algumas noites ainda são difíceis.

– Há coisas que continuam nos tentando enquanto as deixamos por perto. Em seus momentos de coragem, meu pai retirava de casa tudo o que o derrubava nos momentos de fraqueza.

– Isso faz sentido.

– Algumas igrejas têm grupos de apoio. Fale com algum pastor da sua igreja. Eles vão saber como ajudá-lo.

– Obrigado, Javy.

Javy estendeu a mão a David.

– Espero um dia poder apresentá-lo ao meu pai.

CAPÍTULO TRINTA E NOVE

Kayla estava sentada no sofá e Nathan na poltrona diante dela.

– O que você acha? – perguntou ele.

– Eu sei que ela tem 15 anos, mas será que ela já tem idade para esse tipo de coisa?

– Kayla, eu acredito que precisamos conquistar o coração dos nossos filhos. O Adam está reconquistando o coração do Dylan. Eu preciso conquistar o da Jade. Se um pai não tenta conquistar o coração da filha, é como se fizesse um convite para qualquer rapaz conquistá-lo.

– Eu só queria ter certeza de que uma menina tão jovem vai saber lidar com isso.

– E que o irmãozinho dela não vai jogar na lixeira.

Kayla se contraiu.

– Você precisava colocar essa imagem na minha mente?

– A Jade já é uma mocinha. Eu acho que ela vai saber lidar com isso. Além do mais, o principal não é o símbolo em si. É o que ele simboliza. Isso é algo que nem mesmo o Jordan vai poder surrupiar.

Kayla por fim assentiu.

– Ok. Eu concordo.

– Vou fazer o convite agora mesmo.

– Eu disse que ela pode dormir na casa da Lisa na sexta-feira.

– Ela conhece bem a Lisa?

– A Jade diz que ela é uma boa menina.

– E ela sabe avaliar isso?

Kayla franziu o cenho.

– Nathan, nós precisamos confiar na nossa filha. Se não, ela vai se rebelar.

– Bem, eu preferia que fosse sexta-feira, mas, se não é possível, quinta está bem.

– Por que não sábado?

– Porque... não sei. Eu não estou querendo adiar a coisa.

Jade estava em seu quarto enviando uma mensagem de texto quando ouviu alguém bater à porta.

– Vá embora, Jordan!

– Jade, sou eu, seu pai.

A menina foi até a porta com o celular na mão.

– Está tudo bem, pai?

– Está. Eu só quero perguntar uma coisa.

O telefone bipou. Mensagem do Derrick.

– Jade, por favor, você pode desligar esse telefone enquanto a gente conversa?

– Pode deixar, eu não vou olhar.

– Não. Eu prefiro que você desligue. – Nathan retirou do bolso o próprio celular, ergueu-o no ar e apertou o botão de *desligar.* – Faça como eu.

Jade assentiu, relutante.

– Posso sentar?

– Pode.

– Jade, quero convidar você para sair comigo sexta-feira à noite.

– Sair com você? Como assim?

– Para jantar, num restaurante bem bonito. Só você e eu.

– Mas a mamãe já me deixou dormir na casa da Lisa.

– Eu sei. Talvez você possa dormir lá no sábado. Nesse caso, a Lisa poderia ir com você à igreja, domingo de manhã.

– Por que você não pode me levar para jantar no sábado?

– Eu já fiz a reserva para sexta.

Jade refletiu um pouco.

– Pai, eu realmente preciso dormir na casa da Lisa na sexta. Compromisso é compromisso.

Nathan assentiu.

– Ok, eu respeito isso. Então você jantaria comigo na quinta?

– Tudo bem.

– Obrigado.

Nathan levantou-se; ao sair do quarto, olhou para ela, sorriu e fechou a porta.

Jade respirou aliviada. Os planos de sexta-feira continuavam de pé. Para Lisa não faria a menor diferença, pois ela pretendia sair com o namorado, Damon, enquanto Derrick levaria Jade para jantar e depois ao cinema. Jade tinha medo de dizer a Derrick que teriam que cancelar os planos porque ela iria jantar com o pai. Ele ficaria *muito* zangado.

◆◆◆

Vitória olhou para Adam.

– Você levou a Maggie ao veterinário? – perguntou ela.

– Ela não estava se sentindo bem.

– Eu peguei uma gripe semana passada, e você não me levou ao médico.

– Se você tivesse olhado pra mim com um ar sofredor, eu teria levado.

– E você preparou *waffles* pra ela?

– Foi só pra consolá-la. Ela gostou da manteiga.

– Estou sentindo cheiro de bacon.

– Não dá para comer *waffles* sem bacon.

– Você colocou *waffles* e bacon no prato dela?

– Não... eu dei na boca.

– Você deu na...

– Ela não estava se sentindo bem!

– Ela parece bem, agora.

– Você já pensou que talvez ela esteja bem agora justamente porque cuidei dela? Mas tudo bem. Eu preparo *waffles* com bacon pra você no sábado.

– E vai dar na minha boquinha? Combinado.

Os dois riram. Em seguida, Vitória perguntou:

– Então, quando você vai ter seu novo parceiro?

– Espero que nem tão breve.

– Por quê?

– Porque tenho medo de quem vai ser. Eles já substituíram o Jeff, o que significa que Riley Cooper já tem parceiro. Agora, além de mim, quem é o único policial do meu turno que está sem parceiro?

– O Bronson? Mas ele é sargento.

– Os mandachuvas acham que é necessário arranjar alguém que mantenha o Bronson na linha.

– Você seria capaz de fazer isso?

– Nem mesmo o Homem de Ferro poderia manter o Bronson na linha. Vitória, o cara é... ele simplesmente...

– O quê?

– Ele *me assusta*. Ele bem que precisa ouvir certas coisas, mas... eu tenho até medo de falar com ele. Não é nada fácil, para mim, admitir isso.

– É preciso ter coragem para admitir o medo. – Ela se inclinou em direção ao marido. – Mas você disse que o Bronson salvou a Diane Koos, certo? E os dois agora estão se tratando com civilidade?

– Ao ponto de ficarem batendo papo no Pearly's e de um saber o nome do cachorro do outro. Mas nada disso altera a ficha do Bronson. A Koos não passa de uma relações-públicas. São os superiores que vão decidir se ele vai ter um parceiro ou não.

– Eles não colocariam um sargento para trabalhar ao lado de um cabo, não é?

– Já aconteceu coisa mais estranha do que isso. Embora eu não consiga pensar em algo mais estranho do que ter o Bronson como parceiro.

– Quem sabe? Talvez isso seja um plano de Deus.

O rosto de Adam mostrou desânimo.

– Obrigado. Isso era exatamente o que eu não queria ouvir.

◆◆◆

À noite, depois de pôr Isabel e Marcos para dormir, Javy disse a Carmen:

– Preciso escrever uma carta ao meu *papá*.

– *Por qué no escribes a tu madre?*

– Eu escrevo pra *Mamá* com frequencia. E peço a ela que dê um abraço no *papá* por mim. Mas desta vez quero escrever diretamente para ele.

– Isso vai significar muito para ele. Boa noite, *mi amor*. Eu vou me deitar.

Javy sentou-se à mesa da cozinha e pegou um bloco de papel e uma caneta. Em seguida, começou a redigir.

Papá,

Tenho me encontrado frequentemente com os amigos de quem já falei a você e à Mamá. Adam, Nathan e David são homens honrados. Como eu disse à Mamá, eles são da polícia. Por favor, explique a ela que eu não os conheci por ter sido preso. Longe disso, eu os conheci por meio de um milagre de Deus. Os caminhos Dele são impressionantes!

Nós temos conversado sobre nossos pais. Fiquei surpreso ao constatar que nenhum deles teve uma boa relação com o pai.

Mas fiquei muito orgulhoso ao falar a meus amigos sobre o meu papá.

Você me ensinou a importância de trabalhar duro e me orgulhar do trabalho que faço. Você me ensinou a honrar a Mamá e amar os meus irmãos. Acima de tudo, você ensinou a mim, a Charro e a José a amar a Deus.

Eu sei, papá, que você vai me dizer que fez apenas a sua obrigação. E, embora eu possa dizer a mesma coisa, o fato é que, se não fossem o seu exemplo e as suas palavras, eu não poderia dizê-lo.

Deus me abençoou muito mais do que eu mereço. Sempre que eu penso que Carmen não poderia ser uma esposa melhor, ela me surpreende. Isabel está linda. As fotos que Carmen lhe enviou não fazem justiça à beleza de sua neta.

Marcos é um menino que almeja conquistar o mundo! É possível que ele me dê tanta preocupação quanto eu dei a você. Se eu puder ser a metade do pai que você foi para mim, meu filho será um privilegiado.

Eu já falei sobre o meu emprego, a promoção e o aumento. Para mim, é uma honra dividir com você e Mamá o salário que eu ganho. Sei que vocês usam uma parte para ajudar os vizinhos e a igreja. Isso me deixa feliz. Por favor, compre para você uma nova vara de pescar.

O Sr. Tyson disse que enquanto a fábrica funcionar haverá um lugar para mim. Portanto, depois de passar muitos anos sonhando com isso, gostaria de propor uma coisa. Queria enviar um dinheiro para você e Mamá pegarem um ônibus para Guadalajara e depois um avião até Atlanta. Vou esperá-los no aeroporto e trazê-los para cá.

Eu sei que você e Mamá nunca viajaram de avião. É uma grande aventura, e acho que vocês vão gostar.

Não faço isso apenas por vocês. Faço também por Carmen e as crianças. E por mim.

E quando vocês estiverem aqui, vou levá-los à fábrica, para vocês conhecerem o Sr. Tyson, e à nossa igreja, onde o culto é em espanhol. E vou apresentá-los aos meus novos amigos e às suas famílias.

Por favor, papá, diga sim. Diga à Mamá que seus netos esperam pelo abraço dela.

Obrigado, papá, por ser o homem que meus amigos gostariam que seus pais fossem.

Seu filho grato,
Javy

CAPÍTULO QUARENTA

Brad Bronson entrou no Supermercado Harveys. Sua missão era invadir o estabelecimento e capturar itens básicos de alimentação: pizza congelada, cerveja, sorvete e bacon. Isso sem falar daquilo que havia de melhor na natureza: comida enlatada. Sem se preocupar com a reação dos outros clientes diante da barulheira, ele deixou que a força da gravidade atuasse livremente, despejando latas e mais latas no carrinho de compras.

Também precisava comprar Cheetos e molho *barbecue*, caso contrário iria arranjar confusão com seu *rottweiler*. Marciano era exigente demais em se tratando de bacon, e o do Harveys era o que ele mais gostava. Bronson comprou também uma dúzia e meia de ovos.

Desde que Marciano fora diagnosticado com intolerância à lactose, Bronson tomava um cuidado especial na seção de laticínios. Sorvete não contava como laticínio, pois ficava na seção de congelados, então Bronson pegou um pote de chocolate crocante para si e um de nozes para seu amigão.

Carregando várias sacolas plásticas nas mãos, foi caminhando pelo estacionamento. Ele se deteve um instante para que os olhos se adaptassem à penumbra. A três metros do carro, pegou o controle remoto para destrancar as portas da picape Tundra 4x4 cinza, que se destacava dos frágeis veículos que a cercavam.

Bronson registrou movimento em sua visão periférica. Uma imagem grande e escura se aproximava. No instante em que se virou, sentiu um golpe no lado direito do pescoço, que atingiu sua garganta.

Ele desmoronou no asfalto. Latas de feijão com carne rolaram pelo chão. Bronson não sabia ao certo se o ruído de algo rachando tinha sido produzido por seu cérebro ou pelos ovos. Ele ergueu os olhos e viu um rosto encoberto por um lenço preto, semelhante ao que atacara David na saída do cinema. E aqueles bíceps eram inconfundíveis. Na mão direita, o agressor segurava um taco de beisebol.

– Ainda está acordado, grandalhão? Eu mirei na nuca; sorte sua ter se virado. Agora eu vou afundar a sua cabeça.

A face direita de Bronson latejava e o pescoço doía. Ele quis sacar a arma, mas estava tão tonto que receava atingir algum transeunte. Em vez disso, tentou alcançar a maçaneta da porta do carro.

Enquanto TJ manejava o taco de beisebol, Bronson conseguiu abrir a porta. Uma sombra assustadora saltou de dentro da picape e avançou contra TJ, que atingiu o *rottweiler* de 65 quilos com o taco. O animal ganiu, mas não recuou. Arreganhando os dentes, posicionou-se entre TJ e seu dono.

– O que está havendo aqui? – gritou uma pessoa que saía do supermercado.

TJ sacou uma arma e apontou para Bronson. Como um raio, Marciano voltou a atacá-lo, mordendo o braço direito do bandido. O tiro atingiu o asfalto, a trinta centímetros de Bronson. Em seguida, a arma voou da mão de TJ.

TJ saiu correndo e Marciano foi atrás. No momento em que o homem tentou pular uma cerca, o cão mordeu sua panturrilha, provocando um grito de dor. Ele apoiou uma das mãos na cerca e usou a outra para atingir Marciano com o taco, mas o golpe não foi violento o bastante para derrubar o animal. TJ subiu na cerca, e o cão, rosnando furiosamente, deu um salto, quase pulando para o outro lado. TJ desapareceu na escuridão.

Passada a ameaça, Marciano cruzou o estacionamento, em disparada, voltando para o lado de Bronson.

Um homem e uma mulher rodeavam Bronson. Marciano, com as presas à mostra, rosnou e eles recuaram. O cão então chegou perto do dono, ganiu e começou a lamber-lhe o rosto.

– Tudo bem, amigão. Eu estou bem.

– O senhor *não* está bem! – disse o homem.

Uma das faces de Bronson estava ensanguentada e cheia de hematomas. A cabeça doía como se estivesse prestes a explodir.

Ainda no chão, Bronson recostou-se na picape. Marciano lambeu os ferimentos de sua cabeça e depois se aconchegou em seu colo – e o colo de Bronson era bem amplo.

O gerente do supermercado apareceu e disse:

– A ambulância já está a caminho.

Naquele instante, todos ouviram uma explosão. Os vidros da frente da loja se estilhaçaram. Seguiram-se outras três explosões. Uma bala perfurou a picape e outra atingiu o ombro esquerdo de Bronson. As pessoas entraram em pânico e correram para dentro do supermercado. O pandemônio reinou durante alguns minutos. Pouco depois, luzes brilhantes anunciaram a chegada da ambulância. Dois socorristas pularam para fora do veículo.

– Ninguém disse que se tratava de ferimento à bala!

– Aconteceu depois que eu telefonei – disse o gerente.

O primeiro socorrista, que tinha um crachá com o nome Paul Martin escrito, correu em direção a Bronson. Marciano se interpôs entre eles, rosnando. A cada passo que o enfermeiro dava, o rosnado do cão se intensificava.

– Em uma daquelas sacolas tem um saco de Cheetos. Pode abri-lo – disse Bronson.

– Senhor... o senhor está em estado de choque; você precisa...

– Alimente este cachorro ou ele vai se alimentar de você – interrompeu Bronson.

Paul Martin não estava disposto a arriscar, então abriu o saco de biscoitos e ofereceu ao cão. Marciano retirou um delicadamente, depois atacou o resto do saco, que rolou pelo chão do estacionamento. Os biscoitos duraram aproximadamente sete segundos.

– Tudo bem. Agora vocês podem se aproximar.

Com cautela, os dois socorristas se aproximaram e transportaram Bronson numa maca até a ambulância.

O rosnado de Marciano se transformou em ganido.

– Eu não saio daqui sem o meu cachorro.

– Espere um instante. Ele está sangrando.

Uma poça de sangue se formara no asfalto.

– Vocês precisam ajudá-lo! – gritou Bronson, expressando um pânico que o seu próprio aparelho vocal raramente constatara.

Agora que o nível de adrenalina de Marciano voltara ao normal, ficou evidente a condição em que ele se encontrava. Paul Martin aproximou-se.

– Ele foi baleado no pescoço. A bala saiu do outro lado.

– Coloquem ele aqui! – disse Bronson, de dentro da ambulância.

– Nós não estamos preparados para transportar animais...

– Coloquem ele na ambulância *agora!* – Bronson levou a mão ao coldre.

Conduzindo Marciano pela rampa, pois ele estava fraco demais para saltar, os dois socorristas acataram a ordem de Bronson.

◆◆◆

Bronson despertou, assustado com a luz do dia. Adam e David estavam ao lado do leito.

– Quanto tempo?

– Você foi submetido a uma cirurgia, e ficou apagado durante umas oito horas.

Bronson tocou o ombro.

– Foi só um arranhão.

– Você está um bagaço – disse Adam.

– O pior é a minha cabeça. Quando o taco me atingiu, ouvi o barulho de algo quebrando.

Os dois se contraíram.

– O taco... não a minha cabeça!

Subitamente, os olhos de Bronson demonstraram um ar de preocupação.

– Cadê o Marciano?

– Ele passou a noite numa clínica veterinária. O Keels o levou para sua casa uma hora atrás. Ele está de folga hoje e disse que vai ficar lá o tempo que for necessário.

– O meu cachorro está ferido.

– O Marciano está bem. A bala entrou e saiu sem atingir a traqueia.

– Ele foi atingido por uma bala que era para mim. Eu quero falar com o Keels.

– Sargento, não há necessidade de...

Os olhos de Bronson pareciam mísseis.

– Agora!

Adam passou-lhe o celular.

– Keels? Bronson. Não se preocupe comigo. Como está o meu cachorro? – Ele ficou em silêncio enquanto ouvia. – Bom. Bom. Certo, ligue o rádio, ele gosta de música clássica. Ainda tem uns ovos e metade de um pacote de bacon aí em casa. Por favor, frite três ovos, com a gema mole, e coloque sal, mas não pimenta. Acrescente cinco tiras de bacon. É... *para o cachorro*. Você acha que eu estava falando do carteiro? E não lhe dê leite, ok? Ele tem intolerância à lactose.

O diálogo prosseguiu por mais três minutos, incluindo instruções sobre o fechamento das persianas à tarde, pois Marciano gostava de cochilar no sofá. Bronson insistiu para que Keels colocasse o fone no ouvido de Marciano e que não escutasse a conversa. Adam e David se afastaram um pouco enquanto Bronson sussurrava o telefone.

Depois de desligar, Bronson olhou para os companheiros.

– A arma do cara foi apreendida, certo? O Marciano arrancou a arma da mão dele.

– É – disse David. – E... imagine... é a minha Glock.

– Eu sabia que era o mesmo cara. Ele estava de luvas. Nenhuma impressão digital, não é?

– Não.

– E as balas?

– A perícia já identificou a bala que atingiu a sua picape. É uma calibre .357. Origem desconhecida. Mas, obviamente, é do mesmo cara.

Os olhos de Bronson faiscavam.

– Que tipo de homem atira num cão?

– Ele atirou em você também, sargento.

– Isso é diferente. O cão de quem estou falando é o Marciano.

◆◆◆

Uma hora mais tarde, Bronson acordou com um sobressalto. Ele ouviu o estalar de saltos no instante em que Diane Koos entrou no quarto do hospital.

– Ele merece uma condecoração... Por isso, eu trouxe alguns rins, um fígado e meia dúzia de linguiças. – Ela exibiu uma sacola de papel com o logotipo do açougue Carroll's.

– Os médicos estão acabando com o meu apetite – resmungou Bronson. – Mas obrigado.

– Isso não é para você; é para o Marciano. Ele levou uma bala no pescoço. Você só foi ferido de raspão!

Bronson a encarou, depois sorriu lentamente.

– Eu quis passar aqui para vê-lo antes de ir para a sua casa render o Keels. Mas o Otis está no carro, então não posso demorar. A gente vai ficar com o Marciano até você ter alta. Ele não vai passar fome.

Ela deu uma beijo rápido na cabeça de Bronson e desapareceu.

Um sentimento inusitado, semelhante à gratidão, surgiu dentro do sargento. *Ela vai cuidar do meu cachorro.*

Uma lágrima brotou no canto de seu olho.

Bronson pensou no que poderia oferecer a ela em agradecimento. Talvez uma Glock graúda, para a gaveta da mesinha de cabeceira. E uma pequena, para carregar na bolsa.

O que mais uma mulher poderia querer?

CAPÍTULO QUARENTA E UM

Na noite de quinta-feira, Jade e Nathan sentaram-se em uma mesa para dois, no Mikata Steak House. Fazia anos que Nathan não ia àquele restaurante.

Ele passara por lá no início da semana para examinar o cardápio e os preços, calculando quantas visitas ao Jimmie's Hot Dogs poderiam ser feitas com um gasto semelhante.

Este é o lugar certo.

O restaurante não era luxuoso, mas a atmosfera era de aconchego e elegância, com música ao fundo. Jade usou seu melhor vestido, de tricô marrom-escuro, e Nathan escolheu um paletó e sua melhor gravata de seda. Ele conseguira negociar um acordo de "celulares desligados".

– Pode pedir o que você quiser, Jade. Falando sério.

– Mas, pai... este lugar parece caro.

– Você merece, querida.

O garçom se aproximou.

– O filé está excelente, e o especial de hoje é o Camarão ao Molho Alfredo.

– Jade, você quer provar o camarão?

– Sim, por favor.

– E eu vou querer o filé, ao ponto, com legumes.

O garçom anotou os pedidos.

– Eu já volto com o couvert.

Jade olhou ao redor.

– Pai, eu nem acredito que você me trouxe aqui.

– Na primeira vez que trouxe sua mãe aqui, eu a pedi em casamento.

Nathan tomou um gole de água e então se inclinou e olhou nos olhos da filha.

– Esta é uma noite especial, Jade. Eu a convidei para esse jantar para lhe dizer quanto sou grato a Deus por ter me dado você. Estou vendo minha menina se tornar uma bela mulher e posso compreender por que qualquer rapaz se sentiria atraído por você. Mas, também quero que você saiba que, na condição de seu pai, eu quero o melhor para você. Nenhum homem no mundo a ama tanto quanto eu. Um dia, vou entregá-la a outro homem, mas eu quero que esse homem ame a Deus acima de tudo. Porque, se for assim, ele vai amar você.

Nathan percebeu que, pela primeira vez em muito tempo, Jade o fitava atentamente, assimilando cada palavra.

– Jade, eu sei como os rapazes pensam. Eles querem conquistar seu coração, mas não sabem valorizá-lo. Por isso, eu quero lhe propor uma coisa.

– O quê?

– Eu gostaria de fazer um pacto. Se você confiar em mim de coração e deixar que eu avalie qualquer rapaz que queira ter uma relação que vá além da amizade, eu prometo cuidar de você e abençoar plenamente a sua relação com o rapaz que Deus indicar como a pessoa certa.

Ela encarou longamente o pai e depois sorriu.

– Jade, você me confia o seu coração até que Deus nos mostre o rapaz certo?

Jade assentiu.

– Tudo bem.

– Obrigado, querida. Eu esperava que você concordasse. Eu trouxe uma coisa que vai nos ajudar a lembrar desta noite.

Ele enfiou a mão no bolso do paletó. Jade observou com atenção enquanto Nathan depositava uma caixinha preta na mesa diante dela. Lentamente, ele abriu a caixa. Dentro dela havia um anel de ouro, com brilhantes minúsculos formando um coração.

Ela fitou o anel com os olhos arregalados.

– Jade, posso pegar sua mão esquerda?

Jade pôs a mão nas mãos de Nathan, que colocou o anel no dedo dela.

– Pai, estas pedras são verdadeiras?

– São, sim. Este anel deve ser usado até o dia em que for substituído pela aliança de casamento. Ele simboliza o nosso pacto e o seu compromisso de se manter pura para o seu marido.

Ela olhou para o anel mais uma vez, hipnotizada.

– Eu te amo, querida. Para mim, você é o que existe de mais caro no mundo, e quero tratá-la como a mocinha que você é.

Os olhos dela encheram-se de lágrimas.

– Eu também te amo, pai. Muito obrigada. – Ela agora voltava a parecer a menininha dele. – Você tem um lenço?

Nathan procurou nos bolsos.

– Eu volto já.

Ele foi até o banheiro, mal acreditando no que acabara de acontecer. Tudo transcorrera exatamente como ele esperava. No banheiro, ele pegou um punhado de toalhas de papel. Em seguida, olhou no espelho e usou três.

Depois que se recompôs, Nathan voltou à mesa. As duas horas seguintes foram sagradas. Eles conversaram sobre tudo, falaram de assuntos sérios e riram de coisas bobas.

Voltaram para casa às 21h30, finalmente calados. Ele conseguira conversar com a filha sobre algo tremendamente importante. Sem ser interrompido por mensagens de texto. Sem Facebook. Ela estivera presente o tempo inteiro, provavelmente porque *ele* estivera presente o tempo inteiro.

Quando entraram em casa, Jade correu para o quarto da mãe para mostrar o anel. Ficou lá por cerca de uma hora e meia, depois enviou mensagens para cinco amigas contando o que o pai fizera. À meia-noite ela se deitou de bruços na cama, contemplando o anel à luz da lua.

◆◆◆

– Bom dia, pai – Jade abraçou-o com força.

– Bom dia, querida. Eu logo me acostumo com abraços como este! Dormiu bem?

– Não dormi muito, mas tudo bem.

– Você não ficou acordada até tarde enviando mensagens de texto, ficou? – perguntou Kayla.

– Mais ou menos.

Pela primeira vez, Kayla experimentou uma sensação positiva em relação às mensagens que a filha enviava aos amigos.

Enquanto Nathan atendia a uma chamada no celular, Jade perguntou à mãe:

– Quer ver meu anel de novo? – E exibiu o anel para Kayla, que descascava uma laranja.

– Você já me mostrou o anel três vezes. Mas posso ver novamente. É, ele continua lindo.

– Eu adorei. Mal posso esperar para mostrar para Tasha e CeCe.

– Jade, fico feliz que você queira mostrar o anel às suas amigas, mas cuidado para não fazer isso de um jeito que possa provocar inveja. O anel simboliza um pacto entre você, Deus e seu pai. E comigo também. Não é apenas uma joia.

Subitamente, os olhos de Kayla ficaram cheios de lágrimas.

– O que houve, mãe?

– Eu estava pensando em como a minha adolescência teria sido diferente se o meu pai tivesse feito por mim o que o seu pai fez por você ontem à noite – disse Kayla, enxugando os olhos.

Nathan voltou à mesa.

– Está tudo bem? – perguntou ele à Kayla, enquanto se sentava ao lado de Jordan e pegava a caixa de cereal.

– Está. Descascar laranja me deixa emotiva. – Ela riu. – Ei! Seus amigos policiais sabem que você come cereal infantil?

– O que há de errado nisso?

Kayla virou-se para Jade.

– Então, a mãe da Lisa vai pegar você na saída da escola. A que horas você quer que a gente passe para buscá-la na casa da Lisa amanhã?

Jade baixou o olhar.

– Eu não vou mais pra casa dela.

– O quê? Você passou a semana toda na expectativa de dormir lá! O que aconteceu?

– Eu resolvi ficar em casa.

– Mas, Jade, seu pai mudou os planos dele só para que você pudesse ir para a casa da sua amiga hoje. E agora você simplesmente desiste?

Nathan levantou-se e abraçou a filha.

– Quer saber de uma coisa? A noite de ontem foi perfeita para o nosso jantar. E eu acho que a noite de hoje está perfeita para reunir a família em casa.

Jordan interveio:

– Por que a gente não fica junto agora? Você precisa ir trabalhar, pai?

– Preciso, filho. Mas vou chegar em casa a tempo de assistirmos a um filme, ok?

– Você vai perseguir bandidos hoje?

– Vou tentar.

– Você vai usar o colete?

Nathan olhou de relance o jornal e viu a previsão do tempo: 32°C.

– Hoje vai fazer calor.

CAPÍTULO QUARENTA E DOIS

Adam estacionou a picape em frente à penitenciária do Condado de Dougherty, uma construção imponente, que abrigava 1.244 leitos e dois tribunais que funcionavam sete dias por semana. Na sala de espera, Adam viu uma dezena de rostos tensos e tristonhos. Ele cumprimentou a mulher que estava na recepção e as portas se abriram. Um pouco mais adiante, passou por um detector de metais, mas a revista completa foi dispensada quando o guarda sonolento o reconheceu. Adam caminhou pelo corredor em formato de túnel, com paredes de blocos de cimento e piso de concreto encerado.

Shane Fuller estava detido numa cela especial, na ala E, na parte mais afastada da penitenciária. Portas de aço se abriram e um guarda o escoltou até a sala de visitas. Adam já estava lá, e Shane sentou-se do outro lado do vidro, de cabeça baixa.

– Oi, Shane.

– Adam. Obrigado por ter vindo. Eu não sei nem dizer o que é estar deste lado do vidro.

– Lamento muito, Shane.

– Você fez a coisa certa. Demorei um pouco a admitir, mas eu mereço isso. Eu sabia o que estava fazendo. Eu acho que pensei que não seria pego.

– Como foi que isso aconteceu, Shane?

O velho parceiro, em cuja companhia vivera uma centena de aventuras e dera inúmeras risadas, agora olhava dentro dos olhos dele.

– Eu me pergunto isso todos os dias. Lembra quando a gente falou sobre aguentar firme e nunca largar o volante? Eu acho que, em algum momento, eu larguei. – A voz de Shane falhou. – Agora a minha vida acabou. E não vou poder tê-la de volta, mesmo se eu quisesse.

– A sua vida não precisa acabar. Mas você precisa se acertar com Deus e depois com o Tyler.

– Eu perdi o meu filho, Adam.

– Não. Ele está magoado, mas você não o perdeu. Eu conversei com ele. Ainda há tempo de se redimir.

Shane inclinou-se para a frente.

– Você precisa me ajudar com o Tyler. Ele precisa de alguém que o proteja.

– O Dylan e eu já conversamos sobre isso. Vamos ficar de olho nele. Você tem a minha palavra. Na verdade, nós até já o convidamos para a corrida de cinco quilômetros.

– Eu ia participar da corrida com ele. Obrigado.

– Shane, eu posso perguntar uma coisa?

– Pode.

– Por que você decidiu dizer a verdade... que não tinha advertido Jamar Holloman antes de atingi-lo com o *taser*?

Shane suspirou.

– Eu sabia que se afirmasse que tinha feito a advertência antes de usar o *taser* a perícia reexaminaria a gravação para constatar se era verdade. E eu tinha medo que, se examinassem a gravação de novo, acabassem percebendo.

– Percebendo o quê?

– O saco de crack estava lá. Com certeza estaria no foco da câmera. Enquanto Holloman estava de bruços, eu peguei o saco, despejei a metade das pedras num outro saquinho e o enfiei dentro da minha camisa. Ali tinha cerca de cinquenta pedras, uns mil dólares. A perícia checou a gravação por causa do *taser*, não por causa das drogas. Mas se alguém verificasse o meu relatório e reexaminasse o vídeo, poderia constatar que no saco que estava em poder do Holloman havia o dobro de pedras que eu entreguei.

– Então você preferiu levar uma advertência para não arriscar ser pego.

Shane baixou a cabeça.

– A gente era parceiro, cara. Por favor, me perdoe.

O guarda posicionou-se atrás de Shane e fez um sinal para Adam, indicando que era hora de terminar a visita.

– Eu te perdoo, Shane.

Shane ergueu a cabeça. Ele estava com um olhar assombrado.

– Adam, eu falhei com você. A coisa é pior do que você imagina. Sinto muito.

O guarda segurou o braço de Shane.

– Não largue o volante – disse Shane.

Adam assentiu.

– Nunca.

Adam ficou olhando enquanto Shane era levado. Depois que a porta foi fechada atrás de seu velho parceiro, ele se retirou da sala e desceu o longo corredor que separava os detentos dos homens livres. Contudo, Adam refletiu, tem gente numa penitenciária que tem o coração livre e pessoas fora da prisão que são escravas de suas vontades.

Durante a caminhada da ala em que Shane estava detido até o mundo exterior, Adam se perguntou: *O que Shane quis dizer com "a coisa é pior do que você imagina"?*

◆◆◆

O motor da viatura de Adam não pegou. Então Murphy determinou que Adam circulasse com Bronson. Nenhum dos dois ficou satisfeito com a decisão. Como era o primeiro dia de trabalho de Bronson desde que fora ferido, Adam se ofereceu para dirigir. Bronson lançou-lhe um olhar que sugeria que ele preferia morrer ou matar a permitir que qualquer outra pessoa conduzisse a sua viatura.

Estacionaram a meio quarteirão de uma casa onde funcionava um famoso ponto de venda de drogas e ficaram observando o movimento dos clientes. Bronson comeu dois cachorros-quentes completos – com mostarda, chili e cebola, acompanhado de salada de repolho cru e em conserva, este último com estoque sempre disponível na viatura. O repolho em conserva justificava a insistência de Adam em manter as janelas do carro abertas.

– É assim que você passa a hora do almoço? – perguntou Adam. – Você já pensou em ler um livro ou ouvir música?

– Você já pensou em parar de falar e deixar um ser humano comer em paz?

Depois de dez minutos, um homem carregando uma bolsa térmica azul subiu os degraus da varanda e, sem bater, abriu a porta da casa.

– Esse cara está andando com aquela bolsa térmica há três dias. Eu não acho que ele esteja comprando. Eu acho que ele está entregando.

Pouco tempo depois, o sujeito saiu da casa, ainda carregando a bolsa.

– Isso me desanima, Mitchell. Nós sabemos onde ficam os pontos de venda de drogas, mas temos de esperar por um mandado. Por mim, a gente entraria lá e acabaria com a festa deles agora mesmo. Nós sabemos o que eles estão fazendo. O que pode nos deter?

– Bem... a lei. E a Declaração de Direitos Humanos. E também o fato de que você está pedindo que alguém exploda os seus miolos.

– Eles não vão explodir os *meus* miolos.

Adam suspirou, lembrando-se do que Dylan dissera sobre assumir nossas convicções.

– Sabe, nós lidamos constantemente com a morte. Isso deveria nos fazer mais conscientes da nossa própria mortalidade, não menos. Mesmo se nos aposentarmos agora e vivermos por mais vinte anos, o que não deve acontecer, considerando nossos hábitos alimentares, todos vamos morrer. Você sabe disso, não é?

Adam examinou o perfil de Bronson, buscando um meio de penetrar aquela cabeça dura.

– Eu já passei a perna na morte dezenas de vezes.

– Brad, por favor, só falta você ser atingido por um raio. Sabe quantas vezes você viu a morte de perto nos últimos meses? Especialmente no Supermercado Harvey's?

– O Marciano me salvou.

– É, salvou mesmo. Eles atiraram em você e uma bala atingiu o seu ombro. Poderia ter sido o seu coração. Você escapou da morte duas vezes naquele dia.

– Ok. *Eu vou morrer.* Pronto. Está satisfeito?

– Então não faz sentido estar preparado para a morte?

– Preparado para quê? Para ser devorado por vermes? Quanta preparação é necessária para isso?

– Você foi criando à imagem de Deus, sargento. Você vai continuar existindo, em algum lugar, para sempre.

– Eu tenho cara de idiota?

Adam, sabiamente, não respondeu.

– Porque eu não creio nisso.

– A sua crença não altera a realidade – disse Adam. – Você é quem você é, e Deus é quem Ele é. E Jesus fez o que fez na cruz por você. Nada do que você diga ou faça poderá alterar esses fatos. Você e eu não temos direito a voto.

Bronson olhou para Adam como um lobo olha para um coelho.

– Eu me garanto. Eu não quero a sua religião. Essa coisa de Deus é para imbecis que precisam de muleta. Fui claro, cabo?

Adam encarou o sargento.

– Sabe, Brad, eu prefiro que você me considere um imbecil agora a ser julgado um imbecil por Deus para sempre. E, por favor, não diga que você se garante. Você pode acabar no inferno.

– Mitchell, pare de pensar nessa mentira e se concentre no seu trabalho. Caso contrário, enquanto você fica aí delirando, algum vagabundo vai mandar você para o céu antes da hora.

– Eu faço o meu trabalho muito bem. Mas a vida é mais do que o trabalho. E se alguém vai me mandar para algum lugar, melhor que seja mesmo para o céu, não para o inferno. Você não acha?

Adam olhou dentro dos olhos de Bronson, aguardando a próxima erupção de desprezo e sarcasmo.

– Sabe, Mitchell, eu não concordo com você. Mas eu vou lhe dizer uma coisa: você deve mesmo crer nessa bobagem, pois você defendeu seu ponto de vista mesmo sabendo que eu atacaria todos eles. Sempre achei você um molenga. Mas hoje você me surpreendeu.

Bronson deu partida no motor.

Eles se aproximaram da casa lentamente. Bronson acendeu as luzes, mas não a sirene. Adam viu diversas pessoas darem meia-volta ou seguirem adiante, como se não pretendessem parar. Também viu alguém espiar pela persiana.

Bronson falou pelo alto-falante, com a voz de trovão claramente audível.

– Eu te conheço, Gerald Ellis. Tem uma cama com o teu nome lá na Penitenciária Estadual de Atlanta. Jogue fora essas drogas. Queime essa porcaria enquanto você ainda tem chance. Eu vou voltar pra te pegar.

Finalmente, ele desligou as luzes e seguiu em direção à Jackson Street.

– Aonde você vai? – perguntou Adam.

– Comprar mais um cachorro-quente. Observar a atividade de traficantes me dá fome.

◆◆◆

Ao final do turno de oito horas – que mais pareceram dois dias – numa cela cheirando a repolho, Adam foi diretamente à sala do sargento Murphy.

– Diga-me que não serei mais parceiro do Bronson.

– Essa decisão não compete a você.

– Eu acabo de trabalhar um dia ao lado dele. Eu não vou conseguir aguentar isso cinco dias por semana.

– Talvez ele possa aprender alguma coisa com você.

Bronson aprender comigo? Isso parecia absurdo.

– Por favor, sargento. – Adam esperava que sua aparência não fosse tão patética quanto seu tom de voz.

– Lamento que você pense assim, Adam. Fico surpreso de constatar que você tem menos consideração pelo Bronson do que ele por você.

– Como assim?

– Bem, sabe aqueles trinta dias de licença remunerada que você conseguiu depois que a Emily faleceu?

– Sim?

– Dez foram doados pelo Bronson.

CAPÍTULO QUARENTA E TRÊS

Nathan Hayes sabia que precisava fazer essa viagem sozinho.

O sol cálido refletia em suas costas. Uma brisa leve roçava as folhas dos carvalhos que pontilhavam a paisagem serena. A relva sob seus pés cheirava como se acabasse de ser cortada. Ele olhou para a carta que tinha nas mãos e leu em voz alta:

> *Meu nome é Nathan Hayes, e eu sou seu filho. Já perdi tempo demais sentindo raiva de você, me perguntando por que você nunca me assumiu.*

Sempre achei que precisava provar o meu valor, e me perguntava se, de fato, eu tinha algum valor. Agora sei que tenho um Pai celeste que me ama, embora meu pai terrestre não me ame, e isso fez toda a diferença. Meu Pai, Deus, é mais do que suficiente para mim. Por causa dele, eu o perdoo. Ele é o seu juiz, não eu. Vivo na esperança de que você entregue sua vida a Ele enquanto ainda há tempo, para que um dia eu possa, finalmente, encontrá-lo cara a cara.

Nathan colocou o envelope ao lado de uma lápide pequena e abandonada, na qual estava gravado o nome Clinton Brown. Em seguida, afastou-se sem olhar para trás.

◆◆◆

Três dias após a incursão de Adam na viatura de Brad Bronson, o sargento o procurou no final do turno. Adam percebeu que havia algo estranho. A intensidade habitual de Bronson estava enfraquecida.

Ele pigarreou.

– Já descobrimos quem era o contato do Shane.

– Shane disse o nome do sujeito para quem ele vendia as drogas roubadas?

– Não. O comprador confessou. A gente sabia que o cara era traficante; a gente só não sabia que ele vendia provas roubadas pela própria polícia. O sujeito já estava condenado em outro processo.

– Que processo?

– Homicídio doloso. Direção sob influência de drogas. Álcool e cocaína.

Adam o encarou.

– Você está me dizendo que... o Shane vendeu o crack que apreendemos... ao *Mike Hollis?*

– Isso mesmo.

Adam refletiu.

– Então Shane vendia para o Hollis sabendo que ele vendia droga na rua, para jovens. Onde eles faziam a transação?

Bronson rosnou.

– Você não vai acreditar. No parque de diversões.

– Você está brincando. Eu dei uma carona para o Shane até o parque quando o carro dele estava na oficina. Foi no mesmo dia em que eu o levei ao banco com a Emily. *O dia em que ela dançou.*

Adam deu um soco na palma da mão.

– Então foi naquele dia que o Hollis me viu no estacionamento do parque!
– Do que você está falando, Mitchell?
– Shane estava com uma sacola naquele dia. Ele disse que tinha comprado camisetas dos Bulldogs para o Tyler. Eu pedi para ver, mas ele não me mostrou. Ele estava transportando cocaína para o Mike Hollis na minha picape, na presença da Emily. Talvez a própria droga que o Hollis consumiu no dia em que...
Adam deu meia-volta e se afastou.

◆◆◆

Depois do jantar, Adam e Caleb sentaram-se na sala de estar da casa dos Holt, enquanto as mulheres ficaram na sala de jantar, conversando.
– Eu vi o Dylan correndo em frente ao quartel do corpo de bombeiros um dia. Ele me disse que vocês correm juntos.
– Tem sido incrível. Um ótimo jeito de aproveitar a companhia do meu filho. A gente conversa sobre tudo.
Catherine e Vitória se juntaram aos maridos, trazendo café. Catherine e Caleb trocaram um olhar significativo. Ele disse:
– A Catherine e eu queremos lhes fazer uma pergunta. Queremos também contar duas coisas.
– Vocês estão querendo guardar um trailer no nosso quintal? – perguntou Adam.
– Não, mas obrigado pela oferta – disse Caleb. – Vamos pensar a respeito.
Vitória olhou para Adam e Caleb com um olhar jocoso de censura.
– O que vocês querem nos contar, Catherine?
– Bem, agora é oficial: vamos adotar uma menina chinesa!
Vitória se levantou e abraçou Catherine.
– Que notícia maravilhosa!
Caleb sorriu.
– Ela está com 3 anos. Ainda vai demorar alguns meses até que possamos ir buscá-la.
Catherine disse:
– O que queremos perguntar é... vocês se importariam se déssemos à menina o nome de... Emily?
Vitória fitou Catherine, depois cobriu o rosto com as duas mãos.
– Oh, meu Deus, eu sinto muito – disse Catherine.
Vitória balançou a cabeça.
– Não, tudo bem. Eu só estou... Nós nos sentiríamos honrados, não é, Adam?

Adam olhou para Caleb e Catherine.

– Sim, seria uma honra.

A notícia foi celebrada durante vários minutos. Então Caleb sorriu para Catherine.

– Agora tem mais uma coisa que queremos contar a vocês. Ficamos sabendo hoje. Fora as nossas famílias, vocês são os primeiros a saber.

– Saber o quê? – perguntou Vitória.

Catherine sorriu.

– Nós vamos ter duas crianças!

Vitória bateu palmas.

– Irmãos?

– Vamos adotar apenas uma criança. A outra já está conosco.

– Como assim? – perguntou Adam.

Vitória olhou para Catherine.

– Você está *grávida?*

– Estou!

Vitória deu um gritou e abraçou Catherine novamente.

– Não vejo a Vitória tão empolgada assim desde que o Dylan chegou em segundo lugar naquela corrida! Mas eu pensei que vocês não podiam... – disse Adam.

Caleb deu de ombros.

– Pelo jeito, os médicos se enganaram!

– Puxa vida!

– Então, é como se fôssemos ter gêmeos. Só que uma das crianças é chinesa e tem 3 anos! Ainda bem que não sabíamos que a Catherine ficaria grávida.

– Por quê?

– Porque não teríamos adotado a Emily. Deus quer que tenhamos as duas crianças, e Ele fez com que a ocasião coincidisse.

Adam concordou.

– Às vezes, é melhor desconhecer os planos de Deus, não é?

◆◆◆

Adam examinou o grupo reunido em sua sala de visitas. O encontro seria ali porque alguns tópicos da conversa eram íntimos demais para serem tratados no Pearly's. Cinco homens. Shane estava ausente, mas seu lugar era ocupado por uma figura de enormes proporções.

Embora conhecesse as opiniões de Bronson, Adam começou a se dar conta de que desconhecia o homem em si. Por motivos que Adam não entendia, o sargento tinha se convidado para o encontro.

Desde a conversa que teve com Adam dentro da viatura, diante do ponto de drogas, Bronson fizera algumas referências esporádicas à sua própria mortalidade. Embora soubesse que o grandalhão não gostava de gente, pela primeira vez Adam pensou que talvez ele não gostasse nem de si mesmo. Talvez, no fundo, *bem lá no fundo*, ele soubesse que precisava mudar algumas coisas antes de deixar este mundo.

O odor invasivo de uma plantação de fumo em chamas não era a principal preocupação de Adam, mas ele bem que se perguntava o que Vitória diria sobre o cheiro que impregnava o sofá. Com um ar grave, Bronson olhou para os presentes no momento em que Adam lhe entregou uma Bíblia. Tocando o livro apenas com as pontas dos dedos, ele disse:

– Estou me sentindo tão deslocado quanto uma costeleta de porco num *bar mitzvah*.

– Amigos, o Brad e eu combinamos que nós faríamos tudo como de costume, como se ele não estivesse aqui. Ele pode ouvir e participar quando e se quiser – disse Adam.

– É bom ter você aqui, sargento. – Nathan estendeu a mão, seguido pelos demais.

Bronson não tocou a mão de ninguém, mas meneou a cabeça, uma rara e efusiva demonstração de amabilidade.

– É uma honra conhecê-lo, senhor – disse Javier.

Bronson olhou para Javy e sua voz ribombou:

– Você é imigrante legal?

– Sim, senhor.

– Bom.

– Não precisa chamá-lo de senhor, Javy – disse Adam. – Pode chamá-lo de sargento Bronson, mas combinamos que aqui as patentes não importam. Portanto, é melhor chamá-lo de Brad, ou Bronson. Tudo bem, Brad?

– Pouco me importo se vocês me chamarem de Bonequinha de Pano. Eu só espero que a gente não vá ficar aqui choramingando porque a cegonha deixou todo mundo na chaminé errada.

– Bem, normalmente não choramingamos e cremos em Deus, não na cegonha. Além disso, Deus conhece muito bem suas chaminés. Mas, fora isso... estamos todos no mesmo barco.

Adam examinou a expressão de dúvida estampada no rosto dos parceiros e então começou:

– Primeiro, escrevi uma coisa que o Tom me disse outro dia. – Adam abriu a folha de rosto de sua Bíblia e leu: – No fim da vida, nenhum homem diz: "Eu gostaria de ter passado menos tempo na companhia dos meus filhos."

Nathan assentiu.

– O arrependimento é sempre no sentido contrário, não é? No fim da vida, os homens dizem que gostariam de ter dedicado menos tempo ao trabalho, ao golfe, ou a outros projetos quaisquer, e mais tempo aos filhos.

Adam disse:

– Eu gostaria de ler um trecho do sermão *Manhã e noite*, de Charles Spurgeon, um pastor britânico que viveu no século XIX. A linguagem é antiquada, mas o conteúdo ainda é relevante:

> *"Intrépidos diante das consequências, deveis fazer o que for certo. Precisareis da coragem de um leão, para, sem hesitação, trilhar um caminho que pode transformar vosso melhor amigo em vosso pior inimigo; mas, pelo amor de Jesus, deveis ser corajosos. Arriscar a reputação e o afeto pelo bem da verdade constitui tamanha proeza que, para realizá-la constantemente, dependereis de um grau de princípio moral que somente o espírito de Deus será capaz de desenvolver em vós; contudo, não fujais qual um covarde, mas luteis qual um homem. Segui com hombridade os passos do vosso Mestre, pois Ele percorreu esse caminho árduo antes de vós. Antes uma breve batalha e eterno descanso do que uma falsa paz e o eterno tormento."*

Bronson inclinou-se para a frente.

– Esse tal de Sturgeon era um pregador? – Bronson apoiou o queixo com o punho. – Eu sempre pensei que igreja fosse coisa de mulher e bichinha. Intrépido? Coragem de leão? Lutar como homem? Gostei desse cara.

◆◆◆

As longas tranças de Jade caíam sobre os ombros de sua camiseta listrada de azul e branco. Ela estava sentada ao lado de CeCe, amiga que conhecia da igreja. O refeitório da escola estava agitado, repleto de alunos.

Derrick Freeman fez uma abordagem um tanto arrogante, posicionando-se do outro lado da mesa.

– E aí, Jade? Por que você não tem atendido às minhas ligações?

– Depois que eu cancelei a ida à casa da Lisa você ficou furioso, lembra?

– Está desculpada. Mas você deveria atender às minhas chamadas.

– Eu já disse que não posso atender o telefone nem enviar mensagens de texto depois das 10 da noite. E, além disso, eu fiz um acordo com o meu pai. Ele tem de me autorizar a andar com qualquer menino, inclusive na escola.

Derrick quase fez um comentário sobre o pai de Jade, mas se conteve.

– Sabe, tenho pensado muito em você ultimamente, Jade.

– É mesmo?

– Eu até comprei uma coisa pra você.

Ele retirou do bolso uma pulseirinha de ouro e enrolou-a nos dedos.

– Parece ouro, não é?

– Onde você conseguiu isso?

– Minha prima me deu. Agora eu estou dando para você.

Derrick achava que Jade ficaria exultante com o presente. Ele via a reação das garotas quando TJ as presenteava com joias.

– Eu não posso aceitar.

– Por que não?

– Porque a gente é só amigo, Derrick.

Derrick a encarou e guardou a pulseira.

– Bem, quem perde é você.

Jade ergueu uma das sobrancelhas.

– Ei! – Derrick notou a mão esquerda dela. – Onde você conseguiu esse anel?

– Meu pai me deu. – Ela olhou para CeCe, sorriu, e então olhou novamente para Derrick. – Parece ouro, não é?

Derrick ergueu a pulseira, que reluziu à luz do refeitório. Várias meninas viram a pulseira e se admiraram.

– Tem certeza de que não vai querer?

– Tenho, sim. – Jade girou o anel no dedo.

O celular de Derrick vibrou. Ele leu a mensagem de texto: "Cheguei."

– Minha carona chegou – disse Derrick, ficando de pé. – Preciso ir.

– Você vai sair mais cedo da aula? – perguntou Jade.

– Vou fazer um trabalhinho de campo. Até mais.

Derrick se afastou, pensando que deveria procurar outra menina, alguém que se considerasse sortuda por ganhar a pulseira. Jade não sabia o que estava perdendo. Ela iria lamentar por isso.

CAPÍTULO QUARENTA E QUATRO

Derrick saiu pela porta da frente da escola. Embora fingisse que não se importava em ser visto, ele olhou em volta para constatar se alguém tinha notado os caras maneiros que passaram para buscá-lo. Ele sentou-se no banco traseiro do Cadillac DeVille verde-escuro. Antoine ocupava o banco do carona.

– E aí, D? – perguntou Antoine.

– Fala, irmãozinho – disse TJ. – A gente acabou de pegar a grana. Agora temos que levar até a casa e encontrar o Tyrone. A carga está pesada.

– Quanto? – perguntou Derrick.

– Quarenta pacotes, amigão!

– Quarenta pacotes? TJ, isso é loucura, cara!

– A gente não está de brincadeira, moleque. A gente agora vai trabalhar pra valer. Isso vale mais notas do que você pode contar, geniozinho da matemática! Estou com dois quilos no porta-malas.

– Dois quilos?

– Isso mesmo. Só falta preparar.

– Isso vale uma grana preta!

– Em dinheiro vivo. Se me ajudar a fazer a coisa, você vai se dar bem.

Derrick sorriu. *Se dar bem.* Talvez ele pudesse comprar uma pulseira de brilhantes para Jade. Isso faria com que ela mudasse de atitude. Imaginava Jade no carro, ao lado dele, exibindo a joia com orgulho. E, se não fosse Jade, seria Lisa, ou Denise. Abriu um largo sorriso. A vida estava ficando boa.

◆◆◆

Naquele momento, Nathan e David circulavam pela periferia de Albany. David, com um olhar apavorado, disse:

– Eu fico lá ao lado de vocês, mas falar em público é o meu maior pânico. Morrer é o segundo.

– O Javier também não quer falar. Ele faz questão de estar presente, como todos nós. Mas a Resolução foi ideia do Adam. Ele é quem deve falar.

Nathan atendeu a uma chamada no celular.

– Adam! A gente acabou de falar em você.

– Onde vocês estão?

– Chegando na Denson.

– Eu estou cinco quilômetros atrás de vocês. Escutem, precisamos conversar sobre a programação do Dia dos Pais. Vocês podem passar lá em casa esta semana?

– Nós já falamos sobre isso. E decidimos que, já que a ideia da Resolução foi sua, você é quem deve ser o nosso porta-voz.

– Nada mais justo – acrescentou David.

– Não, não, não. Não foi esse o combinado. A gente precisa fazer uma votação.

– A gente já votou. O David e eu escolhemos você, e você sabe que o Javy vai ficar do nosso lado.

– Caramba! Falar diante da igreja lotada? Se eu fizer isso, vocês vão ficar me devendo um jantar. E lá no Campbell's Steakhouse, com as garotas, inclusive a Amanda. Digam a ela que lá tem muita salada!

– Negócio fechado, amigo! Eu falo com o David e a Amanda. – Nathan estreitou os olhos. – A gente fala sobre isso mais tarde. Eu acabo de ver um Cadillac verde com a lanterna traseira estourada. – Ele encerrou a ligação. – Ei! Luz neles, David!

– Pronto. – David acendeu a luz azul da viatura.

TJ avistou as luzes pelo espelho retrovisor.

– Ei! Qual é a desses policiais? Eu nem estou correndo! Isso não está certo, cara.

Antoine virou-se para TJ.

– Se eles nos pegarem agora, são dez anos de cadeia, cara.

Derrick olhou para trás e viu a viatura.

– Dez anos? O que você vai fazer, cara? – perguntou o garoto.

No interior da viatura, Nathan franziu o cenho.

– O que ele está fazendo? É melhor ele parar, senão eu vou multá-lo por mais do que uma lanterna estourada. Mande logo um aviso para a central.

David pegou o rádio para colocar a central a par da situação.

No Cadillac, TJ contraiu o maxilar.

– Eu acabo com esse cara antes de ir pra cadeia.

Ele enfiou a mão entre os assentos da frente e pegou um fuzil.

– Acabar com ele? Você vai *atirar* nele? – disse Derrick, olhando para a arma.

TJ olhou feio para Derrick.

– Ei! Você quer ir em cana? É isso? Porque, se ele vasculhar o carro, é isso que vai acontecer. Eu tenho três armas embaixo do assento – disse TJ a Antoine. – A automática está embaixo do seu. E ainda tem a pistola – falou, dando um tapinha no assento, ao lado de sua perna direita. – Pegue a arma que quiser, soldado.

Antoine enfiou a mão embaixo do banco.

– Você está com a pistola que eu te dei? – perguntou TJ a Derrick.

– Claro que não, cara. Eu estava na escola!

Finalmente TJ encostou o carro, mas manteve o motor ligado.

Nathan parou três metros atrás e retirou do bolso o bloco de multas antes que ele e David saíssem da viatura.

Adiante, no interior do Cadillac, Derrick disse:

– Esperem, eu não posso fazer isso. Eu não posso atirar num policial!

– A gente não tem opção! Fica frio. Eu acabo com ele, depois a gente faz a entrega e larga o carro.

Derrick, suando profusamente, virou-se e viu Nathan e David descendo da viatura.

– São *dois*, TJ! Você não vai conseguir atingir os dois!

– Cala a boca, cara! Faça o que eu mandar.

TJ olhou pelo retrovisor e viu Nathan erguer os óculos escuros enquanto anotava a placa do Cadillac.

– Eu conheço esse tira. Ele agora vai ter o que merece. – TJ engatilhou o fuzil e o colocou no colo.

Derrick viu de quem se tratava.

– TJ, esse cara é o pai da Jade!

TJ encaixou o indicador da mão direita no gatilho do fuzil.

David teve um mau pressentimento. Ele e Nathan continuavam atrás do carro.

– Ele ainda não desligou o motor – disse David. – Quer que eu cuide dele?

Nathan sacudiu a cabeça e se encaminhou em direção ao motorista, mas se deteve a alguns metros da porta.

– Senhor, por favor, desligue o motor e coloque as mãos no volante.

TJ deixou o fuzil no colo, fora do campo de visão de Nathan. Ele desligou o motor e pôs as mãos no volante.

Nathan se aproximou da janela.

– Eu pedi ao senhor que parasse porque...

Rápido como um raio, TJ pegou a arma e apontou.

Na fração de segundo que antecedeu o disparo, Derrick agarrou o braço de TJ e deu um puxão para trás, com toda sua força. Seguiu-se, então, o estampido ensurdecedor.

– Nathan! – David gritou, no momento em que o parceiro caía de costas no asfalto, na direção de uma picape que se aproximava.

O motorista enfiou o pé no freio e a picape parou a poucos centímetros da cabeça do policial. Nathan jazia imóvel, em posição fetal. Ainda abalado pela explosão do disparo, David achou que Nathan tivesse sido atingido; então sacou a Glock 23 e apontou para a traseira do Cadillac.

– Vamos, vamos, vamos! – gritou Antoine, enquanto TJ dava partida no motor.

– Você está ferrado, pirralho! – berrou TJ em direção a Derrick.

Deitado de lado no chão, Nathan fez uma careta. Ele sentia o bíceps esquerdo entorpecido.

Naquele instante, David disparou contra a janela traseira do Cadillac. Em seguida fez outros seis disparos, acertando quatro deles no veículo.

– Não! – gritou Derrick, cobrindo o rosto e se encolhendo no assento, enquanto cacos de vidro cobriam todo o seu corpo.

Nathan conseguiu se sentar e fez três disparos, um dos quais atingiu TJ no ombro. O bandido soltou um grito, e o carro deu uma guinada brusca, entrando numa vala e se chocando contra uma cerca.

– Engate a ré, a ré! – berrou Antoine, já que o lado do carro no qual ele estava ficara voltado para David e Nathan.

TJ engatou a marcha a ré. Cascalho e poeira voaram pelos ares, mas o carro não se mexeu. Antoine esticou a mão direita e fez três disparos com a pistola, e os três atingiram o para-brisa da picape. O motorista se abaixou, escapando por um triz.

– Fique abaixado, senhor! Fique abaixado! – Nathan gritou para o motorista.

– A gente não pode ficar aqui; a gente tem de sair! Fora! Fora! – disse Antoine ao constatar que o Cadillac estava preso.

TJ abriu a porta e rolou para o chão. Derrick fez o mesmo. Antoine continuou a atirar, ainda sentado no banco do carona.

Dois outros carros surgiram atrás da picape, mas deram marcha a ré assim que ouviram os tiros.

David pegou o radiocomunicador que ficava preso no seu ombro esquerdo.

– Tiroteio na rua Denson! Nós precisamos de reforços!

Adam estava a menos de dois quilômetros de distância quando captou a mensagem.

– Estamos a caminho, David!

Antoine saiu pela porta do motorista e recomeçou a atirar, protegendo-se atrás do carro. TJ deitou-se em cima de Derrick e tapou a boca dele com a mão direita.

– O que você está pensando, cara? Ficou maluco? Está querendo salvar um policial? Eu deveria acabar contigo!

TJ levantou-se, agarrou o fuzil e atirou contra os policiais. O coice produzido pelo disparo da arma em seu ombro ferido fez com que ele recuasse e gritasse de dor. Uma descarga de tiros o atingiu. Enquanto tombava, bateu com o cotovelo na porta do carro e urrou de dor e ódio.

Mais dois carros surgiram na rua. Nathan acenou e gritou:

– Parem! Parem!

David pegou mais munição no cinto e recarregou a arma. Ouviu uma sirene se aproximando e respirou fundo.

– O Adam está chegando, Nathan!

Adam apareceu em alta velocidade e avistou Nathan e David abaixados atrás dos carros disparando contra o Cadillac. Ele acelerou, depois enfiou o pé no freio e fez o carro girar, para servir de proteção entre os marginais e a polícia.

No momento em que Adam se abaixava e se arrastava para fora da viatura, TJ e Antoine fizeram vários disparos contra a lateral do carro, que agora impedia que TJ visse David e Nathan. Cacos de vidro voaram pelo ar enquanto a viatura policial era alvejada.

Nathan deu os detalhes a Adam, que se juntou aos parceiros atrás do carro.

– Três caras. Um tem um fuzil de 9mm. Estou quase sem munição.

– Antoine! – TJ segurava o próprio ombro e se contraía. – Vem aqui, cara! Eu preciso de ajuda!

– A gente tem de cair fora! Me dá isso aqui – disse Antoine, agarrando o fuzil.

– Saia do nosso caminho! – disse TJ, empurrando Derrick para a frente do carro.

Os bandidos procuraram uma rota de fuga, mas havia uma cerca que pegava todo o quarteirão e ainda um terreno baldio. Mais adiante, uns cem metros à frente, havia uma casa onde uma menina negra, com cerca de 9 anos, observava a cena. Antoine gastou seus dois últimos projéteis. Adam ouviu uma explosão acima de sua cabeça. Cacos de espelho e fragmentos de metal do carro voaram pelo ar como pratos numa prova de tiro.

TJ apontou para a menina:

– Antoine! A menina! A gente precisa de proteção. Vamos!

Antoine gritou:

– Fui! – Ele jogou o fuzil no chão e saiu correndo atrás de TJ, em direção à menina.

– Eles estão na minha mira! – gritou Adam. Mas então viu a garota e constatou que não poderia disparar.

– Vou proteger a garota. Me deem cobertura! – gritou Adam.

– Ok – disse Nathan.

David correu ao lado deles.

– Na frente do carro! Na frente do carro! – gritou Adam.

Derrick deu um grito no momento em que eles alcançaram a lateral do carro de TJ.

– Mãos para cima! – gritaram os policiais, com as armas em punho.

Derrick agitou as mãos, desesperado.

David apontou para a menina e para os marginais.

– Esse aqui fica comigo. Podem ir!

Adam e Nathan correram para alcançar TJ e Antoine. TJ se posicionou atrás da menina, enquanto Antoine se protegeu detrás de uma árvore gigantesca.

Correndo ao lado de Nathan, Adam ficou surpreso com a sua própria velocidade e resistência. Lembrou-se de Dylan, a única pessoa com quem tinha corrido naquele ritmo. No momento em que Adam alcançou Antoine, o bandido se esquivou e tentou derrubá-lo. TJ correu atrás da menina, que subiu a escada de madeira que dava acesso a uma casinha construída numa árvore. TJ a seguiu e a agarrou pelo tornozelo. Ela gritou, paralisada de pavor. Nathan deu um salto e agarrou TJ, puxando-o para baixo. O marginal caiu no chão, e Nathan caiu em cima dele.

– Papai! Papai! – gritava a menina.

Quando Adam tentou sacar a Glock, Antoine o desarmou. Então os dois entraram em luta corporal, trocando uma série de socos.

TJ acertou dois socos violentos no rosto de Nathan, conforme fizera meses antes, quando tentara roubar a picape. Nathan já estava quase sem forças quando, inesperadamente, alguém golpeou TJ por trás. Em seguida, ouviu-se o ruído de sirenes e pneus freando. Dois dos policiais que chegaram nas viaturas correram em direção a Antoine, que ainda esmurrava o rosto de Adam. Eles o agarraram e finalmente conseguiram detê-lo e algemá-lo.

Outros dois policiais imobilizaram TJ. O pai da menina deixou que os policiais cuidassem do bandido e foi até a casinha na árvore. Ele esticou os braços para pegar a menina, que, ainda apavorada, entregou-se à segurança do abraço do pai.

Adam ficou estirado no chão, com o rosto machucado e sangrando. Um dos policiais se aproximou.

– Você está bem, Adam?

– A menina! Ajudem a menina!

– Ela está bem. Está com o pai.

Adam então avistou a menina, agora a salvo nos braços do pai. Viu a expressão nos olhos dela e pensou em Emily. E, por algum motivo, embora acabasse de ser espancado, sentiu um grande alívio; até mesmo felicidade.

Dez minutos mais tarde, depois que TJ, Antoine e Derrick foram levados para viaturas separadas, Nathan se aproximou de Adam, que estava sentado à sombra de uma árvore limpando o sangue do rosto.

– Tudo bem?

– Aquele cara é forte.

Nathan avaliou o estado de Adam.

– Você não está com a cara muito boa.

– Minha cara expressa o que estou sentindo.

Nathan estendeu a mão para Adam.

– Graças a Deus que chegou o reforço. Não poderíamos ter feito isso sozinhos.

– Sorte sua ter ficado com o cara pequeno.

– Cara *pequeno?*

– Ei, o que é isso aí no seu braço? – Adam indicou um ponto abaixo da manga esquerda da camisa de Nathan, onde havia uma mancha de sangue.

– Uma lição e tanto.

– Como assim?

– Você sabe que o Jordan sempre insiste para eu usar o colete, não sabe?

– Sei... eu mesmo já te disse isso algumas vezes.

– Pois bem, quando aquele marginal disparou com o fuzil, achei que tinha sido atingido. Eu estava tão perto que senti o impacto da explosão.

– E daí?

– Então, alguns segundos depois, senti uma forte ardência no braço. E vi que tinha sido ferido por um fragmento do projétil.

– *Um fragmento*?

– É. – Nathan retirou do bolso um pedacinho de metal. – O ferimento foi pequeno, mas saiba que meu braço está doendo muito. Se eu estivesse trinta centímetros mais perto, teria sido atingido no peito.

Adam se contraiu.

– Eu acho que Deus me deu uma lição. É verdade que o colete não protegeria o meu braço. Mas, se o disparo me atingisse o peito, o colete salvaria a minha vida. *Se* eu estivesse usando o colete. Eu vou dizer ao Jordan que ele estava certo, e eu errado.

Adam olhou para Nathan.

– Que bom que está tudo bem com você.

– Igualmente.

Enquanto Adam pegava o celular e ligava para Vitória, Nathan se aproximou da viatura na qual Derrick, algemado e curvado, mantinha os olhos baixos. Nathan abriu a porta e se inclinou até ele. Lágrimas rolavam pelas faces do rapaz.

– Derrick, o que você estava fazendo? Por que você estava andando com esses caras?

Derrick sacudiu a cabeça, como se formulasse a si mesmo essa pergunta.

– Eu não tenho ninguém, cara. Eu não tenho ninguém.

Nathan não disse nada, mas tocou o ombro do rapaz.

Enquanto isso, Adam se aproximava de David, que estava encostado na viatura toda perfurada pelos tiros.

– Você teve uma bela atuação hoje, David.

– Para um novato, você quer dizer?

Adam balançou a cabeça e deu um tapinha nas costas de David.

– Você não é mais novato.

CAPÍTULO QUARENTA E CINCO

Centenas de homens, com idades que variavam entre 6 e 86 anos, ocupavam a Terceira Avenida, uma das mais belas vias de Albany. Ladeada por imponentes carvalhos, a avenida exibia uma mescla de sol e sombra naquele final de primavera. Era espetacular.

Uma grande faixa atravessava a avenida: Primeira Corrida Anual de Pais e Filhos – 5km. Avôs e mentores também podiam participar. Dez minutos antes do início da prova, Adam se posicionou entre Dylan e Tyler. Adam, com toda tranquilidade falou:

– Dylan, sinta-se à vontade para se adiantar. Eu vou atrás com o Tyler. A gente não quer atrapalhar o seu ritmo.

– Tudo bem, pai. Vamos correr juntos. Vai haver outras provas como esta.

– Tem certeza? É muita gentileza sua, amigão. Sério.

Ele então virou-se para o menino de 12 anos, cabelos pretos e olhos amendoados:

– Tyler, estamos muito felizes por você ter aceitado participar conosco.

– Isso mesmo, cara. – Dylan saudou Tyler com um toque de mãos espalmadas. – Vai ser divertido.

Depois da largada, enquanto os corredores se espalhavam, Dylan permaneceu ao lado de Tyler e Adam, apenas mantendo-se a alguns passos adiante, para ditar o ritmo e ajudá-los a se superar. Adam e Dylan ficaram impressionados com a capacidade de Tyler, que os acompanhou muito bem. Havia algo mágico naquela corrida, estar ao lado de todos aqueles homens, sendo incentivado por avós, esposas, filhas e irmãs.

Dylan disse ao pai, enquanto corriam:

– Eu tenho vontade de torcer para todo mundo que está em volta de mim, como se estivéssemos no mesmo time.

Eles estavam mesmo cercados de gente conhecida: Riley Cooper e seu pai, Caleb Holt e um colega de escola de Dylan.

Quanto mais corria, mais Tyler firmava as passadas, mantendo os olhos em Dylan e decidido a acompanhá-lo. Ao alcançarem a marca de 4km, avistaram Vitória e Mia, que acenavam e aplaudiam.

– Adam! – gritou Vitória.

Ele desviou o caminho e se aproximou da esposa, que lhe entregou algo que ele não esperava. Adam sorriu, virou-se e continuou a prova.

– O que é isso, pai?

– Bem... é um donut de framboesa.

– Como você sabe?

– Confie em mim, filho. Eu sei.

Adam cortou o donut em três partes, dividindo-o com Dylan e Tyler. Jamais um donut foi consumido com tamanha rapidez. Quanto mais Adam e Dylan incentivavam Tyler, mais rápido o menino corria. Embora fosse uma prova curta, Adam estava tão dolorido por causa dos recentes acontecimentos em seu trabalho que precisou se concentrar para seguir adiante. Chegaram no primeiro pelotão com um tempo bem melhor do que tinham previsto. Ao cruzarem a linha de chegada, Adam, Dylan e Tyler trocaram saudações.

– Muito bem, Tyler! – disse Dylan. – Você deveria treinar atletismo!

Ondas de homens e meninos cruzavam a linha de chegada. Enquanto recuperavam o fôlego, todos riam e conversavam como velhos amigos. Era como uma reunião espontânea de alguma confraria nas ruas de Albany. As vias da cidade, que às vezes sofriam as consequências da ausência dos pais, agora celebravam a paternidade.

Adam jamais experimentara algo semelhante. Ele deu um tapinha nas costas de Dylan.

– Não valeu a pena eu convencê-lo a participar dessa corrida?

Os três se reuniram com Vitória e Mia e foram até a Cookie Shop. Quando o almoço chegou ao fim, Dylan e Tyler já tinham combinado se encontrar duas vezes por semana na pista de atletismo da Escola Westover.

No momento em que deixavam o restaurante, Dylan disse a Adam:

– Só para você se preparar, pai: a nossa próxima corrida será de dez quilômetros.

◆◆◆

Naquela noite, Adam se estirou na espreguiçadeira; considerando os episódios recentes, ele achava que merecia um descanso. Comendo pipoca e bebendo chá gelado, ele, Dylan e Vitória riram e conversaram sobre a corrida, o donut de framboesa e outros assuntos que lhes vieram à mente. Quando recebeu um telefonema do sargento Murphy, Adam se preparou para um plantão; raramente era chamado nas noites de sábado, mas já tinha acontecido antes.

– Adam? Eu tenho uma boa notícia para você.

– O que foi?

– A papelada está pronta e a partir de segunda-feira você terá um novo parceiro.

– É alguém que eu conheço?

– Ele acaba de sair da academia. É um bom menino. Acho que você vai gostar dele.

◆◆◆

Na segunda-feira, ainda dolorido, ao chegar à delegacia, Adam seguiu direto para a sala de reunião. No caminho, viu o rosto conhecido de um jovem corpulento sentado em um banco.

– Brock Kelley?

– Ei, cabo Mitchel. – Brock levantou-se, e eles trocaram um aperto de mão.

– Pode me chamar de Adam. Vejo que você está usando o uniforme da Secretaria de Segurança Pública do Condado de Dougherty.

– Estou me apresentando para o trabalho.

– Que ótima notícia! – exclamou Adam. – Já disseram quem vai ser o seu parceiro?

– Não, senhor. Ainda não.

– Certo, mas pare de me chamar de senhor. É Adam.

– Tudo bem, Adam.

– Vai entrar para participar da chamada?

– O sargento Murphy me disse que esperasse aqui até que ele mandasse me chamar.

– A gente se vê lá dentro, então.

Enquanto se dirigia à sala de reunião, Adam não pôde evitar um sorriso.

Obrigado, Senhor, por escutar a minha prece. Eu vou poder ajudar o Brock enquanto policial e seguidor de Cristo. E ele vai me ajudar muito. O Dylan vai gostar dele também. E vai ficar impressionado com o fato de o novo parceiro do pai ser um mito do futebol da região!

Adam, pegando um copo de café, sentou-se atrás de David aguardando a chamada.

– David, como foi o jantar com a Amanda e a Olívia?

– Excelente! Sensacional!

Adam sorriu.

– Pelo jeito você se divertiu.

– Eu me sinto cada vez mais próximo da Amanda, mais próximo do que eu poderia imaginar. E a Olívia é... não dá nem para descrever. – David parecia estar com um nó na garganta. – Conheci uma família lá na igreja, naquele grupo de estudo bíblico que estou frequentando. Eles estão alugando um apartamento.

– E daí?

– E daí que eu dei uma olhada. O valor do aluguel é o mesmo que a Amanda paga atualmente e o apartamento é melhor. E... fica a três minutos da minha casa.

Nathan entrou na sala e sentou-se, instantes antes de o sargento Murphy tomar lugar à frente do grupo. Depois de alguns avisos, o sargento disse:

– Temos um novo companheiro. Vamos dar as boas-vindas a Brock Kelley.

– Campeão estadual. – Adam ouviu alguém sussurrar.

Senhor, fazei com que eu possa influenciar a vida deste jovem.

– E o soldado Kelley terá a honra de ser parceiro do...

Adam sorriu.

– ...sargento Brad Bronson.

O quê?

Bronson emitiu um gemido e olhou para Brock com os olhos arregalados, como se o novato fosse um fiscal leproso da Receita Federal.

Risinhos se misturaram a olhares de surpresa e piedade.

Murphy exibiu um sorriso irônico.

– O máximo que podemos lhe dizer, soldado Kelley, é boa sorte. E não espere que o Bronson se mostre impressionado com o seu desempenho na academia. Ou com as suas façanhas no campo de futebol.

– Ou com qualquer outra coisa – acrescentou Riley Cooper.

– Então dê boas-vindas ao seu novo parceiro, sargento Bronson – disse Murphy, visivelmente satisfeito.

Brock atendeu à indicação de Murphy, aproximou-se de Bronson e estendeu-lhe a mão. Brad resmungou e, com um gesto de cabeça indicou a cadeira vazia ao seu lado.

Adam ficou perplexo. Jamais lhe ocorrera que o calouro fosse "sacrificado" a Bronson.

Sentado entre Adam e Bronson, o novato sussurrou para Adam:

– Eu me lembro de quando Bronson foi à academia. Pelo que eu pude perceber, ele é meio invocado, não é?

– Não – Adam sussurrou de volta. – É bem mais do que isso.

– Agora – disse Murphy – temos uma segunda vaga a ser preenchida. Quero lhes apresentar o novo parceiro de Adam Mitchell, que também é calouro, recém-formado pela Academia de Polícia. Seja bem-vindo, Bobby Shaw.

Adam ficou paralisado ao ver o rapaz magricela entrar na sala – aquele que o responsável pelo treinamento da turma dissera que seria reprovado se houvesse mais candidatos.

Adam ficou extremamente desanimado. Num momento de crise, ele confiaria a própria vida àquele indivíduo? Isso foi o que Adam *pensou*. O que ele *fez* foi apertar a mão de Bobby e indicar a cadeira ao lado da sua.

Sentado entre dois calouros, Adam olhou para a fisionomia carregada de Bronson e decidiu que, pelo bem de Bobby Shaw, não deixaria transparecer o que sentia.

◆◆◆

Naquela noite, Adam e Vitória tomavam café na sala de estar.

– Quando o sargento Murphy me disse que eu teria um novo parceiro, cheguei à delegacia e vi o Brock esperando ser chamado. O que mais eu poderia pensar? Eu poderia ter sido o mentor dele. Assim como Grant Taylor foi o técnico dele no time de futebol.

– Talvez Deus queira lhe ensinar algo sobre decepção e confiança.

– Mas a gente ainda tem o direito de reclamar um pouco, não?

– Sim... mas desde que não abuse do privilégio – disse Vitória. – Você tem rezado pelo Bronson?

Adam confirmou.

– Bem, se o Brock é um bom cristão, essa não pode ser uma boa oportunidade para influenciar o Bronson?

– Ninguém é uma boa opção, em se tratando do Bronson.

– Parece que você já desistiu dele.

– Não... eu só estou dizendo que...

– E eu só estou dizendo que talvez Deus tenha preferido deixar Bronson ser influenciado por Brock a deixar você influenciar Brock. E o Bobby Shaw, por acaso, não precisa de um parceiro que possa lhe ensinar o trabalho e lhe servir de modelo espiritual?

– Suponho que sim, mas eu preferiria deixar minha vida nas mãos do Brock do que nas do Bobby.

– Quem está mais preparado para encontrar Deus, você ou Bronson?

– Bem, eu, mas...

– Então talvez esse seja mais motivo para o Bronson ficar com o Brock e você com o Bobby.

Adam sentou-se.

– Esposas de policiais *não devem* falar assim!

– Você sabe que me preocupo com a sua segurança. Eu apenas acredito que você foi feito parceiro do Bobby Shaw tanto pelo bem dele quanto pelo seu. Romanos 8:28, lembra? Você me contou que o responsável pelo treinamento disse que o Bobby cresceu sem pai. Quem sabe você pode se tornar a figura paterna da qual ele sempre precisou?

– Depois de ter passado um dia ao lado dele, posso lhe garantir que ele não é grande coisa como policial.

– O David também não era. Mas depois que o Bobby Shaw passar um ano com você, aposto que ele vai ser tão competente quanto o David é hoje em dia.

Adam sorriu.

– Quando me queixei ao David sobre o meu novo parceiro, sabe o que ele disse?

– O quê?

– "Acho melhor você agir com mais maturidade!"

– Eu amo esse garoto.

– Eu também. Mas não posso dizer isso ao delegado!

– Adam, você se tornou mentor do seu próprio filho. O que você fizer com o Dylan vai ajudá-lo com o Bobby. E o que você fizer com o Bobby vai ajudá-lo com o Dylan. E com o Tyler também.

– Agradeço a sua franqueza. E o seu incentivo.

– Eu te amo, Adam Mitchell. – Ela atravessou a sala e o envolveu nos braços. – E agora tem algo que eu quero falar.

Ele olhou-a desconfiado, enquanto ela se sentava ao seu lado no sofá.

– O que eu quero dizer pode parecer meio estranho, mas eu gostaria que a gente orasse a respeito.

– O que é?

– Sabe aquela vez em que fomos à casa dos Holt? Quando eles nos contaram que a Catherine estava grávida?

– Você está grávida?

Ela riu.

– Não. Mas eu gostaria de pensar na possibilidade de adoção.

Adam deu um salto.

– Uma criança?

– Não. Um orangotango. – Ela sacudiu a cabeça. – É claro que é uma *criança.* Eu sei que outra criança não será a Emily. Mas o que você acha de adotarmos uma menina?

Adam pensou em uma dezena de razões para argumentar que aquilo não seria possível. Ele estava com 40 anos. Crianças eram um desafio e tanto, exigiam muita energia e recursos financeiros. Mas quando acabou de listar mentalmente suas objeções de ordem prática, ele pensou no significado de ter uma filha. Poderia abraçá-la, enxugar-lhe as lágrimas e dançar com ela no parque.

– Concordo que só vai existir uma Emily – disse Adam. – Mas outra menina também poderia ser especial. E, talvez, eu tenha uma segunda chance de ser um pai melhor.

Vitória se levantou e aproximou-se dele.

– A gente precisa conversar com o Dylan. Essa criança certamente irá exigir algum trabalho extra. Nós precisaríamos assumi-la juntos. Teríamos que fazer alguns sacrifícios.

Ela apoiou as mãos nos quadris e sua face tinha um brilho de entusiasmo.

– É, eu acho que quero adotar uma criança – disse Vitória. – Vamos orar juntos sobre isso?

Adam olhou-a nos olhos e pôde ver o que se passava dentro dela.

– Vamos, sim.

◆◆◆

O estacionamento da igreja já estava cheio dez minutos antes de começar o culto.

O pastor Jonathan Rogers estava em seu escritório, ao lado de Javier e David, quando Adam entrou, acompanhado de Nathan.

– Adam – disse Rogers –, acho que todos os pais deveriam ser incentivados a respeitar o que diz esta Resolução. É por isso que pedi a vocês que a apresentassem hoje aqui na igreja.

– Se isso propiciar algum tipo de melhoria na vida desses homens, vamos ficar muito satisfeitos, não é, rapazes? – respondeu Adam.

– Desde que eu não tenha de abrir a boca – disse David.

– *Si.* – Javy sorriu e concordou.

– Felizmente temos o Adam, que vai falar por nós – emendou Nathan.

Nenhum desses caras pode ter mais medo de falar em público do que eu, mas aqui estou na condição de porta-voz. Como foi que isso aconteceu?

O pastor os conduziu ao auditório e se colocou em frente ao púlpito. Adam, Nathan, David e Javier ficaram atrás dele, ligeiramente à esquerda.

– Nas últimas seis semanas, tenho pregado sobre o papel que Deus destinou à figura paterna: os pais devem ser professores, protetores e provedores. Eu li para vocês uma Resolução escrita e assinada pelos pais que estão atrás de mim. Os princípios dessa Resolução vêm da Palavra de Deus. Mas, em vez de falar sobre seus autores, eu gostaria que Adam Mitchell se apresentasse e falasse para nós.

Adam foi até o púlpito. Além das palestras informais que dera na Academia, ele jamais falara em público. Tinha a esperança de não deixar se trair pelo nervosismo que sentia. Contemplou a multidão, um mar de rostos. Seu estômago parecia embrulhar. Tentou respirar fundo. Torcia para não perder os sentidos.

Ele olhou à direita e avistou Vitória, que lhe dirigiu um sorriso cálido, fingindo não estar nervosa. Ao lado dela, Dylan aparentava um ar de curiosidade. À esquerda de Dylan, em sua cadeira de rodas, Tom Lyman tinha as mãos erguidas com os polegares para cima.

As mãos de Adam tremiam levemente enquanto ele desdobrava a folha de papel que continha os pontos a serem abordados. Ele olhou para a multidão e pensou: *Certo, meu Deus, agora é com o Senhor.*

– Como policial e responsável pelo cumprimento da lei, eu vejo, em primeira mão, a dor e a destruição causadas pela ausência do pai na vida de uma criança. Nossas prisões estão repletas de homens e mulheres que se desviaram na vida após serem abandonados por seus respectivos pais, prejudicados pelos homens que mais deveriam lhes dar amor. Muitos desses filhos, hoje em dia, seguem os exemplos de irresponsabilidade transmitidos por seus pais. Ainda que muitas mães se sacrifiquem em prol da sobrevivência dos filhos, a intenção delas certamente nunca foi suportar todo o peso sozinhas. Agradecemos a Deus por essas mulheres, mas pesquisas mostram que uma criança precisa desesperadamente do pai. Não há como evitar tal fato.

Atrás de Adam, Nathan rezava pelo amigo, pedindo a Deus que o usasse para alcançar, sobretudo, os homens presentes.

– Como vocês devem saber, no começo deste ano a minha família sofreu a trágica perda da nossa filha de 9 anos, a Emily. – A emoção de Adam ameaçava paralisá-lo, mas ele foi em frente. – A morte da Emily me obrigou a ver que eu não apenas não havia me dado conta do tempo precioso que passei ao lado dela, mas também que eu não compreendia a importância do meu papel de pai em relação a ela e ao meu filho, Dylan.

Ele olhou para Dylan, e o imenso amor que sentia pelo filho o dominou.

– Desde que ela faleceu, tenho pedido a Deus que me ensine, pela sua Palavra, a ser o pai que preciso ser. Agora eu creio que Deus quer que todos os pais tenham a coragem de fazer o que for necessário para se envolverem nas vidas dos filhos. Mais do que estar presente e sustentá-los, os pais devem caminhar ao lado deles e constituir uma representação visual da figura de Deus, o Pai do céu. O pai deve amar os filhos e fazer de tudo para conquistar seus corações. Deve protegê-los, disciplená-los e ensiná-los a respeito de Deus.

Ouvindo o discurso apaixonado de Adam, Javier agradeceu a Deus, em silêncio, pelo seu pai, que cumprira exatamente esses desígnios. O tempo inteiro, os olhos de Javy se mantiveram pregados em Carmen, Isabel e Marcos. Ele não queria olhar em qualquer outra direção.

– O pai deve ser um modelo de conduta íntegra – disse Adam –, deve tratar as pessoas com respeito e ensinar os filhos a serem homens e mulheres responsáveis, que saibam levar a vida honrando aquilo que importa na vida eterna.

A voz da Adam assumiu um tom quase sobrenatural. Aquilo o surpreendeu, assim como a todos que o conheciam.

– Alguns, ao ouvir estas palavras, vão zombar delas ou ignorá-las, mas eu digo que, na condição de pais, vocês terão de responder a Deus, pois Ele lhes conferiu a capacidade de influenciar seus filhos.

David percorreu os olhos pelo local até avistar, lá no fundo da igreja, uma bela jovem com uma menina de 4 anos no colo. Ao ver os olhos de David pousarem sobre elas, a mulher sussurrou algo ao ouvido da filha, e a menina, subitamente, sorriu e acenou. David sorriu também e acenou de volta.

– Não durmam ao volante, pois vocês vão acordar e descobrir que seus empregos ou seus passatempos não têm vida eterna, mas que as almas dos seus filhos, essas, sim, têm. Alguns vão concordar com estas palavras, mas a maioria não terá a coragem de cumprir os desígnios. Em vez disso, viverão somente para si e desperdiçarão a chance de deixar um legado divino à próxima geração.

Adam pensou em Shane, preso naquela cela, e no arrependimento que seu ex-parceiro sentia. Ele poderia estar ali hoje, ao lado deles. Adam fez uma pausa e, em seu coração, rogava a Deus que perdoasse e corrigisse Shane.

– Mas alguns, a despeito dos erros cometidos e da ausência dos pais, haverão de dedicar a força dos seus sentimentos e o resto dos seus dias ao amor a Deus e a ensinar seus filhos a fazerem o mesmo. E, sempre que possível, haverão de amar e guiar os que não têm pais e que necessitam desesperadamente de ajuda e orientação.

Adam olhou para o auditório e falou, como se quisesse atingir todos os presentes:

– Nós convidamos a todo e qualquer homem dotado da devida vontade e coragem que assine esta Resolução.

A crescente intensidade das palavras de Adam atraiu a atenção geral.

– Na minha casa, a decisão já foi tomada. Vocês não precisam perguntar quem guiará a minha família, pois, pela graça de Deus, *eu* guiarei. Vocês não precisam perguntar quem ensinará o meu filho a seguir Cristo, pois *eu* ensinarei. Quem assumirá a responsabilidade de prover minha família e protegê-la? *Eu* assumirei. Quem pedirá ao Senhor que rompa a cadeia de atitudes destrutivas na história da minha família? *Eu* pedirei. Quem rezará pelos meus filhos e os abençoará, para que possam, com coragem, seguir o chamado de Deus? *Eu sou o pai deles; então eu farei isso.*

Adam fez uma pausa para recuperar o fôlego e concluiu:

– Eu assumo tal responsabilidade, e aceitá-la é um privilégio. Eu quero o favor e as bênçãos de Deus no meu lar. Qualquer homem bom deseja isso. *Então, onde estão vocês, homens de coragem?* Onde estão vocês, pais tementes a Deus? É hora de se apresentar e responder ao chamado de Deus, dizendo: Eu assumo! Eu assumo! *Eu assumo!*

A congregação parecia ter sido tocada por uma descarga elétrica.

De repente, um homem se levantou. William Barrett o imitou. Depois, dois pastores. Em seguida, levantaram-se Riley Cooper e outros oficiais da Secretaria de Segurança Pública do Condado de Dougherty e da Polícia de Albany. Adam testemunhou também a reação de oficiais do corpo de bombeiros, inclusive Caleb Holt. Até Tom Lyman, apoiando-se com grande esforço nos braços da cadeira de rodas, pôs-se de pé.

Alguns queriam se levantar, mas lhes faltava coragem. Alguns desejavam estar em qualquer outro lugar do mundo. Os olhos de Adam bateram em um careca de proporções avantajadas que se levantou no fundo da sala. Assim que se pôs de pé, Brad Bronson percebeu o que tinha feito. Então encaminhou-se para o fundo da igreja, como se fosse sair, mas virou-se e ficou em pé, encostado à parede.

A maioria dos que se levantaram permaneceu de pé, cada vez mais determinados. Alguns ainda não se davam conta da dimensão do compromisso e da dedicação que a decisão exigiria, mas ninguém duvidava de que algo extraordinário acabara de ocorrer.

Para muitos homens e suas respectivas famílias, o momento marcou um novo começo. Uma nova oportunidade de vencer uma batalha que valia a pena.

Após o culto, as pessoas fizeram fila para agradecer a Adam e falar com ele. Ele estava tão ciente de suas próprias limitações e de sua incapacidade de falar em público que não chegou sequer perto de sentir orgulho. O que acontecera naquela igreja fora um ato de Deus. E, em seu coração, Adam sentia que Deus lhe dizia algo que ele jamais ouvira do seu pai biológico: "Bom trabalho, meu filho." A sensação de contentamento, não de orgulho, era agradável, e ele não estava decepcionado consigo mesmo.

Ao sair da igreja, ao lado de Vitória, Dylan e Tom, a fim de se reunir com outras famílias no Campbell's Steakhouse, Adam vislumbrou Emily sorrindo-lhe com aprovação. Talvez ele estivesse sendo sentimental demais, mas a sensação era tão real que ele se perguntou se aquilo poderia ser mais do que sua imaginação.

CAPÍTULO QUARENTA E SEIS

Quase uma semana depois, Adam entrou na penitenciária do Condado de Dougherty e, ao se dirigir à fila de revista, encontrou um rosto conhecido.

– Nathan! Como foi a sua semana de licença?

– Foi ótima! Fiquei com a minha família. Estou me sentindo bem melhor. Foi bacana o médico ter me recomendado essa semana de licença, pois meu braço ainda doía muito e eu continuava a correr de um lado para outro, cumprindo ordens de prisão. Eu precisava de um tempo para descansar.

– Você veio visitar o Derrick? – perguntou Adam. – Como ele está?

– Está com o coração aberto. Lê tudo que eu trago para ele. Eu acho que, antes de tudo isso chegar ao fim, ele vai ser um seguidor de Jesus.

– Você acha?

– Tem muitos homens bons aqui. O estudo bíblico é sério. Há muitas tentações, é claro, mas o Derrick vai aos cultos e tem encontros com o capelão. Eu lhe disse que estou disposto a ajudá-lo, mas ele vai ter de tomar a iniciativa.

– O TJ e o Antoine estão em segurança máxima, certo? – perguntou Adam.

– Sim. E o Derrick está em segurança média. Quando eu disse ao carcereiro que o Derrick traiu aquele bandido para salvar a minha vida, ele me garantiu que o TJ nunca chegaria perto do Derrick.

Adam pôs a mão no ombro de Nathan.

– Você disse que o Derrick salvou a sua vida. Agora você está salvando a dele. A sua parte vai ser bem mais demorada. Mas os resultados vão durar toda a eternidade. Eu comentei com a Vitória algo que me deixou impressionado: você venceu um líder de gangue duas vezes. Na primeira vez, quando se agarrou ao volante, salvou a vida do seu filho. Na segunda, quando o atingiu no ombro, você salvou a vida do Derrick. Dois carros batidos, ambos conduzidos pelo TJ, e dois jovens salvos.

– Você está insinuando que eu deveria me envolver em mais acidentes de carro? – Nathan riu. – Pois é, vamos ver o que vai acontecer com o Derrick daqui para a frente. Sabe, no início, a Jade gostava dele e a Kayla não gostava, mas acabou mudando de opinião. Eu era o durão que impedia que ele se aproximasse. Então, depois que ficaram sabendo no que ele estava metido, a Jade e a Kayla o descartaram e ficam me perguntando por que estou tão interessado nele agora.

– E o que você disse a elas?

– O William Barrett estendeu a mão para mim. Eu estou estendendo a mão para o Derrick. Ele disse que não tem ninguém... mas agora ele tem a mim. Ainda é cedo para dizer, mas, quem sabe? Um dia ele pode vir a ser para mim o que eu sou para o William. Enquanto isso, eu ensino à minha família o significado da graça de Deus. A gente não ajuda as pessoas porque elas merecem, mas porque Deus nos diz que devemos amar o próximo como Ele nos ama. Talvez um dia eu visite o TJ e o Antoine.

Adam piscou.

– Puxa! Essa ideia nunca me ocorreu.

– Coisas mais estranhas ainda acontecem quando Deus faz valer a sua graça. Como vai indo o estudo bíblico do Dylan com o Tom Lyman?

– Muito bem. Você precisa ouvi-lo falar a respeito. Mais dois amigos se juntaram a ele. Eles memorizam trechos da Bíblia. Se você me dissesse, seis meses atrás, que o meu filho me pediria para passar duas horas por semana ao lado de um velho, numa residência de aposentados, eu diria que você tinha pirado. Mas hoje o Tom é como um avô para ele.

– Faz sentido... ele é como um pai para você. Você e o Bobby Shaw estão se entendendo?

Adam assentiu.

– Aos poucos ele está se soltando. Depois que ele pegar confiança em mim, acho que vamos formar uma boa parceria. O Javy, a Carmen e os filhos foram lá em casa ontem à noite. Ontem mesmo ele deu entrada no processo de naturalização, pois quer se tornar cidadão norte-americano!

– Fantástico! – Nathan estalou as palmas das mãos nas de Adam.

– E o Frank Tyson vai pagar pelo curso! Sabe, fico pensando naquela noite lá no Pearly's, quando o Javy leu a carta que recebeu do pai dizendo que se sentiu honrado pelo convite de vir aqui visitar o filho. Quando o Javy chorou, nós todos ficamos tocados.

Nathan assentiu e disse:

– Eu não estava preparado para o impacto que a aquilo causou no mais novo membro do nosso grupo.

– Pois é... quem poderia imaginar o Brad Bronson chorando como um bebê?

– Ele disse que estava com alergia.

– E, no outro dia, o Brad me disse que está pensando em procurar um filho e uma filha com quem não fala há anos. Incrível.

A policial responsável pelas visitas olhou para Nathan.

– Você pode entrar agora, soldado Hayes. Ele está na ala D; aqui está o seu passe.

Nathan e Adam se abraçaram.

Naquele momento, uma voz forte e profunda soou atrás deles:

– Se vocês dois parassem com essa demonstração de afeto em público, a fila andaria mais rapidamente.

Adam virou-se. Era o delegado Gentry.

– Eu só estava... deixa para lá. Prazer em vê-lo, senhor.

Gentry meneou a cabeça. Em seguida sorriu, meio hesitante.

Nathan estava poucos passos à frente de Adam quando a mesma policial perguntou:

– Quem você veio quer visitar, cabo Mitchell?

– Mike Hollis.

Ela verificou as planilhas.

– Ele está na ala D, também.

– Espere aí, Nathan – chamou Adam. – Nós vamos para a mesma ala.

Eles abriram os braços enquanto eram revistados pelos oficiais encarregados da segurança, e trancaram suas armas nos armários.

Nathan olhou para Adam:

– Mike Hollis? Sério? Eu achei que você fosse visitar o Shane.

– Eu o visitei algumas semanas atrás. Você me surpreendeu quando veio visitar o Derrick. Eu podia ficar olhando ou então tentar ser mais surpreendente do que você.

Os dois caminharam pela ala D, seguindo pelo corredor mal-iluminado, uma ponte estéril que ligava dois mundos.

Nathan Hayes fora visitar o rapaz que tinha pretensões em relação à sua filha e que era aliado do líder de gangue que sequestrara seu filho, espancara seu parceiro e tentara matá-lo com um fuzil.

Adam Mitchell fora visitar o homem que vendera drogas ao seu filho e, sob o efeito de substâncias tóxicas, matara sua filha.

Foi preciso coragem para que caminhassem por aquele corredor e oferecessem a graça de Deus àqueles homens. Mas era mais fácil fazer essa caminhada em dupla do que sozinho.

No silêncio, quebrado somente por seus passos, eles não pensavam em si mesmos, mas no Homem que certa vez empreendeu uma marcha longa e solitária, morro acima, e que, na pior hora do mundo, cometeu o ato mais corajoso de todos os tempos.

Ao final da subida, Ele abriu os braços e permitiu que homens culposos pregassem cravos em suas mãos e em seus pés. Ele suportou uma agonia indescritível para oferecer a homens indignos – como Mike Hollis, Derrick Freeman, Nathan Hayes e Adam Mitchell – uma segunda chance.

Para a maioria das pessoas, nada disso – nem o que esses homens faziam agora, nem o que Ele fez há dois mil anos – faz sentido.

Vistas de fora, a graça e a verdade, a honra e a coragem raramente fazem sentido.

SEJA FORTE E MUITO CORAJOSO.

Josué 1:7

ESCOLHAM HOJE A QUEM IRÃO SERVIR...
MAS EU E A MINHA FAMÍLIA
SERVIREMOS AO SENHOR.

Josué 24:15

AGRADECIMENTOS

DE RANDY ALCORN

Um agradecimento especial à minha esposa, Nanci, que tanto se sacrificou durante os quatro meses que me dediquei a este projeto. Sem a sua parceria, amizade e incentivo, eu estaria perdido. Minhas filhas, Karina e Ângela, e seus maridos, Dan e Dan, debateram comigo diversos aspectos do livro, e sou grato a todos eles pela ajuda.

Muito obrigado a Stephen e Alex Kendrick, autores do roteiro do filme *Corajosos*, que serviu de base para esta obra. Cerca de 20% do livro vem diretamente do filme; os outros 80% eu precisei criar, a fim de transformar o roteiro em romance. Portanto, se algo desagradar o leitor, provavelmente será culpa minha.

Sou profundamente grato ao capitão Craig Dodd, que me guiou pelas ruas de Albany e me deu muitas dicas sobre gangues, drogas, crimes e as consequências da falta da figura paterna. Craig recebeu com boa vontade muitos telefonemas em que eu fazia perguntas sobre a polícia e os procedimentos adotados em penitenciárias. Craig, lamento não ter conseguido fazer um uso mais extenso das valiosas informações que você me forneceu. Quando as utilizei, espero que você possa considerá-las corretas e que aprecie a história como um todo.

Como sempre, agradeço aos meus amigos da Editora Tyndale, sobretudo Karen Watson e Ron Beers. E ao meu editor na Tyndale, Caleb Sjogren.

Eu não poderia ter completado este projeto sem a ajuda incansável de Doreen Button, minha colega do Eternal Perspective Ministries (EPM), que trabalhou horas incontáveis, inclusive madrugadas e muitos finais de semana, fazendo sugestões. Doreen, sou profundamente grato a Deus pela sua ajuda.

Agradeço também a Stephanie Anderson, que, aceitando um convite feito em cima da hora, se dispôs a enxugar sucessivas versões do texto. E agradeço a Bonnie Hiestand, grande digitadora, que é capaz de ler a minha caligrafia quando nem eu mesmo sou. E aos meus assistentes, Kathy Norquist e Linda Jeffries, sem os quais eu jamais teria tempo para escrever este livro.

Tim Newcomb e Steve Tucker leram a primeira versão e ofereceram comentários bastante úteis. Bob Schilling prestou-me assistência em pesquisa. Sou-lhes grato pela ajuda, irmãos.

Um agradecimento especial aos meus amigos policiais, Jim Seymour, Claudio Grandjean, Brandon Gentry e Dave Williams, que frequentam a mesma igreja que eu. Jim, você foi além do esperado, visitando-me em sua viatura e me demonstrando o funcionamento do *taser*. Sou grato por você não tê-lo usado em mim, em Nanci, nem no nosso cachorro, Moses.

Bill Leslie e Tom Skipper ajudaram-me com questões de língua espanhola e com tudo o que dizia respeito a Javy. Obrigado a todos os amigos a que recorri e que me auxiliaram confirmando fatos em suas respectivas áreas de conhecimento. Entre estes, destacam-se Doug Gabbert, que fez uma recomendação crucial em relação ao enredo. Obrigado, também, a Sawyer Brown Rygh e a Chase MacKay.

Palavras não são capazes de expressar o que significou, para mim, saber que meus colegas do grupo de oração do EPM rezaram por mim durante o longo e difícil processo de composição deste livro. Tenho fé que Ele ouviu e ouvirá as suas preces e que recompensará vocês pela participação neste livro e no impacto que ele vier a causar.

Outros que ajudaram, alguns que talvez sequer se lembrem, incluem Ron e Ione Noren, Tom e Donna Schneider, Don e Pat Maxwell, Rod e Diane Meyer, Steve e Sue Keels, Chuck e Gena Norris, Rick e Amy Campbell, Jay Echternach, Todd DuBord, Tony Cimmarrusti, Mark Kost, Paul Martin, Gregg Cunningham, Kress Drew, Robin Green, Stu Weber e Scott Lindsey.

Acima de todos, agradeço ao meu Senhor e Salvador, Jesus Cristo, que me carregou nas costas durante o processo extremamente difícil que resultou neste livro, sobretudo na fase final. Conforme diz o Salmo 107:1: "Deem graças ao Senhor porque ele é bom; o seu amor dura para sempre." Vós sois bom, Senhor, e mesmo em tempos difíceis quero louvar-vos, pois a sua benignidade para comigo dura para sempre.

AGRADECIMENTOS

DE ALEX E STEPHEN

Christina e Jill (nossas esposas): a paciência e o apoio de vocês foram como vento em nossas velas. Nós amamos vocês!

Joshua, Anna, Catherine, Joy, Caleb, Julia, Grant, Cohen, Karis e John (nossos filhos): que vocês cresçam em fé e força e que consigam levar pessoas até Jesus. Ele é o Senhor, e Ele ama vocês! E nós também amamos!

Larry e Rhonwyn Kendrick (nossos pais): há mais de quarenta anos vocês nos amam e nos incentivam. Obrigado por nos ensinar a conhecer e procurar o Salvador!

Jim McBride e Bill Reeves (nossos agentes): vocês aguentaram o tranco, souberam lidar com os contratempos e foram amigos e parceiros incríveis. Que Deus os abençoe continuamente por sua lealdade.

Randy Alcorn (autor): continue escrevendo, servindo e doando. O impacto do seu ministério, sem dúvida, seguirá crescendo. Não existe muita gente como você.

Karen Watson e Caleb Sjogren (nossos editores): obrigado por acreditarem em nós e por embarcarem conosco nessa jornada. A ajuda, a percepção e a parceria de vocês foram uma bênção.

Igreja Batista de Sherwood (nossa igreja): vocês tornam o árduo caminho parecer mais ameno e os desafios, mais suportáveis. Obrigado pelo amor de vocês por Jesus. Somos abençoados por pertencer a essa família!

MENSAGEM PESSOAL DOS IRMÃOS KENDRICK

Somos gratos por você ter lido *Corajosos*. Esperamos que você tenha sido estimulado e inspirado pela jornada desses pais e suas respectivas famílias. Agora que você leu o romance, queremos desafiá-lo em sua jornada espiritual. Como essa história vai influenciá-lo? Você vai permitir que a mensagem de fé e amor vá além das páginas deste livro?

Se você não tem uma relação com Jesus Cristo, nós queremos que você saiba que Ele é algo absolutamente real. Não estamos falando de religião, mas de uma *relação* com Jesus. Somente Ele constitui o elo perdido com Deus, o elo pelo qual as pessoas anseiam e do qual tanto precisam. O elo do qual você precisa.

A vida de Jesus demonstra sua singularidade enquanto Deus encarnado. O nascimento imaculado, a vida sem pecado, os ensinamentos contundentes, os milagres impressionantes, o amor incondicional, o sacrifício da morte, a ressurreição milagrosa e o impacto por Ele causado no mundo são exclusivos de Jesus. Leia os evangelhos de Mateus, Marcos, Lucas e João e constate o que aqueles que conviveram com Ele puderam testemunhar em primeira mão. Ele não apenas está qualificado para perdoar os seus pecados como pode também tocar seu coração e voltá-lo para Deus. É tolice confiar na sua bondade como meio de alcançar o céu. Somente Deus pode nos purificar por intermédio de Jesus.

A Bíblia diz que todos nós pecamos e fomos destituídos da glória de Deus (Romanos 3). Todos desobedecemos aos mandamentos estabelecidos por Ele. Todos mentimos, cobiçamos e odiamos. É por isso que jamais poderíamos ficar diante Dele. Somos culpados de muitos pecados. Ele exige retidão para se alcançar o céu.

Foi por isso que, com tanto amor, Ele nos enviou Jesus, cuja morte na cruz se fez necessária para que pudéssemos nos reconciliar com um Deus sagrado. Ele não tinha obrigação de fazer o que fez. Isso é amor em ação... personificado.

Esteja o leitor onde estiver, queremos incentivá-lo e desafiá-lo, em nome de Cristo, a fazer o que fez David Thomson e entregar o coração a Deus.

Romanos 10:9 diz que "Se você confessar com a sua boca que Jesus é Senhor e crer em seu coração que Deus o ressuscitou dentre os mortos, será salvo".

Se o leitor já for um seguidor obediente de Cristo, então queremos incentivá-lo a avançar ainda mais em sua jornada espiritual. Queremos desafiá-lo a permitir que a fé e a integridade de Cristo influenciem as suas relações, os seus filhos, os seus hábitos diários e os seus ambientes de trabalho, conforme ocorreu com Adam, Nathan e Javier. Você se pauta pela honestidade em seu relacionamento com o próximo? Você dedica a Deus a sua ética pessoal e o seu ambiente de trabalho? Você precisa se reconciliar com alguém que foi por você prejudicado? Não espere mais. Faça isso agora!

Nós queremos estimulá-lo a redirecionar suas energias ao elevado propósito de glorificar Deus e não mais viver apenas em busca da realização temporária que a vida presente é capaz de propiciar. Comece seus dias com a Palavra de Deus e em oração. Ore para que as pessoas se impressionem com as mudanças operadas por Cristo em você. E deixe que o seu compromisso seja autônomo. Indivíduos haverão de falhar com você, haverão de rejeitá-lo, decepcioná-lo. Mas não desanime. Não permita que coisa alguma, ou pessoa alguma, faça com que você deixe de amá-Lo. Encontre um grupo religioso que tenha a mesma paixão que você e que queira acompanhá-lo nessa grande aventura. Então vamos celebrar juntos, vendo Deus se glorificando por meio de nossas vidas e fazendo mais do que pedimos ou imaginamos! Que a sua vida em Cristo seja corajosa!

Deus o abençoe.
Alex e Stephen Kendrick

PERGUNTAS PARA DISCUSSÃO

1. Quais personagens ou eventos deste livro refletem a sua realidade? De que maneira sua vida é semelhante ao que é relatado aqui?

2. Discuta algumas das diferenças entre ser mau pai, ser um pai mediano e ser bom pai. Quais são as características do pai excelente? Por que tantos indivíduos se satisfazem em ser um pai mediano?

3. Na primeira cena do romance, Nathan se recusa a soltar o volante, arriscando a própria vida para salvar o filho. O que na sua vida vale a pena correr um risco semelhante? Que sacrifícios Deus talvez exija de você pelo bem dos seus entes queridos?

4. Você teve uma figura paterna positiva em sua vida? Em caso negativo, o que você pode fazer para buscar e cultivar uma relação dessa natureza agora? Em caso afirmativo, o que você pode fazer para expressar sua gratidão pela influência dessa pessoa?

5. Em que momento você acha que a relação entre Adam e Dylan entrou em colapso? O que cada um fez para superar a distância que se instalou entre eles?

6. Por que, a princípio, Adam reluta em compartilhar a sua fé com Bronson? Como ocorre a mudança que se observa na perspectiva do sargento? Quem é a pessoa, em sua vida, que precisa ouvir a verdade?

7. De que maneira Javier demonstra fé nas provisões e na soberania de Deus? Em quais situações ele vivencia sua fé com maior ou menor eficácia?

8. Identifique e analise alguns dos personagens dessa história que recebem graça, compaixão ou perdão. Como isso afeta a vida desses personagens?

9. Você se surpreendeu com as ações de Shane? Em sua opinião, o que o levou a tomar tais decisões? Em quais situações é mais fácil encontrar desculpas para nossos maus atos?

10. Ao longo da história, David tem várias segundas chances, inclusive a oportunidade de se tornar um bom pai para sua filha. Mas, suponha que Amanda não tivesse permitido que David entrasse em sua vida e na vida de Olívia. De que maneira ele poderia ter cumprido a Resolução ainda assim?

11. Discuta as verdades contidas em Provérbios 22:6. O que o versículo diz sobre a criação dos filhos? O que ele diz acerca de jovens que abandonam a fé?

12. Quais pontos da Resolução os protagonistas de *Corajosos* cumpriram? Quais deixaram de cumprir? Como um indivíduo pode se certificar de que sua Resolução seja mais do que uma simples promessa?

SOBRE OS AUTORES

Randy Alcorn é o fundador do Eternal Perspective Ministries (EPM). Antes de fundar a instituição, ele trabalhou como pastor durante 14 anos. Ele já fez palestras pelo mundo inteiro e integrou os corpos docentes do Multnomah Bible College e do Western Seminary, na cidade de Portland, no estado do Oregon.

Randy é autor de mais de 35 best-sellers (quatro milhões de exemplares vendidos), inclusive dos romances *Deadline, Dominion* e *Deception*, além de *The Chasm, Safely Home* e *Corajosos.* Seus trabalhos de não ficção incluem *Heaven*; *If God is Good*; *Managing God's Money*; *Money, Possessions, and Eternity*; *The Treasure Principle*; *The Grace and Truth Paradox*; e *The Law of Rewards.* Randy publica artigos em diversas revistas e edita o conhecido periódico intitulado *Eternal Perspectives.* Ele já apareceu como convidado em inúmeros programas de televisão e rádio, como *Focus on the Family*, *The Bible Answer Man*, *Family Life Today*, *Revive Our Hearts*, *Truths that Transform* e *Faith Under Fire.*

Pai de duas filhas casadas, Randy reside em Gresham, no Oregon, com a esposa e melhor amiga, Nanci. Com muito orgulho, são avós de vários netos.

O leitor pode contatar o Eternal Perspective Ministries por e-mail, através do site www.epm.org, ou escrevendo para 39085 Pioneer Boulevard, Suíte 206, Sandy, OR 97055, (503) 668-5200. Visite o blog de Randy Alcorn, no endereço www.epm.org/blog. Conecte-se com Randy também no Facebook: facebook.com/randyalcorn, e no Twitter: twitter.com/randyalcorn.

◆◆◆

Alex Kendrick é Pastor Associado da Igreja Batista de Sherwood. Em 2002, a Kendrick Brothers Production, associada à Sherwood Pictures, iniciou os trabalhos do seu primeiro filme, *Flywheel*, escrito, dirigido e produzido por Alex, que também atuou como ator. Depois da excepcional repercussão alcançada pelo filme, Alex e seu irmão Stephen voltaram a unir forças para produzir *Desafiando gigantes*, que foi selecionado e distribuído pela Provident Films, subsidiária da Sony Pictures. Alex dirigiu e atuou no filme, cuja bilheteria arrecadou mais de dez milhões de dólares. O DVD foi lançado em

13 idiomas, em 56 países, vendendo mais de dois milhões de cópias. Na esteira desse sucesso, Alex e Stephen escreveram e produziram *Prova de fogo*, o filme independente recordista de bilheteria no ano de 2008, arrecadando mais de 33 milhões de dólares. Alex dirigiu o filme, que já vendeu mais de três milhões de DVDs. Alex já foi agraciado com mais de vinte prêmios por sua obra, inclusive prêmios de melhor roteiro, melhor produção e melhor filme de longa-metragem.

Alex e a esposa, Christina, estão casados há 17 anos e residem em Albany, no Estado da Geórgia, com seus seis filhos.

◆◆◆

Stephen Kendrick é Pastor Associado da Igreja Batista de Sherwood. A Kendrick Brothers Productions, associada à Sherwood Pictures, já lançou quatro filmes. Stephen é coautor, produtor e ator dos quatro filmes produzidos pela Sherwood Pictures. Além disso, ele trabalhou junto à Provident Films na elaboração de planos de marketing e de materiais didáticos para estudos bíblicos relacionados a todos esses filmes. Em 2007, a Assembleia Legislativa e o Senado da Geórgia condecoraram a Sherwood Pictures pelo sucesso de seu ministério e pelo seu impacto positivo.

Alex e Stephen escreveram juntos o livro *O desafio de amar*, obra de não ficção baseada no enredo do filme *Prova de fogo*. Em pouco tempo, o livro alcançou a primeira posição da lista dos mais vendidos do *The New York Times*, permanecendo na lista durante mais de dois anos. Com mais de cinco milhões de exemplares vendidos, o livro se tornou um best-seller internacional, traduzido para 32 idiomas. Os irmãos Kendrick são também coautores (com Eric Wilson) de romances baseados nos roteiros de *Flywheel*, *Desafiando gigantes* e *Prova de fogo*, e escreveram *The Love Dare Day by Day*, um calendário religioso, com 365 dias, voltado para casais, e *The Love Dare Day by Day: Wedding Edition.*

Stephen e a esposa, Jill, residem em Albany, na Geórgia, com seus quatro filhos.

As cinco pessoas que você encontra no céu
Mitch Albom

Eddie é um veterano de guerra de cabelos grisalhos, prisioneiro de uma vida inexpressiva de mecânico de brinquedos em um parque de diversões à beira-mar.

Assim como o parque passou por transformações ao longo dos anos – do Trem Fantasma ao Toboágua –, a vida de Eddie também mudou, de uma juventude otimista a uma velhice amargurada. Seus dias são feitos de uma monótona rotina de trabalho, solidão e arrependimento.

Até que, no dia do seu aniversário de 83 anos, Eddie morre num acidente trágico, tentando salvar uma menina de um carro que despenca da torre. Em seu suspiro final, ele sente duas mãozinhas nas suas – e nada mais. Acorda já na outra vida, onde aprende que o céu não é um Jardim das Delícias, mas um lugar onde nossa vida na Terra nos é explicada por cinco pessoas que dela tomaram parte.

Entes queridos, conhecidos ou estranhos, cada um desses personagens está, de alguma forma, ligado a acontecimentos que a influenciaram para sempre.

Uma a uma, as cinco pessoas vão esclarecendo as conexões ocultas da vida de Eddie. À medida que a história evolui para a sua surpreendente conclusão, Eddie busca desesperadamente a redenção no último ato de sua vida, cujo resultado ele ainda desconhece: terá sido um sucesso heroico ou um retumbante fracasso?

A resposta, surgida da mais improvável das fontes, é, tanto quanto o próprio céu, um vislumbre de inspiração divina.

Por que você não quer mais ir à igreja?

Wayne Jacobsen e Dave Coleman

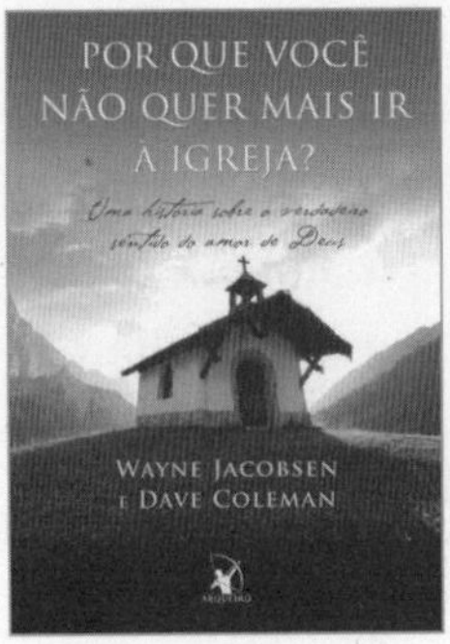

Depois de toda uma vida dedicando-se à Igreja e ao caminho que sempre lhe pareceu o certo, Jake Colsen está diante de uma dolorosa dúvida: como é possível ser cristão há tanto tempo e, ainda assim, se sentir tão vazio?

Mas o amor divino está sempre a postos para transformar vidas. Observando uma multidão numa praça, Jake depara com João, um homem que fala de Jesus como se o tivesse conhecido e que percebe a realidade de uma forma que desafia a visão tradicional de religião.

Com a ajuda do novo amigo, Jake irá reavaliar os conceitos e crenças que norteavam seu caminho. Levar uma vida cristã significa ter os comportamentos aprovados pelo grupo religioso a que pertencemos?

A cada nova palavra de João, assistiremos ao renascimento de Jake em busca da verdadeira alegria e da liberdade que Cristo veio ao mundo oferecer. Na reconstrução da sua vida, perceberemos a ação do Deus de perdão e amor.

Se você busca pela fé mesmo onde a religião não alcança e sente que ser cristão é muito mais do que seguir regras e rituais, a trajetória de Jake servirá de inspiração para encontrar a verdadeira liberdade e alegria.

A travessia

William P. Young

(Lançamento em novembro de 2012)

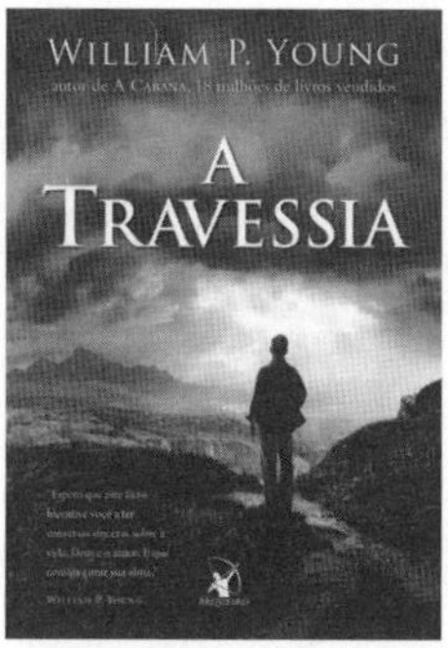

Jesus pegou a mão de Tony.

– Na jornada que está prestes a começar, você poderá escolher curar fisicamente uma pessoa, mas só uma. Assim que escolhê-la, a sua jornada chegará ao fim.

– Posso curar uma pessoa? Está me dizendo que sou capaz de curar quem eu quiser? – Na mesma hora, seus pensamentos se voltaram para o seu próprio corpo em um quarto de UTI. – Deixe-me ver se entendi. Posso curar qualquer pessoa que quiser?

Jesus se inclinou na direção dele.

– Na verdade, você não pode curar ninguém, não sozinho. Mas estarei do seu lado, e a pessoa por quem você decidir orar, eu a curarei através de você.

Um derrame cerebral deixa Anthony Spencer, um multimilionário egocêntrico, em coma. Quando "acorda", ele se vê em um mundo surreal habitado por um estranho, que descobre ser Jesus, e por uma idosa que é o Espírito Santo.

À sua frente se descortina uma paisagem que lhe revela toda a mágoa e a tristeza de sua vida terrena. Jamais poderia ter imaginado tamanho horror. Debatendo-se contra um sofrimento emocional insuportável, ele implora por uma segunda chance.

Sua prece é ouvida e ele é enviado de volta à Terra, onde viverá uma experiência de profunda comunhão com uma série de pessoas e terá a oportunidade de reexaminar a própria vida. Nessa jornada, precisará "enxergar" através dos olhos dos outros e conhecer suas visões de mundo, suas esperanças, seus medos e seus desafios.

Na busca de redenção, Tony deverá usar um poder que lhe foi concedido: o de curar uma pessoa. Será que ele terá coragem de fazer a escolha certa?

CONHEÇA OUTROS TÍTULOS DA EDITORA ARQUEIRO

A cabana
William P. Young

Durante uma viagem que deveria ser repleta de diversão e alegria, uma tragédia marca para sempre a vida da família de Mack Allens: sua filha mais nova, Missy, desaparece misteriosamente. Depois de exaustivas investigações, indícios de que ela teria sido assassinada são encontrados numa velha cabana.

Imerso numa dor profunda e paralisante, Mack entrega-se à Grande Tristeza, um estado de torpor, ausência e raiva que, mesmo após quatro anos do desaparecimento da menina, insiste em permanecer.

Um dia, porém, ele recebe um estranho bilhete, assinado por Deus, convidando-o para um encontro na cabana abandonada. Cheio de dúvidas, mas procurando um meio de aplacar seu sofrimento, Mack atende ao chamado e volta ao cenário de seu pesadelo.

Chegando lá, sua vida dá uma nova reviravolta. Deus, Jesus e o Espírito Santo estão à sua espera para um "acerto de contas" e, com imensa benevolência, travam com Mack surpreendentes conversas sobre vida, morte, dor, perdão, fé, amor e redenção, fazendo-o compreender alguns dos episódios mais tristes de sua história.

Intenso, sensível e profundamente transformador, esse livro vai fazer você refletir sobre o poder de Deus, a grandeza de seu amor por nós e o sentido de todo o sofrimento que precisamos enfrentar ao longo da vida.

CONHEÇA OUTROS TÍTULOS DA EDITORA ARQUEIRO

Queda de gigantes, de Ken Follett

Não conte a ninguém, *Desaparecido para sempre*, *Confie em mim* e *Cilada*, de Harlan Coben

A cabana, de William P. Young

A farsa, *A vingança* e *A traição*, de Christopher Reich

Água para elefantes, de Sara Gruen

O símbolo perdido, *O Código Da Vinci*, *Anjos e demônios*, *Ponto de impacto* e *Fortaleza digital*, de Dan Brown

Julieta, de Anne Fortier

O guardião de memórias, de Kim Edwards

O guia do mochileiro das galáxias; *O restaurante no fim do universo*; *A vida, o universo e tudo mais*; *Até mais, e obrigado pelos peixes!* e *Praticamente inofensiva*, de Douglas Adams

O nome do vento, de Patrick Rothfuss

A passagem, de Justin Cronin

A revolta de Atlas, de Ayn Rand

A conspiração franciscana, de John Sack

INFORMAÇÕES SOBRE OS PRÓXIMOS LANÇAMENTOS

Para saber mais sobre os títulos e autores
da EDITORA ARQUEIRO,
visite o site www.editoraarqueiro.com.br
ou siga @editoraarqueiro no Twitter.
Além de informações sobre os próximos lançamentos,
você terá acesso a conteúdos exclusivos e poderá participar
de promoções e sorteios.

Se quiser receber informações por e-mail,
basta cadastrar-se diretamente no nosso site.

Para enviar seus comentários sobre este livro,
escreva para atendimento@editoraarqueiro.com.br
ou mande uma mensagem para @editoraarqueiro no Twitter.

EDITORA ARQUEIRO
Rua Funchal, 538 – conjuntos 52 e 54 – Vila Olímpia
04551-060 – São Paulo – SP
Tel.: (11) 3868-4492 – Fax: (11) 3862-5818
E-mail: atendimento@editoraarqueiro.com.br